LAURENT SCALESE

Laurent Scalese est né à Avignon en 1967.
Lecteur assidu d'Agatha Christie, de Conan Doyle et de Stephen King, il développe très tôt un goût prononcé pour l'écriture qui le pousse, dans un premier temps, à rédiger quatre romans de science-fiction ainsi qu'un recueil de nouvelles d'anticipation. C'est en participant à un concours de nouvelles policières qu'il se lance dans la rédaction de son premier polar : *Le samouraï qui pleure* est publié chez Pygmalion en 2000, suivi de *L'ombre de Janus* et *Des pas sous la cendre*. Son quatrième roman policier, *Le baiser de Jason*, a paru en 2005 aux éditions Belfond et a reçu le prix Sang d'Encre des lycéens.

Retrouvez toute l'actualité de Laurent Scalese sur www.laurent-scalese.com

LE SAMOURAÏ QUI PLEURE

DU MÊME AUTEUR
CHEZ POCKET

Le baiser de Jason
Le samouraï qui pleure

LAURENT SCALESE

LE SAMOURAÏ QUI PLEURE

PYGMALION GÉRARD WATELET

Le papier de cet ouvrage est composé de fibres naturelles, renouvelables, recyclables et fabriquées à partir de bois provenant de forêts plantées et cultivées durablement pour la fabrication du papier.

ISBN : 978-2-266-16633-1

À ma fille,
et à ma femme
qui a toujours cru en moi.

1

Le visage du Président Clinton perdit un peu de sa raideur. Il semblait prendre conscience qu'il était filmé et que son témoignage serait bientôt diffusé sur les principales chaînes de télévision, CNN en tête. De toute évidence, le Parti Républicain n'était pas le seul à souhaiter sa chute. Les médias participaient de façon très active à ce qu'il était convenu d'appeler une *exécution publique*. La mise à mort politique du chef d'État le plus puissant du monde le fascinait tout en le mettant mal à l'aise. Il assistait, comme des millions de personnes collées à leur *dévoreuse de neurones*, au pitoyable plaidoyer d'un homme livré en pâture à tout un peuple.

— Je te plains Bill, marmonna-t-il. Tu causes avec des types qui ne savent pas faire la différence entre un *contact intime déplacé* et une *relation sexuelle*. Allons, messieurs, un mec qui rend un tel hommage au cigare ne peut pas être aussi mauvais que vous le prétendez.

Sur ce, il attrapa la dernière sèche qui se la coulait douce au fond du paquet. *Désolé ma belle, mais c'est ton tour*. Il porta la *crameuse* à ses lèvres et l'alluma. L'odeur du tabac, c'était comme… un parfum. Sauf que celui-là pouvait tuer. Depuis le temps qu'il promettait à sa pauvre mère d'arrêter de fumer. À cet instant, la sonnerie du téléphone retentit. Il baissa le son du téléviseur. Qui osait le déranger pendant son jour de congé ? Il s'arracha au confort du canapé en râlant et décrocha. Il reconnut aussitôt la voix de l'agent François-Xavier Besançon. Fix pour les intimes.

— *Hot Pizza*, livraison à domicile j'écoute, plaisanta-t-il.

— Très drôle Élie, siffla le flic. Je te signale que tu me l'as déjà faite celle-là.

— T'en es sûr ? fit-il en fronçant les sourcils.

— Certain. Tu radotes mon grand.

— Et alors ! C'est pas un crime à ce que je sache.

Il entendit le rire de son collègue à l'autre bout du fil.

— Non, c'est pire. Ça veut dire que tu vieillis. À ta place, je ferai un bilan de santé.

— À trente-cinq ans ? s'offusqua-t-il, vexé par la raillerie de Besançon. Ça arrive à tout le monde d'avoir des trous de mémoire. Tu es le type le plus désagréable que je connaisse.

— Je suppose que venant de ta part c'est un compliment.

— Tu tournes toujours tout à ton avantage à ce que je vois. Venons-en à la raison de ton appel. J'espère que c'est sérieux, parce que je suis vraiment très occupé.

— Désolé, mais je crois que je vais gâcher ta journée de repos.

Il avait perçu le changement de ton du policier.

— Que se passe-t-il ?

— Tu te souviens du *Dai-Nippon* ?

Il écrasa la cigarette dans le cendrier qui dégueulait les cadavres de clopes.

— Bien sûr. C'est le resto préféré du préfet et de sa clique.

Il se rappelait cette soirée mémorable en compagnie de sa dernière conquête, une magnifique Eurasienne. Fidèle à ses origines, elle l'avait emmené dîner dans cet établissement tenu par un ancien médecin d'Osaka. Un régal pour les amateurs de cuisine asiatique. Après une consommation explosive de saké, il n'avait pas hésité à commander un plat de raviolis frits appelés *gyôza*.

— On a retrouvé le corps du gérant Asayama Sôichiro ainsi que ceux de toute sa famille, annonça son équipier. Ils nageaient dans le sang, dans l'appartement qu'ils occupaient au-dessus du restaurant. Je ne comprends pas ce qui…

Élie sentit son trouble.

— Il vaut mieux que tu viennes voir, si ça ne t'ennuie pas. Dubreuil arrive.

— On se retrouve sur place dans un quart d'heure, OK ?

Il raccrocha et fila dans sa chambre. Le Beretta posé sur la table de chevet lui faisait de l'œil, à sa façon. Il le glissa dans l'étui de cuir à sa ceinture et sortit.

L'ascenseur tardait à venir. Élie se décida à dévaler l'escalier. Il croisa la belle voisine qui dansait nue dans ses rêves lorsque le blues dépassait les limites du supportable. Toujours aussi craquante. Mais le temps lui manquait. Pourtant, elle lui avait souri. Il l'aurait juré.

Désolé chérie, une autre fois peut-être… Finalement, ça me fait une petite sortie. Je commençais vraiment à tourner en rond. Les jours de congé, c'est bon pour les ringards de l'administration.

2

Élie Sagane ne parvenait pas à détourner son attention des corps atrocement mutilés de la famille Sôichiro. Pourtant, l'envie de quitter la pièce et de regagner son domicile ne lui manquait pas. La présence de son chef, le commissaire Dubreuil, sur les lieux du crime rendait impossible toute tentative de fuite. Et puis, comment échapper à ces regards vides qui semblaient le fixer ?

Le spécialiste de l'identité judiciaire tournait autour des cadavres tel un rapace attiré par l'odeur de la décomposition. Ce spectacle donnait la nausée à Élie. Les agents en uniforme et les officiers en civil allaient et venaient, dans l'indifférence générale. La routine en somme. Il se demanda s'il était le seul à ressentir cette émotion proche de la peine. Lorsque ses yeux rencontrèrent ceux de la fille qui se tenait en retrait, il comprit qu'elle était dans le même état que lui.

— Quoi de neuf ? lança-t-il en posant une main sur l'épaule de Besançon.

— Ça ressemble à un suicide rituel, laissa tomber le jeune homme. Du moins si l'on en croit les conclusions de la criminologue.

Élie reporta son attention sur la femme qui griffonnait quelques notes sur un cahier. Pas vraiment son genre. Le tailleur qu'elle portait la vieillissait et sa coiffure évoquait le chignon de sa grand-mère. Il n'aurait pas perdu une seconde de plus dans la contemplation de cette nana s'il n'avait perçu cette lueur dans ses yeux. Elle trahissait une intelligence rare. Sans doute s'agissait-il de l'une de ces intellos seulement branchées boulot, qui passait son temps à échafauder de grandes théories sur le monde et ses maux inguérissables.

— C'est elle la criminologue ? fit-il en désignant la binoclarde qui écrivait sans relâche. Une stakhanoviste de la plume à ce qu'on dirait. J'ai pas vu une coincée des miches de ce calibre depuis belle lurette. Présente-la-moi, tu veux bien ?

Besançon s'inclina et l'entraîna à sa suite.

— Au fait, murmura-t-il, t'as avancé ?

— Avancé quoi ? demanda Sagane en feignant la surprise.

En vérité, il savait très bien de quoi parlait son collègue.

— *Tomb Raider* ! s'indigna gentiment l'agent. La dernière fois, t'en étais à…

— La *Vallée Perdue*, le coupa le lieutenant. Je lui en ai fait voir de toutes les couleurs à la pauvre petite. Mais cette fois, je tiens le bon bout. Je te remercie encore, tu m'as bien conseillé.

À vingt-cinq ans, François-Xavier était comme tous les jeunes de son âge. Fou de jeux vidéo. Il pouvait passer plusieurs heures d'affilée à démêler les fils d'une enquête virtuelle, sans ressentir la moindre lassitude. Un grand enfant qui faisait la fortune des concepteurs de rêves informatiques.

Sagane serra la main de Sarah Duparc. Il fut agréablement surpris par la douceur de son visage. De toute évidence, elle ne savait pas se mettre en valeur. Dommage. Lorsqu'elle lui tourna le dos pour répondre à l'appel du commissaire Dubreuil, il eut l'occasion de constater l'ampleur du gâchis. Avec une chute de reins comme celle qu'il avait sous les yeux, cette gonzesse ne pouvait pas laisser indifférente la bête qui sommeillait en lui. *Pourquoi faut-il toujours qu'on pense d'abord à « ça », nous les hommes ? C'est fatigant à la fin. Parfois, je les envie. Elles ne réagissent pas comme nous. Heureusement dans un sens. Si c'était le cas, on passerait notre vie à poil.*

Il s'approcha des corps, les détaillant les uns après les autres.

— Je n'ai jamais vu une chose aussi horrible, reconnut-il avec une grimace. Mais je ne comprends pas le pourquoi de ce massacre. Leur affaire marchait plutôt bien, pas vrai ? Si l'on en croit le fichier clients, les grosses huiles réservaient régulièrement une table. Ça ne tient pas debout.

Le commissaire Dubreuil secoua la tête. Son crâne dégarni évoquait une coquille d'œuf. Dans les locaux de la police, les blagues à ce sujet occupaient les contractuels des heures entières. Il était plus agréable de se foutre de la gueule du boss dans les bureaux les jours de pluie plutôt que d'aligner les voitures et se faire insulter par les contrevenants furieux.

— J'aimerais que vous nous fassiez partager vos premières impressions, fit-il à l'attention de Sarah. Il paraît que vous êtes la meilleure.

— Disons que j'ai ma petite idée sur ce qui s'est passé. Je connais l'histoire du Japon, ainsi que certaines de ses… coutumes.

— Comme celle-ci, poursuivit Dubreuil en désignant les formes étendues sur le sol.

— Oui, admit-elle dans un souffle. Comme celle-ci.

— Vous pensez vraiment qu'il s'agit d'un suicide ? demanda Sagane.

— Tout porte à le croire. Regardez. Ils sont tous habillés de blanc.

Le commissaire épongea la sueur sur son front d'un revers de la main.

— Et alors ? Qu'est-ce que ça prouve ?

Elle semblait ailleurs.

— Rien peut-être. Mais c'est ainsi que se vêtent ceux qui veulent commettre *seppuku*... (Elle se pencha sur la dépouille d'Asayama...) L'acte de suicide tel qu'il est pratiqué depuis des siècles au Japon veut que le candidat s'incise légèrement les muscles de l'abdomen de gauche à droite. Voyez, c'est ce qu'il a fait. Ensuite, il est remonté vers le... foie... Excusez-moi.

— Vous n'êtes pas obligée de continuer, siffla le commissaire. Cela peut attendre.

— Non, ça va aller. Vos hommes ont-ils trouvé l'arme blanche dont il s'est servi ?

Quelques instants plus tard, un agent apporta un couteau glissé dans un sachet en plastique transparent.

— C'est bien ce que je pensais, dit-elle. Il a utilisé un poignard d'environ... vingt-cinq centimètres. C'est bien ça ?

— Absolument, confirma l'officier.

— Avec un *trancheur de vie* comme celui-là, constata Élie, il ne pouvait pas se rater. J'aimerais que vous m'éclairiez sur un point : pourquoi est-il le seul à avoir la tête coupée ?

Elle garda le silence un moment, déstabilisée par l'émotion qui l'étreignait à nouveau. Elle n'avait jamais assisté à une cérémonie aussi macabre, même si elle en connaissait parfaitement le déroulement.

— Parce que les autres sont des femmes. Elles n'ont pas le droit de se tuer comme les hommes… (Elle montra le cou des victimes…) Elles se sont coupé la veine jugulaire avec un poignard… (Encore une fois, cette lueur dans ses yeux…) Le terme employé est *jigai*.

Le lieutenant s'attarda sur les cordes enroulées autour de leurs jambes.

— Mais enfin, ça n'est pas logique. Vous avez vu ces attaches ? Je suis sûr qu'il s'agit d'une mise en scène. On veut nous faire croire à un suicide collectif.

Sarah remua la tête négativement.

— Non. Ça fait partie du rituel. Elles s'entravent les jambes pour garder une apparence décente dans la mort.

Élie prit une cigarette. Cette histoire le dépassait. Il avait du mal à y croire. La célébration de rites mortuaires nippons au sein même d'une capitale occidentale avait de quoi surprendre. La police du coin n'était pas habituée à ce genre de… carnage. Pourquoi tant de manières lorsqu'on avait décidé de mettre fin à ses jours ?

— Vous m'excuserez, mais je n'arrive toujours pas à piger comment il a pu se couper la caboche tout seul. Ça me paraît impossible, ajouta-t-il en joignant le geste à la parole.

— Imaginez un instant que ce soit sa femme qui lui ait porté le coup de grâce, fit son supérieur en soupesant le sabre trouvé près du corps d'Asayama. Ou l'une de ses filles.

— Vraiment ? rétorqua Sagane en écrasant la sèche sous la semelle de sa chaussure. Vous croyez qu'une femme aussi mince peut porter une lame qui pèse trois fois son poids ? Moi je n'y crois pas. Même en s'y prenant à trois, elles n'y seraient pas arrivées. C'est… insensé.

— Il y a une chose que vous ignorez et qui peut expliquer *ça*.

Ils pivotèrent sur leurs talons et firent face à la criminologue.

— Étant donné qu'ils ont respecté la cérémonie dans les moindres détails, j'en déduis qu'un *kaishakunin* était auprès d'eux pour les aider à terminer ce qu'ils avaient commencé.

Sagane écarquilla les yeux.

— Allons donc. De quoi parlez-vous ?

— Les gens qui décident de se suicider ont recours à un assistant. C'est sûrement lui qui a tranché la tête d'Asayama. C'est la tradition. Il a permis à son âme de s'échapper.

Dubreuil se raidit.

— Je vous rappelle que nous sommes en France, Sarah. Chez nous, un tel acte est condamnable. Celui qui a fait ça est coupable de complicité de meurtre et de non-assistance à personne en danger.

Sagane ne quittait pas des yeux la jeune femme. Elle l'intriguait. Mieux. Elle le fascinait.

— Mais comment savez-vous tout ça ? Je croyais que les criminologues causaient exclusivement psychologie.

Elle avait perçu la sombre intention qui se cachait, à peine, derrière cette question.

— Cela fait déjà deux fois que vous m'agressez lieutenant, dit-elle sans se départir de son calme impressionnant.

Élie écarquilla les yeux.

— Deux fois ? protesta-t-il. Qu'est-ce que vous me chantez ?

— La première fois, c'est votre regard qui vous a trahi. J'ai lu dans vos yeux le reproche que votre bouche n'osait formuler.

— Ah oui ! Et quel était-il ?

Elle ajusta ses lunettes et lui fit face.

— Vous vous demandiez comment une femme peut occuper la fonction que j'occupe ? Parce que dans cette affaire, mon avis compte autant que celui de l'enquêteur, autrement dit autant que le vôtre.

— N'importe quoi, râla Sagane.

— La seconde fois, ce sont vos mots qui ont tenté de me mettre mal à l'aise. Alors pour répondre à votre question, je vais seulement vous dire ceci : avant d'être admise à l'Institut de Criminologie, je me suis spécialisée dans l'étude des civilisations, notamment celles d'Extrême-Orient. C'est d'ailleurs pour cette raison que j'ai été choisie par votre chef. Ça vous va comme ça ?

— Ça lui va très bien, grogna le commissaire en adressant un regard noir au lieutenant. Vous n'avez pas à vous justifier ma chère. Si Sagane a passé une mauvaise semaine, ça ne regarde que lui. Me suis-je bien fait comprendre ?

Élie acquiesça, la mort dans l'âme.

— Bien, dans ce cas, nous pouvons poursuivre.

Besançon s'approcha du lieutenant avec un sourire.

— C'est pas ton jour, on dirait.

— Garde tes commentaires pour toi.

Le jeune homme le fixa intensément, un peu comme s'il venait d'une autre planète.

— T'es pas croyable. Quand t'es trop sérieux, ça me fout les boules. Bon, je vais me chercher un sandwich tunisien. Je crève la dalle. T'en veux un ?

Élie eut une grimace de dégoût.

— Comment peux-tu avaler ça ? La dernière fois que j'ai été *Chez Sami*, j'ai failli dégobiller. Sa bouffe est infâme.

— Monsieur fait la fine bouche, se moqua *Fix*. Au lieu de me donner des leçons, tu ferais mieux d'arrêter la cigarette. J'ai jamais vu un mec fumer autant que toi… (Il montra Dubreuil qui semblait trépigner d'impatience…) Vas-y avant qu'il ne craque.

Sagane rejoignit Sarah et son chef. Elle paraissait bouleversée.

— Ça me fait drôle. Je suis venue dîner ici il y a deux jours. J'ai eu l'occasion de parler avec madame Sôichiro. Elle regrettait de ne pas avoir le temps de se rendre au Japon pour assister au Festival des Chrysanthèmes. Elle était horticultrice avant de vivre en France. Elle réalisait des poupées avec des fleurs de chrysanthèmes et concevait des costumes anciens pour les habiller… C'est… horrible.

Cette fois, Élie n'avait pas envie de la provoquer. Il partagea sa peine, dans le silence. Où se rendaient les âmes qui abandonnaient les corps des morts ? Au paradis ? En enfer ? Vaste débat. Certains parlaient de *libération*, d'autres se fichaient éperdument de l'endroit où ils allaient. La plupart avaient peur.

Il en faisait partie.

— Excusez-moi…

Elle se dirigea vers des morceaux de pierre qui traînaient sur le sol et les ramassa.

— Vous avez trouvé quelque chose ? lança le commissaire en enjambant les cadavres pour arriver à sa hauteur.

Elle entreprit de reconstituer la statuette brisée. Après quelques tâtonnements, elle parvint à donner forme à ce qui ressembla à une effigie.

— On dirait une sculpture, siffla Sagane en éprouvant la dureté du matériau. Quelle époque, d'après vous ?

Elle planta ses yeux dans les siens, une nouvelle fois agacée.

— Je ne me fous pas de vous, se défendit-il. Je veux vraiment savoir.

— OK, souffla-t-elle. Il s'agit d'une création contemporaine. Les anciens utilisaient le bois ou la glaise, parfois le bronze… (Elle examina la pierre…) C'est du granit. Les outils modernes permettent de le tailler sans difficulté. On trouve ce genre de pièce un peu partout au Japon.

— Qu'est-ce qu'elle représente ? demanda Dubreuil en réclamant un verre d'eau.

— *Jurôjin*, répondit-elle sans hésiter.

— J'ai peur de ne pas bien saisir, dit le lieutenant.

Elle sourit. Enfin. Signe de paix ?

— C'est l'un des sept dieux du Bonheur. Les Japonais le voient tel qu'il vous apparaît maintenant, comme un vieillard. Le Livre du Savoir est accroché à son long bâton.

— Et ça, c'est quoi exactement ? laissa tomber le commissaire en desserrant sa cravate.

Nouveau sourire. À l'évidence, elle aimait expliquer les choses.

— *Jurôjin* est souvent accompagné par une cigogne.

— Je vois.

Élie profita de ce court instant de silence pour revenir à la charge.

— En quoi cette découverte peut-elle nous être utile ?

— Je ne sais pas, reconnut-elle. *Jurôjin* est une divinité stellaire qui symbolise la longévité. Si l'on accepte la théorie du meurtre…

— Allons, protesta Dubreuil. Pour l'heure, tout porte à croire qu'il s'agit d'un suicide collectif. Mesurez vos…

— Si vous le permettez, le coupa le lieutenant, j'aimerais entendre ce que madame Duparc souhaite nous dire.

— Mademoiselle, rectifia l'autre.

— Si ça peut vous faire plaisir, la taquina Élie.

— Merci. Donc, comme je le disais, s'il est question d'un triple meurtre maquillé en suicide, cet objet pourrait bien être une pièce à conviction à verser au dossier.

Dubreuil soupira.

— Ne faites pas ça. Vous allez ravir Sagane. Il voit le mal partout. C'est tout juste s'il ne fouille pas les trousses des gosses quand il se rend dans les écoles pour la journée d'instruction judiciaire, une fois par an. Il voit en chacun de ses petits démons un futur terroriste.

— Très drôle, chef. Si nous la laissions continuer ?

Instant de complicité entre les deux ennemis. *Tu perds rien pour attendre ma belle. Je finirai par savoir ce que t'as dans le ventre… et ailleurs, cela va de soi.*

— Cette statuette représente la longévité. En la brisant, le tueur – encore une fois, s'il s'agit de meurtres – a en quelque sorte manifesté sa volonté d'écourter la vie de ces malheureux… Regardez, la sculpture est signée d'un sceau gravé.

Élie jeta un coup d'œil sur le granit.

— Effectivement, il y a bien quelque chose. Vous pouvez déchiffrer ce qui est écrit ?

Elle hocha la tête en signe d'approbation.

— La signature est suivie d'un caractère *kanji*. Je peux lire ceci : *Oju, P. G.*

Le commissaire et son homme l'interrogèrent du regard.

— C'est du japonais. *Ôju* signifie « fait sur demande ».

— Et P. G., ça veut dire quoi selon vous ?

— Je ne sais pas lieutenant. Ce sont peut-être des initiales, tout simplement.

Sagane fit claquer ses doigts.

— Mais bien sûr, c'est ça ! Cette japonaiserie a été commandée par ce… P. G. ! Aucun des membres de la famille Sôichiro n'avait un prénom composé, le genre qu'on trouve chez nous, Jean-Christophe, Pierre-Henri, et j'en passe. J'en déduis que ce bidule appartenait à quelqu'un d'autre. Le fameux P. G.

— Ils ont peut-être acheté cette statuette chez un antiquaire ou au marché aux puces. Tout est possible. Dans ce cas, comment savoir à qui elle a appartenu auparavant ? Le premier propriétaire était sûrement ce P. G., mais ça ne prouve rien. C'est peut-être un cadeau d'un ami ou d'un cousin, je ne sais pas moi.

— Je ne pense pas, commissaire.

— Voulez-vous m'expliquer, je vous prie, la raison pour laquelle ma théorie tombe à l'eau.

Élie adressa un clin d'œil à la jeune femme. Une façon de lui dire *bienvenue au club*.

— Un Japonais n'offrirait jamais un objet ayant appartenu à quelqu'un d'autre. Ces choses-là ne se font pas. Et je suis certaine que les Sôichiro n'ont pas acheté cette statuette non plus.

Le commissaire arpenta la pièce, contenant sa colère du mieux qu'il pouvait.

— Que de paroles inutiles ! Je vous rappelle que cette sculpture n'est pas au cœur de l'affaire. Il vous plaît peut-être de dresser son histoire, mais je crois que cela ne nous mènera nulle part. Concentrons-nous sur l'essentiel, voulez-vous ?

— Au contraire, insista Sarah sans se décourager. Je pense qu'elle peut expliquer beaucoup de choses.

— Elle a raison, renchérit Sagane.

Le boss les domina de sa stature intimidante.

— Vous commencez à vous entendre à ce que je vois. Eh bien soit ! Comme vous allez faire équipe un certain temps, je trouve cela plutôt rassurant. Mais attention. Je *veux* des résultats. Et vite. C'est compris ?

Ils s'inclinèrent devant la masse qui se déplaça jusqu'à la porte. Sagane invita Sarah à passer devant lui et la suivit. Il s'arrêta tout à coup.

— Tiens, c'est bizarre.

Elle fit demi-tour.

— Quoi donc ?

Il lui montra les marques sur la moquette.

— Qu'est-ce que c'est ? demanda-t-elle en fronçant les sourcils.

— On dirait les traces d'un trépied.

Elle balaya la pièce du regard.

— C'est drôle, mais vu leur mobilier j'imagine assez mal un siège avec un tel support dans ce décor. Ça n'était pas leur… style.

— Il ne s'agit pas d'un siège, mais plutôt d'un spot.

À son tour d'être surprise par la rapide déduction de son nouvel *équipier*.

— Comment le savez-vous ?

Il prit une cigarette mais renonça à l'allumer. Sa discussion avec Besançon y était sans doute pour quelque chose.

— Mon beau-père était un passionné de cinéma. Il s'amusait à nous mettre en scène, mon frère et moi. Je peux vous certifier que ces empreintes sont semblables en tous points à celles des projos de mon vieux. Ça ne fait pas un pli.

Elle descendit l'escalier, l'esprit encore plein d'incertitudes. Mais après tout, elle aimait son métier aussi pour ces raisons-là. Le doute forgeait le caractère. En l'apprivoisant, l'on apprenait la patience.

— Je vous emmène déjeuner quelque part ? fit-il en jetant le paquet de clopes aux ordures.

— Non, merci. Il s'est passé trop de choses. J'ai besoin de réfléchir.

Il la regarda disparaître dans le lointain brumeux. Bizarre, cette fille. Pas comme les autres. *Dire qu'il va falloir que je me la coltine. J'ai jamais vu une angoissée pareille.*

Il monta dans sa caisse et fit vrombir le moteur. L'image de ces macchabées lui trottait dans la tête. *T'as raison maman. Je serais pas aussi malheureux si je me posais pas toutes ces questions. Qu'est-ce que tu veux, on se refait pas.*

Il fonça vers son domicile.

3

Mitsukuri Ukita aimait Paris. Souvent, pour amuser la galerie, il affirmait qu'il entendait battre le cœur de la ville. La plupart de ses amis français ne voyaient en cette formule que l'aveu de son attachement à la capitale, mais il était tellement convaincant que certains doutaient parfois qu'il n'y eût pas autre chose.

À ses heures, il se faisait poète. Difficile pourtant d'évoquer sa maîtresse lorsque celle-ci n'est pas une… femme. Mais après tout, quelle différence y avait-il entre le corps de sa bien-aimée et l'architecture toute en courbes délicates de la cité légendaire ? Pour lui, c'était du pareil au même. Sublime géographie qui conduisait l'œil averti au-delà de la beauté. Formes tentatrices et mystérieuses. Terres que l'on pouvait fouler mille fois sans jamais les connaître vraiment. Éternelle battue qui transformait l'amoureux transi en un découvreur sans cesse émerveillé.

Il ne retournait au pays qu'une fois par an. Pour fêter comme il se devait *ô-misoka* avec sa famille. Il ne manquait jamais le traditionnel plat de nouilles et la soupe chaude, prélude à de longues discussions avec les siens. Cependant, même la force du souvenir et la nostalgie du sol natal ne parvenaient à l'éloigner bien longtemps de son amante aux mille visages. Il repartait toujours. Seul. Le manque qui coulait dans ses veines et lui montait à la tête le ramenait vers *elle*, cette garce qui ne faisait aucune concession.

Elle... Sa ville.

Sculpteur et tatoueur de formation, il s'était bâti une solide réputation. Sa boutique, située en plein cœur de Paris, attirait une clientèle de plus en plus importante. Il recevait la visite de nombreux artistes, essentiellement des musiciens. Tous déjantés. La plupart raffolaient de ses tatouages nippons surréalistes.

Sa dernière réalisation, à la fois virile et troublante, montrait un samouraï armé du *katana* et du *wakizashi*. L'expression étrangement féminine de son visage trahissait le goût de Mitsukuri pour l'ambiguïté et sa volonté de faire voler en éclats les tabous occidentaux. Homme ou femme ? Lui seul le savait.

Bien sûr, il ne refusait jamais de tatouer un dragon, la demande la plus fréquente. Mais son inspiration le portait davantage vers la seule création. La reproduction sans âme des œuvres millénaires qui avaient marqué l'histoire du Japon ne l'enthousiasmait guère. Il choisissait de se livrer à un subtil mélange de cultures et de couleurs.

Il procédait de la même façon pour la sculpture, recourant à des matériaux et des méthodes qui ne faisaient plus l'unanimité depuis longtemps. Ainsi, il lui arrivait de réaliser des images sur un noyau de bois plein ou sur une armature creuse, à l'ancienne. Parfois, stimulé par les propositions financières plus qu'alléchantes de certains collectionneurs qui croyaient tout savoir de l'art, il effectuait des travaux sur pierre, essentiellement le granit.

Tout récemment, il avait produit deux statuettes pour un mystérieux commanditaire. Un passionné d'art asiatique. Bien payé. Un job facile. Il avait toutefois essayé d'en savoir plus sur cet étrange individu. Sans succès.

Même Suko, surnommé *la Plume* en raison de son apparence chétive, n'avait pas pu lui fournir le moindre renseignement. La communauté nippone avait souvent recours aux services de ce jeune homme. Il remplissait ainsi plusieurs fonctions. Il était tour à tour livreur, vendeur ou détective. Mitsukuri fronça les sourcils en repensant au jeune homme. Cela faisait trois jours que personne ne l'avait aperçu. Étrange. Cette attitude ne lui ressemblait pas. Il n'était pas du genre solitaire. Loin de là. *Il faudrait que je pense à l'appeler. Il est peut-être rentré chez lui.*

D'ailleurs, pourquoi remettre à plus tard ce que l'on pouvait faire maintenant ? Il s'apprêtait à décrocher le combiné du téléphone lorsque quelqu'un entra dans la boutique. Une ombre, suivie d'une autre. Il soupira et se dirigea vers les visiteurs. Le travail passait avant tout. Hélas !

Tout de suite, quelque chose dans le comportement de ces types le dérangea. Il n'aurait su dire quoi. Son cœur se mit à galoper. Il eut peur.

Ils étaient quatre. Tous vêtus d'imperméables. Asiatiques. Il ne les avait jamais vus dans le coin. De qui s'agissait-il ? De touristes égarés ? Sûrement pas. Ils se tenaient devant lui, immobiles, nullement intéressés par les articles exposés ou le catalogue des tatouages disponibles.

Le plus grand – sans doute le chef de la bande – occupait l'espace avec grâce et silence. Le manteau de ténèbres posé sur ses épaules le rapprochait davantage de l'oiseau de nuit que de l'être humain. Les traits de son visage étaient d'une finesse exceptionnelle, de même que ses mains aux doigts interminables, véritables arêtes recouvertes d'une peau maquillée. Il connaissait ce genre de dessin. Message de mort. L'heure de la sentence aurait-elle sonné ?

Dans les yeux de cet individu brûlait le feu de la colère. De toute évidence, un être tourmenté. Les autres attendaient patiemment dans son dos, promenant leurs regards sur les sculptures aux reflets de bronze.

— Puis-je vous être utile ? demanda Mitsukuri en japonais.

L'autre ne répondit pas, ordonnant à l'un de ses hommes de verrouiller la porte.

— Écoutez, reprit l'artisan d'une voix mal assurée, je ne sais pas ce que vous me voulez, mais j'ai de l'argent. Ici. Dans un coffre. Si vous le souhaitez, je vous donne tout.

Le souffle du boss parvint jusqu'à lui. Parfumé au saké. Sûrement pas celui que buvaient les paysans et les ouvriers japonais, préparé avec du millet fermenté, des pommes de terre et de l'orge, le tout ajouté au riz. Non, cet homme était un connaisseur. Les personnes de son rang répugnaient à tremper les lèvres dans un verre de *shôchû*, préférant nettement un alcool raffiné comme le *seishu*.

Mitsukuri recula, lorgnant le flingue qui dormait au fond d'un tiroir ouvert. *Je n'aurai jamais le temps de l'attraper*.

— Ne fais pas de bêtise, siffla l'autre dans sa langue. Comme tu le vois, je suis accompagné. Le Japonais seul est un homme perdu. Il se considère peut-être comme une entité distincte d'un groupe, mais sans lui il n'existe pas… (Il sourit…) Sans moi, mes camarades sont comme des marins égarés en mer… (Il s'approcha du sculpteur…) Je suppose que tu sais tout ça. Tu es des nôtres, n'est-ce pas ?

Ukita acquiesça, terrorisé.

— Je te regarde et je me pose une question, reprit le chef.

— Laquelle ? s'inquiéta le commerçant.

Nouveau sourire.

— Je me demande qui tu es, qui tu es *vraiment*.

— Je ne… comprends pas…

— Les Japonais n'admirent pas l'individu lui-même, mais la vertu qu'il symbolise. Alors mon ami, quelle est la tienne ?

Que devait-il répondre à ça ? Il bredouilla des paroles incompréhensibles qui s'étranglèrent dans le nœud de son angoisse.

— Je ne sais pas… Je…

Sans crier gare, l'homme le gifla. Il manqua s'évanouir.

— Assez perdu de temps ! s'emporta le tueur cinq étoiles. Je vais t'éclairer sur le but de notre visite, OK ?

L'artisan essuya le sang qui coulait sur son menton. Un visage apparut à la lumière d'un néon. Il crut reconnaître une femme. Était-ce possible ? Lui qui avait toujours pensé que la gent féminine s'accommodait mal de la violence. Et pourtant… Sa figure endeuillée par un sinistre tatouage évoquait un marbre veiné des couleurs de l'apocalypse. Des dessins ésotériques recouvraient également ses avant-bras, lui rappelant qu'il existait une ancienne coutume née dans les îles Ryû-kyû qui incitait les femmes mariées à se tatouer de la sorte. S'agissait-il de l'épouse de ce monstre ? En fait, il avait déjà vu ce genre d'estampe corporelle. Surtout sur des personnages interlopes, chez lui, au Japon. Leur venue ici n'était pas bon signe. Une légende rapportait que quiconque posait les yeux sur le dragon périssait par les flammes. Et comme l'animal se tenait là, devant lui, il devait s'attendre à…

— Nous savons que tu as fabriqué deux statuettes représentant *Jurôjin* pour un client plus que généreux.

Silence. Le bandit empoigna Mitsukuri et menaça de le frapper à nouveau.

— C'est exact, reconnut-il en détournant le regard. C'est lui qui vous envoie, n'est-ce pas ?

— Tu n'y es pas du tout mon ami. Je veux seulement que tu me donnes son nom.

Le sculpteur écarquilla les yeux. Il n'y comprenait rien.

— Mais je ne sais pas, je vous le jure.

— Tu te fous de moi, grogna l'autre en assurant sa prise. Je te rappelle que tu as gravé ses initiales sur la plante des pieds du vieillard.

— Je n'ai fait que suivre ses instructions. Il m'a dicté au téléphone ses exigences, mais je ne l'ai jamais rencontré.

— Il ment ! tempêta la femme en abandonnant l'ombre pour la lumière. Laisse-le-moi, je t'en prie. Avec moi, il va parler.

Le chef se tourna vers elle et lui adressa un sourire, machiavélique reflet de son âme.

— Je suis certain que tu ferais ça très bien, mais j'ai envie de lui accorder une dernière chance. Je vais lui poser la question encore une fois. Si sa réponse est celle que j'attends, tu devras patienter et te ronger les ongles, ma chérie. Mais s'il s'obstine à nous cacher la vérité, alors il est à toi. Ça te convient ?

Elle acquiesça avant de regagner sa place.

— Je ne connais que sa voix ! implora Mitsukuri. Il voulait que son identité reste secrète. Au début, j'ai pensé qu'il s'agissait de quelqu'un d'important. Il m'arrive de recevoir des commandes de personnes publiques qui ne souhaitent pas être vues. En général, elles envoient un chauffeur chercher la marchandise… Je vous dis la vérité.

La ténébreuse assemblée demeurait imperturbable. Pas un bruit ne sortait de ses rangs. Le craquement d'une allumette le fit sursauter. Le boss approcha la cigarette de ses lèvres. Mitsukuri avait froid. Tellement froid. Avant d'emporter les plus faibles, la mort revêtait-elle toujours le manteau de l'hiver ? Elle n'avait probablement jamais été aussi proche de lui. Il la regarda en face. Non, décidément, il n'avait rien à lui dire. C'était trop tôt.

— Un type est passé prendre les statuettes la semaine dernière, poursuivit-il en tremblant. Il m'a payé, en liquide, et je n'ai plus eu de nouvelles. Voilà, vous connaissez toute l'histoire.

— Et si tu me parlais de Suko, siffla la langue de serpent. Tu lui avais demandé de retrouver ton mystérieux client, pas vrai ? Pourquoi ça ?

L'artisan crut qu'il allait défaillir. Ils étaient au courant de tout.

— Vous l'avez tué, n'est-ce pas ? lança-t-il en affrontant le regard de l'exécuteur.

— Si ça peut te consoler, il n'a pas souffert. Enfin, pas tellement. L'imbécile s'est bêtement sacrifié. Il n'a jamais voulu nous avouer ce qu'il avait découvert. Iga, ma vénérable épouse, est pourtant experte dans l'art de la torture.

— Il ne vous est pas venu à l'esprit qu'il ne savait rien ? cracha le sculpteur.

— Permets-moi d'en douter mon ami, souffla le tueur. Il y a quand même une chose qui m'intrigue.

Pour quelle obscure raison souhaitais-tu rencontrer ton client ? Un commerçant ne s'oppose jamais à la volonté d'un bon payeur, cela va de soi. Mais alors pourquoi lui ? Qu'avait-il de si… intrigant justement ?

Les larmes de détresse inondaient les yeux de Mitsukuri. Il ne s'en sortirait pas. Pas cette fois.

— Je ne sais pas. J'ai pensé que je devais le faire.

— Tu as l'air au bout du rouleau. Rassure-toi, l'heure du repos va bientôt sonner. Mais avant, j'aimerais que tu me rendes un dernier service.

— Qu'attendez-vous de moi ? fit le Japonais avec l'énergie du désespoir.

— Je voudrais que tu me tatoues. Il paraît que tu fais ça très bien. Certains disent même que tu es meilleur que Tatsuno Tayasu.

Il se dévêtit lentement, ne gardant que son slip. Mitsukuri ne parvenait pas à détacher ses yeux de l'imbroglio pictural qui servait de corps à cet homme. Les images se croisaient, se chevauchaient, se mélangeaient jusqu'à former un désordre majestueux. En d'autres circonstances, il aurait aimé la beauté sombre de cet individu, la profondeur de son regard, la finesse de ses muscles.

— Comme tu peux le constater, j'adore les dragons. J'en ai partout. *Kôryû, kyûrû, ôryû*, je les ai tous. Enfin, presque. Il m'en manque un : *Ichimokuren*. Je ne connais personne qui sache parfaitement dessiner le dragon cyclope faiseur de pluie. Tu peux faire ça pour moi ?

Menace ou simple demande ?

Existe-t-il un dragon tueur de tueurs ? Si c'est le cas, qu'il vienne sans tarder. C'est une question de vie ou de mort.

— Je peux faire ça pour vous. Il y a juste un petit problème.

— Lequel ?

— Où voulez-vous que je le mette ? Regardez-vous, il n'y a plus de place nulle part.

Le dément sourit et prit place dans le siège en cuir.

— Cherche bien. Il reste un endroit où tu peux caser un modèle réduit. Et sois prudent avec tes instruments. Je te recommande l'habileté la plus extrême. Si tu perdais malencontreusement le contrôle de tes mains, je pourrais être blessé… (Il montra les pétoires de cinéma que tenaient ses hommes, le genre à ne pas titiller…) Ils savent tirer, crois-moi.

— Je n'en doute pas un seul instant.

— Trêve de bavardage. Au travail.

Mitsukuri s'exécuta. Un dessin de cette taille ne nécessitait pas plus de deux heures. Sans doute les dernières heures de sa vie sur cette terre. Il ne lui restait plus qu'à s'évader. En rêve. Après, il décollerait pour l'enfer.

Iga posa une main sur son épaule. Ce seul contact le tétanisa. Il croisa son regard, puis, plus bas, un sein qui pointait sous la toile de l'imperméable. Elle n'était pas seulement cruelle. Elle était aussi provocatrice. La pauvre, si elle savait. Il avait toujours été attiré par les hommes. La beauté des femmes, leur sensualité ne l'émouvaient guère. Il ne leur trouvait qu'un vague intérêt artistique.

Enfin, là encore, il fallait faire avec.

Deux petites heures.

Peut-être qu'un coup de charme pourrait convaincre la mort de rebrousser chemin. Il avait encore tellement de choses à faire, tellement de rêves à réaliser.

Deux heures, c'est si long… C'est si court.

4

— Comment s'appelle-t-il déjà ?

Besançon consulta le dossier.

— Sakaibe Hyakusen, répondit-il en parcourant le curriculum vitae du suspect. Kansho pour les intimes. Ça veut dire *patate douce* en japonais. J'ai oublié de te préciser qu'avant de venir ici il a bossé comme cuistot dans un restaurant situé en plein cœur de Tokyo. Ça explique peut-être ce drôle de surnom. Enfin. J'ai beau chercher, je ne vois pas le moindre grain de sable dans ce rapport. Ce gars m'a l'air nickel.

Élie croqua dans sa pomme, un rien sceptique.

— Justement, fit-il, c'est ça qui est inquiétant. Crois-moi, un mec capable de commettre un triple meurtre et de le déguiser en suicide est forcément un as. Ne t'attends pas à trouver des indices dans son état civil ou dans ses livrets scolaires. Ce genre de criminel est maître dans l'art de la dissimulation. Nous n'avons pas affaire au petit chaperon rouge. Oublie l'idée du parcours fléché qui nous mènera à lui.

— Je suis certain que ce type n'est pas un tueur, répéta Besançon en montrant la photo à son supérieur. T'as vu sa bouille ?

— Il est notre seul suspect, laissa tomber Sagane avec fermeté.

— Pourquoi ? Parce qu'il bossait comme serveur au *Dai-Nippon* ? Excuse-moi, mais je trouve cela un peu maigre pour envoyer un mec au trou.

— Personne n'a dit qu'il irait au trou. Il connaissait bien ces gens, suffisamment pour les aider à…

— Rejoindre l'autre monde, c'est ça ?

— Reconnais que c'est une possibilité. Et puis, il y a quand même une chose bizarre.

— À ce rythme, on va bientôt dresser un monument consacré aux bizarreries.

— Sois sérieux, rien qu'une minute. Souviens-toi. Comment avons-nous su que les Sôichiro jouaient aux petits baigneurs dans leur sang ?

Besançon prit une sèche et l'alluma.

— Pas dans la voiture s'il te plaît.

— Ne me dis pas que tu as arrêté !

Élie acquiesça, non sans une certaine fierté.

— Alors là tu m'épates ! J'en reviens pas.

— Concentre-toi plutôt sur notre discussion.

Le flic écrasa la clope avec un pincement au cœur.

— On a reçu un appel anonyme. Un gars nous a prévenus.

Sagane le fixa un instant.

— Ça ne te surprend pas ? Réfléchis deux secondes, tu veux bien ? Qui avait les clés du restaurant à part Asayama et les siens ?

— Le serveur, laissa tomber Fix.

— Exact. Admettons qu'il ne soit pas le coupable que nous recherchons, le mystérieux assistant qui joue au samouraï. Admettons également que Patate Douce se soit pointé le matin en question, vers neuf heures, comme chaque jour, pour faire le ménage et mettre les tables en place. Tu me suis jusqu'ici ? Bien. Surpris de ne pas apercevoir ses patrons qui sont du genre lève-tôt, il se décide à ouvrir la porte. Et là, il tombe sur les cadavres. Il prend peur et sort précipitamment. D'après le rapport, l'appel provenait d'une cabine du XIe arrondissement. J'en déduis qu'il a préféré rester dans l'ombre. Et pourquoi ça ? Parce qu'il a vu quelque chose. Le meurtrier peut-être.

Besançon s'agita dans son siège.

— Mais c'est insensé. Le légiste a certifié que le crime a eu lieu aux environs de trois heures du matin. Tu ne veux quand même pas me faire croire que l'assassin est resté sur place pendant tout ce temps ? Qu'est-ce qu'il a fait durant toutes ces heures ? Il a vidé le frigo ? Il s'est préparé un plat de *kamaboko* ?

Sagane résista au chant de la cigarette qui ondulait dangereusement dans le paquet du gamin. *Ce temps-là est bel et bien révolu, ma jolie !*

— Tu manques cruellement d'imagination. Il a peut-être passé du temps à maquiller ces meurtres en suicide collectif.

— Tu délires Élie, c'est moi qui te le dis.

— Tu n'es plus très sûr de toi, avoue-le, jubila Sagane.

— Si t'es dans le vrai, pourquoi ne pas d'abord enquêter sur lui ? Le commissaire peut bien détacher une paire de *sonnettes* à la surveillance de son appartement.

— Tu rigoles ! grogna l'autre, peu emballé par la trouvaille du bleu. Tu te souviens de notre dernière planque ? Je tiens pas à revivre ça. J'ai pas vraiment apprécié les potes qui nous tenaient compagnie.

— De qui parles-tu ?

— Des degrés au-dessous de zéro.

Le lieutenant s'engagea dans la rue Marbeuf.

— Voilà, nous y sommes.

Besançon observa l'immeuble où vivait Hyakusen.

— Il se fait pas chier. Comment le serveur d'un petit resto japonais de banlieue peut-il crécher dans un quartier aussi chic ?

Élie lui tapa sur l'épaule.

— Ça y est, tu commences à piger ? La situation de ce type n'est pas claire. On va la jouer cool, OK ? Je vais juste lui poser quelques questions. Tu me laisses faire.

— Et s'il refuse de répondre ?

— Il ira faire un tour dans la chambre de sûreté, histoire de se remettre les idées en place. Je suis convaincu qu'il sait des choses. La balle est dans son camp.

— Et les emmerdes dans le nôtre, siffla Fix en se dirigeant vers l'entrée. N'empêche, on aurait dû brancher les *zonzons* sur ce gars. On fait pas ça dans les règles.

Son supérieur leva les yeux au ciel.

— Écoute-moi. Dubreuil soutient mordicus que nous avons affaire à des suicides. Tu crois vraiment que le juge d'instruction va nous délivrer une commission rogatoire aussi facilement ? J'ai pas envie de voir notre demande se transformer en saucisson. Le dernier formulaire que j'ai rempli dort encore dans le casier des vaines recherches. Crois-moi, parfois, il faut la jouer musclée. Allons-y.

— Tu es fou.

— Désolé, mais c'est pas près de s'arranger. Alors, tu viens, merde ou quoi ?

5

Sagane s'assura que le Beretta pionçait bien dans son étui. Le flingue n'avait pas craché le feu depuis un certain temps. À dire vrai, ce n'était pas plus mal. Le flic ne s'en servait que lorsqu'il y était obligé. Pas d'abus. De la prudence et, si nécessaire, de la précision. Histoire d'éviter les bavures.

Il adorait ce gicleur. Un vieux modèle, certes. Mais un tombeur comme pas deux. Il avait déjà refusé à plusieurs reprises de l'échanger contre le gros calibre qui venait de sortir, celui doté d'une culasse fermée et d'un verrouillage rotatif.

— Troisième étage, appartement 35, murmura Fix en posant une main sur la crosse de son arme. À toi de décider, vieux ? On frappe ou on fait comme d'habitude ?

Élie l'interrogea du regard.

— Tu sais bien que j'adore enfoncer les portes, surtout lorsqu'elles ont une gueule comme celle-là. Matemoi un peu ce bois, c'est du grand art.

Le lieutenant opta pour la première solution. Elle avait l'avantage d'être moins bruyante. Et puis, il n'y avait pas de judas pour les trahir. Ils entendirent des pas. Un bruit de clé qui tournait dans la serrure. Un rai de lumière. Un visage apparut. Une lueur dans les yeux qui en disait plus qu'un long discours. Cet homme avait peur. Très peur. Apparemment, il attendait quelqu'un d'autre. Dans sa précipitation, il avait pris un risque énorme. Il essaya de refermer mais les flics l'en empêchèrent.

— J'espère que vous ne recevez pas comme ça dans ton pays, grogna Sagane en s'introduisant dans le meublé. Franchement, question qualité d'accueil, c'est le zéro pointé.

— Mais enfin, qu'est-ce qui vous prend ? demanda le Japonais en ramassant le verrou qui avait rendu l'âme. Vous savez combien ça va me coûter de faire réparer ça ?

Fix s'approcha de l'Asiatique, l'air menaçant. Élie le trouva vraiment intimidant. Ainsi donc, il n'était pas qu'un intello branché informatique et jeux vidéo. Il semblait prêt à molester Hyakusen. Sa redoutable intelligence n'avait d'égale que la robustesse de son corps. Taillé dans le roc, il semblait appartenir à un boxeur catégorie poids lourd. *Je te découvre, petit génie. Pianoter sur un clavier toute la journée ne te suffit plus on dirait. T'as besoin de sensations fortes.*

— Tu vois ce que je vois ? fit Besançon en montrant à son supérieur un vêtement qui dépassait de la penderie. C'est un pyjama en soie ou je rêve ?… (Il reporta son attention sur la feuille de papier jauni qui servait de gueule au suspect. Était-il possible d'être aussi maigre ?…) Tu veux nous faire croire que t'as pas assez de blé pour changer ta porte, espèce de grenouille ? Je te trouve plutôt bien logé pour un serveur. Sans parler de tout ça, là, tous ces trucs que mon patron et moi on pourrait même pas se payer.

Kansho le défia du regard.

— Vous n'avez pas le droit d'entrer chez les gens comme ça, protesta-t-il en s'emparant du téléphone qui traînait sur le canapé.

— Pose ton portable tout de suite, ordonna Sagane en le bousculant.

Le Japonais finit par lâcher l'appareil qui chuta sur le sol.

— Et voilà ! siffla Élie. Il est bousillé avec tes conneries.

— Qui êtes-vous d'abord ? s'emporta Patate Douce. Je vais prévenir la police.

— Te fatigue pas minus, dit Besançon. C'est *nous* la police… (Il sortit sa carte et la promena sous les yeux affolés du Japonais…) Alors, à ta place, j'irais m'asseoir et j'écouterais ce que ces messieurs ont à te raconter. Vu ?

— Que me reprochez-vous ? demanda le Japonais avec un calme impressionnant. De vivre et de travailler dans votre pays ?

— Tu vas pas nous faire le coup du persécuté, se moqua Fix. Il ne faut pas croire tout ce que t'entends à la téloche mon grand. Les poulets ne sont pas tous racistes. J'en connais même qui aident des trous du cul dans ton genre à sortir de leur merde. La vérité, c'est que t'es un rigolo qui se paie notre tronche.

— C'est bon, s'interposa Sagane. Fous-lui la paix maintenant. Laisse-moi essayer la méthode douce.

— Laquelle ? Celle qui autorise les malfrats à se savonner les pieds et à fumer une sèche pendant qu'on les interroge ? Tu débloques, mon vieux… (Il adressa un clin d'œil à son collègue. La partie commençait à devenir intéressante…) Tu préfères pas que je le charcute un peu ?

Élie décida de jouer le jeu. Fix serait le méchant de l'histoire. Lui, il endosserait la panoplie du brave type qui détestait la violence.

— Dis-moi ce que tu sais, souffla le lieutenant. Si tu parles, je peux te promettre qu'il ne t'arrivera rien.

Il constata que les mains du serveur tremblaient. Un éclair dans ses yeux. À nouveau, la peur.

— Si tu t'obstines à garder le silence, on va te boucler quelques jours, menaça Besançon, parfait dans la peau du bourreau. Tu vas atterrir dans la chambre rose, si tu vois ce que je veux dire. Une fois que t'auras l'arrière-train élargi, tu changeras d'avis. Crois-moi.

Élie sentit le trouble envahir le Japonais. Il n'était plus très sûr de lui. À cet instant, il comprit qu'il savait quelque chose d'important. L'idée du suicide n'était plus qu'un lointain souvenir. Il s'agissait bien d'un meurtre.

— Regarde-moi. Je ne sais pas ce qui t'effraie autant, mais tu n'as rien à craindre. Je peux exiger qu'on te protège.

— Non. Vous ne pouvez pas me sauver. Ni vous ni personne.

Les policiers échangèrent un regard.

— Qu'est-ce que ça signifie ? demanda Sagane. Tu es en danger, c'est ça ? Parle-moi, bordel ! Si tu sais qui a tué ces gens, alors dis-le-moi.

— Tu ne réalises pas comment sont les prisons de haute sécurité en France, poursuivit Fix, décidément à l'aise dans son personnage. J'ai vu des mecs faire dans leur froc rien qu'à la vue de certains détenus taillés dans le roc avec un pistolet-mitrailleur à la place de la queue. Le genre marteau-piqueur, tu me suis ?

Élie leva les yeux au ciel. Après, ils auraient une petite discussion tous les deux.

— Accouche, fit-il. Je pourrais pas le tenir encore longtemps.

Patate Douce remua la tête négativement.

— Je ne les ai pas tués !

Un aveu. Pas trop tôt.

Besançon siffla dans son coin, guère convaincu par ce déballage qui sonnait faux.

— Il va falloir le prouver bonhomme, dit-il en reprenant sa traque de l'indice. Ou tu te mets à table maintenant ou tu passes le week-end avec les grandes folles dont je t'ai parlé. À toi de choisir.

— Si ce n'est pas toi, qui alors ? répéta Sagane. Tu as…

— Vise un peu ça, le coupa son collègue.

Le flic venait de soulever le matelas. Il s'empara de la mallette qui lui faisait de l'œil. Pas besoin de la combinaison. Elle était ouverte. Bourrée de billets de banque. Il trouva également un étui de la *Japan Air Lines*. Visiblement, le coco souhaitait mettre les voiles. Retourner au pays sans doute. Couler des jours heureux et dépenser tout ce fric qui sentait bon le neuf.

— Tu veux bien m'expliquer *ça* ? fit Élie.

— Cet argent, je l'ai gagné, se défendit l'autre.

— Arrête ton baratin ! tempêta le lieutenant qui perdait patience. Ça fait à peine six mois que tu bosses au *Dai-Nippon*. T'as pas pu mettre autant de flouze de côté en si peu de temps.

Hyakusen tenta de se lever mais le lieutenant l'obligea à rester assis.

— Pour qui tu bosses ? Qu'as-tu fait pour gagner cet argent ? Laisse-moi deviner. Je parie que tu as buté les Sôichiro.

— Non.

Cette fois, Élie n'y tint plus. Il empoigna le serveur et menaça de le frapper.

— C'est toi le boucher qui a trucidé ces malheureux ? tonna-t-il. Je te conseille de répondre.

— Désolé, mais c'est toujours non, monsieur le policier.

Quelle attitude adopter face à une telle maîtrise de soi ? Péter les plombs ? C'était déjà fait. Alors, que restait-il ?

— Si je ne m'abuse, reprit Kansho avec un sourire vraiment désagréable, j'ai droit à un avocat. J'exige sa présence avant de répondre à vos questions.

Fix serra les poings, remonté lui aussi.

— Je vais le tuer ce mec !

Son supérieur le stoppa dans son élan.

— Laisse courir. Ça lui plaît de faire le mariole. Mais il ne rigolera plus lorsque ses petits copains sauront qu'il a été arrêté… (Une ombre sur le visage du Japonais…) Ils penseront qu'il a pu cafter… (Ses traits se crispèrent jusqu'à former une grimace qui ressemblait au masque de la terreur…) Ça risque de les contrarier. J'aimerais pas être à sa place quand nous le relâcherons. Ils ne goberont pas ses explications. Et ils lui feront la peau. N'est-ce pas l'ami ?

Hyakusen respirait avec difficulté. Le Français avait touché juste. Mais il ne lui faciliterait pas la tâche.

— Vous autres Occidentaux, vous êtes obnubilés par votre propre existence, fit-il en levant la tête. Les Japonais ne sont pas comme vous. La mort vous effraie alors qu'elle est comme une sœur pour nous. Vous pouvez m'enfermer et me priver de tout, faire souffrir mille maux à mon corps. Mais vous n'aurez jamais ce que j'ai dans la tête.

— Je crois qu'on devrait le mettre en garde à vue, dit Besançon. S'il sait quelque chose, il finira par parler.

— OK pour moi, acquiesça Sagane.

Il pivota sur ses talons, faisant face à Hyakusen. L'Asiatique évoquait une brindille, le genre prêt à se casser en deux au moindre faux mouvement. Sauf que là, il semblait contrarié ; en témoignait l'objet qu'il tenait fermement dans sa main. L'arme millénaire consistait en deux manches en bois liés l'un à l'autre par un faisceau de crins de cheval. De toute évidence, Patate Douce ne savait pas seulement préparer de bons petits plats. Élie déchiffra sans peine le langage de ses yeux. Ils exprimaient clairement sa haine.

— Tu as quelque chose à proposer ? murmura Besançon en écrasant sa cigarette.

— J'ose espérer qu'il ne sait pas s'en servir, rétorqua le lieutenant. Ça m'embêterait de lui coller une bastos dans le buffet.

— Concrètement, on fait quoi ? insista lourdement le jeune homme. Ne compte pas sur moi pour m'approcher de lui. J'ai pas envie qu'il m'arrache mon sourire. Il paraît qu'il fait tout mon charme.

— T'inquiète, je réfléchis.

— Fais vite. J'ai l'impression qu'il veut se casser.

6

Sakaibe effectuait des moulinets avec son nunchaku. Cette démonstration relevait-elle de l'exercice de style ou du n'importe quoi ? Pour savoir, il fallait s'approcher et tenter de le neutraliser. Plus facile à penser qu'à faire.

— Alors, t'as pris une décision ? demanda Fix en gardant une main posée sur la crosse de son flingue. Je sais pas si c'est du bidon, mais en tout cas il fait peur à voir.

Sagane s'efforçait de ne pas céder à la panique. Après tout, il ne s'agissait que d'un homme. Son arme était peut-être peu commune et intimidante, mais il restait persuadé qu'en dernier recours un cracheur de feu digne de ce nom lui ferait ravaler son insolence. À jamais. Seulement, il préférait éviter d'en arriver là. Sans le témoignage de ce fumier, l'affaire tombait à l'eau.

— Je crois qu'on n'a pas été suffisamment clair, mec. Tu vas poser ton bidule sur le sol et nous suivre bien gentiment.

Sans crier gare, le clone de Bruce Lee fonça sur le lieutenant. Le sifflement du bois qui fouettait l'air lui rasa les oreilles. Désagréable sensation. Le manche tournoya au-dessus de sa tête un instant. Il l'évita de justesse, se jetant sur le canapé. La série de *kokeshi* posée sur une étagère explosa en mille morceaux. Après cette agression, il ne restait intacte qu'une poupée décorée de motifs floraux. Fix l'avait remarquée dès son entrée dans le salon. Il s'en empara et la glissa dans sa poche. *Et une de sauvée !*

Sa joie fut de courte durée. À présent, le dément en avait après lui. Les bois effleurèrent son imper. Il recula précipitamment, se prenant les pieds dans les branchements de la télé. La chute lui sauva probablement la vie. Le bâton vengeur heurta l'écran qui vola en éclats.

Hyakusen profita de ce moment d'absence pour filer. Léger comme une plume, il semblait porté par l'air. Sagane se lança à sa poursuite.

— Préviens les renforts, fit-il. Je vais essayer de le rattraper.

Le lieutenant dévala les marches de l'escalier en colimaçon et atterrit au rez-de-chaussée. Une fois dehors, le vacarme de la ville le détourna une seconde de sa cible. L'autre profita de cette occasion pour revenir sur ses pas et lui assener un coup de pied dans le ventre. Le choc fut terrible. Élie s'écroula, crachant un jet de bile. Mais le salaud ne s'arrêta pas là. Il glissa la main dans les cheveux du flic et lui cogna la tête contre le mur en béton.

Les passants s'affolaient, courant en tous sens. Les voitures s'arrêtaient brusquement. Les clients des restaurants chics, peu habitués au tapage, abandonnaient leurs assiettes pour assister à la bagarre. Combien d'entre eux comprenaient qu'il pouvait y laisser sa peau ?

Hyakusen finit par lâcher prise. Juste à temps. Élie s'enlisait dans les mouvances de l'inconscience. Sa vue se brouillait. La silhouette du samouraï n'était plus qu'une tache sombre qui ondulait doucement dans son champ visuel. Elle semblait jaillir hors de la toile confuse qui s'imposait à lui et rejoindre le gris du ciel, là-haut, pour se confondre à la gouache dévoreuse de lumière. Pour lui échapper ? Non ! Il devait la stopper.

Avec la rage du désespoir, il se leva et déverrouilla le Beretta. À cette heure, l'avenue des Champs-Élysées était bondée. Pas moyen d'apercevoir ce fils de… Mais si ! Le voilà ! Il brandit son arme et la braqua dans sa direction. Il n'avait pas l'intention de tirer, mais c'était la seule façon d'écarter les gens de son chemin. Bientôt, il se retrouva seul avec le Japonais.

Lorsqu'un véhicule de police arriva à sa hauteur, il exhiba sa carte et fit signe aux trois agents de suivre l'allumette qui filait comme une fusée. La sirène hurlante lui agressa les tympans, mais à choisir, il préférait cette musique-là à celle qu'il entendait parfois au cours de ses fausses entrées dans la mort.

De loin, il vit la voiture barrer la route au Japonais. Crissement de pneus sur l'asphalte torturé. Claquement de portières. Le bras de l'Asiatique se délia et le nunchaku partit dans les airs. Il s'enroula autour du cou du premier flic, lui brisant la nuque.

Mon Dieu ! Pas ça !

Il accéléra le pas. La bombe greffée à son cœur menaçait d'exploser à tout instant. Le seul service de déminage capable de la désamorcer, c'était son cerveau. Mais pour que la mesure soit efficace, il fallait qu'il démissionne. Même pas en rêve pour un acharné comme lui. Plutôt crever.

Les minuscules silhouettes continuaient à s'agiter. Même à cette distance, l'éclat de la lame l'aveugla. Sa mémoire prit en photo le bras de Hyakusen qui s'abattait sur le second policier. Il n'oublierait jamais cette image. Le poignard déchira le ventre puis trancha les organes génitaux. Comment un si petit homme pouvait-il avoir une telle force ?

— Nooonn !

Un coup de feu retentit. La blessure, pourtant profonde, n'empêcha pas le samouraï de poursuivre son œuvre. Il bondit en avant et atterrit sur le capot de la voiture.

Je te tiens, salaud !

Encore quelques mètres le séparaient de ce monstre à visage humain. Il aperçut alors la forme étendue sur la banquette arrière du véhicule. Le troisième homme avait réussi à sauver sa peau. Il tremblait comme une feuille.

Élie pointa son arme sur le Japonais. Sa respiration était saccadée. Il n'y avait plus personne dans le coin. Juste eux trois. Et ces cadavres qui nageaient dans le sang. Le tonnerre gronda. La peinture se craquela. Le gris devint encore plus gris, et la pluie plus abondante. Les gouttes d'eau perlaient sur le canon du Beretta. Il hésita à pulvériser cette ordure. Dès le début, il avait senti que cette enquête le mènerait sur des terres hostiles. Mais c'était plus fort que lui. Il ne savait pas résister à l'appel du gouffre.

Tant pis pour lui ?

— Pose ce couteau, lança-t-il. Doucement.

Le tueur ne bougea pas. Les traits de son visage demeuraient figés.

— Vous pouvez sortir !

L'agent ouvrit la portière et s'extirpa de ce qui aurait pu être son tombeau. Il était livide.

— Venez près de moi, fit le lieutenant en ne quittant pas des yeux l'assassin. Vous ne risquez plus rien.

Vite dit. L'aigle fondit sur sa proie. Il n'avait plus de couteau. Sans parler de son bras qui pissait le sang. Que comptait-il faire ? L'étrangler ?

Dans le doute, Sagane visa sa jambe droite et appuya sur la détente. Il chancela mais ne tomba pas. Il se rattrapa à la veste du flic qui n'osait pas faire le moindre mouvement. Leurs yeux se croisèrent. Et…

Hyakusen cracha à la face du poulet ce qu'il avait dans la bouche. Les aiguilles se plantèrent dans sa chair. L'une d'entre elles lui transperça la gorge. Élie se précipita vers le malheureux. Trop tard. Il approcha le canon fumant du gicleur de la gueule de cet enfoiré.

— Tue-moi si tu l'oses, siffla le Japonais avec un sourire énigmatique.

Élie jeta un coup d'œil sur ses blessures. Sans un médecin, il n'en avait plus pour longtemps. Cette constatation ne l'attristait nullement, mais il brûlait de savoir le pourquoi de cette sinistre affaire.

— Dis-moi juste une chose avant de rejoindre l'autre monde. Tu étais seul sur ce coup ?

L'autre ricana. Jamais un rire ne lui avait paru aussi désespéré.

— Ne compte pas sur moi pour t'aider. Tu sais… ce que disent les bouddhistes ? *La perfection pour celui qui combat, c'est d'être sans colère*. Crois-moi, je ne détestais pas ces hommes. Je n'ai pas pris un plaisir particulier à les tuer.

— Tu plaisantes ? s'indigna le lieutenant. Tu les as massacrés. Tu mériterais que je te coupe les couilles et que je te les fasse bouffer.

— Ils se sont mis en travers de ma route. S'ils ne l'avaient pas fait, ils seraient encore en vie. Allez, finissons-en… (Il tomba à genoux, épuisé…) Laisse-moi le choix de ma mort. Rends-moi mon poignard. Cela peut être fait très rapidement.

Élie le souleva sans ménagement.

— Désolé, mais tu vas vivre. On a encore des choses à se dire tous les deux.

Une sirène retentit. Le flic souffla. Les renforts arrivaient. Hyakusen profita de cette minute d'inattention de son geôlier pour ramper sur le sol et s'emparer de la lame battue par la pluie. Il hésita puis…

Sagane fit volte-face. Contraint au silence éternel, le Japonais fixait le ciel. À travers les plis de la chemise déchirée, le policier aperçut le tatouage qui habillait son torse fin mais musclé. Il n'en avait jamais vu de semblable. Étrange. Les gouttes d'eau étaient comme des larmes qui s'échappaient des yeux rougeoyants du dragon. *On est en plein cauchemar. Une famille d'honnêtes gens suicidés, un tueur pas comme les autres qui emporte son secret dans la tombe… Une enquête qui va de mal en pis. Et on ne sait toujours pas quel est le mobile. Hyakusen n'était pas un malade. Il n'agissait pas sans raison. Je dois découvrir ce qui se cache derrière les apparences.*

Il resta planté là un long moment, même après le départ de l'ambulance. Il pensa à ces pauvres types qui ne reverraient jamais le jour.

Ni le sourire de leurs enfants.

7

— Décidément, mes amis les bridés ont juré d'avoir ma peau, râla Sagane en étouffant un bâillement intempestif. Cette affaire est plus compliquée que vous ne l'aviez pensé, chef. J'espère que vous êtes convaincu cette fois.

— À propos de quoi ? demanda le commissaire en contournant le cadavre.

Élie soupira. Parfois, le respect de la hiérarchie lui pesait. Heureusement, Fix était toujours là pour le calmer. Le jeune homme lui tapa sur l'épaule en signe d'apaisement. *Ouais, t'as raison. Vaut mieux rester cool.*

— À propos de ces meurtres maquillés en suicides, fit-il sans se décourager. Le type qu'on a coursé, ce Hyakusen, il savait quelque chose. Il a préféré se zigouiller plutôt que d'avouer.

— À votre place, je la ramènerais pas, lieutenant, le coupa son supérieur. PPDA n'a parlé que de ça au journal de vingt heures hier soir. Et comme si c'était pas assez, les quotidiens en ont fait leur gros titre ce matin. Tenez, fit-il en sortant un journal plié de sa poche.

Élie lut le titre de l'article signé Alexandre Chapuis : « Massacre de trois policiers sur les Champs. » Puis, plus bas : « On s'interroge encore sur les circonstances de ce drame survenu alors qu'un lieutenant de la brigade criminelle s'apprêtait à appréhender le serveur du *Dai-Nippon*, suspecté d'être l'homme qui a prévenu la police le jour où les Sôichiro se sont suicidés. »

— Le préfet trouve que cette histoire va beaucoup trop loin, ajouta Dubreuil.

— Ce salaud était un tueur professionnel, s'obstina Sagane. Vous avez vu ce qu'il a fait à nos gars ?

Besançon baissa la tête, gêné par l'aplomb de son collègue.

— Laisse courir vieux, marmonna-t-il entre ses dents. Tu vas nous attirer des emmerdes.

— Lâche-moi, tu veux ? grogna l'autre. J'ai pas terminé.

Dubreuil avança dangereusement. Le gyrophare dans le cerveau du lieutenant se mit à tournoyer. C'était bien beau d'allumer un feu. Encore fallait-il savoir l'éteindre.

— Oh que si vous avez terminé ! laissa tomber le boss avec un rictus. Je vous déconseille de m'asticoter, je ne suis pas d'humeur aujourd'hui. Sachez que je suis à deux doigts de vous retirer cette affaire… (Il se tourna vers Sarah…) Continuez, voulez-vous.

La criminologue se pencha sur le corps inerte du vieux Japonais. Elle examina la plaie puis se redressa. *C'est ça, griffonne tes balivernes sur ton cahier d'écolière*, s'énerva Sagane. *Avec ces conneries, on n'est pas sorti de l'auberge.*

— La méthode est différente, mais je crois bien qu'il s'agit d'un autre suicide, fit-elle en enlevant ses lunettes ridicules.

— C'est-à-dire ? s'enquit le commissaire.

— Il a pratiqué une double incision en croix en utilisant le fameux *kusungobu*.

— Je vous demande pardon ? lança le lieutenant qui cherchait par tous les moyens à l'évincer.

Selon lui, cette emmerdeuse n'avait rien à fiche ici. Les connaissances qu'elle avait acquises au cours de ses années d'études ne pouvaient pas remplacer une solide expérience sur le terrain.

— Je suppose que vous parlez du poignard dont se sont également servis les Sôichiro, siffla Fix en torchant une sèche.

Elle acquiesça.

— Je suis ravie que vous m'écoutiez, agent Besançon, dit-elle en le gratifiant d'un magnifique sourire dont le lieutenant ne l'aurait pas cru capable. Le mot *équipe* semble avoir un sens pour vous. C'est plaisant.

Sagane adressa un regard noir à son collègue. Trahi alors qu'il ne s'y attendait pas le moins du monde, il n'en devenait que plus exécrable. Il se promit de remettre les pendules à l'heure à la première occasion.

— Quant à ça, reprit Sarah en détaillant la sculpture qu'elle tenait dans la main, j'avoue ne rien y comprendre. Elle est en tous points identique à celle que nous avons trouvée au *Dai-Nippon*... (Elle fouilla dans ses poches...) J'ai sur moi un cliché pris par le spécialiste de l'identité judiciaire... (Elle montra la photo au commissaire...) Regardez. Dans les deux cas, il s'agit des mêmes initiales. Voyez, là. On peut lire *P. G.*

— Effectivement. Venez voir ça, Sagane.

— Inutile, dit le policier en s'efforçant de garder un air détaché. Je vous crois sur parole.

— Qui était cet homme ? demanda la criminologue en soutenant le regard vide du mort.

— Un certain Inada Noriyori, répondit Dubreuil après avoir consulté le rapport. Il travaillait comme traducteur à la *Librairie du Japon*.

— Cet établissement est spécialisé dans la littérature nippone si je ne m'abuse, reprit le lieutenant. Je me souviens avoir entendu parler de son inauguration, il y a environ trois mois.

— Exact, dit son supérieur. D'après le directeur, Noriyori bossait sur la traduction d'une biographie de Matsumoto avant de mourir.

Sarah ramassa les livres qui traînaient sur la table basse du salon. Des polars comme on n'en faisait plus. Ou si peu. *Tokyo Express*. *Le Vase de sable*. Elle adorait l'œuvre de cet écrivain.

— Une chinoiserie par-ci, une chinoiserie par-là, souffla Sagane en feuilletant un bouquin intitulé *Les Mille Corps de Bouddha*. C'est à croire qu'ils sont partout.

La criminologue leva les yeux au ciel.

— Il n'y a qu'un ignorant pour confondre les Japonais et les Chinois, lieutenant.

— Et prends ça dans la tronche, fit-il avec un sourire forcé. En tout cas, vous avez au moins une qualité : vous êtes d'une franchise… blessante.

Le commissaire fronça les sourcils. Il avait cru un moment à une embellie. De toute évidence, il s'était trompé. Ces deux-là ne s'appréciaient guère.

— Comment avez-vous su pour lui ? lança-t-elle en montrant le cadavre du vieil homme.

— La voisine de palier nous a prévenus, expliqua Dubreuil. Elle trouvait que ça sentait mauvais depuis quelques jours.

Déjà, elle ne l'écoutait plus. Son esprit échouait dans un labyrinthe qui lui semblait plus que jamais sans issue. S'agissait-il du meurtre parfait ? Pas si sûr.

— Il y a un détail qui me gêne dans cette affaire, poursuivit-elle.

Sagane choisit de ravaler sa colère. Il ne tenait pas à se laisser devancer par l'intellectuelle de service.

— Quoi donc ? fit-il le plus aimablement du monde.

— Ces suicides ne sont pas… Enfin, je veux dire que la démarche des victimes montrait clairement leur volonté de respecter le rituel.

— C'est ce qu'elles ont fait, n'est-ce pas ? continua Élie.

— Oui, bien sûr. À un détail près, et c'est là que le bât blesse.

— Que voulez-vous dire ? s'inquiéta le commissaire qui subissait une nouvelle fois les affres du malaise.

La vue du cadavre en décomposition lui soulevait le cœur.

— Ils ont omis une étape indispensable du suicide, laissa-t-elle tomber. J'avoue que cela m'a surprise la dernière fois, chez les Sôichiro. Mais je me suis dit que ça pouvait arriver. Tout est possible, vous ne croyez pas ?

— De quelle étape parlez-vous, si ce n'est pas trop vous demander ?

Elle se tourna vers le lieutenant.

— Normalement, le candidat au suicide rédige un poème d'adieu avant de passer à l'acte. Or, nous n'avons rien trouvé de tel, ni ici, ni au *Dai-Nippon*.

Sagane soupira.

— Comment voulez-vous qu'un mec qui flippe à l'idée de flirter avec l'au-delà pense à écrire quelques vers… (Il planta ses yeux dans ceux de son chef…) À mon avis, c'est pas sa principale préoccupation.

Dubreuil ne releva pas, signe de son assentiment.

— Je vous répète que ça n'est pas logique, se défendit Sarah. Ça ne fonctionne pas comme vous avez l'air de le croire. Les Asiatiques sont différents.

— J'avais remarqué, je vous remercie, s'énerva Élie en désignant le corps sans vie qui gisait sur le sol. Regardez-moi ça. C'est pas un cauchemar, c'est la réalité. Ce macchabée est plus vrai que le flingue qui se tient tout près de mes bijoux de famille.

Une fois encore, il l'avait fait exprès. Pour la choquer. Pour provoquer une réaction. Elle ne se fit pas attendre.

— L'élégance n'est pas votre fort, lieutenant. Je n'ai jamais rencontré quelqu'un d'aussi rustre que vous.

Besançon préféra sortir de la pièce. Son équipier n'avait pas besoin de lui pour se ridiculiser. Il se débrouillait très bien tout seul.

— Vous savez ce qui cloche chez vous ? s'emporta Élie. Votre allure, à commencer par votre coupe de cheveux. Et visez-moi ce tailleur. C'est d'un classique épouvantable. Vous ne faites jamais les boutiques, ma parole ! Vous savez ce qui est à la mode depuis quelques années ? Le stretch. C'est comme une seconde peau. Ça soulignerait vos formes, ça vous rendrait plus…

— Sexy ? fulmina-t-elle. Voilà bien le discours d'un macho !

— En tout cas, ça vous permettrait de quitter le club des vieilles filles pour celui des femmes dignes de ce nom.

Le commissaire les observait en silence. Mieux valait les laisser vider leur sac une bonne fois pour toutes.

— J'ai commis une erreur de jugement à votre sujet lieutenant, siffla Sarah. Vous n'êtes pas seulement un esprit chagrin. Vous êtes également rétrograde. Vos idées sentent la naphtaline. Au risque de m'attirer définitivement votre haine, je vais vous apprendre une chose : il est fini le temps des poupées qui s'abstenaient de faire des commentaires et qui jouaient à la perfection leur rôle de machines à fantasmes. Le vieil adage : *Sois belle et tais-toi* n'a plus cours depuis longtemps. Sachez que les femmes ont changé.

— Heureusement qu'elles ne sont pas toutes comme vous, rétorqua Sagane. Le monde est déjà suffisamment malade comme ça. N'en rajoutez pas.

— Figurez-vous qu'elles peuvent dire non et vous envoyer paître si ça leur chante, grogna la criminologue.

— Calmez-vous, ricana le policier. Vous n'êtes pas investie d'une mission sacrée à ce que je sache.

— Oh que si ! répliqua-t-elle, furieuse. Je crois que les gens comme vous ont besoin d'une mise à jour. L'image de la femme qui fait la vaisselle en porte-jarretelles est dépassée. Nous ne sommes pas nées pour satisfaire votre virilité. Si nous le faisons, c'est parce que nous le voulons bien.

— Mais vous êtes homophobe ma parole ! se moqua le flic.

Cette altercation commençait à le divertir.

— C'est vous qui êtes misogyne, lança-t-elle. Et puis cette discussion n'a que trop duré. J'en ai plus qu'assez de vous et de vos sarcasmes.

Sagane sentait venir l'heure du triomphe. Elle s'apprêtait à abandonner la partie. Une fois qu'elle aurait renoncé à collaborer à cette enquête, il pourrait reprendre ses petites habitudes. Et trouver l'instigateur de ces meurtres en série. Il ne quittait pas la silhouette des yeux. *Encore un effort ma belle. La porte est sur ta gauche.*

— Je sais très précisément ce que vous attendez de moi, fit-elle en revenant sur ses pas. Mais je ne le ferai pas.

L'ombre de la désillusion avala le soleil qui illuminait le visage du policier.

— Je ne saisis pas ce que…

— Mais si, vous m'avez bien comprise. Je reste.

Dubreuil ne put retenir un sourire de satisfaction. *En voilà au moins une qui lui rabat son caquet.*

— Une dernière chose, continua la jeune femme. Si vous souhaitez mener à son terme cette affaire, essayez de raisonner autrement. Ce n'est pas parce que leurs chaussettes comportent une séparation pour les doigts de pied et le gros orteil que les Japonais ont les pieds fourchus.

— Que cherchez-vous à me dire ?

— Tout simplement qu'il est temps de changer votre fusil d'épaule. Apprenez à les connaître.

— Je n'ai pas besoin de les connaître, râla-t-il. Il me suffit de voir de quoi ils sont capables.

— Détrompez-vous. Sachez que si l'Occidental naît avec des droits, le Japonais, lui, naît avec des devoirs.

— Ce qui signifie…

— Ça signifie que ceux qui ont fait *ça* iront jusqu'au bout. S'ils estiment devoir des comptes, ils n'en resteront pas là. Attendez-vous à trouver d'autres victimes.

Enfin, l'aveu. Il ne regrettait pas d'avoir attendu.

— Cette fois, nous sommes sur la même longueur d'ondes, jubila-t-il.

— Quoi ?

— Nous pensons tous les deux qu'il s'agit de meurtres. Voilà qui va m'aider à convaincre mon supérieur, fit-il en se tournant vers le commissaire.

Elle se sentait prise au piège. Une réplique assassine lui brûla les lèvres, mais…

— Si vous le voulez bien, nous allons en rester là, souffla le boss. La partie est terminée pour aujourd'hui. Il est temps de se remettre au travail.

Elle acquiesça, la mort dans l'âme.

— Dommage, fit Sagane en s'attardant sur la mine déconfite de la coincée des miches. J'aurais aimé immortaliser cet instant.

— Quel instant ? demanda son chef.

— Celui de la défaite. Regardez-la. Elle a abandonné toutes ses convictions en un clin d'œil. Au début, elle était certaine qu'il s'agissait de suicides. Maintenant, elle ne sait plus sur quel pied danser. Même ses arguments à la noix ne peuvent plus lui servir de bouée de sauvetage.

Sarah le défia du regard.

— *Bakyaro*, fit-elle calmement.

— Qu'est-ce que ça veut dire ?

— Je n'en sais rien, mais je ne pense pas que ce soit affectueux, conclut Dubreuil.

— En effet, reconnut-elle. Ça signifie « crétin » en japonais.

Elle sortit en claquant la porte. Le commissaire éclata de rire.

— Ça vous amuse ? grogna Élie. Dire que je comptais sur vous pour me soutenir.

L'autre ne parvenait plus à s'arrêter.

— Désolé, Sagane, mais les occasions de se marrer se font rares. Ça n'a rien de personnel, croyez-le bien.

Et il repartit de plus belle. Déjà, le lieutenant ruminait des pensées revanchardes. *Tu ne perds rien pour attendre ma douce. Quand il s'agit de faire taire une chieuse, je sais me montrer patient.*

À cet instant, un agent en uniforme fit irruption dans le salon. Il salua les blouses blanches qui emportaient la viande froide et se dirigea vers le commissaire. Il échangea quelques mots avec lui puis se retira.

— On a du nouveau, annonça Dubreuil.

— Laissez-moi deviner, siffla le lieutenant. Les gars de la Criminelle ont déniché un autre cadavre. Pas étonnant, avec leur odorat.

— Je vous signale que vous faites également partie de ce service. Je ne vous comprends pas. La reconnaissance du ventre, vous savez ce que c'est ?

— Je ne remets pas en cause la Criminelle. Je veux seulement souligner ma différence. Certains de mes collègues tiennent plus du chien que de l'être humain. L'odeur du sang les rend fous. Ils adorent voir des mecs se faire *enviander*. Je ne suis pas comme ça.

Depuis qu'il avait assisté au massacre de ces flics, il n'arrivait plus à pioncer. Il était tombé dans le piège de la camisole chimique. Les images de cette tragédie remontaient sans cesse à la surface de sa mémoire. Impossible de les noyer. Il avait pourtant su résister à l'appel du tabac. Mais c'était dur. Il luttait encore aujourd'hui pour ne pas rechuter.

— La victime était un artiste vivant à Montparnasse. Il avait une boutique située à deux pas de son domicile. Il était surtout connu pour ses tatouages et ses… sculptures.

Sagane avait perçu l'hésitation de son supérieur.

— N'en dites pas plus. Je suppose qu'il s'est suicidé lui aussi. Je me trompe ?

8

Lorsqu'il rentra chez lui, Élie se servit un verre. Déjà, il se sentait mieux. Pas de quoi se taper sur le ventre, mais cela suffisait à le remettre en selle. Les idées noires, c'était pas son fort. Fallait pas qu'elles lui trottent dans la tête trop longtemps.

Il se dirigea vers le téléviseur. Et puis non. Dans le fond de la pièce, l'ordinateur lui faisait du charme. Il n'avait pas vraiment envie de pianoter pendant des heures. Cette saloperie bouffait pas mal d'énergie. Et comme il ne lui en restait plus beaucoup, il préféra renoncer.

Il avait besoin d'autre chose. Sans réfléchir, il s'empara du téléphone et composa *le* numéro. Le *fameux* numéro. *Faut être con pour tomber amoureux d'une voix. Franchement, ça ne me ressemble pas. Je me reconnais plus depuis quelque temps.*

Une sonnerie. Une deuxième. Il s'apprêtait à raccrocher lorsqu'une femme répondit. Trop tard pour reculer. Le désir remportait une nouvelle et éclatante victoire sur la raison. Pourtant, il ne s'agissait pas de ce désir-là, celui qui rendait fous certains hommes. Il était plutôt question de tendresse. Même s'il racontait ses motivations à la fille au bout du fil, elle ne le croirait pas. Elle en voyait tous les jours des détraqués de la braguette prêts à débourser deux cents balles pour une conversation érotique. Ça ne lui faisait ni chaud ni froid. Juste parfois un goût amer dans la bouche. Le goût de la répulsion. Que pouvait-elle penser d'autre ? Les types qui appelaient ne souhaitaient qu'une chose : s'astiquer le manche en écoutant une nana gémir de plaisir.

Dans le fond, tout cela était minable. Mais tant pis. La nature humaine était ainsi faite. Tantôt admirable, tantôt répugnante. Après tout, certains faisaient bien pis. Commettre des meurtres par exemple.

— Vous êtes client chez nous, monsieur ? demanda la standardiste d'une voix indifférente.

— Oui.

— Excusez-moi un instant, je fais une recherche. Voilà. Vous êtes bien Élie Sagane ?

Fais chier avec ces conneries. Grouille-toi un peu !

— Absolument.

— OK. Je vérifie tout ça et je vous rappelle.

— Attendez une minute. J'aimerais savoir si Dany est disponible.

La fille soupira, visiblement agacée.

— Vous souhaitez lui parler ?

— Tout à fait.

— Je vais voir ce que je peux faire.

Elle raccrocha brutalement.

Faut vraiment que ça me tienne à cœur. Elle est aimable comme une porte de prison.

Une minute plus tard, le téléphone sonna.

— Élie ? lança la fille.

— Je suis là.

— Bien. Vous pouvez rappeler tout de suite et demander Dany.

Il sourit, satisfait.

— Merci.

Lorsque la voix de l'hôtesse jaillit du combiné et titilla son nerf auditif, il rougit de plaisir. Dieu lui avait fait cadeau de la sensualité. Un bien plus que précieux. Peu importait son physique. Elle pouvait être grosse ou moche, cela lui était bien égal. De toute façon, il ne la rencontrerait jamais. Il laissait une totale liberté d'interprétation à son esprit.

— Comment vas-tu aujourd'hui ? fit-elle d'une voix charmeuse.

— Presque bien.

— Tu dis ça d'une drôle de façon, remarqua-t-elle. Tu m'as l'air mal en point toi.

— Je crois que j'ai besoin d'un remontant.

Il perçut le souffle de la fille et ferma les yeux.

— Je vais m'occuper de toi, mon ange. Tu verras, ça ira beaucoup mieux après. Il paraît que tu as demandé à m'avoir, c'est vrai ce mensonge ?

— C'est tout ce qu'il y a de plus vrai.

Elle semblait flattée. Jouait-elle ou était-elle sincère ?

— C'est gentil. J'en déduis que tu as apprécié ma précédente prestation.

— Plus que ça, reconnut-il en s'allongeant sur le lit.

— Alors, tu veux qu'on fasse quoi ? Comme la dernière fois peut-être.

Il grimaça. La magie venait se rompre, là, à l'instant. Il était disposé à parler de tout, sauf de sexe.

— Non, pas ce soir.

Elle rit, croyant sûrement à un nouveau jeu.

— Laisse-moi faire chéri, murmura-t-elle d'une voix plus caressante qu'une main amoureuse. Baisse ton caleçon. Je vais te montrer ce que c'est qu'une gorge profonde.

Il pesta en silence. *Plus moyen de rêver dans ce fichu monde. Il n'y a pourtant pas que les parties de jambes en l'air dans la vie.*

— S'il te plaît, non, protesta-t-il encore.

Un brin vexée, la fille ne se découragea pas pour autant.

— Tu ne veux vraiment pas ? Tu veux peut-être voir mes seins ? Ou alors mon petit cul ? Je porte une culotte échancrée qui est aussi douce que ma peau… Tiens… Touche… Allez, ne sois pas timide.

Elle faisait des efforts, mais ça n'était pas le jour.

— Non, arrête.

Silence. Après l'agacement, l'énervement.

— Tu veux quoi au juste ? laissa-t-elle tomber en durcissant le ton. Décide-toi mon chou, le compteur tourne. Tu veux que je me caresse devant toi ?

Dernière tentative de la besogneuse virtuelle.

— Parle-moi seulement d'amour, dit-il calmement. Tu veux bien faire ça pour moi ?

— Écoute, je suis désolée… mais on vient de dépasser les dix minutes. Je vais devoir raccrocher.

Ce qu'elle fit sans plus attendre. *Fleur de désir s'est envolée, à jamais. Finalement, tu n'es pas à la hauteur de ta voix. Dommage. Encore un rêve qui fout le camp.*

Il resta immobile un moment. Entre honte et colère, son cœur balançait. La solitude lui pesait parfois. Alors, il faisait des bêtises, comme celle-là. Il les regrettait toujours, même si personne n'apprenait jamais rien. Pire. Il s'en voulait.

Pour oublier, il brancha la radio. L'animateur commentait la journée d'ouverture du championnat du monde d'athlétisme. Un événement qu'il ne ratait jamais. Il attendait avec impatience le cent mètres, l'épreuve reine. Mais aussi le saut en longueur. Il augmenta le son pour écouter les âneries du journaliste :

Je peux d'ores et déjà vous annoncer une compétition de très haut niveau. Au cours de la conférence de presse organisée par la fédération internationale, les responsables ont affirmé que les plus grands seraient de la partie. De toute évidence, le spectacle sera époustouflant. Il faut dire que cette année est riche en rebondissements. Les records tombent les uns après les autres. Du jamais vu. David Delft, qui vient de quitter son poste au C.I.O. pour, je cite, « divergence d'opinion avec les dirigeants », m'a déclaré qu'il s'attendait à une véritable explosion. Selon lui, au moins six records du monde sont susceptibles d'être battus ces jours-ci. Je le crois sans peine. Les extraordinaires performances des athlètes aux différents meetings sont plutôt de bon augure. Les paris sont ouverts. J'espère ne pas choquer nos auditeurs en affirmant que le temps des Carl Lewis et autres Mike Powel est vraiment révolu. Nous entrons dans l'ère des surhommes...

Sagane coupa le son. Une idée lui faisait du pied depuis quelques minutes. Cette affaire le turlupinait. Il se leva, enfila son imper et sortit. Direction l'appartement de Sakaibe Hyakusen. Même l'au-delà, devenu la résidence permanente du tueur de flics, n'était pas de taille à lutter contre la vérité. Et si malgré tout les démons de l'enfer se révélaient moins conciliants que prévu, les objets ayant appartenu au Japonais le trahiraient. Les plus fins limiers traquaient le moindre indice. Ils savaient que les biens matériels, en plus d'avoir une mémoire, avaient leur propre langage. Il suffisait de les faire parler.

Tu ne t'en tireras pas aussi facilement, Patate Douce. J'irai jusqu'au bout.

9

Plusieurs livres traînaient sur la table de chevet. Apparemment, Hyakusen aimait se cultiver. Il y avait là un ouvrage de Robert Linssen sur le zen, un polar de Matsumoto et un recueil de haïku de l'illustre poète Bashô, intitulé *Fuyu no Hi. Lumière d'hiver* en français.

Sarah les avait tous lus. Avec beaucoup d'intérêt. N'empêche, tout cela ne lui apprenait rien de nouveau sur l'assassin. Il semblait avoir pris un soin particulier à se débarrasser de tout ce qui pouvait l'incriminer. Aucune preuve.

Elle feuilleta à nouveau les bouquins, à la recherche d'éventuelles notes inscrites dans les marges et de marque-pages indiquant une adresse ou un nom. En vain. Un rictus de colère déforma les traits de son visage. Le manque de sommeil ne la dérangeait pas. Mais elle ne supportait pas de piétiner. L'échec était le pire de ses cauchemars. Sans doute un héritage de ses années concentrationnaires dans les grandes écoles. Elle gardait toujours en mémoire la règle d'or : réussir pour avancer. Là, elle avait plutôt l'impression de reculer.

Elle avait bien trouvé quelques gadgets dans les tiroirs du bureau. Essentiellement des armes de jet. Les ninja de l'époque d'Edo utilisaient ces instruments de mort. Elle avait reconnu sans peine les *bô-shuriken*, ces lames d'acier longues d'environ vingt-cinq centimètres. Mais aussi les *shaken*, les fameuses étoiles à quatre branches dont le cinéma nippon raffolait dans certaines de ses productions à petit budget.

Elle tenait encore dans la main le lot d'aiguilles dénichées dans un placard. On les appelait *fumibari*. Le guerrier les cachait dans sa bouche pour les cracher au visage de l'ennemi. Exactement ce qu'avait fait Hyakusen.

Tout portait à croire qu'il s'agissait de meurtres perpétrés par un psychopathe. Seulement, elle n'adhérait pas à cette version des faits. Ce gars n'avait pas le profil du tueur en série. Restait à découvrir qui il était vraiment et pourquoi il avait préféré rejoindre l'autre monde plutôt que de répondre aux questions de la police. Avait-il aperçu, dans ses derniers instants, le spectre d'un samouraï de légende revenu d'entre les morts pour le punir de ses exactions, non pas en le tuant, mais en lui promettant mille tourments jusqu'à la fin de sa misérable vie ?

Tu lis trop de mangas, ma vieille. Tout le monde sait bien que de pareilles horreurs n'existent pas.

Elle se dirigea une nouvelle fois vers la penderie. Peut-être un détail lui avait-il échappé. En tout cas, il ne s'embêtait pas le petit serveur du *Dai-Nippon*. Il devait profiter un maximum de la loi sur l'endettement. Sinon, comment expliquer ces pyjamas en soie et ces costumes Kenzo ? Sans parler de… *Ma pauvre, tu deviens bigleuse*.

Un cintre se balançait doucement. Son regard descendit jusqu'à… ce kimono caractéristique. Un *yukata*. Les Japonais utilisaient ce vêtement pour le bain. Elle le ramassa et l'examina avec attention. Le bleu indigo des vagues tranchait sur le fond blanc. Pas de doute possible. Il appartenait à une femme. Ceux des hommes présentaient des lignes ou des formes géométriques, mais sûrement pas des dessins de ce style. Pouvait-on parler d'indice ? Ou mieux, de piste ?

Pour parfaire son bonheur, une photo tomba d'une poche. Elle était déchirée. Un corps sans visage. Féminin, de toute évidence. Vêtu du kimono et de l'obi. Un nom en caractères sino-japonais *kanji* était écrit derrière le cliché froissé. Elle ajusta ses lunettes et lut à voix basse.

— Iga…

Le kimono tombait un peu sur l'épaule de la femme sans tête, dévoilant un tatouage. C'était maigre. Mais il fallait bien commencer quelque part. Comme cette penderie lui portait chance, Sarah décida de l'explorer davantage. Elle écarta les vêtements d'un geste sec. Quelle ne fut pas sa surprise lorsqu'elle aperçut une boîte en carton rangée dans un coin. Elle l'ouvrit précipitamment.

Ce ne sont que des lettres. De foutues lettres.

Elle regretta aussitôt sa réflexion qui lui parut stupide et indigne de son intelligence. Des informations capitales pouvaient se cacher dans ces pages manuscrites. Une correspondance rédigée en japonais. Elle décida d'emporter ce courrier prometteur ainsi que la photographie.

— *Shimata*…

Elle sursauta au son de cette voix.

— Qui est là ? demanda-t-elle en repensant au spectre du samouraï.

La silhouette se détacha de l'ombre, happée par la gueule de la lumière.

— Inutile de paniquer, ça n'est que moi.

Elle reconnut enfin le lieutenant.

— Vous n'arrivez pas à décrocher à ce que je vois, remarqua-t-il en s'avançant vers elle.

— Vous parlez japonais maintenant, siffla-t-elle, un rien moqueuse.

Il sourit.

— Le patron du petit resto japonais où je vais dîner une fois par semaine m'a appris des tas de trucs depuis le début de cette enquête. À propos, vous savez ce que signifie *shimata* ?

— Oui, je le sais, souffla-t-elle en levant les yeux au ciel. Ça veut dire « j'ai commis une erreur ».

Il s'approcha plus près encore.

— Exact. J'ai commis une erreur de jugement à votre sujet.

Elle fronça les sourcils.

— Laquelle ?

— Vous prenez votre métier très à cœur… (Il hésita une seconde…) Ça se respecte.

Elle n'en revenait pas, tout simplement. Un homme comme lui, plutôt cynique et avare de compliments, pouvait-il se bonifier en quelques heures ? Elle voulut y croire.

— Heureuse de vous l'entendre dire, lieutenant.

— Sachez qu'on est deux dans ce cas. Les prises de tête, ça me connaît.

Elle planta ses yeux dans les siens. Lui faisait-elle un coup de charme ?

— Alors, on signe une trêve ?

— Peut-être bien, lâcha-t-il. Mais *trêve* ne signifie pas *paix*.

— Ne vous inquiétez pas, j'avais compris.

Il montra du doigt le paquet qu'elle tenait dans les bras.

— Vous avez trouvé quelque chose à ce que je vois ?

Elle acquiesça.

— Des lettres. Elles sont écrites en japonais. Je vais voir si je peux en tirer quelque chose… Et j'oubliais. Une photo. Tenez.

Le flic haussa les épaules.

— Iga, c'est un prénom de…

— Femme, continua-t-elle.

— Une ancienne petite amie peut-être. Ou bien sa sœur.

Il rangea le cliché et l'invita à le suivre.

— Ne restons pas là. Si le commissaire apprend que nous sommes venus ici cette nuit, il va me découper en rondelles et me donner à bouffer à ses clébards.

— Parce qu'il a des chiens ?

— Absolument. Des bouledogues qui lui ressemblent étrangement.

Elle rit. Il aperçut les *shuriken* qui dépassaient de la boîte.

— Hyakusen s'est servi de trucs comme ça pour trucider les poulets. Je croyais que ça n'existait qu'au cinéma.

— Vous n'êtes pas le seul, rassurez-vous.

— Qu'en pensez-vous ?

Elle secoua la tête.

— Pour l'instant, pas grand-chose. Je suis crevée. J'ai besoin de dormir quelques heures.

— Moi qui comptais vous inviter à boire un verre, essaya-t-il.

Silence.

— Pas ce soir, Élie.

Non, il ne rêvait pas. Elle l'avait bien appelé par son prénom. Avait-elle pour autant fait un pas vers son lit ? Pas si sûr.

— Dans ce cas, je vous souhaite une bonne fin de soirée… On se voit demain.

Elle le salua et disparut dans la nuit. Il marcha un peu, histoire de se vider la tête. La pluie fine lui caressa le visage.

À la prochaine, ma belle. Je n'ai pas dit mon dernier mot. Parole de flic mal embouché.

Il n'avait pas envie de dormir mais il se força à rentrer. Une fois dans son lit, il feuilleta le journal. Pour trouver le sommeil, il devait se détendre. Il ne connaissait pas de meilleur moyen que la lecture pour y parvenir.

À cet instant, le téléphone sonna. Il sourit. *Sarah, Sarah, il est l'heure de dormir.* Il se leva et se dirigea vers l'appareil, sûr qu'il s'agissait de la jeune femme. Heureusement qu'elle avait pris l'initiative de se rendre à l'appartement de Hyakusen. Elle seule pouvait comprendre l'importance des japonaiseries qui traînaient dans ce foutoir. Les gars du service – et lui le premier – avaient été incapables de déchiffrer le langage de ces objets.

— Allô ?

Silence, puis…

— Je sais qui a fait ça, fit une voix d'homme.

Élie colla davantage son oreille à l'écouteur.

— Quoi *ça* ?

— Ne me prenez pas pour un imbécile lieutenant, grogna l'inconnu. Je sais que je n'ai pas inventé l'eau chaude, mais quand même. Je parle de ces morts suspectes.

Le flic essaya encore d'identifier son interlocuteur. En vain.

— Je vous écoute, dit-il.

10

À cette heure avancée de la nuit, il n'y avait plus beaucoup de monde dans ce quartier de Paris. Juste un ivrogne qui titubait en chantant un amour perdu. Le policier l'observa une minute à travers la vitre du café. Il eut envie de lui apporter son sandwich, mais son rendez-vous ramenait sa fraise.

Le gars portait un long manteau. Le teint cireux et la barbe hirsute, il faisait penser à un malade. De toute évidence, il n'était pas à l'aise. Il prit place à la table du lieutenant et dégaina une sèche. Des stries écarlates se dessinaient peu à peu dans le blanc de ses yeux.

Leurs regards se croisèrent. La mort dansait dangereusement autour de cet individu. Son ombre planait au-dessus de sa tête, menaçant de s'abattre sur lui comme un aigle sur sa proie. Il écrasa la cigarette et remua les lèvres. Le secret était son prisonnier depuis trop longtemps. Il devait le libérer. Ici et maintenant.

— Racontez-moi, l'encouragea Élie.

— Je ne sais pas par où commencer.

Sagane retira son imper. À son épaule, le Beretta jouait à la balançoire.

— Par le début, laissa-t-il tomber.

L'autre respira profondément.

— Bien. Il y a environ six mois, je me suis retrouvé au chômage. Comme j'étais gérant de société, je n'ai pas eu droit aux ASSEDIC... (Ses yeux effectuaient une valse infernale...) Je n'avais plus d'argent. Et pas mal de dettes. Alors, j'ai passé une annonce dans le journal.

Il sortit une feuille pliée de la poche intérieure de son manteau. Deux lignes étaient surlignées au marqueur. Le lieutenant les parcourut, intrigué. *Cherche n'importe quel travail, même dangereux.*

— Si vous m'expliquiez...

Le type acquiesça et alluma une autre clope. Sagane ne supportait plus l'odeur du tabac mais il n'en laissa rien paraître.

— Ça n'a pas traîné, reprit l'épave humaine qui s'échouait progressivement. J'ai été contacté par un mec plutôt bizarre. Il souhaitait me rencontrer.

Le poulet but une gorgée de sa boisson.

— Et qu'avez-vous fait ? demanda-t-il.

— J'ai accepté, murmura l'autre, comme s'il craignait d'être entendu. (Mais par qui ? Il n'y avait que trois personnes ici. Le patron du bar et eux deux...) Il m'a clairement dit ce qu'il attendait de moi.

Élie commençait à s'impatienter. Avait-il affaire à un informateur ou bien à un mariole désireux d'attirer l'attention sur lui ?

— Si vous vous arrêtez toutes les dix secondes, on ne pourra pas y arriver.

— Excusez-moi. Je ne me sens pas très bien. Mais je vais continuer. Il faut en finir avec cette histoire... En fait, il s'agissait de procéder à une exécution rituelle pendant qu'il filmerait.

Le flic se raidit. Avait-il bien entendu ? Il repensa aux marques du trépied sur la moquette du *Dai-Nippon*. Coïncidence ou bien suite logique de son raisonnement ? Il lui restait un détail à vérifier.

— Quel est le nom de l'homme qui vous a engagé ?

Hésitation, et…

— Paul Gibralti, souffla-t-il en baissant la tête. Il est propriétaire d'une galerie d'art asiatique dans le XVIe arrondissement. Il flippait à l'idée de filmer une cérémonie de hara-kiri… Il… Il voulait *ça* pour compléter sa collection personnelle de vidéos… (Il rit nerveusement…) C'est le genre de cinglé qui a des érections cérébrales, si vous voyez ce que je veux dire.

Le lieutenant tenait-il le bon bout ? Paul Gibralti… Les initiales gravées sur les sculptures de *Jurôjin* étaient-elles les siennes ?

— Comment avez-vous réagi à sa proposition ?

— J'ai refusé, évidemment, se défendit le jeune homme. J'étais horrifié.

Sagane posa un doigt sur l'annonce.

— Vous étiez pourtant prêt à tout pour gagner un peu de fric, n'est-ce pas ? Même à tuer ?

Son interlocuteur s'agita dans son siège.

— Non. Jamais je n'aurais fait une chose pareille.

— Alors, qu'entendiez-vous par *même dangereux* ?

Le policier tentait le tout pour le tout. Le gars devenait nerveux. S'il était coupable, il ne tarderait pas à avouer. Question d'expérience.

— C'est à peine croyable, protesta l'informateur. J'essaie de vous aider, et au lieu de m'écouter vous me mettez ces meurtres sur le dos.

On y arrive coco. Continue comme ça surtout.

— Connaissiez-vous un certain Asayama Sôichiro ?

— Non. Je n'ai jamais entendu ce nom.

— Pas plus que celui-ci j'imagine : Inada Noriyori.

— Inutile d'insister. Vous perdez votre temps. Je n'ai pas commis ces crimes.

Il se leva tout à coup.

— Revenez, siffla Sagane en effleurant la crosse du gicleur. Si vous partez maintenant, cela fait de vous le suspect numéro un.

Il revint sur ses pas. La mine décousue et les yeux injectés de sang. Au bout du rouleau ?

— Pas le choix, c'est bien ça ?

— C'est bien ça. Vous en avez trop dit. Il faut aller jusqu'au bout. Au fait, c'est quoi votre petit nom ?

— Mes amis m'appellent Packs.

— OK, Packs.

L'indic commanda une bière.

— Vous venez souvent ici ? lança Élie.

— Ça m'arrive. C'est le seul café qui reste ouvert aussi tard.

Le lieutenant attendait des aveux complets. Il le savait.

— J'ai fait une seule connerie, reconnut-il péniblement.

Sagane l'interrogea du regard.

— Ce fumier m'a remis une enveloppe contenant vingt mille francs. Je n'ai pas su refuser.

— Pourquoi vous a-t-il payé si vous n'avez pas fait le boulot ? s'étonna le poulet.

— Pour acheter mon silence. Après m'avoir longuement exposé son projet, je crois qu'il a pris peur… (Il se mordit la lèvre inférieure…) Les temps sont durs, vous savez. En période de crise, les gens remettent tout en question, même l'évidence.

— Et c'est quoi, l'*évidence* ?

Le patron les informa de la fermeture de l'établissement.

— Les compétences des types comme moi. On nous laisse aucune chance de prouver ce qu'on vaut. Et puis merde… (Le briquet cracha le feu et l'extrémité de sa cigarette s'embrasa…) Vous êtes là pour philosopher ou pour recueillir des informations ?

Le flic venait de réaliser qu'il avait un paumé en face de lui. Une victime du système. À quoi bon l'accabler davantage ?

— Les deux peut-être, répondit-il. Si j'ai bien compris ce que vous essayez de m'expliquer, ce Gibralti a fini par trouver chaussure à son pied. Son offre plus qu'alléchante a séduit un psychopathe qui s'est fait un plaisir de jouer la fine lame. Le problème, c'est que d'autres meurtres ont été perpétrés. Par le même homme ? Toujours pour le compte de ce mystérieux adorateur des coutumes nippones ? J'ai du mal à y croire. Nous savons qu'il voulait imprimer le massacre sur pellicule. Pourquoi aurait-il remis ça une fois son rêve réalisé ? Car c'était bien ça son trip, pas vrai ? Rien ne l'obligeait à recommencer. À moins qu'il n'ait ça dans le sang. Mais là encore, ça ne tient pas debout. Pourquoi engager un tueur alors qu'il pouvait le faire lui-même ?

Packs soupira, visiblement agacé.

— Je vous ai dit qu'il prenait son pied en matant. Certains sont faits pour agir, d'autres pour jouer les voyeurs.

Sagane se leva et l'invita à le suivre. Le jeune homme regardait sans cesse autour de lui, comme s'il se sentait menacé. Par quoi ? Par qui ? La Faucheuse sans doute.

— Comment avez-vous eu mon numéro ? demanda le lieutenant en relevant le col de son imper. Je suis sur liste rouge.

À nouveau, la méfiance.

— Je sais que vous n'allez pas me croire. J'ai appelé le commissariat et je me suis fait passer pour l'un de vos amis.

— C'est tout ? insista le flic.

— Oui.

— Restez dans le coin, poursuivit Sagane en lui tendant sa carte. J'aurais peut-être d'autres questions à vous poser.

— J'espère que ce que je vous ai appris vous sera utile.

— N'ayez aucun doute là-dessus. À présent, je tiens une piste sérieuse.

Packs lui serra la main et s'éloigna. Il pivota sur ses talons tout à coup.

— Je suis innocent vous savez.

— Je sais. Si je ne le pensais pas, je ne vous laisserais pas partir.

Le policier regagna son véhicule. Il était lessivé. Déjà, le jour bousculait la nuit. Malgré tout, il ne regrettait pas sa sortie. Il adorait son métier, et il le lui rendait bien. Parfois. Lorsqu'il se montrait indulgent.

Il salua les étoiles récalcitrantes et rentra chez lui.

11

Fix tendit le rapport du légiste à son supérieur. Il s'agissait des conclusions de l'autopsie du tatoueur, un certain Mitsukuri Ukita. Les clichés du spécialiste de l'identité judiciaire n'étaient pas beaux à voir.

— J'ai toujours détesté lire ce con de Riccobini, râla le lieutenant. Il fait ses o comme des q et ses i comme des j. À moins que ce ne soit l'inverse. Je ne sais plus très bien. Quoi qu'il en soit, c'est plus de la lecture, c'est du décryptage.

Besançon éclata de rire.

— Peut-être, mais il fait la loi à l'institut médico-légal. Un peu comme un chef dans la cuisine d'un grand restaurant. La seule différence, c'est la fraîcheur de la viande. À la morgue, elle est comme il faut.

— Fais pas chier avec tes commentaires de nécrophage, grogna Sagane. Je ne suis pas d'humeur.

— Le problème, c'est que tu n'es *jamais* d'humeur.

Élie préféra se concentrer sur le dossier. L'artisan aurait mis fin à ses jours en buvant un verre de saké au thallium, un poison à base de mercure. En fouillant dans ses papiers, les gars de la Crim avaient trouvé des dettes qu'il aurait contractées au Japon et qu'il ne pouvait honorer.

Une putain de mise en scène, oui.

La première fiche concernait l'examen externe du cadavre. Les photos montraient les taches bleuâtres et violacées provoquées par l'accumulation du sang dans les parties les plus basses du corps. Seulement, le médecin mentionnait deux zones de lividité. La première, celle qui apparaissait sur les clichés, occupait le visage, le cou et la poitrine. La seconde, plus discrète mais bien réelle, la face postérieure des jambes.

Le flic fronça les sourcils.

— Tu l'as lu ? fit-il à l'attention de son équipier.

— Bien sûr, répondit fièrement l'autre. Et j'ai tout compris.

— Ça n'est pas ce que je voulais savoir, siffla Sagane. Tu n'as rien relevé de surprenant ?

— Si, laissa tomber Fix en retrouvant son sérieux. Des tas de trucs.

— On a forcément bougé le corps pendant que s'installait la lividité cadavérique. Sinon, le découpeur de viande froide n'aurait pas remarqué, je cite, *une lividité faciale et une autre sur les jambes, plus légère, qui disparaît à la pression.*

Besançon acquiesça, apparemment convaincu par l'explication de son chef.

— Même si on admet l'hypothèse du suicide, quelqu'un l'a déplacé moins de quatre heures après le décès.

— Exact, jubila Élie en claquant des doigts. On sait qu'il est mort aux alentours de 19 h 30 le mardi soir. Sa dépouille a bien évidemment été déposée sur un brancard, mais ceci plus de dix heures après la mort.

— Soit six heures après la fin du processus d'installation de la lividité cadavérique, compléta Fix.

— Absolument, confirma son supérieur. J'en conclus qu'un foutu salopard a changé le corps de place avant l'arrivée de l'ambulance. Tu vois cette ecchymose sur le bas du dos ? Et ces bleus ? Ils ne sont pas venus là par hasard, tu t'en doutes. S'il s'agit d'un meurtre – ce que je crois –, l'assassin a dû le frapper ou le faire tomber en le déplaçant. J'ignore si on a affaire au même homme, mais sur ce coup-là il s'est planté.

— Il a peut-être bougé le cadavre parce qu'il avait peur de se faire surprendre par un client. N'oublie pas qu'il s'agit d'un commerce.

— Possible. Cette fois, on y est. Il ne nous reste plus qu'à convaincre le commissaire.

— Tu crois qu'on l'a refroidi à cause de ces sculptures ? demanda Besançon.

— J'en sais rien. Peut-être. En tout cas, il était impliqué dans cette histoire.

La voiture s'engagea dans la rue Auguste-Vacquerie. Élie chercha du regard la *Galerie Gibralti*. Il l'aperçut enfin, la montrant à son équipier. Il se gara tant bien que mal et descendit du véhicule. Fix s'attarda une minute sur la devanture.

— « Cinq mille ans d'art asiatique », lut-il à haute voix. Tout un programme. Quand je pense que les Occidentaux prétendent tout savoir en seulement deux mille ans d'histoire.

— Tu m'étonnes, lâcha son chef avec un sourire. Les bien-pensants ont du mal à accepter que *ça* a commencé bien avant nous. Et pourtant, certaines civilisations avaient déjà fait le tour de la question humaine alors que nous n'en étions qu'à nos balbutiements.

Besançon lui lança un regard plein d'admiration.

— Tu sais que tu parles bien, toi. T'aurais pu écrire des essais sur la politique ou l'histoire.

— Te fous pas de moi, se défendit gentiment Sagane. Allons plutôt causer avec ce Paul Gibralti.

La galerie regorgeait de merveilles. Des peintures, des manuscrits, des chaudrons de bronze et des sculptures de jade. Les œuvres chinoises et japonaises se côtoyaient sans jamais se gêner. Délicate harmonie de cultures fortes et souvent différentes. Sarah avait raison. Avant de juger, il fallait apprendre à connaître.

Fix s'approcha des céramiques et des objets en jade. Il montra à son collègue une assiette monochrome jaune et une coupe en porcelaine blanche. La fascination lui faisait presque oublier le but de leur visite. Il se pencha sur une lettre très ancienne, intrigué par les caractères chinois.

— Il s'agit d'une calligraphie datant du XIe siècle, siffla une voix dans son dos. Elle est intitulée *Jour du nouvel an.*

Les flics se tournèrent vers l'auteur de ces paroles. Un homme fringant d'une cinquantaine d'années.

— Savez-vous qu'une correcte utilisation du pinceau demande des années d'apprentissage ? Les auteurs de ces calligraphies étaient en quelque sorte des génies. Ils contrôlaient parfaitement leurs muscles et leur esprit. Ils travaillaient à main levée, en évitant de prendre appui sur la table. Leur maîtrise sans égale de l'écriture leur permettait de varier, quand bon leur semblait, l'épaisseur du trait, sa profondeur, son apparence… (Il s'approcha des policiers…) La pâte foncée que vous voyez ici est l'encre dont se servent encore de nos jours les calligraphes. C'est un mélange de cendres de bois et de colle.

Sagane approuva d'un signe de la tête. Apparemment, ce type était Gibralti. Et il les prenait pour des clients. Il décida de jouer le jeu encore un moment, histoire de cerner le personnage.

— Ces pièces ne sont pas à vendre, reprit le directeur de la galerie. Mais si vous voulez bien me suivre, je peux vous en montrer d'autres qui sont tout aussi intéressantes et à un prix abordable.

Ils lui emboîtèrent le pas. Comme à chaque fois en pareille situation, Besançon prenait son rôle très au sérieux. Il en rajoutait des tonnes. Son visage articulait des expressions pour le moins grotesques qui le rapprochaient davantage du débile mental que de l'acheteur potentiel. Ce comportement puéril avait le don d'agacer son chef qui lui intima des yeux l'ordre de cesser immédiatement son numéro.

— Voilà, nous y sommes, fit Gibralti en désignant une vitrine. Ce sont des objets rituels. D'ailleurs, jade se traduit par *yu* en chinois. Ça signifie *ciel-homme-terre*. Ce matériau est considéré comme un intercesseur entre la race humaine et le monde de l'irrationnel.

— Je crois que nous sommes bien tombés, n'est-ce pas ? souffla le lieutenant à l'attention de son partenaire. Heureusement que ce charmant monsieur est là pour éclairer notre lanterne.

Gibralti s'inclina comme le faisaient les Asiatiques.

— Mais c'est un plaisir. L'accueil des clients est l'une de mes priorités. Celle-ci est une figure funéraire japonaise en terre cuite appelée *haniwa*. Elle date du ve siècle. J'ajoute que c'est une perle rare. La pièce maîtresse de ma collection. Il est vrai qu'elle coûte un peu cher, mais tout a un prix… (Il planta ses yeux dans ceux de Sagane…) Alors, qu'en dites-vous ?

Fix dégaina une *pneumophage* mais son supérieur l'empêcha de l'allumer. Finalement, il se passait très bien de tabac.

— J'ai l'impression que tout ce qui a trait à la mort vous fascine, laissa tomber le lieutenant.

Silence, puis…

— Qu'est-ce qui vous fait dire ça ? demanda l'autre.

— Vous n'aviez pas le même regard quand vous parliez de l'au-delà et de cette… figurine mortuaire. Ma remarque vous dérange peut-être.

— Mais pas du tout, protesta poliment Gibralti. J'avoue qu'elle m'intrigue, tout au plus.

Élie s'assura que personne n'écoutait leur conversation et sortit sa carte de police, imité par son collègue.

— J'aurais dû m'en douter, râla le directeur de la galerie. Que me voulez-vous ?

— Nous souhaitons vous poser quelques questions, répondit Fix.

— Que me reproche-t-on au juste ? Je suis un honnête citoyen, vous savez. Je gère mon affaire le plus légalement du monde. J'ignore si vous enquêtez sur un trafic d'œuvres d'art, mais sachez que…

Sagane posa une main sur l'épaule de l'antiquaire, le coupant dans son élan.

— Il ne s'agit pas de cela. Et puis, je vous trouve bien nerveux pour un homme au-dessus de tout soupçon.

Gibralti prit un mouchoir dans sa poche et épongea son front couvert de sueur.

— C'est que… je n'ai jamais eu affaire à la police.

— Calmez-vous, le rassura Besançon. C'est une visite de routine. Vous n'êtes coupable de rien. Du moins pour l'instant.

— Comment ça *pour l'instant* ? s'affola l'autre.

Le lieutenant lui montra les photos des sculptures de *Jurôjin*.

— Nous avons déniché ces objets chez les suicidés dont toute la presse parle. Personne ne connaît leur existence. Personne, sauf la Brigade Criminelle… et vous bien sûr.

— Qu'essayez-vous d'insinuer ? grogna Gibralti en portant un cigare à ses lèvres tremblantes.

— Des initiales sont gravées sur les socles de ces figurines, insista Sagane. Nous pensons que ce sont les vôtres. Jetez un coup d'œil là-dessus.

L'homme d'affaires s'empara des clichés.

— Vous allez un peu vite en besogne, lieutenant. Cela ne prouve rien. Il peut s'agir de n'importe qui. Et même si ce sont les miennes, ça ne fait pas de moi un assassin.

— Non, en effet, reconnut Besançon. Mais nous savons que vous aimez particulièrement l'art asiatique.

Gibralti se raidit.

— Je refuse de faire ce que vous attendez de moi, ricana-t-il nerveusement.

— Et qu'attendons-nous de vous ? lança Élie.

— Je n'avouerai pas des crimes que je n'ai pas commis. Vous vous trompez de coupable, messieurs.

— Comment savez-vous qu'il s'agit de meurtres ? dit le lieutenant.

— Je ne sais pas… Comme vous êtes de la Criminelle, j'en ai déduit que…

— Que quoi ?

Fix fit craquer une allumette et l'approcha du visage du collectionneur.

— Qu'est-ce que vous faites ? s'inquiéta ce dernier.

— Je veux voir vos yeux. Ils ne mentent jamais à celui qui sait déchiffrer leur langage.

Sagane l'entraîna dans un coin.

— Nous ne sommes pas ici pour plaisanter. Nous ne partirons pas avant d'avoir des réponses.

— Je n'ai pas tué ces gens, je vous le jure.

— Et *ça*, c'est quoi ? gronda Besançon en lui mettant sous le nez l'annonce de Packs. Vous vouliez que ce type trucide les Sôichiro devant votre caméra, n'est-ce pas ?

— Si vous parlez maintenant, vous pouvez encore échapper au pire, fit Élie.

— Oui, c'est vrai, admit l'autre avec la conviction du supplicié qui ne supporte plus la torture. J'ai appelé cet individu. Mais j'ai abandonné l'idée assez vite.

— Vous mentez ! tonna Fix en le dominant de sa hauteur intimidante.

— Non. C'est la vérité. Je n'ai trouvé personne pour le faire.

— Vous avez donc décidé de procéder seul, essaya Sagane.

— Faux. J'ai horreur de la violence. La vue du sang me fait tourner de l'œil. Je ne sais que regarder.

— Et filmer, cela va de soi, renchérit Besançon. Qui a liquidé ces innocents, alors ? Votre histoire ne tient pas debout. Elle ne servirait même pas de canne à un aveugle.

Élie fixa un instant son équipier. Où allait-il chercher tout ça ?

— Je suis victime d'une machination, voilà tout, pleurnicha Gibralti.

— Vous avez des ennemis ? demanda le lieutenant.

— Pas que je sache.

— Qui était au courant de votre… *projet* ? siffla Fix. Y a peut-être des mecs qui ont lu le scénario et qui ont souhaité avoir un rôle.

— Personne ne savait rien, implora l'autre. Je vous supplie de me croire.

— Reconnaissez au moins que ce sont bien vos initiales, fit Élie.

— Oui, ce sont les miennes. C'est un artiste réputé qui a fabriqué ces sculptures, à ma demande.

— Un certain Mitsukuri Ukita, c'est bien ça ?

Il acquiesça.

— On l'a retrouvé mort lui aussi, annonça Besançon.

— Quoi ? Je n'étais pas au courant.

— Permettez-nous d'en douter, avança Élie.

— Vous pensez que je l'ai tué lui aussi ? C'est de la folie. Admettons que je sois le meurtrier que vous recherchez. Pourquoi aurais-je laissé traîner ces figurines chez les victimes ? Ça n'est pas logique, vous ne croyez pas ?

— Que faisaient-elles chez les Sôichiro et Noriyori alors ?

La souffrance de Gibralti se lisait sur son visage.

— Je ne les ai jamais reçues.

— Il se fout de nous, pesta Fix.

— Je vous le jure, répéta le collectionneur. Le jour prévu de la livraison, j'ai envoyé un coursier chercher la marchandise. Mais quelqu'un d'autre était déjà passé… (Il baissa la tête…) Je n'y comprends rien. On veut me faire tomber, c'est sûr.

Sagane observa attentivement sa figure creusée par l'angoisse. Depuis quelques minutes, il doutait de la culpabilité de l'homme d'affaires.

— Un *ami* a très bien pu vous doubler dans cette histoire. Il se peut même qu'il veuille vous faire porter le chapeau.

— C'est insensé, gémit Gibralti.

Les flics se dirigèrent vers la sortie. Le lieutenant se tourna une dernière fois vers lui.

— À votre place, c'est pas ma tête que je poserais sur l'oreiller le soir en me couchant, mais plutôt un flingue. Celui qui a fait ça peut décider de s'en prendre à vous. N'importe quand.

Une fois dans la voiture, Élie laissa libre cours à sa colère. Cette enquête n'avançait pas. Il avait les pieds dans la boue. Aucune piste sérieuse. Que des indices bidon qui raviraient un bleu en mission pour la première fois.

— Ne me dis pas que tu l'as cru ? râla Fix. Ce mec est né avec le mensonge aux lèvres, ça fait pas un pli. Il faut y retourner et nettoyer la merde qu'il a dans la tête.

— Je sais plus, François.

L'autre s'agita dans son siège.

— Qu'est-ce que tu me chantes là ? Tu vois pas qu'il se fout de notre gueule ? Il suffit de lui administrer le sérum de vérité maison, et je suis certain qu'en moins de deux il crache le morceau.

— Et c'est quoi le *sérum de vérité maison* ? demanda Sagane.

Besançon montra son poing.

— Comment n'y ai-je pas songé plus tôt ? Soyons sérieux, tu veux bien ? Nous n'avons rien contre lui. J'ai beau me creuser les méninges, je ne vois même pas une crotte d'oiseau dans son témoignage.

— T'es bigleux ma parole, grogna encore son partenaire. Et puis merde, c'est toi qui mènes cette enquête.

— Effectivement, c'est moi qui prends les décisions sur cette affaire.

— Juste une chose…

— Je t'écoute.

— Trouve vite le ou les coupables. J'en ai ma claque de ces conneries. Toutes les nuits, je fais le même cauchemar. Je vois ces putains de bridés qui me collent au cul pour me faire la peau. Crois-moi, ils ont vraiment de sales tronches.

Sagane éclata de rire.

— À mon avis, tu ne crains rien.

— Comment peux-tu dire ça ? Tu les as pas vues ces faces de rat.

— D'après toi, que peuvent faire des types avec seulement la peau sur les os contre un bulldozer ?

Fix grimaça.

— Le bulldozer, j'imagine que c'est moi.

— Dans le mille.

— Je saurai m'en souvenir… (Il torcha une *crameuse* en un rien de temps…) Sérieusement, finissons-en avec cette histoire.

Élie posa une main sur son épaule.

— Moi aussi, j'en vois partout. Ces fichues balles de ping-pong n'arrêtent pas de me siffler aux oreilles. J'ai envie de les écraser une bonne fois pour toutes.

— Souviens-toi du sérum de vérité maison. Je le tiens à ta disposition.

Le lieutenant acquiesça.

— Le moment venu, je saurai à qui m'adresser. Ne t'inquiète pas.

12

Il était en retard.

Il n'avait même pas eu le temps de se changer. Imper trempé et gicleur apparent, il faisait peur à voir. Le maître d'hôtel l'accueillit avec méfiance et le conduisit à la table réservée par mademoiselle Duparc. Celle-ci rassura le brave homme sur l'identité de son invité et il vaqua à ses occupations.

La jeune femme montra des yeux le holster qui servait de hamac au Beretta. La clientèle ne se sentait pas à l'aise depuis son entrée dans le restaurant. Le flic saisit le message au vol et glissa l'étui sous son imperméable. Il balaya du regard la salle, épaté.

— Vous ne faites pas les choses à moitié, fit-il avec un sourire. *Edgar* est un établissement très coté. Les gens du beau monde se pressent pour goûter à la salade d'épinards crus ou à la crème brûlée faite maison. Il paraît que Sarah Ferguson était ici pas plus tard qu'hier.

— Comment savez-vous cela ? demanda-t-elle, intriguée par l'intérêt que portait le lieutenant à ces mondanités plus qu'affligeantes.

Il se pencha vers elle, adoptant le ton de la confidentialité.

— Ne le répétez à personne, mais je lis régulièrement la presse à scandale. *J'adore* ça.

Elle rit. Il passa la commande et plongea à nouveau ses yeux dans les siens. Il faisait tout pour la troubler. Mais elle était bien décidée à ne pas tomber dans le piège.

— Cessez de me fixer comme ça, siffla-t-elle. C'est vraiment gênant.

Élie lui servit un verre d'eau minérale.

— Ne me dites pas qu'une grande fille comme vous perd ses moyens aussi facilement.

— Et voilà, vous recommencez, pesta-t-elle. C'est plus fort que vous… (Elle but une gorgée de son verre et respira profondément…) Vous pensez peut-être que je suis là pour vous mettre des bâtons dans les roues, ou pire, que je vous vole votre enquête. Mais je peux vous assurer que ça n'est pas le cas. J'essaie seulement de vous aider à démasquer le coupable. Quand tout cela sera terminé, c'est vous qu'on portera au pinacle. Officiellement, je n'existe pas… (Elle soupira…) Vous êtes bien tous les mêmes, vous les hommes. Le partage du pouvoir vous est insupportable.

Sagane prit sa fourchette et commença son entrée. Il ne paraissait nullement déstabilisé. Au contraire. Cette situation l'amusait. Agacée par sa désinvolture, Sarah poursuivit sur sa lancée.

— Vous me détestez, avouez-le. On raconte que vous êtes du genre à sortir votre arme si une personne vous pousse à bout. Est-ce le sort que vous me réservez lieutenant ? Que me ferez-vous si je vais trop loin ? Vous me collerez une balle entre les deux yeux ?

Le flic posa ses couverts.

— Vous parlez de vous, mais moi, vous y avez pensé ? Vous avez fait bien pire que me tuer.

La jeune femme fronça les sourcils.

— Qu'est-ce que vous racontez ? Vous êtes devenu dingue ou quoi ?

À nouveau, ce petit sourire en coin qui l'irritait au plus haut point.

— On peut dire ça comme ça, répondit-il. Vous m'avez collé une belle dans la tête.

Elle remua la tête négativement.

— Vous me faites la cour ou je rêve ? Vous vous méprenez sur moi, Élie. Je ne suis pas…

— Libre ? la coupa-t-il. C'est ça ? À moi de vous le faire oublier alors, le veinard qui vous serre dans ses bras chaque soir pendant que je me tape le prime time de TF1 les yeux mi-clos.

Elle sourit.

— Oui, vous êtes *fou*.

— Disons que je n'ai pas peur d'exprimer ce que je ressens, souffla-t-il.

Elle poussa son assiette, écœurée. Cette discussion prenait une tournure bien trop personnelle à son goût.

— Vous avez raison, fit-elle, les yeux dans le vague. Mais je ne peux pas sortir avec vous… Je suis désolée.

Cet échange de données intimes avait un effet contraire sur le policier. Il lui ouvrait véritablement l'appétit. À présent, il louchait sur le plat de son équipière.

— Je peux ?… (Elle acquiesça…) Merci. Pour en revenir à notre entretien très privé, je sais me montrer patient. Ma mère m'appelait *chien enragé*. Vous savez pourquoi ?… (Elle alluma une cigarette avec une grâce inattendue…) Je ne renonce jamais. L'amour est une chose tellement compliquée de nos jours. Comme s'il n'y avait pas assez de différences entre les femmes et les hommes, celui qui est aux cieux a trouvé de quoi nous pourrir la vie pour longtemps… (Elle écarquilla les yeux…) Je parle de ce foutu latex. Remarquez, je comprends. Ils appellent ça le *safe sex*. Mais c'est triste.

Sarah écrasa la clope dans le cendrier. Il l'observa attentivement, de la racine de ses cheveux à ses mains qui lui tenaient un véritable discours sans le savoir. Tout en elle évoquait l'amour, et pourtant, elle ne savait pas se mettre en valeur. Un tel refus de plaire était-il intentionnel de sa part ? Avait-elle à ce point souffert de ses relations avec le sexe opposé ? Un salaud se cachait-il dans sa mémoire de femme meurtrie ?

— D'un autre côté, le danger permet d'aller à l'essentiel, vous ne croyez pas ?

Il approuva.

— Ça nous évite de perdre du temps dans des draps trop froids.

— *Le cœur, c'est le feu qui fait fondre la glace des ébats sans lendemain*, dit-il d'une voix solennelle.

— C'est beau, reconnut-elle. C'est de qui ?

— De moi, annonça-t-il fièrement. C'est de moi. J'écris, quand j'ai le temps.

Elle sourit, quelque peu charmée par cet aveu.

— Pour mieux l'accepter ?

— Peut-être. Sûrement même.

Le lien qui unissait leurs regards se rompit tout à coup.

— Si vous me parliez de ce que vous avez découvert, reprit-il.

Elle posa un paquet de lettres sur la table.

— Voici la correspondance que Hyakusen entretenait avec l'un de ses oncles.

Le lieutenant passa en revue les enveloppes.

— Que raconte ce brave homme ?

Sarah déplia une lettre et la parcourut des yeux.

— Oui, c'est bien celle-ci, murmura-t-elle pour elle-même. J'ai trouvé des informations qui devraient vous intéresser. La personne qui a rédigé cette missive – « l'oncle » en l'occurrence – ne nous a pas facilité la tâche. Il s'est servi d'une ancienne technique pour coder son message.

Sagane s'empara de la feuille de papier, esquissant une grimace significative. Il se noyait dans cet océan de caractères sino-japonais *kanji*. Une seule bouée de sauvetage en vue : la spécialiste des civilisations assise en face de lui. La reine des chiffres et des lettres. L'emmerdeuse de service qui sabotait son enquête, et, accessoirement, lui sapait le moral.

Mais le pire dans tout ça, c'est qu'il commençait à la trouver sacrément attirante.

— C'est la seule qui est codée ? demanda-t-il en prenant une cuillerée de glace.

— Exact, répondit-elle. La seule. Les autres ne sont qu'un tissu de banalités. Regardez. Il a eu recours à l'alphabet numéral pour tromper les lecteurs indésirables. C'est l'astronome Aryabhata qui a inventé ce système de codage, en 510 après Jésus-Christ.

— Ça ne nous rajeunit pas, plaisanta Élie. Et en quoi consiste-t-il, ce *système* ?

— Il suffit d'utiliser les trente-trois lettres de l'alphabet indien pour représenter tous les nombres de 1 jusqu'à 10 puissance 18. Cette méthode, par ailleurs très efficace, est encore en usage dans de nombreux pays asiatiques. Grâce à elle, certains chamans gardent secrètes leurs formules magiques.

— Vous perdez votre temps, se lamenta le flic. J'ai toujours été nul en maths. Les calculs et autres théorèmes sont venus à bout de ma bonne volonté alors que je n'étais encore qu'un mouflet timide et mal dans sa peau. Faites-moi une fleur : passez directement à la traduction. Qu'est-ce qu'il raconte ce brave oncle ?

Sarah prit sur elle pour ne pas exploser. Se rendait-il seulement compte des efforts qu'elle avait fournis pour parvenir à déchiffrer ce foutu message ? Elle avait passé des heures à bosser avec les gars de l'Analyse Cryptographique, souvent la nuit, luttant contre le sommeil qui écrasait ses paupières et l'odeur du tabac froid.

— Hyakusen était malin, dit-elle.

— Et dangereux, compléta Élie.

— Le portrait d'un homme séduisant en somme, conclut-elle avec une pointe d'ironie. Voici le premier élément qui m'a semblé intéressant. L'oncle évoque le prochain pèlerinage sur les tombes des samouraïs d'Akô. Il…

— Attendez une seconde, la coupa Sagane en fronçant les sourcils. C'est quoi ça ?

— Vous ne connaissez pas cette histoire ? s'offusqua-t-elle gentiment.

— Excusez-moi, mais je ne suis pas né avec les yeux bridés. Avant de vous rencontrer, je ne savais pas grand-chose sur ces gens. Il m'arrive de lire des mangas, mais c'est tout.

— Ne faites pas cette tête-là, c'est déjà pas si mal. Pour en revenir à *Akô-Gishi*, il s'agit d'un fait divers survenu à Edo au XVIIIe siècle. L'histoire de ces samouraïs qui ont vengé leur seigneur trahi par un vieillard jaloux et cruel est extrêmement populaire. Ils sont considérés comme des héros. Des milliers de pèlerins défilent chaque année dans le jardin du temple Sengaku-Ji pour leur rendre hommage et fleurir leurs tombes.

— C'est passionnant, fit Élie.

— C'est surtout ce passage qui a retenu mon attention. Écoutez ça : *Comme tu le sais sûrement, mon cher neveu, celui qui trahit la cause et qui le fait sciemment, celui-là peut désormais compter les lunes qui le séparent du néant. Avant que les tombes des braves d'Akô ne fleurissent à nouveau, il aura rejoint le Grand Obscur. Il sera loin, là où personne ne peut plus l'approcher. La Grande Neige balaiera alors toute trace du sang du corrompu...*

Le flic resta silencieux une minute.

— J'ai beau réfléchir, je ne vois toujours pas où vous voulez en venir.

— À mon avis, un ordre se cache derrière ce simulacre de poésie.

— Un ordre ? Vous avez l'esprit drôlement torturé, ma chère.

— Il parle d'une exécution. La mise à mort des traîtres si vous préférez.

— Et qui sont ces… traîtres ?

Elle leva les yeux au ciel.

— Je ne sais pas. Les Sôichiro, le traducteur peut-être.

Élie s'agita nerveusement dans son siège.

— Non. Ça ne tient pas la route. Ce ne sont que des suppositions, rien de plus.

— Je vous en prie, écoutez-moi. Il dit ceci : *Avant que les tombes des braves d'Akô ne fleurissent à nouveau, il* (le traître donc) *aura rejoint le Grand Obscur* (je suppose qu'il fait allusion à la mort…).

— Et alors ?

— Et alors ? Ça signifie que les personnes qu'il désigne comme les traîtres doivent être tuées avant le mois de décembre, date du pèlerinage.

— Je vous signale qu'il parle d'*un* traître et non pas de *plusieurs*.

Elle eut un geste d'agacement.

— C'est une façon de dire les choses. En fait, il évoque tous ceux qui ont le malheur de tourner le dos à la cause.

— La cause ? Quelle cause ?

— *Leur* cause, répondit-elle avec fermeté.

Sagane rit.

— Ça devient délirant. Si ces types sont vraiment les coupables que nous recherchons, vous ne croyez pas qu'ils ont buté suffisamment de gens comme ça ? Si vous voulez mon avis, ils ont rempli leur contrat.

— N'en soyez pas aussi sûr, rectifia-t-elle. Nous ne sommes pas encore en décembre. Il peut y avoir d'autres victimes.

— Ça n'est pas seulement délirant, c'est également absurde, siffla le lieutenant. Les Sôichiro et Noriyori étaient des gens simples, sans histoire. Ils faisaient leur travail et rentraient chez eux sans embêter personne. Qui pouvait avoir intérêt à les supprimer ? De quelle trahison étaient-ils coupables ?

— Vous raisonnez en Occidental, pas comme eux.

— Cessez donc de les considérer comme des êtres différents. C'est dans la nature de l'homme de voler son semblable, de lui faire du mal et même de… commettre des crimes de sang.

Un peu déroutée par tant de conviction, Sarah perdit le fil de ses idées un moment.

— Les victimes n'étaient peut-être pas les honnêtes gens que nous avons cru, finit-elle par dire.

— Je ne vois pas très bien dans quelle sale affaire elles auraient pu tremper, lâcha-t-il au bout d'une minute. Elles n'avaient pas le…

— Profil de l'emploi ? souffla la criminologue. On a parfois des surprises, vous savez. Il nous faut enquêter dans cette direction.

— Et qu'est-ce que vient faire le tatoueur dans ce merdier ?

Elle planta ses yeux dans les siens.

— Il ne vous est jamais venu à l'esprit qu'il pouvait s'agir d'une fausse piste ?

— Je vous signale qu'on l'a retrouvé *suicidé* lui aussi.

— Il avait sûrement découvert quelque chose.

Sagane soupira. Décidément, elle avait réponse à tout.

— Il faisait peut-être partie du lot de traîtres.

— Je ne crois pas, laissa-t-elle tomber avec assurance.

— Comment pouvez-vous affirmer des choses sans en être certaine ?

— Appelez ça l'instinct, fit-elle.

Il but une gorgée de son verre.

— Je dirais plutôt l'intuition féminine.

— Peut-être bien.

— Il reste quand même un détail à régler, poursuivit-il sans se décourager.

— Lequel ?

— Vous avez oublié Paul Gibralti.

Elle sourit, visiblement détendue.

— Du vent. C'est un pantin dont ils tirent les ficelles.

— Qui ça *ils* ?

— Je ne sais pas précisément, mais je peux vous certifier que Hyakusen et cet homme qui se fait passer pour son oncle ne sont que des subalternes. Il y a un gros bonnet derrière tout ça.

Élie respira. Il avait au moins vu juste sur un point : Gibralti n'était pas l'assassin. Cela dit, il lui rendrait volontiers une autre visite, histoire de le cuisiner sur son rôle dans cette tragédie nippone.

— On a voulu nous faire perdre du temps, reprit Sarah. La seule chose dont je sois sûre, c'est que ces individus étaient liés par un secret.

Le lieutenant jeta un coup d'œil sur sa montre. L'heure semblait piloter un bolide de Formule 1. Le temps passait toujours la vitesse supérieure lorsqu'il se sentait bien.

— Vous pensez que je fais fausse route ? laissa-t-elle tomber, à nouveau gagnée par le doute.

— Vous plaisantez, j'espère ? protesta le policier. Il me semble à moi que nous avançons à pas de géant. Répondez-moi franchement. Vous croyez que l'« oncle » est sur le territoire français ?

— Je ne peux rien affirmer. Nous ne disposons pas d'assez d'indices… (Une lueur taquine traversa ses yeux…) À moins que vous ne me cachiez des informations. Ça ne me surprendrait pas, vu que nous entretenons des relations plutôt…

— Houleuses, fit-il.

— Vous m'arrachez le mot de la bouche, lieutenant.

Il s'approcha d'elle.

— Vous ne me faites pas confiance ? Laissez-moi vous prouver que vous avez tort. Je vais vous balancer tout ce que je sais, OK ? Bien. Vous vous souvenez de la photo que vous avez trouvée chez ce tordu de Hyakusen ? Les experts ont passé des heures à l'étudier. Sans le visage de cette mystérieuse geisha, on ne peut rien faire. Et ce n'est pas tout. J'ai donné aux gars du labo les étoiles tranchantes qu'il gardait comme des reliques. Il n'y a aucune empreinte – hormis celles de

Patate Douce – sur les disques râpeurs et autres presse-agrumes qui traînaient dans ce rangement du parfait ninja. C'est à croire qu'il agissait seul. Vous avez autre chose ?

Elle sourit.

— Dans moins d'une minute, vous allez m'adorer.

— N'ayez crainte, la rassura-t-il. C'est déjà le cas.

— Ouvrez grand vos oreilles, lieutenant. Écoutez ce que ce cher « oncle » nous raconte ensuite : *L'autre jour, j'ai joué aux cartes avec Yûsen. L'idiot n'a jamais réussi à me battre. Il a réalisé un total de vingt à quatre reprises…*

— Ne me laissez pas dans cet état. Expliquez-moi sans plus attendre.

— À l'époque d'Edo, les mauvais garçons jouaient souvent à un jeu de cartes aux règles un peu particulières. Celui qui tirait un huit, un neuf et un trois perdait la partie.

— Si je vous suis bien, le joueur qui totalisait vingt était plumé.

— Exact. Il faut lire entre les lignes. Regardez. Huit se traduit par *ya*, neuf par *ku*… trois par *san, sa* ou *za*. Imaginons que ce soit par *za*. Dans ce cas, la combinaison donne le mot…

— Yakuza ! la coupa-t-il. Nom d'une… Vous croyez qu'il s'agit de la mafia japonaise ?

— C'est très possible. Ça peut être un règlement de comptes. Ou pire.

— En tout cas, ça expliquerait le tatouage grand-guignolesque de Hyakusen. Moi qui pensais que ces horreurs n'existaient que dans les dessins animés.

Sarah termina son dessert puis leva à nouveau les yeux sur le flic.

— Nous allons vers l'inconnu, Élie. J'espère que vous n'avez pas peur.

Il haussa les épaules.

— Un peu mon neveu. Mais c'est mon job. Si ces mecs sont ici, dans mon pays, je dois les arrêter avant qu'ils ne trucident d'autres personnes.

— « Force est à la Loi », n'est-ce pas ?

— Vous apprenez vite, ma parole.

Il poursuivait son numéro de charme.

— On ne sait presque rien sur les yakuzas, poursuivit-elle en ajustant ses lunettes. Seulement que certains d'entre eux sont en relation étroite avec les milieux politiques et financiers. Une loi antigang interdisant les associations secrètes de ce type a été votée en 1992. Mais ça n'a pas servi à grand-chose. Ils se sont regroupés au sein de sociétés commerciales afin de couvrir leurs petits trafics.

— Vous avez fait du beau travail, Sarah, fit-il d'un ton sincère.

— Attendez, c'est pas fini. J'ai découvert un symbole en haut de la page, vous voyez ? Je ne sais pas ce que c'est. Peut-être un en-tête de lettre ou une formule codée.

— C'est du japonais ?

— Non. Je n'ai jamais rien vu de semblable. En général, les organisations civiles et militaires nippones définissent précisément le formatage du courrier interservice. J'ai donc passé en revue tous les types de formatage, de la simple entreprise commerciale au plus grand groupe de presse économique, le *Nihon Keizai Shimbun*. Je n'ai rien trouvé.

L'enthousiasme du policier s'affaissa d'un coup.

— Conclusion ?

— S'il s'agit d'un formatage spécifique à une mission secrète, il nous est impossible de remonter jusqu'à eux. Un organisme réputé peut très bien se cacher derrière ce charabia et exercer ainsi des activités illégales en toute impunité.

— Je commence à comprendre, laissa tomber Élie avec amertume. Imaginons que ces yakuzas soient venus ici pour exécuter une série de contrats, OK ?… (Il désigna les caractères en haut de la lettre…) Je suppose qu'une fois leur macabre boulot terminé cette *signature* (qui n'en est pas vraiment une) disparaîtra, comme par enchantement. C'est bien ça ?

Elle acquiesça.

— Je vais continuer mes recherches, fit-elle sans se décourager. Avec de la chance…

Le lieutenant s'apprêtait à demander l'addition lorsqu'un détail attira son attention.

— Et ça là, c'est quoi ? dit-il en montrant un dessin situé sous le mystérieux symbole.

Elle se pencha sur la lettre, intriguée.

— Il me semble qu'il s'agit d'un samouraï.

— Je trouve qu'il a une drôle d'expression… On dirait qu'il pleure.

— En effet, reconnut-elle.

Le soldat en armure se tenait debout. Son visage arborait le traditionnel grimage de guerre. Mais cette peinture particulièrement effrayante ne parvenait pas à retenir les larmes qui coulaient le long de ses joues. La souffrance se lisait sur ses traits, accentuée par le maquillage. Les armes déposées à ses pieds exprimaient son renoncement. Qu'avait-il perdu de si précieux ? Sa famille ? Sa dignité ? Son âme peut-être ?

— On peut interpréter cette image de plusieurs façons, expliqua la criminologue. Cependant, il y en a une qui me vient tout de suite à l'esprit. C'est la plus logique… (Elle admira encore la clarté du dessin. Parfois, l'émotion naissait des choses les plus simples…) Je pense qu'il s'agit d'un samouraï devenu *rônin*.

— De grâce, évitez le charabia, implora Élie.

— C'est un guerrier qui a perdu son maître ou son seigneur. Comme dans l'histoire que je vous ai racontée tout à l'heure, vous vous souvenez ? La traduction littérale est la suivante : « homme flottant au gré du vent ». Cela pouvait arriver à n'importe quel samouraï. Pour survivre, il était alors obligé de vendre ses services à autrui. Il exerçait différents métiers : mercenaire, professeur d'arts martiaux ou garde du corps. Aujourd'hui encore, cette appellation subsiste. Lorsqu'un étudiant échoue à l'examen d'entrée dans l'université de son choix, il se voit dans l'obligation d'intégrer un établissement qui veuille bien de lui. Il est alors *rônin*.

Sagane resta silencieux une minute. Cette femme le fascinait. Combien de connaissances et de grandes idées cachait-elle encore dans son sac ? Des milliers sans aucun doute. Mais aucune d'entre elles n'égalerait jamais son… charme.

— À mon avis, cette illustration ne signifie rien de particulier, souffla Sarah. Elle doit être purement décorative. Pour tout vous dire, je l'avais à peine remarquée.

— Sans vous, jamais nous n'aurions pu avancer aussi vite, siffla-t-il en réglant la note que lui tendait le serveur. Avant de nous séparer, j'aimerais savoir si vous avez un *passeur de mort* chez vous.

— Un quoi ?

— Un flingue si vous préférez. On ne sait jamais.

Elle grimaça rien qu'à cette idée.

— Non, je n'en ai pas. Et c'est très bien ainsi.

— Je vais essayer de vous en avoir un. Je vous apprendrai à tirer, ajouta-t-il en lui adressant un clin d'œil. Mais attention, Dubreuil ne devra pas en être informé.

— Vous êtes cinglé.

— Venant de vous, je le prends pour un compliment, dit-il en se levant.

— Les yakuzas sont des hommes de terrain. Il ne sera pas facile de les localiser. Encore moins de les neutraliser.

Élie enfila son imper et remit discrètement la pétoire à sa place.

— Il y a quand même un détail qui me chagrine, lança-t-elle tandis qu'il s'éloignait. Vous savez où joindre le mystérieux informateur qui vous a donné le nom et l'adresse de Gibralti ?

Il revint sur ses pas.

— Il a accepté de me parler. C'est déjà pas si mal, vous ne trouvez pas ?

La criminologue se leva à son tour.

— Après tout, c'est vous le policier. Je suppose que vous savez ce que vous faites.

— Qu'est-ce que vous insinuez au juste ? râla-t-il. Que j'ai mal fait mon boulot, c'est ça ?

Elle affronta son regard où brûlait le feu de la colère.

— Il ne vous est pas venu à l'idée que ce gars pouvait jouer leur jeu.

— Quoi ? Vous pensez qu'il m'a branché sur une fausse piste ? Mais enfin, que peuvent-ils avoir de si important à cacher ?

— Un truc énorme, Élie. Pourquoi se sont-ils donné autant de mal à maquiller ces meurtres en suicides à votre avis ?

Il souffla, excédé.

— Vous rigolez ? Ils ont commis des bourdes monumentales.

— Lesquelles ?

— Les sculptures, la marque du trépied sur la moquette. Sans parler de cette annonce bidon qui nous a permis de remonter jusqu'à Gibralti.

Elle secoua la tête négativement.

— C'est une mise en scène. Si je ne vous avais pas parlé des yakuzas, vous seriez en train d'enquêter sur un trafic d'œuvres d'art ou je ne sais quoi d'autre. Si vous réfléchissez deux secondes, vous admettrez que ça ne tient pas debout. Ces éléments ne se complètent pas, ils se repoussent.

Ils sortirent.

— Ils essaient de détourner notre attention, poursuivit Sarah en se dirigeant vers sa voiture. Ils ont tout prévu, au cas où un flic têtu déciderait de voir plus loin que le bout de son nez. Fabriquer de fausses preuves est à la portée de n'importe quel esprit retors… (Elle ferma la portière…) Pour l'instant, ce sont eux qui mènent la danse, lieutenant.

Elle démarra et disparut dans le flux de la circulation. Sagane resta immobile un long moment. Statufié par la stupéfaction. Comment avait-il pu être aussi bête ? Il était temps de se ressaisir.

Tout d'abord, il devait retourner là-bas. Chez ce salaud. Cette fois, pas de quartier. Un interrogatoire musclé et des réponses, sinon… Il composa le numéro perso de Besançon sur le clavier de son téléphone portable.

Apparemment, il dérangeait. Tant pis.

— Sape-toi en quatrième vitesse. Je serai en bas de l'immeuble dans disons cinq minutes.

— Tu fais chier avec tes conneries. J'en connais une qui va pas apprécier que je me tire maintenant. J'ai pas encore gravi le Mont Vénus.

Élie sourit.

— Quelle mensuration ?

— Toi au moins t'es direct. Tout ce que je peux te dire, c'est que c'est pas une planche à pain cette nana. 95 de tour de poitrine, 60 de…

— Te fatigue pas. Je te parle pas de ces dimensions-là. Je te cause de son Q.I.

Fix éclata de rire.

— Je sais pas moi. Mais ça doit pas voler bien haut.

— Dans ce cas, te bile pas. Elle avalera tous tes bobards.

13

La voiture filait en direction du XVIe arrondissement. À cette heure-ci, circuler dans Paris relevait de la pure folie. Le lieutenant s'impatientait, tapant du poing sur le volant.

— Où est-on exactement ? demanda-t-il à son collègue.

— Rue des Belles-Feuilles, répondit l'autre sans quitter son journal des yeux.

Sagane lui lança un regard mauvais.

— Comment fais-tu pour rester aussi calme ? s'agaça-t-il en jouant du Klaxon.

— C'est à cause de ce que je lis, souffla Besançon. C'est un canard sur le zen. Le numéro un vient tout juste de sortir. Écoute ça : *Si vous vivez le zen, vous pouvez laisser l'enfer parmi vos rêves passés mais vous pouvez réaliser un paradis où que vous soyez.*

— Ouais, c'est ça, rétorqua Élie. Jette un coup d'œil autour de nous. Je vois pas très bien comment changer ce bordel en paradis.

— Question de mental, mon vieux, se moqua Fix. De toute évidence, t'es prisonnier de ton « Moi ». Il te suffit de faire abstraction de ce qui nous entoure. Imagine que tu t'envoles, que tu prends un bon bol d'air en compagnie des anges en culottes courtes. Que toute cette merde n'est plus qu'un mauvais souvenir, OK ?

— Qu'est-ce que tu me chantes ? pesta son supérieur. Tu devrais mettre un peu d'ordre dans ta cervelle et balancer à la poubelle cette philosophie de caniveau. Surtout, abstiens-toi de la ranger dans le tiroir poussiéreux qui te sert de mémoire. Au fait, qui a dit ça ?

Besançon sourit.

— Tu vois que ça t'intéresse. C'est un maître zen, un certain Yoka Daishi.

— Ça m'apprend au moins une chose, siffla le lieutenant.

— Laquelle ?

— On sait maintenant d'où vient Yoda, le maître Jedi de *La Guerre des Étoiles*.

— N'empêche, j'ai vu la trilogie au moins vingt fois, se vanta l'informaticien avec une moue enfantine.

— Et moi alors, laissa tomber Sagane avec une pointe de nostalgie. On avance comme des tortues, s'énerva-t-il. On est…

— Avenue Kléber, le coupa son adjoint. On approche. T'inquiète donc pas comme ça. Le gars ne va pas se tirer. N'oublie pas qu'on a l'avantage de la surprise.

Le lieutenant montra du doigt la rue embouteillée. Dans ses yeux dansaient des flammes engerbées. Et derrière, il y avait…

— Je ne sais pas… J'ai comme un mauvais pressentiment.

Il embrassa sa compagne à pleine bouche. Au fil des mises à mort, ce contact intime était devenu une sorte de rituel. Une vieille habitude dont ils ne parvenaient pas à se défaire. L'affaire de quelques secondes. Profondes et langoureuses.

Comme à chaque fois, les autres détournèrent leurs regards. Le chef détestait la curiosité. Ceux qui cédaient à la tentation en sa présence, ceux-là le payaient généralement de leur vie. À moins qu'il ne se montre plus généreux et qu'il se contente de mutiler au lieu d'exécuter.

— Souviens-toi de ce que le maître dit à l'élève qui bande son arc, murmura-t-il à l'oreille de la femme. *C'est quelque chose qui tire. Et ce quelque chose, ce n'est pas toi.*

Iga sourit à son amant. La chair réclamait sa pitance. Mais l'heure avait sonné. Le sang devait couler. Pour la cause. Pour eux. Alors, il caressa le tigre sur la joue de sa bien-aimée et lui tendit le masque de cuir laqué.

— L'un de mes ancêtres était un samouraï craint et respecté, fit-il en s'assurant que le « visage de la mort », comme il l'appelait, tenait bien. Au combat, il portait un *hôate* semblable à celui-ci. Ces masques de guerre devaient être aussi réalistes que possible, pour inspirer la peur. On raconte qu'un jour il est tombé dans une embuscade. Seul, il a affronté une dizaine d'hommes armés. Il les a terrassés les uns après les autres. Le sang de ses ennemis a séché sur son masque de fer, et à chaque bataille, les siens scandaient son nouveau nom : *Todoroki ! Todoroki !* Car, depuis l'aube des temps, le tonnerre effraie les hommes et leur rappelle leur pire cauchemar… (Il serra dans ses bras Iga et ouvrit la portière…) Allez, va. Je t'attends ici.

Rue Dumont-d'Urville…

L'enfer ne pouvait pas être plus chiant que ça. Élie perdait son calme. Il hésita un instant puis sortit de la voiture. Partout autour de lui, les tuyaux d'échappement crachaient leur venin.

— Qu'est-ce que tu fous ? cria son collègue. On peut pas laisser la caisse ici.

— Mais il n'en a jamais été question, siffla le lieutenant. Tu t'en occupes, vu ? Moi j'y vais.

Il ne laissa pas à son équipier le temps de répondre. Fix observa l'imper qui battait le vent. L'oiseau s'était envolé. Décidément, il se coltinait toujours les sales boulots. Et en plus, la radio ne fonctionnait même pas !

Tu mériterais une bonne raclée, Élie. Si t'étais pas un pote, y a longtemps que je... Et puis merde. Va chier !

Iga observa une minute la vitrine de la *Galerie Gibralti*. Dans ses yeux, le mépris. Dans son cœur, la haine. Dans les plis de sa veste, le *kozuka*. La lame du salut. Au bas d'un tableau, elle lut cette phrase extraite d'un proverbe chinois : *Celui qui sait et qui sait qu'il sait : suis-le*... Elle sourit derrière le masque. *Suis-le*, répéta-t-elle intérieurement. *Moi je dirais plutôt : tue-le ! Car celui qui en sait trop peut parler et ainsi nuire à la cause*.

Elle poussa la porte puis entra. Plusieurs personnes se retournèrent sur son passage. Le masque laissait apparaître sa bouche. Elle sourit, dévoilant une rangée de dents peintes en or. La plupart des clients pensèrent qu'il s'agissait d'une excentrique venue exhiber ses frusques achetées aux puces. Lorsqu'elle croisa son image dans un miroir, elle admira sa silhouette et plus particulièrement le cuir qui épousait les traits de son visage.

Elle se dirigea vers l'escalier qui menait au premier étage et gravit les marches avec une grâce féline. Souvent, pour saluer sa féminité qui la rapprochait des félidés, son amant l'appelait « Madame venue de Corée », en hommage à ces chats de la cour de Heian qui jouissaient du privilège du cinquième rang de noblesse.

Personne en vue. Elle repéra le bureau de Paul Gibralti et entra sans frapper. Il se tenait là, devant elle, paralysé par la stupéfaction. Quel choc que de se retrouver face à cette… créature ? Alors, elle retira le masque hideux et planta ses yeux venimeux dans les siens. Il la reconnut aussitôt.

Elle sourit. Le mouvement de sa peau donna vie au tigre dessiné sur ses joues. La gueule de l'animal s'ouvrit, prête à fondre sur lui. Allait-il lui sauter au cou et lui trancher la jugulaire ?

— Que faites-vous ici ? lança-t-il en s'efforçant de cacher son angoisse.

Elle avança de quelques pas dans la pièce, avec cette nonchalance propre à l'assassin maître de son art et de ses émotions.

— Je suis venue m'assurer que tu n'as rien raconté à la police, siffla-t-elle en caressant le couteau du bout des doigts.

Gibralti recula, cherchant une issue du regard.

— Et je veux la *vérité*, insista-t-elle en posant le masque sur le bureau.

— Je n'ai rien dit, je vous le jure, se défendit-il. Ils m'ont posé tout un tas de questions, mais j'ai gardé le silence. J'ai respecté les termes de notre contrat.

Elle approcha ses doigts effilés du visage livide de son *associé*. Il sentit l'ongle qui entrait dans sa chair. Un filet de sang coula le long de sa joue.

— Mais vous êtes folle ! cria-t-il. Que voulez-vous à la fin ?

— Tu es comme le *kudan*, Paul. Tu ne sais pas mentir. Tes yeux te trahissent, ta voix te trahit… (Elle s'assit et alluma une cigarette…) D'après toi, que penserait Akamatsu s'il apprenait que tu as fricoté avec les flics ?

— C'est faux et vous le savez ! s'insurgea-t-il. Je n'ai rien fait de mal.

Elle se leva brusquement et l'empoigna.

— C'est à moi seule d'en juger, cracha-t-elle. Je te donne cinq minutes pour me convaincre. Passé ce délai…

Lorsqu'il fit irruption dans la galerie, Élie entendit le coup de feu. Sans réfléchir, il se précipita vers l'escalier en colimaçon. Des cris fusèrent et les clients se bousculèrent pour sortir.

La porte du bureau de Gibralti était fermée. Il l'enfonça et se rua dans la pièce, l'arme au poing. Il fit un tour complet sur lui-même avant de fixer son attention sur la tête de l'homme d'affaires qui reposait dans un bain de sang. Un morceau de sa cervelle glissait lentement le long du mur. Le flingue fumait encore.

Il arracha de la main droite du mort un papier coloré et parsemé de paillettes de mica. Une pièce très ancienne de toute évidence. Bizarre. En général, les candidats au suicide écrivaient deux ou trois banalités sur une feuille de papier tout ce qu'il y avait de plus normal.

Il lut l'ultime message de cet homme qui en savait trop : *J'en ai assez de cette vie. Je ne veux plus continuer. Que ceux qui m'aiment me pardonnent. Adieu.*

— Et tu espères me faire avaler ça ? râla le lieutenant. À d'autres.

On voulait encore faire croire à l'acte d'un désespéré. Gibralti aurait commis *seppuku* à l'occidentale, sans poignard ni kimono. Possible. Sauf que ça ne collait pas avec l'idée qui trottait dans la tête du policier. De machination en mise en scène, son intelligence était mise à rude épreuve. Mais il ne tomberait pas dans le piège tendu par ces fumiers.

Comme la porte était bouclée de l'intérieur, il se demanda comment l'assassin s'était échappé. Un petit vent frais dans son dos. La fenêtre était ouverte. Elle donnait sur un toit en zinc. L'assassin avait dû sortir par là, se pendre à la gouttière puis se laisser tomber dans la cour.

Il avertit Besançon et lui demanda de le rejoindre immédiatement. À cet instant, une femme d'une trentaine d'années apparut dans l'embrasure de la porte. L'assistante de Gibralti. Elle travaillait dans un bureau situé au fond du couloir. L'effroi figé dans ses yeux glaça le sang du lieutenant. Elle faillit s'évanouir en apercevant le crâne qui se vidait de sa substance.

— Mon Dieu… C'est… horrible.

Sagane se plaça devant le cadavre, histoire de ménager la petite.

— Je suis de la police, fit-il en montrant sa carte. On va s'occuper de lui.

La voiture aux vitres teintées l'attendait à l'entrée de la rue Galilée. Elle glissa le masque dans un sac en plastique et jeta le tout dans une poubelle. D'ici, elle ne voyait pas le visage de son amant mais elle devinait son sourire de satisfaction.

La portière arrière s'ouvrit et elle s'engouffra dans le véhicule qui démarra aussitôt. Voilà comment ils aimaient travailler. Vite et bien. Sans laisser de trace.

Akamatsu la prit dans ses bras et déposa un baiser sur son front. Elle s'abandonna totalement, comme une enfant en quête d'affection. Une telle effusion de sentiments ne ressemblait guère à ces cœurs de pierre. Les autres trouvèrent ce spectacle plutôt déroutant. Ces gestes appartenaient à ceux qui s'aimaient, pas aux monstres capables des pires atrocités. Et pourtant, point de duplicité dans leurs actes. Leurs regards ne mentaient pas. À croire que la force de leur amour se mesurait au nombre de leurs victimes et à la quantité de sang versé au nom de la cause.

— Qu'as-tu fait pour le convaincre aussi vite ? demanda le chef de la bande en dégainant une sèche.

Iga s'approcha plus près encore. Ses yeux réclamaient une autre caresse.

— Il y a un temps pour tout, ma chérie. Sois gentille, tu veux bien ?

Il souhaitait une réponse. Et attendre n'était pas son fort. D'un autre, il n'aurait pas accepté la moindre hésitation. Mais Iga savait y faire. Elle disposait d'arguments convaincants. Dans son regard valsaient mille coquineries. Il ne tarda pas à plier genoux devant la mère nourricière de son désir.

Elle le taquina un instant sur la bosse qui montait entre ses cuisses puis redevint sérieuse.

— Je lui ai dit que, s'il refusait de le faire, je m'en chargerais personnellement. Comme il m'avait déjà vue à l'œuvre, il n'a hésité qu'une minute… (Une lueur traversa son regard, de celles qui révèlent la bonté ou la noirceur d'une âme…) C'est toujours long une minute, pour celui qui sait qu'il va mourir. Je l'ai observé quand la vie a quitté son corps. Quel spectacle magnifique que de voir l'âme d'un homme fuir comme une voleuse. Ses yeux étaient si troublants. Jamais la terreur ne m'avait semblé plus… humaine.

Akamatsu posa une main sur la joue d'Iga. Promesse d'une éternité vécue ensemble ?

— Tu es la meilleure, ma chérie. Un démon dans un corps de femme.

Elle sourit.

— Oui, j'imagine que je suis le *nopperabô* de l'histoire.

Il prit son téléphone et composa un numéro qu'il était le seul à connaître.

— Qui appelles-tu ? lança-t-elle.

— Le grand patron. Je vais lui annoncer que *la jeune femme sans visage* a rempli sa mission.

La communication s'établit et il parla un moment avec le big boss. Iga tendit l'oreille pour écouter. Tout se déroulait selon le plan. Une livraison cette semaine, et une autre dans un mois. Rien de prévu pour les prochaines quarante-huit heures. C'était l'occasion de prendre un peu de bon temps.

Il éteignit le portable, visiblement satisfait. Provocatrice, elle effleura du bout des doigts la bosse qui déformait son pantalon. Il n'en fallut pas plus pour l'exciter. Cette fois, le désir ne suppliait plus, il ordonnait.

— Conduis-nous à l'hôtel, fit-il à l'attention du chauffeur. Un peu de repos ne nous fera pas de mal.

— C'est un suicide. Pas de doute possible. L'angle de tir, la position du corps, les empreintes sur le gicleur, tout l'atteste… Je t'avais dit de le boucler la dernière fois. Ce gars savait des choses.

Sagane leva les yeux au ciel, agacé par la leçon de morale de son équipier.

— Tu fais chier François. Qu'est-ce que tu attends de moi au juste ? Que je reconnaisse avoir commis une erreur ?… (Il affronta le regard de Fix…) Alors oui, *j'ai* commis une erreur. Ça te va ?

Il fit le tour de la pièce une nouvelle fois. Le légiste étudiait le cadavre avec soin. Des agents en uniforme allaient et venaient. Dans un coin, Dubreuil lisait l'ébauche de son rapport. Au froncement de ses sourcils et à la moue significative de son visage, Élie comprit qu'il n'était guère emballé par ses conclusions. Était-il possible qu'un flic aussi expérimenté que lui se contente des apparences ? Un bon policier devait parfois emprunter les chemins les plus obscurs pour résoudre une enquête, avec pour seule lumière son instinct.

— T'es vraiment à cran, remarqua Besançon. Crois-moi, tu prends cette histoire trop à cœur. Tu devrais t'arrêter quelques jours. La pression, ça rend tellement nerveux qu'on peut plus bosser normalement.

Soucieux de ne pas attirer l'attention sur eux, le lieutenant sortit du bureau, invitant son collègue à le suivre.

— Surtout, va raconter ça à Dubreuil ! explosa-t-il une fois dans le couloir.

— Qu'est-ce que t'es susceptible, le taquina Fix.

— Me cherche pas, rétorqua Sagane avec une grimace.

L'autre prit une clope dans le paquet qui pionçait au fond de sa poche.

— OK, j'ai pigé, fit-il en haussant les épaules. Mieux vaut changer de sujet.

— Ouais, t'as raison, grogna son supérieur.

Le commissaire passa près d'eux et ils firent semblant de causer du match de foot de la veille. Besançon attendit qu'il s'éloigne avant de reprendre la parole.

— On fait la paix ?

— Je n'ai rien contre toi, vieux. Je vais rentrer maintenant. J'ai besoin d'être un peu seul.

Il partit sans saluer personne.

14

— On a besoin de toi à l'atÉlier.

Fûyô avait reconnu la voix dans son dos. C'était celle de Shôkaku, son compagnon d'infortune. Ensemble, ils partageaient des petits secrets, et pas des moindres.

— Une minute, dit-il. J'ai un truc à terminer.

L'autre s'impatienta. Il semblait particulièrement nerveux aujourd'hui.

— Je te conseille de t'y rendre au plus vite, insista-t-il. Amanojaku est ici. Il paraît qu'il est de très mauvaise humeur.

Amanojaku... Le personnel surnommait ainsi le bras droit du big boss, en référence à un démon du folklore japonais dont la principale distraction était d'éconduire les désirs des hommes. La légende rapportait qu'il avait le pouvoir de se substituer à la personne à laquelle il souhaitait nuire.

Fûyô n'avait jamais vu le diable en face. Mais il ne redoutait plus l'éventualité de cette rencontre au sommet. Ici, il avait vu plus terrifiant encore. Des images qui le hanteraient jusqu'à la fin de ses jours. Violentes. Poisseuses. Elles collaient à sa mémoire comme de la glu. Souvent, l'idée du suicide lui avait effleuré l'esprit. Il appartenait à ces gens. Il savait qu'ils ne le laisseraient pas partir.

Alors, il avait réfléchi. Beaucoup réfléchi. Leur déclarer la guerre serait une fatale erreur. Mieux valait agir dans le silence et la discrétion. Depuis peu, il avait sympathisé avec un gars de l'informatique, un certain Masatarô. Ce « contact » lui permettait de se rendre à la salle des ordinateurs sans éveiller les soupçons du chef du personnel, un sadique qui tenait à jour un carnet des fautes professionnelles. Le bip qu'il portait à la ceinture comme une arme de dissuasion sifflait sans arrêt. L'une des secrétaires l'appelait d'ailleurs « bipo ». Un appel sur trois était une dénonciation. Procédé ignoble mais efficace, cette *gueule du lion* représentait un encouragement à la délation.

Mille fois, Fûyô avait vécu en rêve la scène de sa libération. Il lui suffisait pour cela d'insérer une copie piégée dans l'ordinateur central. Au mieux, il s'ensuivrait une destruction totale des applications. Au pire, le logiciel contaminant détériorerait de façon notable les systèmes en activité. Les données du programme « Lune du Chasseur » disparaîtraient à jamais.

Hier encore, il avait failli le faire. Mais un sursaut de lucidité l'en avait dissuadé. S'il commettait cette folie, personne ne saurait la vérité. Les instigateurs de ce complot planétaire échapperaient à la justice et à la prison. Cette seule pensée le mettait hors de lui. Ces salauds devaient raquer pour les souffrances qu'ils infligeaient à des innocents.

Il n'avait pas droit à l'échec. Un acte manqué et ces fumiers sauraient comment détourner l'attention des médias. Maîtres dans l'art du contre-feu judiciaire, ils trouveraient le moyen de déprécier l'événement et d'en créer un autre qui déboucherait sur une nouvelle procédure.

Tout d'abord, il souhaitait établir un contact avec le monde extérieur. Il pensait utiliser un code caché pour transmettre des informations à la police. Ces destinataires de l'ombre ne disposeraient de la clé que le moment venu, lorsqu'il serait certain de ne courir aucun risque. Ses années de service dans le renseignement lui avaient permis de s'instruire. Entre code nul et code géométrique, son cœur balançait. Il pouvait donner un sens à quelques mots choisis ou bien mettre au point une grille percée de fenêtres qui laisserait apparaître le message secret.

— Alors, tu viens ? lança son collègue.

Il se leva en souriant. À présent, il ne ressentait plus la peur. Lorsqu'il croisa le regard de Shôkaku, il comprit qu'il ne lui parlerait pas de son projet. Après tout, s'il voulait retrouver sa liberté, il n'avait qu'à se battre lui aussi.

— Je vous attendais Fûyô…

Il pivota sur ses talons et se retrouva face à lui. Un monstre à l'apparence humaine. Un voleur d'âmes qui ne reculait devant rien pour satisfaire ses ambitions. Ses yeux trempaient dans l'acier. Son cœur était devenu pierre. Comment masquer le dégoût qu'il lui inspirait ?

— J'ai quelque chose à vous dire, reprit Amanojaku. Quelque chose d'important.

15

Je prends l'antenne pour vous annoncer que le record du monde de saut en hauteur vient d'être battu par l'Australien Pat Grady. Croyez-moi, je ne suis pas près d'oublier ce fosbury flop exécuté à la perfection. À ce niveau, ce n'est plus du sport, c'est de l'art. Pour la troisième fois cette année, Grady pulvérise son propre record. Un événement sans précédent dans l'histoire de l'athlétisme…

Fix écoutait la radio sans broncher. Les dieux du stade créaient véritablement la surprise. Depuis le début de la compétition, les épreuves se succédaient dans l'euphorie. Les performances des participants enchantaient le public mais aussi les médias qui se disputaient l'exclusivité des diffusions.

Besançon ne se souvenait pas avoir jamais assisté à pareille accumulation de records. Lorsqu'il n'était pas devant son téléviseur, il se plaisait à imaginer les foulées et les enjambées de ces descendants de Milon de Crotone et d'Hercule. Souvent, il pensait à ces géants de l'Antiquité entrés dans la légende de leur vivant. Les athlètes des temps modernes étaient-ils capables de semblables exploits ? En existait-il seulement un qui aurait pu atteindre et même devancer à la course la biche de Cérynie aux pieds d'airain ?

Comme vous l'avez certainement lu dans la presse, poursuivit le journaliste, *deux des vingt-cinq laboratoires agréés par le C.I.O. – Châtenay-Malabry pour la France et surtout Cologne pour l'Allemagne, le numéro un de l'expertise – sont chargés du « cas Grady ». Il fallait s'y attendre. La réussite n'entraîne-t-elle pas toujours la suspicion, voire la jalousie ? L'Australien a déjà été contrôlé trois fois cette année, à l'issue de meetings particulièrement éprouvants, et il a à chaque fois été lavé de tout soupçon. Je suis sûr que nos auditeurs se joindront volontiers à moi pour soutenir cet homme honnête, marié et père de deux enfants. Le monde ne veut-il plus des héros ? Il en a pourtant bien besoin. Sans modèle ni repère, que vont devenir nos garnements ?...*

— Allez, éteins-moi ça, grogna Sagane. Ce type parle pour ne rien dire. Je déteste ces crétins de journalistes qui donnent dans le sentimentalisme pour racoler des auditeurs.

Fix s'exécuta, à contrecœur. Décidément, ça ne s'arrangeait pas pour son chef. Il avait les nerfs à vif et la gueule plus fermée qu'une cellule de prison. L'agent avait beau chercher, il ne trouvait pas la clé pour libérer un ou deux sourires.

— Tu me feras signe quand tu seras bien luné, râla-t-il. Ça devient vraiment pénible de bosser avec toi. C'est vrai, avant t'étais plutôt du genre rigolo. Maintenant, ton sens de l'humour est au ras des pâquerettes. Et encore, je suis gentil.

Élie soupira.

— Ne m'en veuillez pas. Je suis un peu nerveux ces temps-ci.

— Un peu ? protesta l'autre. Tu plaisantes, j'espère ? T'es devenu carrément imbuvable.

Silence. Une forte odeur d'essence leur irrita les narines. Le lieutenant ferma les vitres de la voiture. Le monde était malade de cette foutue pollution. Il aperçut au loin des touristes japonais qui portaient des *maskos*, ces masques en gaze antiseptique qui permettaient de se protéger des maladies infectieuses. Cette tradition nippone ne faisait plus rire personne.

— Au fait, comment ça se passe avec l'enquêtrice de choc ? lança tout à coup Besançon.

— Tu parles de la coincée des miches ? rétorqua Sagane avec une grimace qui en disait long sur sa réticence à aborder le sujet.

— D'après toi ?

— On ne t'a jamais appris qu'il ne faut pas répondre à une question par une autre question ? Ton interlocuteur peut douter de ton intelligence.

Découragé par la mauvaise humeur de son supérieur, Fix préféra se concentrer sur les points lumineux qui constellaient la sublime Paris. La Ford s'engagea sur le boulevard Voltaire puis traversa la rue du Chemin-Vert. Crécher dans le XIe arrondissement n'était pas pratique tous les jours, mais pour l'instant il ne roulait pas sur l'or. Avec le temps – et beaucoup d'argent –, les choses changeraient peut-être.

— Excuse-moi, se rattrapa encore Sagane. La vérité, c'est que je préfère ne pas y penser. Cette fille est tout ce qu'il y a de bien, mais on passe notre temps à se faire la guerre…

— Avant de faire l'amour… peut-être… (Le lieutenant se ferma à nouveau…) Fais comme si je n'avais rien dit. C'était juste une blague. Regarde-toi. Ta tronche ressemble à un pétard prêt à exploser.

— C'est ça, enfonce-toi, répliqua Élie. Cette nana me rend nerveux… (Il pointa un doigt accusateur dans la direction de son collègue…) Mais pas pour les raisons que tu crois.

— Bien entendu, fit Besançon en se calant dans son siège. Tu penses vraiment que je vais gober tes conneries ?

— Tu ferais mieux, grogna son chef. Il est urgent de mouiller le pétard avant qu'il ne te pète à la gueule. On se comprend ?

La Ford s'engouffra dans la rue Merlin. Un éclair dans le ciel. Zébrure de lumière qui déchira le manteau de la nuit. Plaie béante qui se referma aussitôt. Court silence. Puis, à nouveau, le ventre de Dieu s'ouvrit. La chute de la pluie la conduisit jusqu'à la terre ferme.

— Je hais ce temps, marmonna Élie entre ses dents. Il n'y a rien de pire que l'humidité.

Il observa Fix une minute. Comment s'y prendre pour se faire pardonner ?

— On pourrait aller dîner quelque part, proposa-t-il. Au *Hassô* par exemple.

L'autre remua la tête négativement.

— Non. J'ai pas envie de sortir ce soir. Trop crevé. Je pense que je vais appeler le service livraison du vieux Jûbutsu.

Sagane encaissa ce refus avec calme.

— Comme tu veux. Qu'est-ce que tu vas commander ?

Rien qu'à cette idée, Besançon s'épanouit. Il adorait manger japonais. Manger seulement. Pour l'instant, le reste – notamment les relations humaines – ne l'avait pas vraiment emballé.

— Sans doute des *unagi* et un plat de *soba*.

La voiture s'arrêta au numéro 23 de la rue de la Roquette. Dans un obscur appartement du deuxième étage, Besançon refaisait le monde chaque nuit. Dans ses rêves. Tous les matins, la sonnerie du réveil s'abattait sur lui comme un couperet de guillotine. La lame tranchait la tête à ses songes.

Il sortit de la Ford et salua son chef.

— À plus tard… (Il revint sur ses pas…) Et surtout essaie de te détendre un peu. Je sais que le boulot compte beaucoup pour toi. Mais il ne faut pas que ça te détruise.

Sagane acquiesça puis démarra. Alors qu'il remontait la rue de Charonne, il aperçut une lumière qui brillait. Loin devant. De cette clarté naquit une forme dont l'aspect évoquait le cristal.

La silhouette flotta jusqu'à lui et il la reconnut. C'était *elle*. La seule qu'il ait aimée. Que pouvait-il espérer après avoir connu ce mieux, ce meilleur, ce merveilleux ? En goûtant d'emblée aux saveurs les plus enivrantes, l'on prenait le risque de trouver toutes les autres bien fades.

Troublé par cette image surgie de sa mémoire, il manqua quitter sa file et provoquer un accident. Il se ressaisit et fixa à nouveau le ciel étoilé. Rien. Elle avait disparu. Devenait-il fou ?

La nuit avala la Ford mais la trouva plutôt indigeste. Elle la recracha au bas d'un immeuble sans crier gare.

Il était arrivé chez lui. Là-haut, au troisième, sa sensuelle voisine changeait apparemment de vêtement. Son ombre se profilait sur la fenêtre. En bougeant, les rideaux déformèrent sa silhouette. À moins que… Il aperçut une casquette. Il ne s'agissait pas d'une femme. Avait-elle un petit ami ? Depuis quand ?

Étrange. La dernière fois qu'il avait discuté avec la miss, il aurait juré avoir ses chances. En plus, elle ne se couchait jamais aussi tard. Ça ne collait pas. Il sortit du véhicule et se précipita vers la porte de l'entrée.

À quoi joues-tu, ma belle ?

16

Cela faisait plus d'une heure que Besançon luttait pour rester en vie… virtuellement.

Sur l'écran du téléviseur, les images défilaient, toutes plus apocalyptiques les unes que les autres. Des personnages plutôt glauques promenaient les suaires qui leur servaient de visages dans des décors de fin du monde. Normal, les héros sont toujours fatigués. Leur objectif : éliminer le tyran Zaggor avant qu'il ne prenne le contrôle de la planète.

Seule lumière dans ces ténèbres d'un autre temps, la douce et mélancolique Emma. Messagère de cette saga futuriste, elle parcourait la Terre en répétant partout les mêmes paroles : « Je l'ai vu ! J'ai vu le messie, le sauveur de l'humanité ! » Le flic avait reconnu en cette icône la descendante de la mystérieuse Madeleine, celle qui avait pansé les plaies du Christ crucifié avec de la myrrhe et des aromates. La première qui avait vu Jésus ressuscité, dans un jardin proche du Golgotha.

Largement inspiré par la Bible, le jeu était truffé de pièges et d'énigmes à résoudre. Un must dans son genre. Depuis qu'il était rentré, il n'avait plus qu'une idée en tête : bousiller les méchants de ce conte pour adultes et restaurer la paix sur la planète. *Tu as une tête chercheuse à la place du cerveau*, lui disait souvent son chef.

Ouais, tu parles. En ce moment, « Tête Chercheuse » a besoin d'informations. Ça urge. Sinon, la belle Emma va morfler. Le cruel Zaggor est sur ses traces. Il veut l'empêcher de répandre la bonne nouvelle : le sauveur traîne ses guêtres dans le secteur, et il a l'air furibard. Une sorte de Nazaréen du XXIe siècle qui a troqué les mots pacificateurs contre des gicleurs qui dégueulent des bastos explosives.

Le top du top. Oui, mais quelqu'un sonna à la porte. Il râla un instant, agacé de devoir abandonner la partie en si bon chemin. Grimace. Une seule chose à faire, et vite : sauvegarder. Il se leva et se dirigea vers l'entrée.

Le livreur se tenait devant lui, les paquets dans les mains. Il prit les mets et les déposa sur la table basse du salon. Ça sentait bon. À présent, la faim l'emportait sur toutes les autres considérations.

Il régla la note puis donna un pourboire au gars. Un Asiatique. Jeune et branché. Un curieux dessin habillait le dessus de sa main droite. Alors qu'il s'apprêtait à lui demander ce qu'il signifiait, le type lui fit comprendre qu'il ne parlait pas la langue des rois.

Il le salua et referma la porte. Tout de suite, il fut surpris par la présentation inhabituelle des plats. Ils étaient enveloppés dans du papier blanc entouré d'un cordon noué d'une étrange façon. Le mot « noshi » était imprimé sur chacun des quatre emballages. *Je n'ai jamais demandé quatre plats ! Qu'est-ce que*… Il jeta un coup d'œil sur la facture. Le montant correspondait à ce qu'il avait commandé par téléphone. Mais alors de quoi s'agissait-il ? Le brave Jûbutsu lui faisait-il cadeau du dessert ? Possible. Il fréquentait assidûment son établissement. Un petit geste était le bienvenu.

Tandis qu'il ouvrait le premier paquet, la sonnerie du téléphone retentit. Il resta immobile quelques secondes, bouche ouverte et palais en alerte. Le moment était vraiment mal choisi. Il décrocha le combiné. Une voix siffla à ses oreilles.

L'emmerdeuse de service cracha son venin. Apparemment, les antidépresseurs ne lui faisaient plus aucun effet. Elle semblait remontée. Pire. Déchaînée. Elle débita une tirade incohérente, ne lui laissant guère l'occasion d'en placer une.

— Je me sens si mal François, se plaignit-elle encore. Je crains que mon psy n'ait épuisé son stock de thérapies et de médicaments. Il ne me sert plus à rien. Que dois-je faire ?

Le ciel m'a aimé le jour où j'ai quitté cette hystérique.

— Il est peut-être temps de prendre soin de toi, lui conseilla-t-il.

— Tu crois ? souffla-t-elle de cette voix de femme-enfant qui l'avait séduit autrefois – et qui maintenant le faisait fuir. Tu crois vraiment ?

— Absolument, répondit-il en reluquant le plat qui le narguait. Tu devrais te pomponner, sortir un peu. Ça t'aiderait à te sentir mieux dans ta peau.

Elle soupira. *Dis-moi oui qu'on en finisse. Allez, un petit effort.*

— Je sais pas…

Tu sais pas, tu sais pas.

— Je me sens tellement déprimée.

Va au diable ! Décidément, le statut d'ex est pire que celui d'époux ou de fiancé.

— T'en fais pas ma puce, dit-il. C'est le mal du siècle. Ça touche tout le monde un jour ou l'autre. C'est vrai. Qui n'a pas un dépressif dans son immeuble de nos jours ?

— Tu pouvais pas mieux t'y prendre pour me rassurer, s'énerva-t-elle. Tu n'as pas changé, tu…

Excédé, il raccrocha. Geste brutal mais salvateur. *Va donc en vampiriser un autre. Après tout, je ne suis pas obligé de lui parler à cette cinglée. J'aurais jamais dû la sauter. Mais j'ai une excuse : j'avais pas vu qu'elle traînait derrière elle un tas de fumier, à commencer par de sérieuses emmerdes.*

Sur ce, il fondit sur les anguilles qui n'attendaient que lui. Le riz était froid. Normal. Ça ne l'empêcherait pas de se régaler. Il piqua dans le plat et approcha un morceau de poisson de sa bouche. Au dernier moment, une voix intérieure le stoppa dans son élan.

Quand même, c'est salaud ce que t'as fait. C'est qu'une pauvre fille. Rappelle-la et excuse-toi.

Il tiqua puis finit par se lever.

Élie montait prudemment les marches de son escalier. Il avait beau appuyer sur le bouton de l'interrupteur, la lumière ne s'allumait pas. Il avait un mauvais pressentiment.

Enfin, il aperçut l'appartement de la troublante voisine. Il habitait juste en face. Le silence bourdonnait comme un insecte fou. Sans doute la tension nerveuse déformait-elle sa perception des choses. Il avança lentement vers la porte, une main sur la crosse du Beretta.

Un pas. Un autre. Il aperçut le rai de lumière. La porte était entrebâillée. Plus de doute possible. Il se passait quelque chose d'anormal. Personne ne laissait son appartement ouvert à une heure pareille.

Une forme le heurta de plein fouet. Il s'écroula sur le plancher. Le Beretta vola dans la pièce. Le goût du sang dans la bouche, il tenta de se relever. Trop mal. Le brouillard se dissipa et il aperçut le tatouage qui émaillait le torse de son agresseur.

Un poing fermé s'enfonça dans son ventre. À nouveau, la douleur. Insoutenable. Secoué par l'instinct de survie, il évita la frappe suivante, s'offrant même le luxe d'administrer un magistral coup de pied au colosse. Celui-ci ne vacilla même pas. De toute évidence, cet individu relevait plus du monstre que de l'humain. Le genre de brute épaisse parée à tous les types de démolition. Matérielle ou organique.

L'oiseau de nuit fondit sur sa proie. Le poing troua le sol. Incroyable. La souffrance physique semblait ne pas avoir de prise sur cet homme. La vue de son propre sang lui arracha même un sourire. Charmant. Image cauchemardesque dont Sagane se serait bien passé ce soir. Il roula sur les lames du plancher et profita de la surprise du géant pour se redresser.

Déjà, l'autre lui fonçait dessus. La charge d'un rhinocéros n'aurait pas été plus impressionnante. Au dernier moment, le lieutenant sauta dans le canapé. La tête du mutant percuta le piano à queue. Le bois craqua. Quelques notes torturées par la douleur résonnèrent dans le salon.

— Ça doit faire mal, fit Élie en observant le crâne couvert de sang de son adversaire.

Pour toute réponse, l'Asiatique beugla dans sa langue.

— Tu peux traduire ? lança le policier. (À présent, il se tenait tout près du flingue.) Essaie donc de m'attraper gros lard. Allez, viens, ne sois pas timide.

Le colosse respirait profondément. Il avait perdu beaucoup de temps. Cela le mettait en faute. Son maître de guerre devait s'impatienter. Et il détestait le contrarier. Alors, il décida d'en finir.

Seulement, il n'avait pas vu la main du poulet ramasser la pétoire. La gueule du Beretta était plutôt intimidante, même pour un exécuteur de cette envergure. Il hésita avant de se jeter sur le Blanc. Dans ses yeux dansait la peur. Pas la peur d'affronter ce minus. Non. Celle de rentrer au bercail avec de mauvaises nouvelles. L'échec était une chose répugnante dont les guerriers ne s'accommodaient jamais.

L'échec, c'était l'aveu de leur faiblesse.

Le flingueur avait choisi. Cet homme le tenait en joue. Il ne pouvait pas s'en sortir. Quand bien même il aurait pu s'échapper, il ne l'aurait pas fait. Sans crier gare, il courut vers la fenêtre qui donnait sur la rue. Le verre explosa et il chuta dans le vide. Sagane se précipita. Peut-être pouvait-il rattraper l'âme du tueur. Même pas.

Trois étages plus bas, le cadavre du démolisseur *made in Japan* gisait dans un bain de sang. Une chose était sûre. Il ne parlerait plus à personne. Et il ne refroidirait plus personne. Maigre satisfaction pour un flic dépassé par les événements.

Élie rangea son pistolet et essuya le sang qui coulait le long de sa joue. Il avait toujours détesté la vue de ce rouge pas comme les autres. De ces premiers saignements de nez à l'ablation de ses amygdales, il ne gardait que de mauvais souvenirs.

Il entendit des portes claquer. Une femme cria dans la nuit. La mort venait d'arracher l'immeuble à sa douce torpeur. Il n'essaya même pas de prévenir ses collègues. Quelqu'un s'en chargerait bien assez vite.

Encore sous le choc, il comprit qu'il avait complètement oublié sa voisine ! Partout, le bazar. Les meubles étaient renversés et les tiroirs vidés. Le matelas déchiré à coups de couteau. Qu'espérait y trouver le butor ? Du fric ? De la came ? On se serait cru dans un polar bidon. Il manquait des pièces à ce puzzle, et pas des moindres.

Alors qu'il se perdait dans ses pensées, il entendit un bruit. Ça venait de la cuisine. Le Beretta épousa à nouveau la paume de sa main.

Il poussa la porte. Doucement.

Montre-toi, mon salaud.

Sarah n'arrivait toujours pas à choisir un emplacement pour le tableau qu'elle venait d'acquérir. L'inspiration qui d'ordinaire la suivait pas à pas lui faisait cruellement défaut. La fatigue sans doute. Et puis les soucis occasionnés par cette fichue enquête. Sans parler du caractère de cochon de son principal collaborateur.

Un policier mal embouché. Sans aucune éducation. Mais quand même attachant.

L'œuvre qu'elle tenait dans les mains montrait des joueurs de polo dans le Céleste Empire. Son originalité tenait à un détail plutôt amusant : les cavaliers étaient montés sur des ânes. Difficile à dater pour quiconque n'avait aucune expérience de l'art chinois, ou alors de vagues notions, cette peinture représentait un cas passionnant pour la sinologue avertie qui sommeillait en Sarah.

Elle l'avait payée très cher. Au début du siècle, elle était exposée au Cercle du Polo, à Paris. Les amateurs de ce sport s'y rendaient régulièrement pour assister aux parties endiablées qui enflammaient les pelouses de Bagatelle.

Après maintes tergiversations, elle posa la peinture sur le canapé. *Tu dois être trop belle. C'est pour ça que je perds tous mes moyens*. Elle resta un moment immobile, entre rêve et réalité. Les photos qui couvraient les murs de l'appartement attirèrent son attention. Elle adorait les regarder.

Autrefois, elle parcourait le monde et traquait l'émotion partout où elle se trouvait. Surtout dans les pays asiatiques. Les images ramenaient les souvenirs à la surface. Les souvenirs… Ces bombes à retardement qui tôt ou tard nous explosent à la figure.

Son père, en Chine. Il posait avec les chasseurs d'aigles, montrant à l'objectif un éventail de *kié-pei* qu'il venait de confectionner. Elle repensa à ce grand et beau pays. Une perle dans un océan de pierres. La dictature exercée par le gouvernement depuis des siècles était comme une tache indélébile sur un drap blanc.

Dans une rue, en Tunisie. Avec l'être aimé. Mort aujourd'hui. Plusieurs clichés les montraient ensemble. Une tranche de vie étalée sur le papier peint. Miroir de la période la plus heureuse de son existence.

Ces instantanés la bouleversaient à chaque fois qu'elle posait les yeux sur eux. Souvenirs de porcelaine soigneusement rangés dans un tiroir de sa mémoire. Une priorité absolue : ne surtout pas les fissurer.

Elle n'avait pas refait sa vie depuis. À quoi bon se jeter dans une relation vouée à l'échec ? Même la plus sulfureuse des passions serait bien terne en comparaison du rêve qu'elle avait vécu éveillée.

Elle avait capturé mentalement les moments qu'ils avaient partagés. Éclaboussures du temps qu'elle avait laissées sécher sur son âme. Son bonheur se résumait à cela à présent : parcourir cet océan d'impressions, d'odeurs, de parfums, d'images dont elle soignait les couleurs, de mots dont elle sublimait les sonorités.

Son amour avait rendu son dernier souffle dans cet appartement. Il était pour elle ce que le Jardin de Gethsémani avait été pour Jésus : un lieu de communion et de trahison. Trahison du destin qui n'avait pas hésité à frapper un innocent.

Ici, elle avait connu le parfait bonheur. Ici, elle avait souffert comme personne.

La mort, c'est le pire des baisers de Judas.

Elle sécha ses larmes. En se baissant pour ramasser le mouchoir en papier, elle remarqua que la poignée de la porte bougeait. Hallucination ou… Le mouvement, silencieux, était bien réel.

Quelqu'un essayait de s'introduire chez elle ! Sans perdre de temps, elle se jeta sur le téléphone. En dérangement. Croyant devenir folle, elle fit plusieurs tours sur elle-même, à la recherche d'une issue de secours.

Elle repensa tout à coup à l'arme que lui avait remise Sagane. Dire qu'elle avait commencé par refuser son offre. À présent, elle le bénissait. Dans la chambre, elle ouvrit précipitamment le placard et sortit le flingue de son étui en cuir marron avec piqûres blanches. Un vieux modèle de Beretta. Un *lance-fusées* selon l'expression du lieutenant. Grâce à ce gicleur, il avait en effet gagné le deuxième championnat de tir organisé par la Belgique. Le fameux concours baptisé « le Pistolet d'or ». Il avait touché en plein cœur les trois cibles, respectivement situées à dix, vingt-cinq et cinquante mètres.

Sauf que là, le type à dégommer se trouvait à moins de deux mètres. Facile, même pour un tireur débutant. Un enfant ne raterait sûrement pas un éléphant qui se baguenauderait dans un tunnel. Elle braqua l'arme dans la direction de la porte. Il ne lui manquait qu'une chose : le courage d'appuyer sur la détente. Elle le ferait si nécessaire. Oui, mais comment savoir à quel moment vider le chargeur ?

Elle tremblait comme une feuille. Mieux valait annoncer la couleur avant de commettre un crime qu'elle regretterait par la suite.

— Je suis armée, prévint-elle. Si vous forcez la serrure, je n'hésiterai pas à vous tirer dessus.

Le mouvement stoppa. Puis reprit. *Oh mon Dieu ! Ne me dites pas que je vais être obligée de le faire*. À nouveau, elle décrocha le téléphone et composa le numéro de la police. Toujours rien. Elle se mordit la lèvre inférieure. En proie à ses démons. Et à ses peurs.

Le bois céda autour du verrou.

— Arrêtez ça tout de suite ! menaça-t-elle. C'est le dernier avertissement.

Le gars faisait la sourde oreille. La serrure rendait l'âme. Elle chuta lourdement sur le sol. Une main apparut dans l'entrebâillement de la porte. Tatouée. Un dragon replié sur lui-même. Sarah comprit qu'elle n'avait pas affaire à un voleur.

Elle ferma les yeux et pressa la détente. Un trou se dessina dans la porte. Encore sous le choc, elle toucha le canon du gicleur du bout des doigts. Il était brûlant. Terrorisée, elle s'approcha de l'impact. Énorme.

Le Beretta en avant, elle sortit dans le couloir. Ses jambes supportaient péniblement le poids de son corps. Elle subissait les assauts d'une armée de vertiges. Sans parler de la frousse qui tentait de lui arracher le cœur et les tripes.

Rien. Ni personne. En inspectant l'escalier, elle aperçut du sang sur les marches. La balle l'avait touché. Cet homme n'était pas venu là par hasard. Le tatouage qu'elle avait vu prouvait qu'il s'agissait d'un *kyôkaku*. Un yakuza chargé de l'éliminer.

Approchait-elle à ce point de la vérité ? Peut-être en savait-elle beaucoup plus qu'elle ne le supposait. Elle se laissa glisser le long du mur, incapable de réagir. Une minute pour retrouver son calme. Une minute pour comprendre ce qui se passait. Elle n'était pas la seule concernée dans cette histoire.

Il y avait l'agent Besançon et le lieutenant Sagane.

S'ils m'ont trouvée moi, ils vont sûrement se rendre chez... eux !

Elle fonça dans l'appartement pour prendre ses clés de voiture. En dévalant l'escalier, elle croisa plusieurs voisins réveillés par le coup de feu. Déjà, le concierge sautait sur son téléphone pour prévenir les poulets. Pas le temps de leur expliquer.

Depuis combien de temps n'avait-elle pas conduit dans Paris ? Pas de place pour une peur de plus. Elle démarra en trombe puis s'engagea dans la rue d'Alésia.

Elle brûla un feu, priant pour que personne ne l'arrête. *Je n'ai jamais conduit aussi vite et surtout... aussi bien.* Le volant était comme un prolongement de ses bras. Une partie d'elle-même. Elle passa la troisième. La quatrième. Les rues défilaient comme les cartes d'un jeu. Arriverait-elle à temps pour les avertir et les sauver ?

Le flingue effectuait de petits bonds sur le siège du mort. Sous l'emprise d'un ressort invisible. Mauvaise suspension, cette caisse. Du monde sur le boulevard Saint-Jacques. Le Klaxon cracha son venin. Une plaque minéralogique se détacha de la nuit comme les yeux du chat. Elle l'aperçut juste à temps et freina.

Vitre baissée, elle injuria le conducteur de la Peugeot cabossée. Vu l'état de son véhicule, il n'avait plus rien à perdre. *Je ne me reconnais plus. Je ne me serais jamais cru capable de faire… ça.*

Elle ne voyait plus les voitures ni leurs occupants. Elle voyait juste le visage de Sagane. Était-il encore en vie ? *Si seulement je pouvais me tromper. Si ça se trouve, la tentative d'agression dont j'ai été victime n'a rien à voir avec cette affaire.*

Guère convaincue par les arguments de sa petite voix intérieure, elle repensa au dragon tatoué sur la main du tueur… À faire frémir une spécialiste aussi informée qu'elle.

Ça n'était pas bon signe. Elle consulta le plan qui dormait depuis des années dans la boîte à gants.

J'y suis presque.

Occupé. Toujours occupé.

Besançon renonça à rappeler son ex. À quoi bon s'user les nerfs. Cette folle avait sans doute décidé de reprendre du service. Ailleurs. Elle devait parler avec l'une de ses copines, le genre de nana qui n'avait plus le temps pour rien, pas plus pour un amant que pour un gosse. Les femmes de sa génération se tuaient au travail et causaient cul plus crûment que ces messieurs, croyant peut-être que la vulgarité était une tare exclusivement masculine.

Elles se trompaient cependant. Pourquoi vouloir à tout prix ressembler aux hommes ? Ils faisaient beaucoup trop de conneries. Fix était de ceux qui militaient volontiers pour le culte de la différence. Sans cette différence, pas d'attirance. Et sans attirance, pas de descendance.

Mieux vaut becqueter… et oublier. Tout. Surtout cette journée de merde. Il avait traîné les ennuis derrière lui comme un tas de casseroles. Pas moyen de les semer.

Le téléphone sonna. Encore. C'était la harpie. Dans tous ses états. Comme au bon vieux temps. Les insultes fusèrent mais aucune d'entre elles n'atteignit sa cible. Le flic était blindé. Le boomerang fit demi-tour et revint vers sa lanceuse. La lame de bois coudée la heurta violemment. Réduite au silence. Pour toujours ? Non. Seulement pour le moment. Déjà pas si mal.

Image jouissive qui l'aida à raccrocher. Il soupira et débrancha la prise. Assez pour ce soir. En se dirigeant vers les plats qui tapaient du pied en l'atténdant, il se demanda si un gros mot était plus sale dans la bouche d'un homme que dans celle d'une femme.

Pas sûr.

Il porta un morceau de poisson à sa bouche.

Sagane entra dans la cuisine de sa voisine. Sens en éveil.

La pétoire chercha la cible. Pas moyen de mettre le canon dessus. Si ces fumiers ne le butaient pas cette nuit, l'émotion le ferait à coup sûr. Son cœur lui jouait une drôle de musique. Il dirigeait un batteur fou, le genre à défoncer les caisses et à faire voler les cymbales.

Personne. Pas même une ombre. Où se planquait-il ? Dans le réfrigérateur ? Idée absurde, quoique… Un vrai frigo de supermarché. De quoi contenir tout le rayon surgelés d'une grande surface.

Il posa prudemment une main sur la poignée. À cet instant, il sentit une présence dans son dos. Il pivota sur ses talons et fit face à… un chat ! Pupilles ouvertes dans la pénombre, le félidé s'approcha de lui.

La lumière provenant du salon captura le pelage gris cendré du chartreux qui continuait d'avancer, gracieux et charmeur. Il effleura les jambes du flic en miaulant. À coup sûr, il lui faisait un numéro de séduction. Après quelques secondes de ce manège, Élie comprit ce que l'animal attendait de lui. Il voulait qu'il lui ouvre la porte de la chambre à coucher. Ce qu'il fit.

Soulagé, il reprit sa respiration. Il inspecta le reste de l'appartement. Dans chaque pièce, le même foutoir. Cette femme n'était pas du genre bordélique. Même si ça en avait l'apparence, ça n'était pas un vol non plus.

Mais alors, que cherchaient-ils ici ? Un déclic dans son esprit. Les bridés avaient dû se tromper de meublé. Il créchait juste en face. Seul un imbécile pouvait se gourer. Il suffisait de lire le numéro sur la porte. À moins que…

Il revint sur ses pas. *C'est bien ce que je pensais.* Le chiffre 6, numéro d'appart de sa voisine, avait basculé, se transformant du coup en 9. Un coup d'œil sur sa porte, en face. Il habitait au 9 ! Seulement, son 9 à lui était enterré au cimetière des chiffres et des lettres depuis belle lurette. Depuis le jour où il était tombé, usé par une longue et douloureuse crucifixion. Et dire qu'il n'avait jamais pensé à le remplacer. Cette négligence aurait pu coûter la vie à une innocente.

Heureusement qu'elle est sortie ce soir.

Le ciel lui avait fait un beau cadeau en épargnant cette femme. Il remercia l'Éternel et lui promit d'aller à la synagogue le jour de Kippour et d'allumer les bougies de Hanoukka sur un chandÉlier à huit branches, et non pas à sept comme il l'avait fait la dernière fois.

Tout s'expliquait à présent. Le yakuza était venu pour récupérer quelque chose… et aussi pour le tuer. Cela ne faisait aucun doute. Mais de quoi s'agissait-il ?

Il ne disposait d'aucun document secret, d'aucune information compromettante pour ces assassins.

De toute évidence, le colosse qui avait superbement chorégraphié sa macabre sortie n'avait rien trouvé. Il retourna dans l'appartement. Son instinct le trimballait d'une pièce à une autre sans lui demander son avis.

Alors qu'il désespérait de dénicher un indice, il tomba sur le répondeur de la dame. Il voulut écouter les messages mais la cassette avait disparu. Si le cascadeur malgré lui l'avait glissée dans l'une de ses poches avant de se défenestrer, elle devait être en miettes à présent.

Et si…

Il courut à son appartement. La petite lumière verte de son répondeur clignotait sans arrêt. Il appuya sur le bouton de mise en route et s'assit pour écouter. Il alluma la lampe à côté de son siège. Sa préférée. Elle représentait un ange ébouriffé qui portait un magnifique flambeau dont la flamme vacillait.

Il reconnut la voix du commissaire. Il l'informait de la prochaine visite des gars de l'I.G.S. *Rien à foutre de ces connards*. Il passa en accéléré le reste du message. La bande émit une plainte caractéristique de l'appareil maltraité par son utilisateur. Vint ensuite son pote Morin Briard, surnommé Colossus par les gars de la Crim. *Pas de temps à te consacrer, vieux*. Il avança encore. Lorsqu'il identifia la voix suivante, il se leva. C'était bien lui. Il n'aurait jamais dû le laisser filer comme ça l'autre soir. *Parle-moi, vieux. Dis-moi ce que je veux entendre*.

Il s'agissait du mystérieux informateur. Packs pour les flics. Il paraissait affolé, un peu comme s'il avait un flingue sur la tempe.

Je vous ai menti la dernière fois. Cette petite annonce, c'était un coup monté pour vous induire en erreur…

(Sa respiration était saccadée…) *Ils sont tous dans le coup. J'ai la preuve que Gibralti ne s'est pas suicidé…* (Un bruit de briquet. Il avait dû allumer une cigarette…) *Je suis sûr que ces fumiers ont l'intention de me tuer moi aussi. Je sais des choses qui peuvent les compromettre. Bordel de merde, j'ai peur. Mais il faut que j'aille jusqu'au bout, pas vrai le poulet ? Je fais pas ça pour vous, vous savez. Oh non ! Je veux juste sauver ma peau...* (Il tira une bouffée de sa sèche…) *Au début, ces gars respectent leur part du marché. Ils alignent les billets. Une fois que vous ne leur servez plus à rien, ils vous butent. Ils vous mettent la tête dans le trou de balle et vous balancent à la flotte. Ni vu ni connu. C'est ce qu'ils ont fait à ce Jaune, Suko je crois. Le tatoueur le surnommait « La Plume »…* (Il toussa nerveusement…) *Il faut dire que j'étais là lorsqu'ils les ont refroidis. Je m'étais planqué dans l'ombre des flingueurs...* (Il se tut un instant. Sagane pria pour que la cassette ne s'arrête pas maintenant…) *Leur chef est un malade mental, croyez-moi. Il se fait appeler Akamatsu…*

— Continue ! s'emporta Élie.

La bobine défilait. Bientôt en bout de course.

La mafia japonaise est sur un projet révolutionnaire. Un truc énorme. De quoi renflouer l'économie du pays tout entier. Comme vous le savez, le gouvernement Obuchi n'a rien trouvé de mieux pour relancer la consommation que de distribuer aux citoyens des bons d'achat à utiliser dans une période de temps limitée. C'est dire si ça va mal chez eux... (Un craquement. Sagane comprit que quelqu'un enfonçait la porte…) *Ils sont là ! Je dois vous laisser... Je vous rappellerai... Je...*

Plus rien. Le lieutenant retira la cassette et la glissa dans son étui. Enfin quelque chose de concret. Il repensa à cet homme. Il devait être mort maintenant. Liquidé par les tueurs de la mafia nippone. Il ne savait même pas où trouver le cadavre.

— Tout va bien ?

Sans réfléchir, il dégaina le Beretta et le braqua sur la silhouette qui se tenait à l'entrée du salon. Une femme. Vêtue d'une chemise de nuit et d'un duffle-coat. Il remua la tête et rangea le gicleur.

— Vous m'avez fait peur, dit-il. Mais vous tremblez ma parole. Que se passe-t-il ?

— Je suis venue aussi vite que j'ai pu, expliqua Sarah en passant une main dans ses cheveux défaits. (Sans maquillage, elle était carrément craquante…) Un des leurs m'a rendu une petite visite. Je crois que je l'ai blessé.

— Les salauds ! grogna-t-il en la prenant dans ses bras. Vous n'avez rien ?

— Non, souffla-t-elle, au bord du malaise. Je ne refuserais pas un verre d'eau.

— Je vais vous chercher ça tout de suite.

Il partit à la cuisine et rapporta de l'eau minérale. Elle but le verre d'un trait.

— Ils pensent que nous savons quelque chose, conclut-elle au bout d'une minute.

— Mais nous savons quelque chose, siffla Élie. Tenez. J'ai là un enregistrement qui remet les pendules à l'heure.

— Qu'est-ce que c'est ?

— La confession d'un informateur. Nous sommes au cœur d'une machination, ma chère. Je suis sûr que des gens très haut placés barbotent dans la même baignoire que les rois du tronçonnage.

Son enthousiasme se heurta au haussement d'épaules de son équipière.

— Ça n'a aucune valeur juridique, laissa-t-elle tomber. On ne pourra jamais s'en servir contre eux… (Elle fronça les sourcils tout à coup…) Attendez une minute. Vous avez des nouvelles de Besançon ?

— Non, pourquoi ?

Il lut la réponse dans ses yeux. Il saisit le combiné du téléphone. Une sonnerie. Deux. Trois. Son équipier ne répondait toujours pas.

— On y va, fit-il en se précipitant vers la sortie.

Elle lui emboîta le pas. En descendant l'escalier, ils croisèrent des agents en uniforme. Sagane montra sa carte pour passer. Dehors, les enquêteurs et le légiste s'activaient autour de la dépouille sanguinolente du colosse. Ils aperçurent le commissaire Dubreuil qui conversait avec des locataires de l'immeuble. Pas de temps à perdre.

Ils montèrent dans la voiture du lieutenant. Direction le XIe.

— Vous pensez qu'on…

— Chut, la coupa-t-il. Ne dites rien.

Elle prit sa main dans la sienne et la serra. La peur rapprochait parfois les gens. Sans crier gare, elle le lâcha. Il ressentit cet éloignement comme une véritable rupture. Comment le lui expliquer sans la gêner ?

Alors, il lui parla avec les yeux. Elle comprit. Et lui sourit.

À présent, ils étaient seuls au monde.

17

— Mais puisque je te dis que ça va, grogna Fix. Ta sollicitude me touche vraiment beaucoup, mais je te signale que j'ai déjà une mère… Elle fait ça très bien.

Vexé, Sagane se retira dans un coin. Sarah trouva leur comportement à la fois puéril et émouvant.

— Je n'ai pas touché à ces plats, répéta le policier. D'ailleurs, comment savez-vous qu'ils sont empoisonnés ?

La criminologue montra les emballages et les cordons.

— Combien en avez-vous commandé ? demanda-t-elle.

— Trois, répondit Besançon en s'interrogeant sur la logique de sa démarche.

— Trois et on vous en a livré quatre. Vous ne trouvez pas ça bizarre ?

Le flic haussa les épaules.

— J'ai pensé que le vieux Jûbutsu m'offrait le dessert. Ne suis-je pas un client régulier ?

Elle ramassa ses cheveux sur sa nuque et les attacha. Geste innocent qui titilla le désir du lieutenant.

— Vous savez ce que les Japonais disent aux *gaijin* en visite dans leur pays ? « Tu ne donneras jamais quatre objets à celui que tu aimes, ni à celui que tu hais d'ailleurs. »

— Et qu'est-ce que ça signifie exactement ? lança Élie en mâchant un chewing-gum.

Sarah se tourna vers lui. *Ça y est, le rustre reprend le dessus. Dommage, je commençais à apprécier le romantique*.

— Le mot « quatre » – *shi* en japonais – est homophone de celui qui veut dire « mort ».

Fix s'approcha des plats qui traînaient sur la table basse. Si son ex ne l'avait pas appelé, il ne serait sûrement plus de ce monde à présent. Il se revoyait cracher cette bouchée trop froide.

— Un Japonais ne servira pas non plus trois tranches de nourriture à un hôte ou un ami, car cela signifie, toujours par homophonie, « couper le corps ».

Besançon s'effondra sur le canapé.

— Si Béa ne m'avait pas téléphoné ce soir, j'aurais tout avalé. Maintenant que j'y pense, le livreur avait une sale tronche. Et puis, il avait un tatouage, comme…

— Celui de Hyakusen ? continua Sagane.

— J'en sais trop rien, souffla son collègue. Peut-être.

Le lieutenant ramassa les plats et les enveloppa soigneusement dans du papier aluminium.

— Les gars du labo vont analyser tout ça, fit-il. Je veux en avoir le cœur net.

— Dites tout de suite que vous doutez de mon jugement, s'emporta Sarah.

— J'essaie seulement de comprendre ce qui nous arrive, se défendit Sagane. Avouez que c'est quand même étrange. Trois tentatives de meurtre la même nuit, dans trois quartiers différents de la capitale.

— Eh bien allez-y ! se résigna-t-elle. De toute façon, vous n'en faites qu'à votre tête. Que nous importe de savoir quel type de poison se trouve dans ces aliments. Il peut s'agir d'un hallucinogène, d'un enivrant, d'un dépressif… Peut-être même d'un asthénique. La seule chose à savoir, c'est qu'ils sont tous mortels, et que l'un d'entre eux devait tuer votre équipier ce soir… (Elle cacha le pouce de sa main droite et montra les autres doigts…) Ce « quatre », c'est une signature. Un message de mort. C'est la preuve qu'ils veulent notre peau.

— Vous dites ça comme si c'était un drame, laissa tomber le lieutenant. Vous oubliez l'essentiel : on est vivants, Sarah. Et on a maintenant un avantage sur eux.

— Lequel ? siffla Besançon, sceptique.

— Nous savons qu'ils veulent nous refroidir. On ne va pas leur faciliter la tâche.

— Me voilà rassurée, se moqua la criminologue sans conviction. Il y a juste un détail qui me chagrine : où sont votre costume et votre cape ? Tous les super-héros sont censés en porter, n'est-ce pas ?

— Très amusant, encaissa Élie. Surtout à une heure pareille. Vous apprendrez qu'il y a deux choses que je déteste par-dessus tout : les petits matins gris et l'humour fait à mes dépens.

— Il me semble que les conditions sont idéales pour t'énerver, renchérit Fix en consultant sa montre. Le jour ne va pas tarder à se lever et Sarah vient de te moucher comme il faut.

Son supérieur manqua s'étouffer. Il ne s'attendait pas à le voir faire alliance avec la miss.

— Regardez-moi ça, grogna-t-il. Il vient tout juste d'échapper à la mort et il la ramène déjà.

Besançon se pencha à l'oreille de Sarah.

— Mieux vaut ne pas insister, lui conseilla-t-il.

— Vous avez raison, répondit-elle en enfilant son duffle-coat. Je vais vous laisser à votre humeur massacrante, lieutenant. J'ai les paupières plus lourdes que des enclumes, alors ne m'en veuillez pas si je vais me coucher.

Alors qu'elle quittait le salon, Élie la rattrapa au dernier moment. Non pas au lasso, mais avec un mot issu de sa propagande de déstabilisation.

— Seule ?

Pour toute réponse, elle partit en claquant la porte.

— Tu l'as mérité, siffla Fix. Franchement, ce que tu peux être con, parfois. Si tu veux te la faire, c'est pas comme ça qu'il faut t'y prendre.

Sagane fronça les sourcils.

— Mais je ne cherche pas à me la faire, comme tu le dis si bien, râla-t-il. C'est juste qu'elle m'agace. Et jusqu'à preuve du contraire, l'agacement est à l'antipode du désir.

— À d'autres, ricana son partenaire. Rassure-moi : ton truc, c'est bien les femmes ? Ça fait plus d'un an qu'on bosse ensemble, et je t'ai jamais vu draguer une nana.

— Te fous pas de moi, gronda le lieutenant.

— Je me fous pas de toi. C'est juste que ça jase dans les couloirs de la boîte. Les gens se posent des questions.

— Quoi ? Quelles questions ?

— Ben, ils me demandent si t'es pas… Enfin, tu vois ce que je veux dire.

Remonté comme une pendule, Sagane serra le poing.

— Et qu'est-ce que tu leur réponds ?

— Que je n'en sais rien.

— Espèce d'enfoiré ! Je n'ai jamais croisé le fer avec un autre homme et tu le sais très bien. Mais au lieu de me défendre, tu laisses planer le doute.

— Guitry disait : « En bien ou en mal, mais qu'on parle de moi. » Tu devrais te sentir flatté. Ça prouve que tu ne laisses personne indifférent.

Élie s'approcha de lui, l'air menaçant.

— La vérité, c'est que tu vis toujours dans le passé, vieux, fit Besançon en reculant. Le fantôme de cette danseuse traîne encore dans tes rêves.

— Je t'interdis de parler d'elle, tu entends ?

— Laisse-toi aller. T'en mourras pas. Y a pas de honte à avouer que Sarah te botte.

— Tu crois vraiment que cette tigresse me fait perdre la boule ? Eh bien, tu te plantes.

À présent, Fix se tenait devant la fenêtre donnant sur la rue. Et ce qu'il vit lui ôta son sourire niais.

— Décidément, j'ai de drôles de visites ce soir. Après le dragon aux yeux bridés et la tigresse parisienne, voici venir l'ours breton accompagné de la paire de clebs la plus étonnante du coin. Comme d'hab, le lévrier devance le basset.

Intrigué, Sagane le rejoignit et balaya la rue du regard. La silhouette massive avançait à pas lents. Suivie par deux policiers en civil. Il reconnut sans peine le commissaire Dubreuil et les lieutenants Laprade et Simony. Les pires flics de la capitale. Deux ordures prêtes à toutes les bassesses et à toutes les délations pour prendre du galon. S'ils avaient une place réservée au paradis, ils n'hésiteraient sûrement pas à l'échanger contre une promotion dans le monde des vivants.

— C'est à croire que tous les animaux de la ville se sont donné rendez-vous ici ce soir, pesta Sagane. Encore une chance qu'ils ne soient pas venus en même temps.

— Y a pourtant pas marqué « zoo » sur ma porte, râla Besançon.

18

— N'en rajoutez pas, Élie, grogna le commissaire. Vous êtes déjà assez dans la mouise comme ça.

Sagane ravala sa colère et se laissa choir lourdement sur le canapé. Après tout, il n'en avait rien à foutre des réprimandes et autres blâmes. Il lui suffisait de se taire et d'attendre la fin du sermon. Dubreuil n'était pas du genre à s'éterniser.

— Je ne comprends pas ce qui vous met dans un tel état, chef, se défendit-il sans conviction.

— Eh bien dans ce cas, laissez-moi vous éclairer… (Il prit un cigare et le coinça entre ses lèvres…) Vous avez déjà oublié le macchabée qui est en bas de votre immeuble ? Et les flics tués par ce Hyakusen ? Depuis le début de cette enquête, vous agissez de façon impulsive, sans m'avertir. Vous connaissez pourtant la loi. Il y a une démarche à suivre, des papiers à remplir. J'en ai plus qu'assez de vous couvrir.

— Que cherchez-vous à me dire exactement ?

Dubreuil déplia le formulaire de mise à pied et le tendit à son homme.

— Je me vois dans l'obligation de vous retirer cette affaire. Désolé.

Élie aperçut les sourires de satisfaction de ses ennemis jurés. Cathy Simony était entrée dans la police la même année que lui. Forte et ambitieuse, elle n'avait pas tardé à se faire une place de choix dans le service. Fix s'amusait à la comparer à un basset car elle était courte sur pattes.

Son visage maquillé de façon outrancière évoquait un morceau de pain beurré. Sa tignasse auburn ressemblait à une perruque. Quant à sa tenue bon marché – un tailleur beigeasse coincé et démodé –, elle ne la mettait sûrement pas en valeur et achevait au contraire de la ridiculiser.

Seul un objet attirait le regard dans cette caricature de femme : le Manurhin glissé dans un étui à sa taille. Un modèle idéal pour les petits gabarits. Une arme qui avait fait ses preuves.

Tout près d'elle se tenait Daniel Laprade, dit le Lévrier. Grand et dégingandé, l'œil vif et la curiosité malsaine, Laprade était le genre de fréquentation à éviter. Une figure marquante de cette police décadente à laquelle Sagane refusait d'être associé. Un adorateur des armes à feu qui rêvait d'une police plus musclée. Treillis militaire, flingues et couteaux constituaient sa tenue du dimanche.

— Ne faites pas ça, protesta Élie en reportant son attention sur son chef. L'enquête progresse et nous…

— Désolé, le coupa le commissaire, mais je ne vous fais plus confiance. Rendez-moi votre arme et votre carte de police sans faire d'histoires. Vous êtes suspendu jusqu'à nouvel ordre.

Sagane serra le poing si fort qu'une douleur musculaire lui arracha une grimace.

— Assigné à résidence mon pote, se moqua Laprade en sortant de l'ombre.

À cet instant, le lieutenant eut envie de lui faire avaler le cure-dents qu'il promenait négligemment entre ses lèvres. Mais l'instance supérieure veillait. Une autre fois peut-être…

— Juste le droit de faire tes courses dans le quartier, comme les petits vieux.

— Dis-moi, c'est vrai ce qu'on raconte à ton sujet ? lança le lieutenant.

— Quoi donc ? fit le Lévrier avec un froncement de sourcils.

Quelle crasse s'apprêtait à lui balancer ce fumier ?

— Il paraît que t'es issu du croisement entre le mec le plus stupide de la planète et un lévrier. Mi-homme, mi-chien.

Fix éclata de rire.

— Ça suffit vous deux ! tonna le commissaire. Allez Élie, donnez-moi votre arme et votre insigne. Maintenant.

Sagane s'exécuta avec un geste d'énervement.

— Qui allez-vous mettre sur le coup ? Pas la courge et le radis j'espère ? Il faut des bons pour résoudre cette énigme, pas des…

— C'est à notre tour d'occuper le devant de la scène, l'interrompit Simony. J'ai toujours dit au chef que tu prenais trop d'initiatives et qu'un jour ça finirait par nous péter à la gueule.

Boulotte comme elle est, j'suis sûr qu'il me suffirait de la gifler pour la faire rouler dans la pièce, pensa le lieutenant.

Besançon choisit ce moment pour sortir de sa réserve.

— Si je peux me permettre, j'aimerais apporter mon soutien au lieutenant. Je pense qu'il a réellement fait progresser cette enquête… (Il adressa un clin d'œil à son complice…) Vous devriez lui laisser une dernière chance.

Échange de regards. Le flic qui reprit la parole ne fut pas celui qu'on attendait.

— Chance, souffla Laprade. C'est mon deuxième prénom.

Fix le dévisagea pendant une bonne minute.

— Avec la gueule que t'as, ça m'étonnerait. Ou alors tes vieux se sont foutus de toi. En espérant que tu n'y verrais que du feu.

Laprade lança un regard haineux au lieutenant et à son collègue.

— Bon, j'ai compris, siffla Dubreuil. Sortez, vous deux. J'aimerais rester avec le lieutenant quelques instants. Ça vous ferait trop plaisir d'entendre ce que j'ai à lui dire. Allez, ouste ! Et assurez-vous que mademoiselle Duparc est bien rentrée chez elle… (Élie approuva d'un signe de la tête…) Que l'un d'entre vous surveille son appartement cette nuit.

Le Basset et le Lévrier se retirèrent sur la pointe des pieds.

Le boss pivota sur ses talons et planta ses yeux dans ceux du lieutenant.

— À nous deux, maintenant.

19

— Nous voilà enfin au calme. Entre nous.

Entre amis ? se demanda Sagane.

— Officiellement, je vous ai démis de vos fonctions, fit Dubreuil.

— Je crois que tout le monde l'aura compris, je vous remercie, se plaignit Élie. Vous pouvez être sûr que la Frappe et Sidonie vont se faire un plaisir de colporter la bonne nouvelle dans tous les services.

— Officieusement, je vous engage à poursuivre cette enquête, reprit le commissaire en posant le paquet qu'il tenait dans les mains sur la table basse. Sans filet, cela va de soi. Je prends un gros risque, mais je pense que ça en vaut la peine.

Sagane loucha sur le flingue qu'il venait de déballer.

— Que signifie ce…

— Revirement ? le coupa Dubreuil en s'approchant. Si je passe l'éponge – et que ça se sait –, je risque d'attirer l'attention des fouineurs de l'inspection. Mon silence ne vous garantirait pas pour autant l'impunité. D'autres – et vous voyez de qui je veux parler – se chargeraient de rapporter vos bavures en haut lieu.

— Les mouchards sont parmi nous, souffla Sagane.

— Je ne vais pas y aller par quatre chemins, poursuivit le boss. Je veux que vous repreniez le bébé. Dès maintenant. Mais attention ! Pas de vague.

— En somme, vous voulez que je sois l'homme invisible. C'est bien ça ?

— Vous cernez parfaitement le problème, le félicita Dubreuil en lui tapant sur l'épaule. Ouvrez grand vos yeux et vos oreilles et ramenez-moi vite de bonnes nouvelles.

Élie sourit.

— Dans ce cas, on s'y met tout de suite.

— Attendez une minute, le stoppa le commissaire.

— Je savais bien qu'il y aurait un hic, râla le lieutenant en rebroussant chemin.

Fix lui fit signe de garder son calme.

— Je vous connais suffisamment pour vous faire confiance, laissa tomber son supérieur. Vous n'êtes pas du genre à foncer dans le brouillard comme la bleusaille. Vous avez reniflé quelque chose, je le sais. Mais avant de vous remettre cette arme – désolé, mais la vôtre est désormais consignée –, j'ai besoin d'être sûr. Convainquez-moi.

— C'est de bonne guerre, approuva Besançon.

Élie fronça les sourcils.

— Si je vous suis bien, vous souhaitez que je poursuive ce que j'ai commencé, n'est-ce pas ? Vous pensez donc que j'ai raison de croire ce que je crois... (Il fit quelques pas dans la pièce...) Et pourtant, vous doutez encore. Je peux savoir ce qui vous chagrine ?

Dubreuil soupira.

— Un détail me préoccupe, c'est vrai.

— Lequel ? insista Sagane.

— On a retrouvé le corps de votre indic, annonça le commissaire avec gravité. Le légiste a relevé des traces de piqûres sur ses bras. Selon les conclusions de son rapport, il s'agit d'une overdose. Ce gars était accro aux drogues dures.

Le lieutenant secoua la tête négativement.

— C'est un meurtre, fit-il.

L'autre haussa les épaules.

— Allons, Élie. J'avoue que la coïncidence m'a troublé moi aussi. Mais il faut se rendre à l'évidence. L'analyse chimique a révélé que la cause de la mort est bien l'injection d'héroïne.

— Vous savez comme moi qu'il est presque impossible de découvrir des traces de piqûres récentes. Dans certains cas, ça relève de la gageure.

— Il n'empêche que Riccobini les a trouvées. Vous connaissez la démarche, je suppose : il a pris le bras du cadavre dans ses mains et l'a pressé jusqu'à ce qu'une goutte de sang apparaisse au creux du coude.

— Ça prouve au moins une chose, dit Besançon. Il a utilisé une seringue stérile.

— Exactement, approuva le commissaire.

— Ça, c'est ce qu'*ils* veulent nous faire croire, pesta Sagane. À en juger par votre réaction, leur plan fonctionne à merveille. Mais ça ne marchera pas avec moi.

Dubreuil souffla, à présent exaspéré par l'insistance du flic.

— Le rapport toxicologique est formel, lâcha-t-il. Vous voulez le lire peut-être ?

— Des mots, s'énerva Élie. Rien que des mots. La vérité, c'est que les équarrisseurs tokyotes ont planté une *shooteuse* dans le bras de ce mec et lui ont injecté une dose mortelle… (Il s'attarda sur l'arme que tenait son supérieur…) Il s'agit d'un homicide par overdose. Je n'en démordrai pas.

— Je vois ça, constata avec amertume le commissaire.

— Et puis, comment savez-vous que c'est mon homme ? demanda Sagane. Après tout, je ne le connaissais pas vraiment. Je ne l'ai vu qu'une fois. La seule chose dont je me souvienne précisément, c'est son sobriquet : Packs.

Dubreuil ne semblait pas surpris par ce que lui révélait le lieutenant.

— Un type qui promenait son chien nous a prévenus à la tombée de la nuit. Le clébard a reniflé le macchabée dans les poubelles en bas de l'immeuble où il créchait. Le vieux le connaissait. Une veine pour nous. Il a dit qu'il s'appelait Bastien Corona mais que tout le monde dans le quartier l'appelait Packs parce qu'il ramenait régulièrement chez lui des packs entiers de mousseuse. En fouillant son appartement, nos gars ont trouvé la petite annonce passée dans le journal. Votre carte aussi. Mais le plus étrange, c'est qu'il avait écrit votre numéro de téléphone un peu partout, même sur les murs, comme s'il craignait de l'oublier.

— Ces indices ont permis aux tueurs de remonter jusqu'à nous, laissa tomber Sagane en s'approchant de la fenêtre pour contempler l'aube naissante. Ils savent tout de nous, enfin j'imagine. Ils sont là, tout près. Je les sens.

— L'instinct du limier, conclut Besançon.

— J'appellerais plutôt ça l'instinct de conservation, fit Élie en se tournant vers son partenaire. Cette nuit, la rôdeuse nous a rendu à tous les trois une petite visite. Il va falloir faire très attention.

Fix le rejoignit et observa la rue déserte.

— Vous avez peut-être raison après tout, continua Dubreuil. Votre indic n'était pas un enfant de chœur.

Ni même un voleur à la sauvette. Il avait un casier judiciaire chargé. Écoutez plutôt… (Il sortit une feuille de sa poche et la déplia…) À l'âge de vingt ans, il est accusé de recel d'objets provenant d'un vol. Défendu par un bon avocat, il échappe à la prison de justesse. Deux ans plus tard, il est accusé, je cite, « de violences volontaires ayant entraîné la mort d'une mineure sans intention de la donner ». Cette fois, il fait quatre ans de cage.

— Soyons sérieux chef, fit Sagane. On se fiche pas mal de son passé de voyou. Ce qui nous intéresse, c'est de savoir à quel moment il a changé son fusil d'épaule. Quand est-il devenu un instrument entre les mains des tronçonneurs *made in Japan* ?

Le commissaire alluma son cigare. L'odeur douceâtre du tabac se répandit dans l'appartement.

— À peine deux semaines après sa sortie de prison, reprit-il, Corona remet ça. Il est alors « accusé de vols avec arme et séquestration ou détention arbitraire suivie d'une libération avant le septième jour ». Ce n'est pas tout. Il comparaît également pour « homicide involontaire ». Le juge rend sa décision, sans appel : huit ans de prison. Et c'est précisément là qu'il prépare sa reconversion. Chaque jour, il consulte les livres et les journaux de la bibliothèque. Il s'instruit.

— Sur quoi ? demanda Fix.

— Sur l'art. Il emmagasine des tas de connaissances. Le bruit court qu'il fait tout cela dans l'espoir de se réinsérer.

Élie remua la tête.

— Pas si taré que ça, on dirait.

— En effet, fit Dubreuil en observant la pointe cendreuse qui se détachait progressivement du cigare. Épaté par son acharnement, son cocellulaire lui donne les coordonnées d'un type qui pourra éventuellement l'embaucher à sa sortie de taule.

Sagane fit claquer ses doigts.

— N'en dites pas plus. Je crois deviner que c'est à ce moment de l'histoire que le regretté Gibralti entre en scène, n'est-ce pas ?

— Exact, laissa tomber son supérieur. Un habile trafiquant d'œuvres d'art qui change d'identité et de lieu de résidence comme de chemise. Packs devient l'homme de l'ombre, celui qui règle les problèmes. Bien sûr, il touche des sommes importantes en échange de ses services. Il sait distinguer un faux tableau d'un vrai et il est capable de traiter directement avec les fournisseurs.

— Non, ça ne tient pas debout, dit Élie. Il ne s'agit pas d'un vol ou d'un trafic d'œuvres d'art cette fois... (Il montra la cassette du répondeur...) J'ai là un enregistrement où il parle d'une machination. Un truc énorme. Il balance même un nom. Écoutez.

Comprenant où il voulait en venir, Besançon brancha le répondeur qu'il n'utilisait jamais. Il glissa la bande dans l'appareil puis le mit en route. La voix de Packs résonna dans le salon. Le commissaire attendit que le message se termine avant de reprendre la parole.

— Et c'est tout ? fit-il.

— Comment ça, c'est tout ?

Absorbé par ses pensées, Dubreuil resta silencieux une minute. Il passa une main dans les bouclettes rebelles qui campaient sur leurs positions, là-haut, sur le sommet de sa tête. Le lieutenant l'avait toujours connu ainsi, le crâne dégarni et entouré d'un collier d'anneaux frisottants qui n'était pas sans rappeler ces curés du Moyen Âge au teint rosé et à la bedaine triomphante.

— Mais pour quelle raison ce Packs voulait-il dénoncer ses complices ? se réveilla-t-il. Ne gagnait-il pas suffisamment d'argent ?

— Parce qu'il a pris peur, expliqua Sagane. Il a vu ce qu'ils ont fait au tatoueur. À Gibralti. Tous ceux qui traitent avec eux ne font pas de vieux os. Leurs contrats semblent comporter une clause spéciale de… non-renouvellement.

Dubreuil passa un doigt sur sa lèvre supérieure, un peu comme s'il lissait une moustache imaginaire.

— Packs et Gibralti bossaient pour quelqu'un d'autre selon vous ? demanda-t-il.

— Certain. Et c'est ce quelqu'un qui fait le ménage en ce moment. J'en déduis que nous commençons à les gêner très sérieusement.

Besançon serrait nerveusement la manette de jeux de son ordinateur. Dans sa tête, il braquait un canon laser sur les hordes de bridés venues du Soleil-Levant pour lui pourrir la vie. Un massacre.

— Quel rapport avec les suicidés que nous avons sur les bras ? siffla-t-il.

— À nous de trouver le lien qui les unissait, laissa tomber son équipier. Ce qui est sûr, c'est que Gibralti a entraîné Corona dans cette sombre histoire et qu'ils ont voulu en sortir tous les deux.

— Mais bon sang, s'emporta Dubreuil, que faisait Gibralti dans cette galère ? Quel était son rôle ?

— Un rôle sur mesure, lâcha Sagane.

Il sourit. En quelques phrases bien pensées, il avait réussi à faire douter son chef.

— Entre le trafic et le meurtre, il y a quand même une sacrée différence, poursuivit le commissaire.

— Pour tout vous dire, c'est Sarah qui m'a éclairé sur ce sujet, continua le lieutenant.

— La criminologue aurait-elle trouvé grâce à vos yeux ? se moqua Dubreuil.

— Le rôle de Gibralti était on ne peut plus simple, reprit le flic sans relever. Il devait créer une diversion.

— Hein ? s'étonna Fix.

— Il avait pour mission de nous éloigner des vrais coupables, dit Élie. Détourner notre attention si vous préférez.

— En faisant quoi précisément ? grogna le commissaire.

— En nous faisant croire qu'il était peut-être le coupable. Le but était de nous orienter dans la mauvaise direction, comme ça, les petits dragons pouvaient tranquillement poursuivre leur jeu de massacre.

— Pourquoi aurait-il pris le risque d'aller en prison ? C'est insensé.

— Aussi aberrant que cela puisse paraître, pour l'argent, expliqua Élie. Et puis, il ne se mouillait pas tant que ça. Il savait très bien qu'on n'avait rien de sérieux contre lui. Avec le temps, l'affaire se serait tassée et il aurait pu profiter de son blé. De quoi prendre sa retraite peut-être… Bien entendu, Corona l'a suivi. Ces deux-là aimaient l'oseille au point de s'impliquer dangereusement et de faire un bras d'honneur à la mort. Évidemment, elle n'a pas apprécié et les a *suicidés*.

— Macabre ton humour, cher collègue, fit Besançon avec une grimace. Tout cela est fort intéressant, mais ça ne nous dit pas pourquoi ils ont buté le tatoueur.

Dubreuil approuva d'un signe de la tête et se tourna vers le lieutenant.

— Ukita était innocent, déclara celui-ci. Sa seule erreur a été de fabriquer les statuettes qui devaient nous faire croire à la culpabilité de Gibralti. À mon avis, ils l'ont supprimé parce qu'il cherchait à en savoir plus sur son mystérieux client… (Une lueur traversa son regard…) Finalement, il semble qu'ils aient en partie atteint leur objectif : on a perdu un temps précieux à mener une enquête bidon.

Le commissaire leva les yeux au ciel, visiblement agacé.

— « Ils », toujours « ils ». Vous n'avez que ce mot à la bouche. De qui s'agit-il, bon sang ?

Sagane remua la tête.

— Je ne sais pas, reconnut-il. Mais eux croient le contraire, sinon, ils n'auraient pas essayé de nous refroidir. La seule chose dont on soit à peu près certain, c'est que nous avons affaire à des yakuzas.

— Et que deviennent les Sôichiro et Noriyori ? lança Fix.

— Liquidés parce qu'ils savaient, annonça froidement son partenaire.

— Que savaient-ils si ce n'est pas trop vous demander ? s'enquit Dubreuil.

— La vérité, répondit Élie en haussant les épaules. Ils devaient savoir certaines choses.

— Des choses qui tuent oui, compléta François d'un air dégoûté.

Le lieutenant sentit fondre sur lui l'attention de ses collaborateurs. Ils attendaient des explications.

— Ça peut être n'importe quoi, conclut-il. Trafic d'armes, drogue. Vous savez comme moi que les empires financiers reposent souvent sur des montagnes de poudre… (Il fit quelques pas puis s'arrêta au centre de la pièce…) Quoi qu'il en soit, nous devons abandonner l'ancienne piste et mener l'enquête. La vraie.

Besançon pesta dans son coin.

— À t'entendre, on va bosser jour et nuit pour épingler les allumettes japonaises. Tu sais bien que les heures sup c'est pas mon truc.

— Te plains pas, rétorqua son chef. Il te restera le dimanche pour jouer. Alors un conseil : profites-en pour bousiller un maximum de lézards géants et de Musclor armés jusqu'au slip. Le reste de la semaine, tu es à *moi*... (Il redevint sérieux et tendit une main vers le commissaire...) Alors, vous me donnez cette arme ?

Les deux hommes s'observèrent en silence. Dubreuil hésitait encore. Pourtant, il savait que seul le lieutenant pouvait résoudre cette énigme. Il disposait de tous les éléments et surtout d'une rage peu commune. Devenu la cible des tueurs, il n'avait pas d'autre choix que celui de continuer.

— OK, laissa tomber le commissaire. Mais allez-y en douceur.

Sagane prit le gicleur et le détailla. Il lui paraissait bien petit tout à coup. Un pistolet d'enfant aurait été plus impressionnant. Fix le compara au Glock 34 qu'il avait à la ceinture.

— Je suis vraiment obligé de m'époumoner avec... *ça* ? s'indigna le lieutenant.

— Vous plaisantez, j'espère, fit Dubreuil d'un ton paternel. Il s'agit du Tomcat de Beretta. Un diamant brut. Essayez-le, vous m'en direz des nouvelles.

Guère convaincu par l'argumentation de son supérieur, Élie eut envie de lui rendre le calibre nain.

— Vous savez, je suis plutôt du genre conservateur, expliqua-t-il. Je préfère les vieilles pétoires qui marchent encore, aux nouveaux modèles qui nous laissent en rade au premier coup de semonce.

— Comparer votre calibre poussiéreux à cette merveille, c'est comme comparer de la piquette à du bon vin, souffla Dubreuil en jetant une œillade admirative au gicleur. L'*Apollon* de Cherchell au *David* de Michelangelo.

Sagane baladait le « chat sauvage mâle » d'une main à l'autre pour s'y habituer.

— Nous l'avons tous rêvé, Beretta l'a fait, continua Dubreuil. Un petit gabarit pour un calibre mammouth.

— Ça me fait penser à ce petit 357 Magnum de la taille d'un 38 spécial « snub nose », constata Élie. Vous savez, celui que portait Colossus à une époque.

— Ouais, je m'en souviens, ricana Besançon qui se tenait toujours immobile face au mur. Même sa paire de couilles passait après... (Regard noir du commissaire...) C'est bon, j'arrête.

— Ça n'a rien à voir avec le 357, poursuivit le commissaire. Le 3032 Tomcat est une vraie bombe. Le pistolet de poche idéal. Ceux qui ont la main fatiguée ou de l'arthrose n'ont plus à se soucier de la manipulation de la culasse : il n'y en a pas... (Il remit à son homme une boîte de cartouches...) Les munitions de 7,65 mm sont de toute première qualité. Si vous utilisez des décapsuleuses de 60 grains à pointe creuse, vous obtiendrez les mêmes résultats qu'avec une 9 mm court classique.

Le lieutenant commençait à fraterniser avec le chat sauvage.

— Vous auriez fait un excellent commercial, chef, admit-il.

— Je vais devoir vous laisser, fit Dubreuil en regardant sa montre. Et surtout, n'oubliez pas que j'ai confiance en vous. Ne me décevez pas.

— Que devient Sarah dans cette histoire ? lança le lieutenant.

Son supérieur pivota sur ses talons.

— Elle sera informée de votre mise à pied dans les quarante-huit heures, répondit-il.

— Elle connaît les habitudes de ces gars, dit Élie. Je crois qu'elle peut nous être très utile.

— N'y comptez pas, le découragea son chef. N'essayez même pas de la contacter. À partir de maintenant, vous bossez seul. Enfin, si François souhaite vous filer un coup de main, je ne vois rien qui s'y oppose. À condition que sa participation soit aussi discrète que possible… Cette fois, je mets les voiles pour de bon. On reste en contact.

Il rangea le cigare bien entamé dans sa boîte et se dirigea vers la sortie. L'humidité du petit jour imprégnait les murs de l'appartement. Elle capturait l'odeur du tabac et la maintenait en suspension dans l'air. Sagane détestait sentir le froid lui piquer le corps après une nuit blanche.

Il aperçut son reflet dans le miroir du salon. Le manque de sommeil se lisait sur son visage. Livide et cerné. Un mal de tête épouvantable. Et pourtant, la rage. Toujours la rage. Il avait contenu sa colère devant le commissaire, mais à présent il n'y tenait plus. *Ils* avaient tenté de le tuer cette nuit. L'affaire prenait une tournure personnelle.

Il attendit que Besançon ferme la porte et…

20

— On retourne chez Hyakusen, siffla Sagane en glissant le Tomcat dans l'étui à sa ceinture.

— Maintenant ? s'offusqua son collègue. T'es malade ou quoi ? J'ai besoin de dormir un peu.

Élie colla sa gueule en forme de porte de prison à celle de l'informaticien. Les yeux plus noirs que le charbon et le cœur braisé, il inspirait la peur.

— Regarde ta tronche, grogna Fix. On dirait que tu sors d'un mauvais trip. Si tu veux mon avis, t'es pas assez frais pour réfléchir et agir en conséquence.

— Fais comme tu le sens, aboya le lieutenant. Moi je me casse.

Il fonça vers l'entrée comme un bolide. L'autre pesta en silence avant de se décider à le rejoindre. Le Glock au creux des reins et la cigarette au bec, il courut derrière son chef. Une fois dans la caisse cabossée, il tenta de raisonner son ami mais le véhicule démarra en trombe. Nuage de fumée et coups de Klaxon des automobilistes en colère.

— Si tu as l'intention de nous tuer, je préfère en être informé tout de suite, souffla François en se raidissant. (Son pied appuyait sur une pédale de frein imaginaire.) Nom de… Fais attention !

Pris en sandwich par deux cercueils montés sur roues, le vélo manqua rentrer dans le décor. Finalement, plus de peur que de mal. Le cycliste insulta les barbares qui l'avaient bousculé et reprit sa course.

— Direction place Charles-de-Gaulle, laissa tomber le conducteur en proie à une démence suicidaire.

— Dans l'état où tu es, je ne crois pas que ce soit une bonne idée, protesta Fix en montrant du doigt le circuit occupé par les fous du volant.

— Accroche-toi, mon pote… C'est parti.

Sagane filait des coups de pied dans tout ce qui se présentait à ses yeux. Le matériel volait dans l'appartement et le verre brisé éclaboussait le plancher. Il ne trouvait pas ce qu'il cherchait. Mais que cherchait-il ?

Un indice. Une preuve. Même un début de preuve suffirait à l'apaiser. Quelque chose qui lui confirmerait qu'il ne s'était pas trompé. Plus que jamais, il avait besoin de comprendre. Pour échapper à la folie. Et à ces flingueurs.

— Si tu me disais ce qu'on fait là, je pourrais peut-être t'aider, essaya Besançon en prenant place dans le canapé défoncé. Je croyais que les gars avaient passé l'appart au peigne fin. Sans parler de la fouille fructueuse de Sarah… (Ses traits se durcirent sous l'effet de la nervosité…) Tu vas me répondre, bordel de merde ? Je ne suis pas un chien, Élie. Je bosse avec toi.

N'obtenant pas de réponse, il se leva et regagna la sortie. Une main posée sur son épaule le stoppa dans son élan. La main d'un ami. Enfin, il le ressentit comme ça. Il se retourna et fit face au flic le plus têtu de la capitale. Un sourire. Une accolade.

C'en était fini de leur dispute.

— Il y a forcément un truc, fit Élie en revenant sur ses pas. Il y a toujours un…

— Truc, le coupa gentiment son partenaire. Et tu penses qu'il se cache ici, au milieu de ces japonaiseries bon marché.

Il s'attarda sur une maquette à moitié peinte. Une réplique grossière de Barabudur, censé être le plus grand temple bouddhiste du monde. Après mille ans d'exil sous les cendres volcaniques du Mont Merapi, il avait un jour ressuscité. Comme par miracle.

Sagane tournait en rond. Il avait mis l'appartement sens dessus dessous. Que lui restait-il à saccager ? Son regard s'arrêta sur le placard où Sarah avait trouvé les armes de ces guerriers de l'ombre et les lettres du faux oncle.

Il jeta les vêtements sur le sol et inspecta l'intérieur centimètre par centimètre. Il tomba sur plusieurs paires de chaussures. Des *zôri*, ces sandales en paille avec une séparation pour le gros orteil. Des bottines pour la pluie. Et des pointes en assez mauvais état. Étrange. La femme sans tête de la photo était-elle une danseuse ? Il caressa le tissu. Ce simple contact le renvoya à une certaine époque de sa vie.

Il savait combien il était douloureux de chausser les pointes. Elle le lui avait dit tant de fois. Une question de volonté. Une épreuve d'artiste. Mais c'était si beau à voir. Jusqu'à aujourd'hui, aucune musique, aucun poème, aucune image ne l'émouvait davantage que la vue d'une danseuse maîtrisant à la perfection son art.

— Tu as trouvé quelque chose ? lança son équipier en s'approchant.

— Peut-être bien.

Fix se pencha sur la découverte de son chef.

— Tu crois qu'ils appartiennent à cette fille… Iga ?

— Possible.

Besançon jeta sa sèche par la fenêtre.

— Si je comprends bien, va falloir qu'on se tape toutes les salles de danse de Paris et de ses environs. Mais comment comptes-tu t'y prendre pour la reconnaître ? Je te rappelle qu'elle n'a pas de tête… sur la photo.

— Tu oublies le tatouage, siffla Sagane en sortant le cliché de sa poche. Ne me dis pas que tu connais beaucoup de filles qui ont une gueule de dragon tatouée sur l'épaule. Y a forcément quelqu'un qui va l'identifier.

— On pourrait lancer un avis de recherche.

— Je te rappelle qu'officiellement je suis plus dans le coup. J'ai pas envie de filer le bébé à un autre. On va faire ça nous-mêmes.

— Ne nous emballons pas. La danse appartient peut-être à son passé. T'as vu l'état de ses chaussons ?

— Ils sont encore à Paris, affirma Élie. Elle est avec eux. Souviens-toi de la lettre que Sarah a déchiffrée. L'oncle écrivait ceci : *Avant que les tombes des braves d'Akô ne fleurissent à nouveau, celui qui a trahi la cause aura rejoint le Grand Obscur. La Grande Neige balaiera alors toute trace du sang du corrompu…*

— S'ils n'ont pas quitté la France, c'est qu'ils n'en ont pas terminé avec les traîtres. On commence par quoi ?

— Suis-moi.

21

Après avoir déjeuné avec Besançon, l'agent Morin Briard se rendit à la consigne pour y déposer le Beretta de Sagane. Gilles Schneider, le gars chargé de réceptionner les pétoires des poulets mis à pied, salua celui que tous à la Crim surnommaient Colossus à cause de son physique de boxeur.

Le jeune homme aperçut son reflet dans l'acier inoxydable du Raging Bull qui pendait à l'épaule de Briard. Soumis à autorisation administrative, ce bazooka de ville n'était pas remis à n'importe qui. Seul Colossus avait le droit de le porter et de l'utiliser pendant son service. Il appelait ce sosie du Colt Python *la machine à faire des gros trous*.

Briard eut un pincement au cœur lorsqu'il tendit le gicleur de Sagane au jeunot. Sans son arme de service, son ami était comme privé d'un organe vital. Il signa le formulaire et se dirigea vers le bureau du commissaire.

Le boss n'était pas encore arrivé. Colossus s'assit et prit une cigarette dans le paquet qui traînait au milieu des dossiers. Pour passer le temps, il jeta un coup d'œil sur les enquêtes en cours. Rien de transcendant. Vols à la tire et crimes passionnels. Petite délinquance de banlieue et histoire de fesses d'une certaine bourgeoisie adepte des partouzes… sanglantes. Il s'attarda sur les photos et les coupures de presse épinglées au mur.

Il lut les gros titres. *Suicides dans la communauté asiatique : une première pour la police française.* Celui-ci passait encore. Le suivant donnait le frisson. *Le mystère des têtes coupées.* Il parcourut les premières lignes de l'article incendiaire signé Alexandre Chapuis : *On peut affirmer sans crainte de se tromper que, depuis le début de l'année, les milieux de la justice de notre belle ville font tout, mais alors tout, pour qu'on parle d'eux… en mal. En effet, souvenez-vous des sanctions disciplinaires prises contre le juge Froidur. Le Conseil supérieur de la magistrature n'a pas épargné cet homme jadis respecté qui a fauté en publiant un billet d'humeur où il crachait son antisémitisme au visage du substitut Karsenty comme un serpent son venin. Surprenant de la part d'un tel individu. Et surtout fâcheux.*

Briard râlait intérieurement. *Comment veux-tu que les gens fassent confiance aux hommes de loi après « ça » ?* Tarabusté par la curiosité, il décida de finir l'article.

… Venons-en à « l'affaire ». Que le commissaire Dubreuil et les officiers chargés de l'enquête ne nous autorisent pas une visite guidée de la fosse aux indices est compréhensible. Que l'on dissimule à la presse des pièces à conviction, passe encore. Mais que l'on nous prenne pour des attardés mentaux, nous, gens de presse et de télévision, nous qui faisons notre travail avec passion et impartialité, n'est pas acceptable. Nous ne demandons qu'une chose : la vérité. Nous estimons qu'elle revient de droit à tous ceux pour qui la démocratie a encore un sens. Que les représentants de

l'ordre cessent donc d'utiliser le mot suicide *à tort et à travers. Je me permets, au nom de tous mes confrères, de rappeler à ces messieurs sa signification précise : « Acte de se donner soi-même la mort. » Or, il me semble que nous sommes loin du compte. Nous savons de source sûre que les personnes « suicidées » ne sont pas toutes issues de la communauté nippone. De plus, les conditions de ces « mises à mort volontaires » ne sont pas claires pour tout le monde. Un expert nous a certifié que les affirmations de la police sont très discutables. Soucieux de ne pas gêner les enquêteurs, nous nous abstiendrons de préciser les contradictions relevées par ce spécialiste. Mais elles n'en restent pas moins alarmantes. Ce qui nous a mis la puce à l'oreille, c'est le suicide – vrai celui-là car commis sous les yeux du lieutenant Sagane – d'un suspect capital dans le dossier d'instruction de ces meurtres en série. Car n'en déplaise au commissaire Dubreuil qui s'obstine à nous bouter hors de l'enquête, il existe en France un droit qui prime tous les autres : le droit de savoir…*

Colossus choisit d'en rester là. Les propos acides de ce scribouillard commençaient à l'énerver. Et il savait combien il était épuisant de sécréter cette bile-là. Il fit tourner ses sombres pensées sept fois – au moins – dans sa tête avant de se sentir à nouveau calme et détendu.

Il aperçut une silhouette qui traînait dans le couloir. Un lieutenant de charme qu'il avait un temps courtisé. En vain. Cette gonzesse pionçait avec son gicleur, un peu comme ces petites filles qui ne parvenaient pas à se détacher de leur poupée au moment de se coucher. Il attendit qu'elle lui tourne le dos pour admirer, à son aise, sa chute de reins plus qu'avantageuse. *Dommage*, se dit-il. *Elle a un de ces culs !*

Il consulta à nouveau sa montre. Le patron ne ramenait toujours pas sa fraise. Il s'apprêtait à quitter le bureau lorsque ses yeux tombèrent sur une enveloppe qui traînait dans la corbeille à courrier. En haut à gauche, un dessin attira son attention. Protégé par un corselet en plaques de cuir lacées dans son dos et un casque imposant, le guerrier semblait abattu. Étonnamment expressif, son visage évoquait un grand désespoir. Briard remarqua les larmes qui noyaient son regard.

Un samouraï qui pleure, pensa-t-il. *Toutes ces japonaiseries qui nous tombent dessus depuis quelque temps, moi je trouve ça bizarre*.

Il s'empara de l'enveloppe et l'examina plus attentivement. Elle avait été postée la veille du Xe arrondissement. Il chercha en vain le nom de l'expéditeur. L'envie de l'ouvrir le démangeait. Mais ces choses-là ne se faisaient pas.

— J'espère que je ne vous ai pas trop fait attendre.

Colossus sursauta. C'était lui. Le commissaire.

— Non, fit-il. Je voulais juste vous parler du lieutenant Sagane.

Dubreuil chercha sa boîte de cigares dans le fouillis de papiers. Il soupira en l'apercevant.

— Élie a dépassé les limites, siffla-t-il. Vous le savez. Et puis, ça n'est pas la première fois qu'il nous fourre le nez dans la merde. Souvenez-vous de cette entourloupe avec les gars de la Brigade de répression du proxénétisme… (Il porta le havane à ses lèvres…) Ce matin, j'ai reçu un coup de fil du directeur de la police judiciaire. J'ai bien cru qu'il allait s'étouffer au téléphone, ce con. Il m'a fait comprendre qu'il pouvait à tout moment demander une enquête approfondie aux coupeurs de têtes de l'Inspection Générale des Services… (Il jeta un coup d'œil sur le courrier. Briard attendait qu'il remarque la mystérieuse enveloppe...) Croyez-moi, c'est assez comme ça.

— Je trouve tout de même injuste une pareille...

— Rien ne vous empêche de rendre visite à votre petit camarade et de le soutenir moralement, le coupa son chef. Sur ce, le sujet est clos.

Il se leva et fit signe à son homme de disposer. Celui-ci louchait sur l'enveloppe.

— Qu'est-ce que vous regardez comme ça ? lança Dubreuil, intrigué par une telle insistance.

Colossus décida de jouer la comédie.

— Rien de particulier, répondit-il. Juste ça.

— Quoi *ça* ? s'agaça son supérieur.

L'autre lui montra l'enveloppe et plus précisément le dessin.

— Je n'en ai jamais vu de semblable, souffla-t-il.

Le commissaire haussa les épaules.

— Sans doute une publicité quelconque. Ils ne savent plus quoi faire pour attirer le client.

— Vous ne l'ouvrez pas ?

Dubreuil fronça les sourcils.

— De quoi je me mêle ?

— Ça va, j'ai rien dit, se défendit Briard.

Il se dirigea vers la sortie puis s'arrêta.

— Vous ne croyez pas que ce courrier peut avoir un rapport avec l'enquête sur les suicides ? essaya-t-il. Vous avez vu le personnage ? On dirait un samouraï.

— Et alors ? pesta le boss. Les Japonais n'ont pas le droit de faire de la pub peut-être ?

22

David Delft abandonna la lecture de son rapport lorsque Amanojaku fit irruption dans la pièce. Le scientifique demanda à son assistant de le laisser seul avec le patron. L'autre s'inclina respectueusement et s'exécuta sans mot dire. Ils attendirent que le Japonais ferme la porte avant d'entamer leur discussion.

— Je suis venu aux nouvelles mon cher, commença Amanojaku. J'espère qu'elles sont aussi bonnes que la dernière fois.

Delft observa l'Asiatique une minute. La cinquantaine lui allait à ravir. Les traits de son visage étaient d'une finesse exceptionnelle et supportaient plutôt bien la trahison des rides. Avec son crâne rasé, il évoquait l'un de ces pèlerins des sommets qui parcouraient des centaines de kilomètres pour fuir l'agitation mentale et ses compromissions. L'apparente humilité de ses gestes, la douceur de sa voix, la lumière dans ses yeux, tout cela pouvait apparaître comme des preuves de sagesse.

Fasciné par la dimension eschatologique du culte bouddhique, il avait un jour renoncé à la religion shintoïste pour se consacrer au culte du Bouddha Amida. Il était persuadé que le suprême Bouddha du paradis de l'ouest recevrait son âme après sa mort. Delft était sûr du contraire. L'âme de cet homme était plus noire que les ténèbres. Boueuse, visqueuse, tachée de sang, elle l'avait destiné à la damnation éternelle dès son premier forfait.

Prudent et trop délicat, il laissait à ses gorilles le soin de supprimer les vies des gêneurs. Il se contentait d'être l'instrument qui autorisait la commission du crime. Peut-être croyait-il par là échapper aux foudres du Tout-Puissant.

De même que le sommet de la montagne, le Nirvâna est haut et escarpé, avait dit un jour un maître zen. *Ce sommet-là, tu ne l'atteindras jamais, vieux salaud*, pensa Delft. Bien qu'il répugnât à établir la comparaison, son boulot le rapprochait de cet assassin par procuration qui collectionnait les kilos de viande froide. D'une certaine façon, lui aussi tuait des gens. Il utilisait juste une arme différente et le faisait plus lentement, presque à l'insu de ses victimes.

— Les résultats des essais sont au-delà de nos espérances les plus folles, annonça-t-il.

Amanojaku jeta un coup d'œil sur le rapport que lui tendait son « associé ».

— Avant que nous inondions le marché, je veux être sûr…

— Mais vous pouvez l'être, le rassura Delft sans conviction. (Cet homme le mettait mal à l'aise…) Écoutez les prochaines infos, vous verrez.

Le Japonais sourit en apercevant le badge du C.I.O. qui traînait sur le bureau. En choisissant de quitter le poste de directeur-adjoint du Comité Olympique, Delft avait pris un gros risque. Mais après tout, l'argent le valait bien.

— Je vous trouve bien optimiste mon cher, reprit le boss. Imaginez que certains sujets échappent à notre contrôle.

— L'efficacité est maximale, insista David. N'importe qui peut en bénéficier, je vous le garantis. Je suis un homme de terrain, vous le savez. Et ce que j'ai vu est tout simplement… incroyable.

— Si vous le dites, fit l'autre. Sachez seulement que nous n'avons plus beaucoup de temps. Le grand manitou m'a demandé de lui remettre un rapport dans les plus brefs délais.

— J'ai encore deux ou trois détails à régler. Vous l'aurez ensuite.

Amanojaku enfila son manteau et fit mine de sortir.

— Une dernière chose, siffla Delft.

— Oui ?

— Étant donné que nous devons mettre les bouchées doubles, je vais avoir besoin d'aide. J'apprécierais assez que Masatarô termine la saisie des données informatiques.

L'Asiatique acquiesça.

— Je peux faire ça pour vous. Quoi d'autre ?

— Fûyô serait également le bienvenu. J'ai encore des tas de bandes à visionner. S'il pouvait le faire à ma place et prendre des notes, ça me ferait gagner un temps précieux.

Nouveau hochement de tête.

— J'accepte en échange de votre total dévouement.

Delft fronça les sourcils.

— J'aimerais que vous soyez à ce que vous faites, continua Amanojaku. C'est là la grande différence entre nos deux peuples. Nous ne sommes pas comme vous. Lorsque nous mangeons, nous ne pensons pas à dormir ou à je ne sais quoi d'autre. Une seule chose à la fois occupe notre esprit… (Il prit le badge et le détailla…) La plupart d'entre vous ne sont jamais à ce qu'ils font… (Il jeta le badge à la poubelle…) Leur travail peut s'en ressentir. Vous comprenez ?

Il partit sans attendre de réponse. Delft avait enregistré le message. Pour obtenir le meilleur rendement possible, il devait tirer un trait sur son passé. Oublier le C.I.O. et les compétitions.

J'aimerais que vous soyez à ce que vous faites…

Il pesta en silence, se promettant de ne plus jamais se faire humilier de la sorte.

Difficile avec un homme comme Amanojaku.

Avant de rentrer chez lui, il passa rue du Cardinal-Lemoine. Il s'arrêta au numéro 28. L'enseigne lumineuse du *Paradis Latin* était éteinte. Un va-et-vient permanent indiquait que les répétitions pour la représentation du soir n'allaient pas tarder à commencer.

Il baissa la vitre et essuya une gifle du froid. Il détestait cette saison. Humidité mordante et grosse laine sur la peau. Quelques touristes se renseignaient auprès de l'hôtesse – charmante d'ailleurs, mais il n'avait pas la tête à *ça* –, et deux danseuses prenaient un bol d'air en fumant une clope.

Il connaissait bien cet endroit ainsi que le personnel. Il créchait à deux pas d'ici, rue Saint-Jacques. Mais ce matin, l'envie de les saluer manquait. Il avait bossé toute la nuit. La fatigue pesait sur ses épaules et creusait son visage. *Mais bon sang où est-il ?* Il releva le col de sa veste et ajusta sa casquette afin de ne pas être reconnu par l'illustre *trapézator* qui venait de sortir à son tour. Le numéro de ce gars était incroyable, pour qui aimait les exercices de voltige et ressentait facilement la peur du vide.

Alors qu'il s'apprêtait à démarrer, il l'aperçut. Sa silhouette se détacha de la brume du petit matin. Démarche de danseur. Élégante et racée. Jean et godillots. Long manteau noir, morceau de ténèbres arraché à la défunte nuit. Il lui fit signe de monter dans la caisse.

— Tu l'as ?

Delft hocha la tête. Il sortit un sachet de sa poche et le tendit au Japonais. Au dernier moment, il se ravisa et l'arracha des mains du danseur.

— Mais qu'est-ce qui te prend ? s'énerva Hiboko.

Ses parents l'avaient appelé ainsi en hommage à un prince du même nom qui fut divinisé après sa mort.

— Je ne crois pas que le boss apprécierait si je te rendais ce… service.

— Fais pas chier, râla l'Asiatique. Tu étais d'accord au téléphone, alors ne me les casse pas maintenant… (Il montra une enveloppe décorée. Le mot « noshi » était imprimé en caractères *hiragana* en haut à droite. Les coutumes nippones n'ayant plus de secret pour lui depuis son entrée au service du Dragon, Delft identifia sans peine une *shûgibukuro*. Le dessin servait à cacher l'argent liquide que contenait l'enveloppe. Une vieille formule de politesse…) Comme tu le vois, j'ai rempli ma part du marché. À toi de remplir la tienne.

— Tu fais ça dans les règles à ce que je vois.

David hésitait encore. Fournir cet imbécile sans en parler à Amanojaku pouvait lui coûter cher. Sa vie peut-être. Mais il ne savait pas résister à l'appel du blé. Il en voulait toujours plus. Et là, c'était l'occasion de toucher sans se fatiguer.

— File-le-moi, supplia Hiboko. J'en ai besoin.

Le scientifique frappa du poing le tableau de bord de la voiture.

— Et merde ! Tu sais ce qu'ils feront de nous si jamais ils l'apprennent, hein ? Ils nous saigneront comme des porcs… (Il secoua la tête négativement…) Fais un effort. Prends sur toi. Il faut que tu changes de mode de vie. Si tu veux, je peux te délivrer une ordonnance pour t'aider à sortir de ce pétrin : moins de virées nocturnes et de petits culs musclés dans ton pieu toutes les nuits.

L'autre s'agita dans son siège.

— T'as rien de mieux ? cracha-t-il.

Delft sourit, amusé par une réflexion intérieure.

— Mais au fait, fit-il, les petits culs en question, tu les préfères comment ? Au féminin ou au masculin ?

En temps normal, l'Asiatique aurait volontiers défoncé la gueule de ce sale hypocrite de Français. Mais comme il avait besoin de lui, il choisit de jouer la carte de la diplomatie. Enfin, à quelques mots près.

— Tous les danseurs sont pas pédés, pauvre cloche. Si je comprends bien, tu fais partie de ces gens pour qui le sectarisme est une religion.

— Pas une religion, rectifia le chercheur. Une question de survie.

Après avoir mentalement pesé le pour et le contre, il lui remit le sachet. Pour de bon. Aller sans retour.

— Ça reste entre nous, souffla-t-il en s'assurant que personne ne rôdait autour de la voiture.

— Évidemment, ricana le chorégraphe.

Il ouvrit la portière et disparut dans le brouillard. À nouveau, le silence à l'intérieur du véhicule. La pluie s'intensifia. Les essuie-glaces tentaient de repousser les trombes d'eau qui s'abattaient sur la lunette avant.

Delft alluma les phares et s'engagea dans la rue des Écoles. Il n'avait plus envie de rentrer. Un petit tour dans la capitale s'imposait. Histoire de décompresser.

Il prit la cassette qui traînait dans la boîte à gants et la glissa dans la fente du magnéto.

Depuis peu, il comprenait le japonais. Pour se perfectionner, il lui arrivait d'écouter les histoires drôles du *rakugoka* Satsudo, le conteur professionnel le plus en vue du moment. Il se produisait dans les plus grandes salles de Tokyo et d'Osaka. Une référence pour les jeunes comiques. Le premier à modifier véritablement le répertoire classique et à se mouiller en incendiant les dirigeants du pays.

Parfois, Delft le trouvait très marrant. Mais pas aujourd'hui. Il se sentait sale.

Il ne rentra chez lui que tard dans la matinée et se coucha aussitôt.

Pour s'oublier.

23

— On va continuer encore longtemps comme ça ? lança Fix qui n'en pouvait plus de cette cavalcade dans les rues de la capitale.

— Je te signale qu'on n'en a fait que huit, répondit Sagane. J'ai bien peur qu'on y passe la journée.

— On fait peut-être fausse route, renchérit le démoralisateur de service. Je pige pas ton acharnement.

Le lieutenant avait commencé par les huit salles de danse qu'il connaissait. Celles où son ex s'entraînait autrefois. Il n'avait jamais oublié l'odeur des salles de cours, le craquement des planchers, les frottements des pointes sur le sol, les mouvements tantôt sensuels tantôt acrobatiques de ces corps touchés par la grâce, ces notes de musique obsédantes qui accompagnaient leurs pas et les contraignaient à l'effort jusqu'à ce que le maître de danse fasse signe au pianiste d'arrêter de jouer, un peu comme un officier ordonnant la fin d'une marche militaire.

Surtout, il ne l'avait jamais oubliée *elle*. Elle, au milieu de tout ça. Prisonnière et heureuse de l'être.

Enfin, ils arrivèrent rue du Temple. Élie repéra une place et se gara. De l'endroit où il se trouvait, il pouvait apercevoir le Centre de danse du Marais. En sortant de la caisse, il piqua une clope dans le paquet de son collègue et la porta à ses lèvres.

— Ça y est, tu replonges ? fit François.

— Surtout, planque ton briquet, siffla Sagane. Je suis à deux doigts de craquer.

— Ça m'aurait étonné que ça dure.

— Hé, je te signale que j'en n'ai pas fumé une depuis le début de cette affaire. Tu pourrais te montrer encourageant pour une fois.

Fix ne l'écoutait déjà plus. Il venait de tomber en arrêt devant une photographie encadrée dans l'entrée.

— Regarde cette fille, s'extasia-t-il. Elle est superbe. Elle me fait penser à Kim Basinger dans *Neuf semaines et demie*. Tu sais, la scène où elle se trémousse devant ce veinard de Mickey Rourke.

Élie avait reconnu Carolyn Carlson dans *Blue Lady*, un spectacle où elle évoquait ses souvenirs d'enfance et son expérience de la maternité. Vêtue d'une robe rouge flamboyante qui contrastait admirablement avec le fond noir, elle dansait voluptueusement derrière une cloison ajourée. À la fois élégante et sensuelle, elle avait mis le feu aux yeux de Besançon.

Le lieutenant le laissa fantasmer et se dirigea vers l'accueil. La fille était au téléphone. Une discussion privée. Sagane lui montra sa carte et elle raccrocha aussitôt, quelque peu nerveuse.

— Police, laissa-t-il tomber.

— En quoi puis-je vous être utile ? demanda la brunette en jetant le chewing-gum qu'elle avait dans la bouche.

— Nous voudrions savoir si une certaine Iga prend des cours chez vous.

— Ce nom me dit quelque chose, fit-elle.

Le cœur du policier fit un bond dans sa poitrine.

— Elle a une tête de dragon tatouée sur l'épaule, continua-t-il.

— Ah oui, la Japonaise aux tatouages ! Elle ne passe pas inaperçue celle-là. Surtout avec le tigre qu'elle a sur la joue. Elle assiste au cours de Butô donné par le chorégraphe Hiboko tous les vendredis soir.

Besançon s'approcha à son tour, histoire de s'assurer qu'il avait bien entendu.

— Elle a des ennuis ?

— Non, rassurez-vous, souffla Élie en s'efforçant de rester calme. (Il n'arrivait pas à y croire…) Nous voulons juste lui poser quelques questions. Savez-vous où nous pouvons la trouver ?

La fille fouilla dans un tiroir et en sortit une fiche d'inscription.

— Nous avons les coordonnées de tous nos élèves, dit-elle. Normalement, je ne suis pas autorisée à les communiquer, mais comme vous êtes de la police…

Élie lui sourit, un rien charmeur.

— Iga Watanabe, domiciliée au 6 rue Rambuteau. C'est tout près d'ici. Je suis désolée, mais nous n'avons pas son numéro de téléphone.

— Ça ne fait rien, fit-il en plongeant son regard dans le sien. Je peux vous demander une dernière chose ?

Cette fois, il jouait à fond la carte de la séduction. Troublée, la fille ne savait plus où se mettre.

— Oui, bien sûr.

— Ne parlez à personne de notre visite.

Elle acquiesça. Dans son coin, Fix leva les yeux au ciel. *Je suis sûr qu'elle croyait qu'il allait l'inviter à dîner. Ma pauvre, tu connais pas l'animal. Il n'y a qu'une seule chose qui lui donne la trique : son foutu boulot*. Il attendit que Sagane termine son numéro et ils sortirent.

— Maintenant qu'on sait où elle crèche, que comptes-tu faire ?

En ouvrant la portière, Sagane réveilla la bagnole qui dormait comme un bébé.

— Planquer devant chez elle en espérant qu'elle nous mène aux autres, laissa-t-il tomber.

Besançon soupira. Il était manifestement de mauvaise humeur et le lieutenant ne tenait pas à tuer les prochaines heures en compagnie d'un râleur. Il était suffisamment sur les nerfs. Pas besoin d'en rajouter.

— Je croyais que tu détestais les planques ? s'énerva son équipier.

La promiscuité, les sandwichs dégueulasses avalés à la hâte, le café froid qui brûlait l'estomac, les vêtements qui collaient à la peau après une nuit passée sur la banquette arrière, les petits matins gris et les idées noires après le mauvais sommeil, tout cela constituait le côté négatif du job. Sagane s'en serait volontiers passé, mais là il n'avait pas le choix. C'était trop important.

— T'es toujours avec moi ? lança-t-il à son collègue.

Fix avait envie de l'envoyer paître et de rentrer chez lui pour pioncer. Mais ce qu'il vit dans les yeux de Sagane le fit changer d'avis. Il avait *besoin* de lui. Dans ces conditions, même un flirt virtuel avec la belle Lara Croft pouvait attendre.

— Qu'est-ce que t'attends pour démarrer ? fit-il.

Élie sourit et s'engagea dans la file.

24

Sagane commençait à s'impatienter. Jusqu'ici, toutes les personnes qui étaient entrées ou sorties de l'immeuble ne correspondaient pas à la description que la fille du Marais lui avait faite de la Japonaise. *Elle ne passe pas inaperçue*, avait-elle dit.

Assis à côté de lui, Fix se tapait un hamburger dont la fraîcheur laissait à désirer. Il avalait chaque bouchée en faisant la grimace, comme s'il craignait de s'empoisonner. Élie se félicita de ne pas avoir céder à la tentation. En guise de dîner, il s'était contenté d'un paquet de chips et d'une part de pizza.

— Tu me fais penser à Andy Warhol dans l'un de ses courts-métrages, se moqua-t-il. Celui où on le voit manger un hamburger justement. Le style minimaliste à son apogée. Le plan américain le plus chiant de toute l'histoire du cinéma… (Il mima la scène avec conviction…) Tu verrais le dégoût sur sa tronche pas comme les autres, c'est à se tordre de rire. On en vient à se demander qui est le plus à plaindre : Warhol qui bouffe un truc qui lui donne envie de gerber, ou le pauvre steak haché qui atterrit dans un estomac qui va lui en faire voir de toutes les couleurs. Certains osent dire que c'est de l'art.

Besançon balança les restes du sandwich par la vitre, écœuré.

— C'est bon, t'as gagné.

— Fais pas cette gueule-là, c'était juste une blague. Tu veux que j'aille t'en chercher un autre ?

— Et en plus, tu remues le couteau dans la plaie.

Le lieutenant éclata de rire.

— Il va pas tarder à faire nuit, reprit son équipier. Si elle est chez elle, ça m'étonnerait qu'elle sorte maintenant. J'ai bien envie de piquer un petit somme. Tu me réveilles si tu la vois, OK ?

Sagane s'apprêtait à répondre lorsqu'il aperçut une silhouette dans l'entrée de l'immeuble. Une femme. Asiatique. Elle sortit et fit quelques pas sur le trottoir, l'oreille collée à son portable. Nerveuse. Le flic baissa la vitre de son côté pour entendre ce qu'elle disait. Elle parlait dans la langue du dragon. Au bout d'une minute, elle éteignit l'appareil et marcha jusqu'à une Ford Fiesta cabossée. Les yeux d'Élie prirent en photo le tatouage qu'elle avait sur la joue. Un tigre de mauvais poil.

— Secoue-toi ! dit-il à son collègue qui commençait à somnoler. Je crois qu'on la tient.

L'autre sursauta.

— Qu'est-ce qu'on fait ?

— On va la suivre.

Dans la caisse défoncée, Iga ramena ses cheveux de jais sur sa nuque puis démarra brutalement. Sagane resta loin derrière elle, histoire de ne pas se faire repérer. Elle roulait tellement vite qu'il faillit la perdre à deux reprises.

— On dirait qu'elle est en retard à un rendez-vous, siffla Fix.

Cette balade les mena dans le XVIIe arrondissement. Lorsqu'elle quitta l'avenue des Ternes pour s'engager dans la rue Brunel, Élie sourit. Il connaissait bien le secteur. Au 21 se trouvait le *Timgad*, le restaurant oriental où il invitait ses *amies* le premier soir. Plus bas, il y avait la place Saint-Ferdinand. Autrefois, son père travaillait à la station Hertz. Enfant, il avait peur de la rampe pentue qui conduisait au garage. La descente, passait encore. Mais il avait toujours l'impression que la voiture peinait à remonter vers la lumière. Comme si elle avait été avalée par la gueule béante d'un animal monstrueux qui refusait de la recracher.

— Je te signale qu'elle vient d'entrer dans cet immeuble. Le numéro 18 il me semble... Oui, c'est bien ça.

La voix de Besançon l'arracha à sa rêverie.

— Tu entends ce que je te dis ?

Sagane acquiesça.

— Quel étage ?

— Là, tu m'en demandes trop.

Après quelques minutes, une lumière s'alluma au troisième. Il leur sembla reconnaître la silhouette de la Japonaise derrière le rideau. Un homme avec elle. Ils parlaient en agitant les bras, comme s'ils se disputaient. Et puis le drame. L'inconnu la frappa. Elle se défendit. Une bagarre s'engageait.

— J'y vais ! siffla Élie en ouvrant la portière. Toi tu bouges pas.

— T'es malade ou quoi ?

— Le risque, c'est mieux que la baise mon pote.

Excédé, François leva les yeux au ciel.

— On va aller loin avec ça... (Il brancha son portable...) T'as le tien ?... (L'autre approuva...) Ne le lâche pas et préviens-moi en cas de pépin.

Le calcul était simple. Le Tomcat dans une main et le *crache-parasites* dans l'autre. Comme ça, il avait peut-être une chance de sauver sa peau si la situation se corsait. Il fonça vers la porte d'entrée. Pas fermée. *Une veine pareille, ça n'arrive qu'aux meilleurs.*

Ascenseur en panne. Logique. *Ça m'aurait étonné que ça dure.* Il gravit à toute vitesse les marches de l'escalier en forme de spirale. Arrivé au deuxième, il commença à manquer cruellement de souffle.

Encore un petit effort. Sur le palier du troisième, deux portes se présentaient. Il s'approcha de celle qui se trouvait à sa droite. Il colla son oreille au bois verni. Rien. Aucun bruit. À l'autre maintenant. Un rai de lumière. Des pas sur le plancher. Il connaissait un vieux truc pour forcer ce type de serrure. Une carte. Le bon geste et…

Il pénétra dans l'appartement. Lorsqu'il la vit, dans le salon, il s'appuya contre le mur. Elle éteignit la lampe puis sortit. Il la suivit jusqu'à une chambre. Papier fleuri. Déco très *british*. Un corps étendu sur le lit. Un trou entre les deux yeux. Iga apparut alors très nettement dans son champ visuel.

Par la porte entrebâillée, il observait la scène. La femme tatouée avait un flingue. Elle rangea le silencieux dans sa poche puis déposa l'arme dans la main du mort. Bien sûr, elle portait des gants. Un rituel qui ressemblait à s'y méprendre à la volonté de maquiller un meurtre en suicide. Un de plus. Le lieutenant prit le risque de s'approcher davantage pour voir le visage de la victime.

Lorsqu'il le reconnut, ses jambes se dérobèrent sous lui. Jacques Lozier. Champion olympique de natation. À peine vingt-cinq ans. Un avenir prometteur et pourtant…

Nom de… Qu'est-ce que ça signifie ?

Dans la chambre, Iga s'activait. Elle mettait un peu d'ordre avant de déguerpir. Tout à coup, elle disparut. Élie s'affola. *Pas de panique, elle est juste dans la salle de bains. D'ailleurs, que peut-elle bien y faire ?* Il trouva l'angle idéal. La glace murale lui renvoyait le reflet de la Japonaise. Elle cherchait quelque chose dans la pharmacie privée du nageur.

En voulant en voir plus, il manqua de se faire repérer. Le talon de sa chaussure heurta la plinthe en bois. Iga s'immobilisa. Une minute qui sembla durer une éternité. Le policier n'entendait plus rien à part les battements de son cœur.

Elle reprit son manège sans se soucier du reste. La lumière s'éteignit. Instant de panique. Où était-elle passée ? Lorsqu'il leva les yeux sur elle, il était déjà trop tard. Elle le frappa au ventre. Un coup rapide. Le Tomcat glissa sur le plancher. Plié en deux, il chercha quelque chose à quoi se raccrocher. À peine remis, il sentit une forte pression sur son cou. Un lacet de chaussure. Long. Cette garce essayait de l'étrangler. Elle avait sans doute profité d'un instant d'inattention de sa part pour le surprendre.

Heureusement, il avait eu le bon réflexe. Il avait réussi à glisser son pouce entre la peau et le cuir. Avant qu'elle ne commence à serrer. Le souffle de la femme tatouée sur sa nuque. L'or de ses ongles effilés dans sa chair. Un peu de sang. La douleur, mais, plus fort que tout, l'instinct de survie.

Une seule arme, son coude. Un mouvement en arrière et la fille lâcha prise. Coup pour coup, estomac pour estomac. Le poing fermé du flic s'abattit sur le visage peint avec une violence inouïe. Casser la gueule à une femme n'était pas son genre, mais là il n'avait guère le choix. La Japonaise s'écroula.

Elle se redressa tant bien que mal et se dirigea vers l'entrée de l'appartement. Pour fuir. Cette seule image suffit à insuffler de nouvelles forces au lieutenant. Elle ne devait pas lui échapper. À présent, il avait de quoi la boucler. Alors qu'elle posait une main sur la poignée de la porte, il la rattrapa. Furieuse, elle lui fila un coup de tête. Les étoiles dansèrent devant ses yeux. Une chorégraphie désordonnée qui annonçait l'évanouissement. Elle le bouscula et sortit. Au bord de l'inconscience, il lutta pour ne pas sombrer. Le flou qui entourait les choses et les objets évoquait une brume évanescente. Il se concentra sur une tache plus foncée que les autres. Après quelques instants, son champ visuel s'éclaircit. Dans ce ciel dégagé, un nuage, ou plus exactement un point noir… *Le portable !*

Il atteignit péniblement le téléphone qui était tombé pendant la lutte et composa le numéro de son collègue. Vite. Une sonnerie. Deux. Enfin, une voix. Enveloppée dans les parasites, mais tout à fait identifiable.

— Tais-toi et écoute-moi ! hurla-t-il dans l'appareil. La fille descend ! Il faut que tu l'arrêtes ! Tu m'entends ?

— Ça va toi ? demanda Fix.

— T'en fais pas pour moi. Occupe-toi d'elle.

Il coupa le contact et fonça vers l'escalier.

Dans la rue, Besançon guettait la sortie de la tatouée. Le flingue pointé droit devant lui. Prêt à ouvrir le feu. Respiration saccadée et cœur emballé. Son regard allait de l'entrée de l'immeuble à la Ford déglinguée. Pas de signe de vie. Il fit quelques pas en avant. Derrière la porte entrouverte, les ténèbres. Il s'approcha encore. Le canon du Glock cherchait la cible. Happé par l'obscurité de la cour intérieure, il marchait comme un aveugle sans sa canne. À tâtons. Avec la peur au ventre.

Aussi silencieuse qu'un félin, elle lui sauta dessus. Toutes griffes dehors. Il chuta lourdement sur le sol, sans lâcher le gicleur. Il ne voyait rien. En tirant au juger, il risquait de la tuer. Et donc de perdre un suspect capital.

Une fois remis, il se lança à sa poursuite. Une voiture manqua de l'écraser. *Elle court vite la salope.* Pas juste une danseuse. Également une sprinteuse. Les poumons en feu, il déboucha sur la place Saint-Ferdinand. Silence. Elle était forcément planquée dans le coin. Mais où ? Quelques bancs. Des arbres encerclés par le béton et asphyxiés par les vapeurs de la jungle urbaine. Une benne à ordures ouverte, avec en prime une odeur nauséabonde qui émanait des détritus.

Soudain, la tigresse bondit devant lui. La pétoire visa sa jambe mais elle effectua un bond spectaculaire à l'instant précis où il appuyait sur la détente. Elle se retrouva derrière lui et le frappa à la cuisse. Terrassé par la douleur, il s'effondra. Elle s'apprêtait à ramasser le flingue quand résonna une sirène de police.

Sagane avait sans doute prévenu les renforts.

La Japonaise s'enfuit en courant. Besançon resta couché sur l'asphalte. Immobile. En sueur. Il ne cessait de penser au dernier regard que lui avait lancé la femme tatouée, où se lisait la promesse de retrouvailles sanglantes.

25

Colossus déposa les objets trouvés dans la Ford Fiesta sur la table basse du salon. *L'Honorable Partie de campagne*, de Thomas Raucat. Une femme japonaise nue sculptée dans l'ivoire. De quoi affoler les lourdauds du service. Une pile de feuilles Canson. Essentiellement des visages dessinés à l'encre de Chine qui rappelaient certains croquis de Matisse à la fin de sa vie.

De toute évidence, Iga était une artiste accomplie. Et le meurtre faisait partie de ses activités créatrices.

Dans la chambre, le légiste Riccobini procédait à l'étude post-mortem du corps de Lozier. La conclusion de son rapport serait la suivante : une balle de 38 tirée à bout portant dans la tête.

Sagane accueillit ses commentaires avec une apparente indifférence et rejoignit les autres. Le commissaire était venu avec une équipe réduite. Des personnes de confiance. Officiellement, le lieutenant avait en effet été démis de ses fonctions pour une durée indéterminée. Il n'était pas question que les gars de la brigade le voient sur les lieux du crime.

— Vous avez eu de la chance, souffla Dubreuil. Cette femme aurait pu vous couper en morceaux, comme les autres. Je parle aussi pour vous François.

Un peu honteux, Fix tenta de rectifier le tir.

— Si vous voulez mon avis, il ne s'agit pas d'une femme.

— Et c'est quoi alors ? demanda Briard avec un sourire amusé. Un hermaphrodite ? Un transsexuel peut-être ? Non, attends, j'y suis. C'est sans doute un culturiste avec une perruque et des faux nibards.

— Je sais ce que je dis bon sang ! râla Besançon. Y a un truc qui n'est pas clair chez cette...

— Fille ? le coupa Colossus en piochant une datte dans le sachet qu'il avait toujours sur lui. (Les gars au boulot le surnommaient Monsieur fruits secs.) Allons, te fâche pas. C'est une blague, histoire de détendre l'atmosphère.

— Si je vous ai mis dans la confidence, laissa tomber Dubreuil à l'attention du géant, ça n'est pas pour que vous foutiez le bordel. C'est clair ?

— Absolument, répondit l'autre en avalant de travers.

— Où en êtes-vous Riccobini ? lança le commissaire en se dirigeant vers la salle de bains.

— Vous tombez bien, fit le légiste. J'ai quelque chose à vous montrer... (L'équipe au grand complet se réunit dans la pièce...) Ce gars collectionnait les produits dopants.

Élie détailla les boîtes que lui tendait Riccobini.

— Le sport de haut niveau est devenu une sorte de tueur en série, reprit le médecin. D'après les experts, dix pour cent du milieu est concerné. Pour ma part, je crois que cette estimation est bien en deçà de la vérité. Depuis quelques années, les femmes sont presque autant touchées que les hommes. La puissance et la résistance ne sont plus des privilèges exclusivement masculins. Preuve en est l'utilisation par ces dames de stimulants, de diurétiques et de narcotiques. Sans parler des hormones mâles de synthèse, celles qu'on appelle les stéroïdes anabolisants. Pour ces derniers, le problème est d'autant plus grave qu'ils compromettent l'identité sexuelle des sportives.

Les yeux s'écarquillèrent.

— Aujourd'hui, il existe des dopants indécelables dans les urines, poursuivit-il. Quant à ceux qu'on pourrait éventuellement « dépister », des produits masquants leur servent de camouflage. La méthode est simple et a priori efficace. Comme les stéroïdes anabolisants sont facilement repérables dans les urines, les « tricheurs » les prennent seulement pendant les entraînements. Quand sonne l'heure de la compétition, changement de régime. Ils passent aux hormones de croissance, absolument indétectables celles-là.

Colossus proposa une datte au lieutenant qui l'accepta volontiers. La faim, et surtout le sommeil, commençaient à lui peser. Mais son esprit ne pouvait s'empêcher de travailler à une cadence infernale. Dopé par quelque chose de plus sain que les produits chimiques : l'excitation.

— Peut-être qu'il s'agit d'un trafic de dopants, suggéra Briard en détaillant les emballages et les seringues. La fille a dû venir pour nettoyer toute cette merde avant que la police ne tombe dessus.

— À mon avis, elle a buté le mec parce qu'il marchait plus dans leur combine, fit Besançon.

Élie secoua la tête négativement.

— Je suis sûr que ce qu'elle cherchait dans la pharmacie de Lozier n'a rien à voir avec ces dopants.

— Si on jetait un coup d'œil ? proposa Dubreuil.

Ils vidèrent le contenu de toutes les boîtes rangées dans la pharmacie. Au bout d'une minute, Riccobini brandit le poing en signe de victoire. Il montra une petite poche remplie d'un liquide transparent.

— À votre avis, que fait cette solution dans une boîte d'antidépresseurs ?

— Elle n'a pas eu le temps de la trouver, conclut le commissaire.

— Nom d'un chien, jura Briard qui n'avait pas perdu l'appétit pour autant. Qu'est-ce que c'est ? De la drogue ?

— Je ne sais pas, fit le légiste. Il faut que je l'analyse.

— Discrètement, souffla Dubreuil. N'oubliez pas que personne n'est censé être au courant.

— Comptez sur moi. Je vais m'y mettre dès maintenant. À plus tard.

Élie commençait à piger. Cependant, une question à propos de la Japonaise le turlupinait encore. Sa venue ici avait-elle un rapport avec le coup de fil qu'elle avait donné (ou reçu) au bas de l'immeuble ? Qui était son interlocuteur ? Son chef ? Si c'était le cas, l'avait-il chargée de « faire le ménage » dans l'appartement du nageur ? Et puis une autre idée lui vint à l'esprit. Se pouvait-il que ce mystérieux correspondant soit Lozier lui-même ? Avait-il menacé de dire la vérité à la presse ? Car il connaissait le secret qui tuait plus vite que son ombre. *Leur* secret.

L'énigme qu'il avait cru un moment résoudre s'épaississait au fil des questions. Son enthousiasme retomba lorsqu'il songea aux Sôichiro et à Noriyori. Apparemment, aucun lien entre ces « suicides » et la mort du champion olympique. Ou plutôt si. Dans les deux cas, il s'agissait bien de meurtres déguisés. Mais à part ça…

L'homme a toujours le désir de quelque monstrueux objet, avait dit un jour Jean Giono. En observant le cadavre de Lozier, il pensa que c'était plus vrai que jamais. Cet homme avait pactisé avec le diable. Pour l'argent. Pour la gloire.

— Si on allait faire un tour chez cette Iga ? fit le commissaire. Après ce qui s'est passé ce soir, ça m'étonnerait qu'elle remette les pieds dans son appartement.

Sagane acquiesça.

— Et nous, qu'est-ce qu'on fait ? lança Fix.

— Prévenez les gars de la Crim, répondit Dubreuil. Qu'ils me retrouvent chez la fille une fois qu'ils auront terminé leur travail ici. Officiellement, c'est vous deux qui avez découvert le cadavre de Lozier. Ne parlez surtout pas de la poche de liquide. Je veux être sûr des résultats avant de communiquer la nouvelle à la presse. Ai-je été assez clair ?

— Cristallin chef, laissa tomber Colossus en mordant dans une datte.

26

Dubreuil et Sagane avaient réveillé le gardien de l'immeuble pour lui demander un double des clés. Comme les types de l'identité judiciaire allaient traquer le moindre indice, il n'était pas question de forcer la serrure.

L'appartement d'Iga fichait la chair de poule. Sombre et dépouillé, le salon était la pièce la plus angoissante. Juste un bureau casé dans un coin. La déco se limitait à quelques peintures qui portaient la signature de la Japonaise. Une surabondance de gouache rouge. Des formes torturées et des cris figés. On y lisait clairement son attirance pour les jeux de sang et la mort.

Sagane s'approcha de l'une d'entre elles, croyant y voir une interprétation très personnelle du Butô. La danse des ténèbres. Mazal, son ex, lui avait parlé de cette tendance née au pays du Soleil-Levant après la Seconde Guerre mondiale. Une façon d'exorciser Hiroshima et Nagasaki. Il reconnut, grossièrement dessiné, le mémorial édifié en hommage aux victimes de la Bombe A. Devant le monument, des corps sans visage se tordaient, s'arc-boutaient, se recroquevillaient, symboles de la souffrance de tout un peuple.

Il s'éloigna de cette vision cauchemardesque et rejoignit le commissaire qui inspectait la chambre. Vide, à l'exception d'une armoire où étaient rangés un futon et quelques vêtements. Dubreuil montra un manteau dont la largeur des épaules faisait penser qu'il appartenait à un homme. Il y avait également un lot de chemises à col boutonné encore emballées et une paire de chaussures montantes noires, à grosse semelle, le genre que portaient les motards.

Elle ne vivait pas seule.

Sur une étagère, Élie aperçut une statuette en bronze représentant un dragon crachant le feu. Avant de la regarder d'un peu plus près, il enfila une paire de gants. Au dos de l'animal, il put lire, gravé en lettres minuscules, le nom de Mitsukuri Ukita.

— Voici la preuve que cette fille a rendu une petite visite au tatoueur, fit-il en tendant la sculpture au commissaire. Elle a dû la voler après avoir tué Ukita.

— Cette affaire prend une tournure qui ne me plaît guère, soupira Dubreuil. Je me demande où tout cela va nous mener.

— À la vérité chef.

Ils retournèrent dans le salon. Sagane fouilla dans les affaires qui traînaient sur le bureau. Des babioles sans intérêt. C'est alors qu'il remarqua une pochette remplie de dessins. Essentiellement des paysages. Dans son empressement à les ranger, il en fit tomber un. En se baissant pour le ramasser, il reconnut le personnage qui occupait le centre de la feuille.

— Le samouraï qui pleure, souffla-t-il.

Dubreuil se pencha à son tour.

— J'ai déjà vu ça quelque part.

Le lieutenant fronça les sourcils, intrigué.

— Regardez, reprit le commissaire en sortant une enveloppe de la poche intérieure de sa parka. C'est le même dessin, là, en haut à gauche. J'ai reçu ce courrier il y a deux jours. J'avoue que, sans l'insistance de Briard, il traînerait encore sur mon bureau.

Élie jeta un coup d'œil sur les papiers que lui tendait son supérieur.

— On dirait un rapport médical. J'y comprends rien, c'est trop technique. Vous en avez parlé à quelqu'un ?

— Pour l'instant, à personne. Entre le préfet qui me harcèle et la presse qui nous cherche des crosses, j'avoue être un peu dépassé. Je préfère être sûr de ce que je vais leur dire… (Il reporta son attention sur le dossier…) Seul un expert pourra déchiffrer ce galimatias. Mais il nous faut un homme de confiance, quelqu'un qui sait tenir sa langue.

Élie voyait très bien où le commissaire voulait en venir.

— Confiez-le à Riccobini. Après tout, il était médecin dans le civil avant de bosser pour nous.

Dubreuil acquiesça, soulagé d'avoir réglé ce problème.

— Vous savez qui est cet informateur qui nous veut du bien ? demanda le lieutenant.

— Absolument pas. La seule chose que nous savons, c'est qu'il a envoyé ce courrier de la poste du Xe arrondissement. Évidemment, il a signé la preuve de dépôt sous un faux nom. L'adresse qu'il a indiquée est celle d'un épicier rue de Charonne, dans le XIe.

— On ne peut pas lui en vouloir d'être prudent.

— Les gars ne devraient plus tarder à présent, fit le commissaire en regardant sa montre. Partez avant qu'ils n'arrivent. Je vous tiendrai au courant.

Sagane approuva d'un signe de la tête puis sortit.

Le froid lançait sur son visage des lames de rasoir invisibles qui lui coupaient la peau. Il chercha un taxi. Une BMW noire était stationnée avenue de la Grande-Armée. Il frappa à la vitre. Le chauffeur écouta la destination sans lui accorder le moindre regard et ouvrit la portière.

Il prit place sur la banquette arrière. *Pas très causant ce type.* C'était pas plus mal. Il n'avait pas très envie de parler. Il devait déjà supporter deux sacrés emmerdeurs : la fatigue et le froid.

Il s'était passé beaucoup de choses ce soir. Suffisamment pour la déranger à une heure aussi tardive. Et puis, elle lui manquait. Le boss lui avait interdit de l'approcher, mais il sentait qu'il avait besoin d'elle. Pour l'aider à résoudre cette énigme.

Pour ça.

Et pour plein d'autres choses.

27

Éric Rutzica bâilla une nouvelle fois. Il se maudit en silence d'avoir accepté cette course. Appelé d'urgence alors qu'il commençait à peine à décompresser, il n'avait guère eu le temps de profiter de sa tendre moitié. Cette pensée l'attristait d'autant plus que le vendredi soir était d'ordinaire réservé au câlin hebdomadaire.

Mais comme il venait à peine de signer son contrat d'embauche, il ne tenait pas à se faire remarquer. Surtout que le patron lui avait mille fois répété que l'esprit d'équipe était la clé de la réussite. Cette grande et belle idée lui avait permis de convaincre son personnel – en tout, une dizaine de chauffeurs – de jouer à fond la carte de la disponibilité. Question de survie, disait-il. Ben voyons.

Le patron avait adopté une stratégie gagnante à tous les coups. Une façon d'éviter que les clients contactent les concurrents. Chaque nuit, le standard de la société était transféré sur le portable de l'un des chauffeurs. Ainsi, lorsque c'était son tour, Rutzica pouvait recevoir un coup de fil à n'importe quelle heure. Et il n'avait pas intérêt à laisser filer le client. Sinon, gare à ses miches.

Pour ne pas rater de courses, le chef avait pensé à tout. Si tous les gars étaient occupés, il disposait d'une liste d'artisans sélectionnés au préalable – le genre qui ne lui faisait pas d'entourloupette – qui pouvaient, selon leur emploi du temps, prendre un client en attente. La recette était alors partagée en deux. Mais mieux valait toucher une moitié que rien du tout. Ce travail de sous-traitance permettait à l'entreprise de réaliser des bénéfices chaque année.

Rutzica n'avait pas trouvé de meilleur job depuis son départ de la restauration. Las d'assurer le service en salle, il avait un jour décidé de changer de métier. Dans les pages jaunes, à la rubrique « transports », il était alors tombé sur *S.V.C. 2000*. Un service de voitures avec chauffeurs. *Avec S. V.C., toutes les destinations sont permises*, avait-il lu dans l'encadré de l'annuaire.

Et depuis deux mois, il conduisait toutes sortes de gens. Des hommes d'affaires taciturnes qui lisaient *Le Monde* ou le *Herald Tribune* pendant tout le trajet. Des employés de bureau qui prenaient une semaine de vacances pour oublier les mesquineries de leurs collègues et les sautes d'humeur de leur chef de service. Tous avaient un point en commun : ils faisaient des tronches de trois mètres de long.

Il appelait ça le *stress urbain*. Le mal de vivre. Le grand drame de cette fin de siècle.

Dans le rétroviseur, il observa son passager. Un bridé. Sans doute un touriste. En tout cas, chose assez rare, il parlait un français impeccable. Et puis il était plutôt bien habillé. Rentrait-il au pays ?

De toute façon, il n'en avait rien à foutre. Il n'avait qu'une seule envie : déposer ce type à Roissy-Charles-de-Gaulle et foncer chez lui, histoire de se glisser sous les draps et gravir les monts de la délicieuse Maeva.

Son odeur imprégnait encore ses fringues. Le désir ne pouvait pas faire faux bond à un parfum comme celui-ci. Il lui faisait tourner la tête, parfois jusqu'à le rendre fou.

Un panneau jaune en bordure de route lui indiqua la direction à suivre. *Terminal D2*. La radio diffusait une chanson de Billy Joël, *New York state of mind*. Il leva le son. Derrière, le Japonais demeurait imperturbable.

Rutzica stoppa le véhicule dans la file des taxis. Il sortit la valise et le sac de voyage du coffre et les déposa à l'entrée du terminal. L'Asiatique le régla en espèces. Un signe de la tête en guise de salut et ils se séparèrent.

Le chauffeur s'éloigna doucement de l'aéroport. Il s'assura d'un coup d'œil rapide que la messagerie de son portable n'affichait aucun appel. Pas un seul emmerdeur en vue.

Sur le chemin du retour, il repensa à ce client tristounet. Il lui avait presque fichu le moral à plat avec sa tronche d'angoissé. Des comme lui, il en voyait tant. Chaque jour. La nuit aussi. Que fallait-il pour leur arracher un sourire ou seulement une amabilité ? Une clé ? Un code secret ? Ils lui rappelaient tous que le monde tournait à l'envers et que le faire dégobiller ne l'aiderait pas pour autant à digérer la connerie humaine.

Il chassa alors le bridé de ses pensées et se concentra sur les courbes de la majestueuse Maeva.

Fûyô enregistra ses bagages puis se rendit directement à la porte d'embarquement D72. Il avait choisi un vol de la compagnie aérienne Alitalia à destination de Rome. *Un Japonais à Rome*, plaisanta-t-il intérieurement. Il devait y retrouver la seule personne en qui il avait confiance, la seule qui pouvait l'aider.

Lorsqu'il déposa son sac à dos et sa parka sur le tapis roulant du détecteur, il eut une appréhension. Dans la poche intérieure droite de la veste polaire se trouvait une disquette contenant la suite du programme « Lune du Chasseur », à savoir un dossier complet sur le laboratoire *Tsukimachi* et des infos sur le big boss.

La crédulité de l'informaticien Masatarô lui avait permis d'accéder à l'ordinateur central et de dupliquer les données. Seulement, il savait que le patron s'en apercevrait tôt ou tard. Il avait donc décidé de fuir pendant qu'il en avait encore l'occasion. Dans quelques dix heures, le chef de service constaterait son absence et la signalerait à Amanojaku. Celui-ci ne tarderait pas à mettre en branle l'organisation et lancerait à sa recherche les dobermans de la sécurité qui engageraient une véritable chasse à l'homme sur tout le territoire.

Peut-être y aurait-il parmi eux Akamatsu et sa clique.

Bien sûr, ils se rendraient dans les gares et les aéroports pour l'empêcher de partir. Mais le temps qu'ils fassent les démarches nécessaires, il serait arrivé à Rome depuis longtemps. Sous une fausse identité.

Il jeta un coup d'œil à sa montre. Décollage prévu à 22 h 20. Derrière lui, deux femmes s'animaient. Des Romaines. La mère et la fille. Leur discussion, faite autant de mots que de gestes, attira l'attention des voyageurs sur ce coin de la salle.

Il sentit les regards fondre sur lui. Son cœur lui joua la petite musique de la peur. À présent, il était comme un animal sauvage. Méfiant et seul au monde. Chaque mouvement sollicitait sa concentration, chaque bruit résonnait désagréablement dans son esprit. Il se sentait en permanence en danger.

Il se dévissait presque la tête pour voir ce qui se tramait dans son dos. Les hommes d'Amanojaku se trouvaient-ils ici ? Si c'était le cas, ils ne tenteraient rien maintenant. Avec tout ce monde, ils prendraient un trop gros risque. Ils attendraient une meilleure occasion.

Un policier en uniforme, rougeaud et bedonnant, s'approcha de lui. Il aperçut le flingue qui pendait à son côté. Le poulet ramassa un objet sur le sol et le lui tendit. Son gant. Il le remercia chaleureusement et l'observa s'éloigner.

Il ferma les yeux et respira lentement. Inutile de s'affoler. Comment Amanojaku pouvait-il savoir qu'il s'apprêtait à prendre l'avion ? À moins d'être devin, il ne pouvait certainement pas se douter de quoi que ce soit. *La trahison est un plat indigeste pour celui qui l'avale*, avait-il déclaré au cours de la dernière réunion. Allusion au sort qu'il réservait aux félons : il les offrait à ses chiens en guise de goûter dînatoire.

Le personnel de Alitalia commença à investir la porte D72. L'heure approchait. Une hôtesse à la façade ravalée taquinait un type de la compagnie. Un sourire. Une étincelle dans le regard. Étaient-ils amants ou seulement amis ?

Mille images et pas moins de questions assaillaient l'esprit du Japonais. Avait-il bien fait ? Allait-il s'en sortir ? De toute évidence, les flics avaient reçu son courrier. Mais comment être sûr qu'ils iraient jusqu'au bout ? Étaient-ils prêts à risquer leur vie pour mener à son terme cette douloureuse enquête ? Le Dragon avait les dents longues et la gorge en feu. Gare à eux s'il ouvrait la bouche…

Il se leva et se dirigea vers l'immense baie vitrée qui donnait sur la piste. De son poste d'observation, il apercevait les traces de kérosène sur le béton. On aurait dit de l'huile étalée sur une poêle. Prisonnière de l'air froid, l'odeur du carburant collait aux narines et à la peau. Elle s'immisçait partout, atteignant même les locaux de l'aéroport.

Un avion de Austrian Airlines, entièrement blanc à l'exception de son aileron rouge, croisa un engin d'Air France. Ballet ininterrompu de carcasses flottantes. Plus loin trônait un appareil dont le fuselage bariolé évoquait un mur couvert de tags de la banlieue parisienne. Enfin, l'avion de la compagnie fit son apparition. Sa gueule portait le nom de l'une des plus célèbres places d'Italie. *Piazza di San Marco, Venezia.*

Une voix demanda aux passagers de se présenter à la porte d'embarquement. Sans perdre une minute, il fonça vers le comptoir. *Prego*. Il tendit son billet à une jeune femme dont le maquillage abondant figeait l'expression de bienvenue. Puis il s'engagea dans le couloir. Sur la piste, un minibus attendait les voyageurs. Le véhicule les déposa au pied de l'avion et repartit.

Une fois installé dans l'appareil, il commença à se détendre. Toujours cette fichue odeur d'essence qui s'agrippait aux vêtements et faisait tourner la tête. Il boucla sa ceinture et se cala dans son siège. Le commandant de bord donnait les dernières indications avant le décollage. Un journal posé sur le fauteuil voisin attira son attention. *Ulisse 2000*, le journal de la compagnie. Il le feuilleta. Un article sur Paris. *I cieli di Parigi.* Reverrait-il un jour la Ville lumière ?

Il serra les dents lorsque l'oiseau de fer décolla.

Le pire dans tout ça, c'est qu'il avait une peur bleue de l'avion.

28

Sagane appuya sur le bouton de l'Interphone. Silence. Il recommença. Cette fois, une voix résonna agréablement à ses oreilles.

— Vous avez vu l'heure qu'il est ? J'ignore s'il s'agit d'une plaisanterie, mais je vous conseille de…

— C'est moi, souffla-t-il.

— Qui ça « moi » ?

Le lieutenant grimaça. De toute évidence, il venait de la réveiller.

— Je vais vous mettre sur la piste, reprit-il doucement. Normalement, je ne devrais pas vous approcher car *on* m'a retiré une certaine affaire sur laquelle nous bossions tous les deux… (Il marqua une pause, histoire de lui laisser le temps d'émerger…) Vous me situez à présent ?

Un bâillement pour toute réponse. Puis les idées se remirent en place.

— Élie ? lança-t-elle. Mais qu'est-ce que…

Le flic colla ses lèvres à l'appareil.

— J'ai besoin de parler à quelqu'un qui ne soit pas un ordinateur ou un distributeur de billets, fit-il en s'abritant de la pluie. Laissez-moi monter. Je vous promets de ne pas rester longtemps.

L'averse trempait ses épaules et attaquait les semelles de ses chaussures. Allait-elle céder à la tentation ?

— Je croyais avoir été claire à ce sujet lieutenant, rétorqua-t-elle. Je ne veux pas sortir avec vous.

— Il ne s'agit pas de cela, se défendit-il. C'est autre chose. Ça a un rapport avec…

— Cette enquête ? le coupa-t-elle.

Il respira. Enfin une réaction positive.

— Oui.

— C'est bon, montez. Mais seulement dix minutes. Je dois me lever très tôt demain matin. On m'a demandé d'authentifier un cheval de l'époque Tang provenant de fouilles effectuées en Chine il y a six ans et volé à un particulier.

Vraiment, elle l'impressionnait. Il en venait presque à se demander ce qui l'excitait le plus chez elle. Son corps ou bien ce qu'elle avait dans la tête ?

— Vous faites un métier passionnant, dit-il, surpris par sa sincérité.

— Pas autant que…

Elle se tut. Gênée par cet aveu à moitié formulé.

— Enfin, vous me comprenez sûrement, se ressaisit-elle. Venez, on va en discuter. Dix minutes, OK ?

— Vous avez ma parole.

Là encore, il ne mentait pas.

— Je me demande ce qu'elle vaut, marmonna-t-elle avant de raccrocher.

Pas des clopinettes en tout cas.

Lorsqu'elle ouvrit la porte, il sentit comme un soupçon de reproche dans son regard.

— Alors, qu'y a-t-il de si urgent ? s'impatienta-t-elle.

Sans maquillage et sans lunettes, les cheveux détachés, elle flirtait dangereusement avec le type de beauté qu'affectionnait Sagane. Nature et sensuelle. Pas d'artifice. Tout dans le regard. Il aperçut la pointe d'un sein à travers le haut de son pyjama. Cacher son émotion dans un moment pareil lui demanda un effort surhumain.

— Iga a tué Jacques Lozier ce soir, laissa-t-il tomber.

Elle se laissa choir sur le canapé, stupéfaite.

— Le champion de natation ? Comment savez-vous que c'est elle qui l'a tué ?

Il s'assit à côté d'elle.

— Nous savons où elle habite. On a trouvé une sculpture de Mitsukuri Ukita dans son appartement, ainsi qu'un dessin représentant le samouraï qui pleure.

— J'arrive pas à y croire, fit-elle en allumant nerveusement une cigarette.

— Ce n'est pas tout. Un produit non identifié se trouvait dans la pharmacie de Lozier.

— Un dopant ? Une drogue ?

— On ne sait pas encore.

Elle se leva et se dirigea vers la fenêtre.

— Pour tout vous dire, je n'ai pas cessé de penser à cette affaire. Je n'en dors plus de la nuit. J'ai peur de ce qui pourrait arriver.

Il s'approcha d'elle.

— On finira par les avoir. Un informateur nous tuyaute depuis peu. Apparemment un gars de leur équipe qui souhaite quitter le navire.

Sarah ramassa ses cheveux sur sa nuque et les attacha. Il eut envie de lui dire de renoncer à cette facilité, mais les mots s'étranglèrent dans sa gorge.

— Ils le supprimeront avant qu'il ait eu le temps de tout nous dire, souffla-t-elle. Vous pouvez en être sûr.

À présent, le flic se tenait tout près d'elle. Un regard plongeant lui permit d'apercevoir la naissance de ses seins. L'odeur de sa peau emplit ses narines et lui rappela le subtil arôme des terres du désir. Le goût indélébile de l'amour dans la bouche, il se retint pour ne pas déposer un baiser sur sa joue.

— J'espère que vous vous trompez, fit-il en reprenant ses esprits.

Elle finit sa clope et lui fit face.

— Je suis certaine que vous n'êtes pas venu rien que pour me parler de l'enquête.

— Pour quoi d'autre alors ? siffla-t-il en feignant la surprise.

— Vous savez très bien de quoi je parle, n'est-ce pas ?

Il ne répondit pas. Décidément, louvoyer n'était pas son fort. Ce que d'aucuns appelaient l'intuition féminine finissait toujours par le démasquer.

— De toute façon, il est temps de nous séparer lieutenant, dit-elle en louchant sur sa montre.

Il sourit.

— Je préfère quand vous m'appelez Élie, fit-il d'une voix charmeuse. Ça flatte mon ego.

Elle ne releva pas et lui montra la porte d'un geste de la main.

— Allez, soyez sympa, protesta-t-il gentiment. J'ai pris un risque en vous mettant dans la confidence. Si mon chef l'apprend, il va me pendre par les… (La grossièreté qu'il avait sur le bout de la langue rebroussa chemin et s'étouffa dans sa gorge…) Enfin, par où vous savez.

Guère sensible à ses arguments, elle le fusilla du regard. Non seulement elle digérait mal son baratin, mais en plus elle semblait l'avoir pris en grippe.

— Vous m'aviez promis de partir quand je vous le demanderais.

Le flic ravala son sourire et ses certitudes.

— Décidément, vous êtes plus froide qu'une barre de glace, maugréa-t-il. Les types qui vous draguent ne vont pas tous vous sauter dessus. Parmi eux se cache peut-être l'homme de votre vie.

— Vous parlez pour vous, j'imagine…

— Pas du tout, rétorqua-t-il. Je parle en général. Quand aurais-je l'honneur et le plaisir de rencontrer la vraie Sarah ?… (Il pointa un doigt vers le cœur de la jeune femme…) Je suis certain qu'elle se planque là, tout près.

— Encore un de vos fantasmes, je présume. Vous me prenez pour qui à la fin ? Une fille qui joue les coincées mais qui en réalité ne demande qu'à défaire son chignon et enfiler des sous-vêtements torrides pour satisfaire la libido de celui qui saura la débaucher ? Et bien entendu, vous pensez être ce grand libérateur. Celui par qui le plaisir arrive. Au fond, vous êtes comme tous les hommes. Un animal en mal de sexe…

Une lueur traversa le regard d'Élie. Il n'avait plus envie de plaisanter tout à coup.

— Non, en mal d'amour.

— Je vous vois venir, poursuivit-elle avec la même fermeté. Mais je vais vous décevoir. Je ne suis pas celle que vous croyez… (Elle secoua la tête, agacée par cette discussion…) Et puis, quelle différence y a-t-il, dans la bouche d'un homme, entre les mots sexe et amour ?

— C'est pourtant évident, dit Sagane. Aimer sublime l'acte sexuel.

Désarmée, elle se tut une minute. Le temps de se remettre de ses émotions et d'en finir avec cette histoire.

— Tout cela est joliment dit, mais vous ne me ferez pas craquer pour autant. Essayez donc ça sur les contractuelles.

— Vous rigolez ?

— Pas du tout. J'ignore si vous vous y prenez ainsi avec les autres, mais sachez que je ne marcherai pas dans votre combine.

Sa respiration était saccadée. Elle partit chercher une clope puis revint camper sur ses positions.

— Je ne suis pas comme toutes ces filles que vous devez draguer le samedi soir. Je suis… différente.

— Je l'avais remarqué, souffla-t-il. Vous êtes plutôt du style… décourageante.

Son trait d'humour ne lui arracha même pas un sourire.

— Prenez-le comme vous voulez, cela m'est égal… (Elle porta la cigarette à ses lèvres tremblantes…) Écoutez, il vaut mieux que vous partiez maintenant.

Le flic se dirigea vers la porte sans dire un mot. Elle alluma la lumière. Sur les murs de l'entrée, des tas de photos. Il s'attarda sur la série de clichés qui montraient Sarah en compagnie d'une jeune femme, sur une route transamazonienne. Elles paraissaient proches. Très complices. Deux habituées des voyages au long cours.

— Avant de vous quitter, j'aimerais quand même savoir une chose, fit Sagane en pivotant sur ses talons.

— Laquelle ?

Il redevint sérieux.

— Pourquoi je n'ai aucune chance avec vous ?

Elle baissa la tête, déstabilisée par son insistance.

— Je vous l'ai dit, répéta-t-elle sans oser le regarder en face. Je suis différente.

Élie comprit tout à coup.

— C'est à cause de *ça* ? dit-il en désignant l'une des photos prises en Amazonie.

Sarah soupira.

— C'est à cause de cette femme, n'est-ce pas ?

Ses traits se crispèrent. La sèche tremblait entre ses doigts. Lorsque la cendre chuta verticalement et s'écrasa sur son pied nu, elle ne réagit même pas.

— Vous êtes odieux ma parole, articula-t-elle péniblement. Que cherchez-vous à prouver au juste ?

— Je ne veux rien prouver. Je veux seulement mieux vous connaître… (Il effleura sa joue du bout des doigts…) Vous devez comprendre que je ne vous veux aucun mal.

Elle passa une main dans ses cheveux pour se donner une contenance.

— OK… C'est une amie.

— Moi qui croyais que c'était votre frangine.

— Je suis fille unique.

De pire en pire. Ses soupçons se confirmaient. Il avait été trop loin pour reculer maintenant.

— Et c'est quel genre d'amie ? s'entendit-il demander.

Elle aurait pu refuser de lui répondre et le foutre à la porte sur-le-champ, mais curieusement elle n'en fit rien.

— Le genre qu'on n'oublie jamais.

Il s'attarda sur la cigarette qui rapetissait à vue d'œil. Enfin, elle sortait de sa réserve. Un aveu en entraînant un autre, il finirait par connaître son histoire.

— Vous l'aimez ?

Toujours pas de réaction négative à l'horizon.

— Je l'ai aimée, admit Sarah. Elle est morte il y a deux ans.

Sagane s'en voulait à présent. De toute évidence, la perte de cette femme était comme une plaie qui ne cicatriserait jamais. Égoïstement, il avait fait revivre l'insupportable douleur.

— Désolé. Je ne pouvais pas savoir.

— Il ne se passe pas un jour sans que je pense à elle. C'est la seule qui a vraiment compté.

Que dire après cela ? Il chercha en silence les mots justes avant de se lancer.

— C'est courageux ce que vous venez de faire, dit-il en évitant de croiser ses yeux embués. Je ne sais pas si j'aurais osé à votre place.

Une larme coula le long de sa joue comme le filet d'une fontaine d'amour. Jamais elle n'avait été aussi belle. Et surtout, aussi lointaine.

— Admettez que vous m'avez forcé la main, siffla-t-elle en séchant ses larmes.

Il était de plus en plus mal à l'aise.

— Je ne voulais pas vous…

— Je sais, l'interrompit-elle. J'ai dit ça pour vous mettre dans l'embarras. Mais vous n'y êtes pour rien, je vous assure… (Le flic se détendit un peu, mais à peine…) Il se trouve que j'ai parfois besoin de parler. C'est humain, n'est-ce pas ?

Elle redevenait la femme-enfant qu'elle avait cessée d'être le jour où la *rôdeuse* était venue chercher Magali. Une promenade entre copines. La mort et la femme. L'impitoyable dévoreuse de vies surgie des enfers et la fragile créature de Dieu.

— Parler ne peut que vous aider à cicatriser, approuva-t-il.

— J'aimerais tellement que ce soit vrai. C'est si dur de vivre avec cette souffrance au fond de soi.

Sans s'en apercevoir, ils avaient regagné le salon. Elle proposa un verre de Perrier au flic.

— Je sais ce que vous ressentez, reprit Élie après s'être désaltéré. En tout cas, vous pouvez compter sur ma discrétion.

— Mais j'espère bien, laissa-t-elle tomber avec un sourire. Vous n'êtes pas sans savoir que ces choses-là ne sont pas du goût de tout le monde.

— Mais pourquoi m'avoir dit la vérité ? demanda-t-il, intrigué malgré tout par cette complicité aussi soudaine qu'inespérée. Vous auriez très bien pu me raconter n'importe quoi. Et je vous aurais crue.

À nouveau, cette expression troublante qui la rapprochait de la petite fille qu'elle avait été.

— Je ne sais pas, Élie. Peut-être parce que au fond, je vous aime bien. Je suis intimement persuadée que vous êtes un chic type, même si vous faites tout pour le cacher.

Ils rirent ensemble.

— Ça n'est pas tombé dans l'oreille d'un sourd, plaisanta-t-il.

Mais ce moment d'abandon fut de courte durée. Sans prévenir, la gravité s'empara du visage de Sarah.

— Je n'ai pas eu le temps de profiter d'elle, de l'aimer comme elle le méritait. J'avais encore tant à lui donner.

Le flic but une gorgée d'eau. À présent, il était sûr d'une chose : un lien privilégié les unissait. À défaut de l'amour de cette femme, il venait de gagner son amitié. La fille sur la photo n'avait jamais été sa rivale. Son seul et unique adversaire, c'était l'amour que Sarah éprouvait encore pour elle, bien qu'elle fût morte et enterrée.

— Il arrive que l'être aimé nous quitte avant qu'on ait eu le temps de l'aimer pleinement, souffla-t-il en faisant négligemment tourner un doigt autour du cendrier posé sur la table basse. (Un peu comme s'il délimitait un territoire…) Avant même que le désir ne s'épuise et que le quotidien remplace la passion… (Il haussa les épaules…) C'est peut-être pas plus mal… (Dans sa tête, le visage d'une danseuse qu'il avait connue. Autrefois…) C'est un formidable pied de nez à l'usure du couple, à la routine. Et puis, il y a la nostalgie. Celle d'un absolu qu'on ne connaîtra plus.

— C'est horrible ce que vous dites. Comment continuer à vivre en sachant que le meilleur, que le plus beau est derrière nous ?

Maintes fois, il s'était posé la même question. Et puis un jour, il avait trouvé la réponse. Enfin, *sa* réponse.

— Beaucoup de gens meurent sans avoir connu le grand amour. Croyez-moi, ce sont eux qui sont le plus à plaindre.

Elle ne dit rien, absorbée par les réminiscences du passé, et inconsciemment par la rondelle de citron qui trempait dans son eau gazeuse.

— *L'amour, c'est trop facile pour Chérubin, ce n'est vraiment poignant que chez Faust.*

Elle leva les yeux sur lui, interpellée par ce qu'il venait de dire.

— C'est de vous ça aussi ?

Élie avait perçu l'admiration qui pointait au sommet de cette question, et la tentation de lui mentir le travailla un instant.

— Pas cette fois, finit-il par avouer. C'est de Jean Cocteau. L'amour vu par un artiste.

— Je dirais plutôt revu et corrigé. Je refuse d'adhérer à cette théorie selon laquelle l'amour, pour être beau, doit être vécu dans la souffrance. Voire dans l'échec.

— On pense toujours à ce qu'on a raté, rarement à ce qu'on a réussi. Ce qui est à notre portée ne nous intéresse guère, alors que ce qui est inaccessible nous obsède. Comment expliquez-vous cela ?

— Je ne l'explique pas. Je laisse la vie me guider. Je me bats seulement lorsque quelque chose me tient vraiment à cœur.

Elle s'étira et s'allongea sur le canapé. Comprenant qu'elle était épuisée, il décida de partir. Pour de bon cette fois. Dans le couloir, il entendit de la musique. Il tendit l'oreille. Elle venait de la pièce du fond. Sans doute sa chambre.

— La radio m'aide à m'endormir, se justifia-t-elle. Elle me tient compagnie.

L'animateur annonça le titre suivant. *Try a little tenderness*, l'une des plus belles chansons d'Otis Redding. Élie fit claquer ses doigts. Cet air lui trottait dans la tête depuis ses quinze ans. Il se rappelait cette surboum. La fumée de sa première cigarette. Tout ça pour impressionner cette fille qui ne le quittait pas des yeux. Les railleries des copains qui le traitaient de dégonflé parce qu'il n'osait pas l'inviter à danser.

Et puis ce slow. Jamais il n'oublierait ce moment. Il avait encore dans la bouche le goût du baiser qu'il avait échangé avec elle. Humide et parfumé. Les autres rigolaient derrière lui, mais il s'en fichait éperdument.

Il était amoureux. Pour de vrai.

— Dansez avec moi, dit-il. S'il vous plaît. Oublions tout le reste pour quelques minutes. Vous voulez bien ?

Sarah eut un mouvement de recul. Elle n'avait pas dansé avec un homme depuis si longtemps. Saurait-elle comment s'y prendre ?

— Je ne sais pas… Je…

— Comme deux amis, la rassura Sagane.

— OK.

Maladroite et raide, elle se laissa conduire. Il déposa un baiser sur son front, comme l'aurait fait un frère. À son tour, la musique embrassa le silence. De cette union sacrée naquit l'espoir. La vie battait en eux, comme un cœur qui s'emballait.

Il aurait tellement aimé que ce moment ne s'arrête jamais.

En plongeant son regard dans le sien, il comprit qu'elle aussi.

29

Amanojaku envoya promener tout ce qui traînait sur son bureau. Il était furieux. Les yeux de David Delft transmirent un message de prudence aux autres.

— Êtes-vous sûr qu'il ne vous a pas dit où il allait ? demanda-t-il encore.

Shôkaku tremblait de tous ses membres. Il n'avait jamais eu aussi peur.

— Certain, monsieur, répondit-il faiblement.

— Ça me faciliterait la tâche si vous me disiez la vérité, reprit le démon en contournant le bureau ovale pour le rejoindre. C'était votre collègue, n'est-ce pas ? Après toutes ces années de collaboration, vous devez savoir des choses sur lui… (Il posa une main sur l'épaule du statisticien…) Ses petits secrets par exemple. Un endroit où il serait susceptible de se cacher…

Il laissa sa phrase en suspens, comme s'il attendait que l'autre la complète par des aveux. Mais aucun son ne sortit de sa bouche.

— Il a trahi la cause, vous en êtes conscient. L'informaticien pense qu'il a pu avoir accès à *Shibaraku* et qu'il a copié les logiciels… (Il adressa un regard à la silhouette qui se tenait dans son dos…) J'aimerais avoir votre avis là-dessus.

Shôkaku bredouilla des paroles incompréhensibles. Il ne savait pas se défendre, même lorsqu'il avait raison. Cette incapacité à réagir induisait souvent en erreur ses interlocuteurs.

— Fûyô quittait rarement son poste, bredouilla-t-il. De toute façon, le chef du personnel nous suit partout. Même aux toilettes. Si on était au pays, il y a longtemps que l'un d'entre nous aurait porté plainte pour *resuhara*. Croyez-moi, le harcèlement n'est pas la bonne méthode.

Amanojaku leva les yeux au ciel, agacé par les jérémiades de ce minus.

— Je me moque de vos états d'âme, mon ami, s'énerva-t-il. Dites-moi seulement ce que vous savez.

— Mais je ne sais rien, je vous le jure. Nous n'étions pas liés à ce point-là. Il ne me racontait pas sa vie ni moi la mienne. Ça restait strictement professionnel entre nous.

L'homme derrière le démon apparut enfin à la lumière. Shôkaku le reconnut aussitôt. Depuis peu, il avait opté pour la coupe tendance. À peine un centimètre de cheveux sur son crâne parfaitement dessiné. Habillé de cuir et d'acier, il ressemblait à s'y méprendre à un personnage de manga. Sauf que lui, il existait pour de vrai. Ses tatouages porte-malheur fichaient la chair de poule à toutes les personnes présentes, y compris à Delft qui répugnait à l'approcher de trop près. L'odeur méphitique qui émanait de ce personnage, mélangée aux effluves des cadavres qui traînaient dans son sillage, lui donnait envie de vomir.

— Si j'ai bien compris, fit Akamatsu en allumant une cigarette d'un geste racé, cet homme n'a rien à nous apprendre… (Il se tourna vers son patron…) Pourquoi le laisser en vie alors ? Maintenant qu'il est au courant, il va vivre quotidiennement dans la peur. Et on ne peut pas avoir confiance en quelqu'un qui a peur.

— Mais je n'ai pas peur, protesta le statisticien. Je suis juste un peu surpris. Tout cela est arrivé si vite.

Il faisait de son mieux pour rester calme mais l'angoisse suintait par tous les pores de sa peau.

— Vous avez peut-être raison, souffla le boss à l'attention d'Akamatsu. Il devient imprudent de le garder dans notre équipe. Faites ce qui vous semble le mieux.

Shôkaku paniqua. Il supplia du regard son chef. En vain. À deux mètres, la porte. La seule issue. Il courut vers elle sans réfléchir. Mais il heurta quelque chose avant d'atteindre la poignée qui se reflétait dans ses yeux. Un corps fin et sculpté. Des abdominaux taillés dans le paros. La faune peinte sur la peau d'Iga s'anima lorsqu'elle prit une pose de combat. Adepte du *Kempô*, elle ne craignait rien ni personne. Elle arma sa jambe et poussa un cri. Soudés par une contraction musculaire volontaire, ses doigts de pied le frappèrent entre les cuisses. Il s'écroula en hurlant de douleur.

— Je vous… en prie, implora le statisticien en se roulant sur le sol. Ne faites pas…

Mais Akamatsu fondait déjà sur lui. Un couteau sans garde jaillit des plis du long manteau noir. L'éclat de la lame l'aveugla un instant. Puis il la vit s'abattre sur lui brutalement. Une fois. Deux fois. Trois fois. Le sang lui sortit par la bouche. Pendant quelques instants encore, la silhouette d'Akamatsu s'agita dans son champ visuel. Elle s'étirait, se tordait, se tassait.

Puis elle disparut.

Le tueur essuya soigneusement le tranchant du *kozuka* avec un mouchoir en papier et prit le pouls du statisticien.

— C'est fini, dit-il.

Iga s'approcha du macchabée et le renifla comme l'aurait fait un charognard. Delft comprit qu'elle prenait son pied en regardant la mort en face.

— Nous voilà débarrassés d'un problème, siffla Amanojaku. Concentrons-nous maintenant sur l'essentiel. Où Fûyô se cache-t-il à votre avis ?

— Donnez-moi deux jours et je vous le ramène, proposa froidement Akamatsu. Mort ou vif, à vous de choisir.

Le boss fit quelques pas.

— Les choses n'ont fait qu'empirer depuis votre arrivée à Paris. Ces flics de la Brigade Criminelle enquêtent toujours et le moins que l'on puisse dire, c'est qu'ils se rapprochent dangereusement de nous. Combien de temps leur faudra-t-il pour percer le mystère et tout raconter à la presse ? Ce lieutenant n'a eu aucun mal à comprendre qu'il s'agissait de meurtres et non pas de suicides. Je vous demandais simplement des mesures d'hygiène, pas du grand spectacle… (Il soupira…) Le patron m'avait pourtant assuré que vous étiez le meilleur. Il est vrai que vos exploits durant la « Dragonnection » ont fait votre réputation. Je vous conseille de veiller à ce qu'elle survive à tout ceci.

Le flingueur se raidit. Il supportait mal la critique et les menaces déguisées.

— Imaginez un instant que Fûyô entre en contact avec la police et qu'il leur livre des informations sur notre organisation, poursuivit Amanojaku.

David Delft toussa dans son coin.

— Si vous voulez mon avis, je pense que c'est déjà fait.

Akamatsu tira une bouffée de sa cigarette. Lorsque la fumée se dissipa, tous purent apercevoir le mauvais noir dans ses yeux.

— Je le pense aussi.

— J'ai pu m'entretenir avec Masatarô, continua l'ancien du C.I.O. Comme vous le savez, nous avons un système d'écoutes téléphoniques. Tout le personnel est théoriquement sous contrôle. Le logiciel relié au standard déclenche l'enregistrement des conversations lorsque la « cible » passe ou reçoit un appel. J'ai écouté les bandes concernant Fûyô avec les gars du service informatique. Ce petit malin n'appelait jamais personne. Je crois qu'il n'a jamais parlé à ces flics. Il s'est contenté de leur fournir les données du programme.

— Mais comment a-t-il fait ? s'emporta Amanojaku. La centralisation du système informatique nous garantit un contrôle total et réduit à zéro les risques de fuite.

— Le risque zéro n'existe pas, monsieur, corrigea poliment Delft. (Presque obséquieusement...) C'est comme en médecine. On n'est jamais sûr de rien.

— Je me fous de vos probabilités ! Les données de ce programme sont stockées dans un ordinateur seulement accessible à la direction scientifique et aux bidouilleurs comme Masatarô. Le personnel non autorisé ne peut pas approcher *Shibaraku*. Alors je vous le demande : comment ce traître a-t-il pu s'introduire dans le module d'exploitation ?

— Il a forcément franchi toutes les étapes de contrôle, laissa tomber Iga.

— Sans oublier que l'ordinateur tient un carnet de consultation très précis, compléta Akamatsu. Les utilisateurs sont obligés de se faire connaître avant de travailler dessus. J'en conclus qu'il avait un…

— Complice, le coupa sa maîtresse.

Amanojaku secoua la tête.

— Je vous vois venir tous les deux. Vous voulez que je vous donne l'ordre d'exécuter Masatarô, n'est-ce pas ? Mais je ne le ferai pas. Mon instinct me dit qu'il a été manipulé par Fûyô… (Il montra du doigt le cadavre de Shôkaku…) Tout le monde ne peut pas finir comme ça. Faites preuve d'un peu de discernement, bon sang.

À présent, il admirait presque ce crétin de Fûyô. De toute évidence, une intelligence supérieure se cachait derrière cette timidité maladive et ce sourire niais. Il regrettait de ne pas s'en être aperçu plus tôt.

Machinalement, il mit un peu d'ordre sur son bureau. Ses yeux s'arrêtèrent alors sur le badge magnétique du félon. Tous les employés en portaient un. Ainsi, il pouvait savoir, via le chef du personnel, ce que chacun faisait et où il était à toute heure de la journée. À l'aide de ces données, la D.R.H. établissait le profil des salariés sous forme de fiche individuelle de comportement. Une véritable dictature régnait au sein de l'entreprise. Personne n'osait démissionner de peur des conséquences. Sans parler des licenciements. On ne revoyait jamais les victimes des « compressions de personnel » ou des « diminutions de budget ». Étrangement, elles finissaient dans un ravin boueux un soir de crachin ou brisées en mille morceaux sur l'asphalte après un saut de l'ange de plus de trente mètres. De simples employés de bureau, sédentaires et sans histoire, terminaient leur existence comme conducteurs fous ou acrobates.

Un seul individu avait réussi à leur échapper. Peut-être le plus dangereux de tous.

Et ils ne savaient pas où le trouver.

À cet instant, un homme entra dans la pièce. Un gars de la sécurité. Lorsqu'il aperçut le corps atrocement mutilé de Shôkaku, il ne cilla même pas. Question d'habitude. Il avait déjà travaillé pour Akamatsu.

— Nous avons tout vérifié, monsieur, annonça le type en uniforme. Son nom ne figure sur aucune liste d'enregistrement.

— Évidemment, râla Amanojaku. Il ne vous est pas venu à l'esprit qu'il a pu changer d'identité, s'inscrire sous un faux nom ?

— Nos meilleurs hommes ont inspecté les gares et les aéroports, reprit le chien de garde. Mais il est impossible de savoir d'où il est parti.

— Si jamais il est parti, souffla Delft. Rien n'est moins sûr. Il sait pertinemment qu'il a une bonne longueur d'avance sur nous. Il a pu se rendre dans n'importe quel coin du monde… Ou rester ici.

Le mystère s'épaississait.

— C'est bon, fit le boss. Vous pouvez disposer. Ne revenez me voir que si vous avez du nouveau.

Le gardien sortit après avoir salué Akamatsu.

— La situation se complique, les enfants. Le temps et les moyens me manquent pour traquer ce petit con. Et puis, par où commencer ? Comme vient de le souligner très justement David, il peut être n'importe où. Même à deux pas d'ici. Comment savoir ?… Pour l'heure, nous ne changeons rien à nos plans. Le grand patron va bientôt nous rendre visite. Je veux que tout soit prêt pour son arrivée.

Ils acquiescèrent et se dirigèrent vers la porte.

— Avant de vous libérer, mon cher Akamatsu, j'aimerais vous dire une dernière chose.

Delft sourit intérieurement. *C'est l'heure du coup de règle sur les doigts, mon pote.*

— Je vous écoute, fit le yakuza en pivotant sur ses talons.

Dans ses yeux brillaient les lames des couteaux qu'il aurait aimé lancer sur cet administrateur de pacotille. À ses côtés, la tigresse louchait sur la jugulaire du bureaucrate. Tous deux empestaient la mort.

— Je me fiche de savoir comment, mais récupérez au plus vite la poche de liquide qu'ils ont dérobée à votre succube… (Il montra le cadavre à ses pieds…) Et débarrassez-moi le plancher de cette vermine. La vue du sang me gêne…

Ils s'exécutèrent en silence. Une fois seul, Amanojaku s'assit à son bureau. De sinistres pensées jouaient à la balançoire dans son esprit. Quelles étaient précisément les intentions de Fûyô ? Allait-il revêtir la panoplie de maître chanteur ou faisait-il tout ça pour la gloire ? Un épris de justice se cachait-il derrière ce petit homme sans envergure qui jusqu'ici avait suivi les instructions à la lettre, même les plus discutables ?

Il se balança sur son siège, promenant un stylo entre ses doigts. La méfiance obsessionnelle d'Akamatsu le contaminait peu à peu. Masatarô avait-il divulgué les codes secrets au traître ?

Il devait s'en assurer. Il composa le numéro du service informatique et attendit. Une voix répondit au bout de deux sonneries. La sienne.

— Vous tombez bien, mon cher Masatarô, je voulais justement vous parler.

30

— Vous avez lu les journaux ce matin ? demanda le commissaire. Vous auriez dû pourtant.

Besançon mit un peu de tabac sur la feuille de papier à cigarette et la roula. Il adorait se préparer ses clopes lui-même.

— Que se passe-t-il encore ? siffla-t-il avec un sourire moqueur. Mick Jagger a une nouvelle maîtresse ?

— Très drôle, rétorqua Dubreuil en lançant le journal vers Sagane. Lisez donc la première page et dites-moi ce que vous en pensez.

Élie balaya les autres du regard puis se pencha sur l'article. Il lut le titre à voix haute et poursuivit en silence.

Le juge frappé par la main du diable.

Décidément, jamais homme de loi n'aura été plus médiatisé que le juge Froidur. Le magistrat était hier aux assises de Versailles pour orchestrer un procès annoncé comme le dernier de sa carrière et à l'issue duquel il avait promis de livrer à la presse des révélations explosives sur une affaire nébuleuse qui, je le cite, « étend ses ramifications dans l'ombre de personna-

lités françaises et étrangères ». Quoi qu'il en soit, nous ne saurons jamais de quoi il s'agissait. Le « juge raciste », comme le surnommaient ses collègues depuis la sombre histoire du billet d'humeur, a été assassiné dans la salle des Pas-Perdus pendant une suspension d'audience par un illuminé qui s'est donné la mort aussitôt après l'avoir poignardé à six reprises. Un « véritable carnage » selon les témoins, le procureur général Delcour – rappelons que, comme tant d'autres, ce charmant monsieur a condamné les propos scandaleux de Froidur et qu'il a signé la demande de radiation à vie adressée au Conseil de l'Ordre – et le Premier assesseur Lemonier. Une fois n'est pas coutume, la police connaît donc le coupable et le modus operandi. *Seulement, à moins de savoir parler aux morts, les experts de la Brigade criminelle n'en apprendront pas davantage sur le meurtrier. Si ce n'est qu'il était de nationalité japonaise. Ce meurtre aurait-il un rapport avec ceux de la famille Sôichiro et de monsieur Noriyori ? Nous n'irons pas jusqu'à établir le lien entre ces tragiques disparitions et le récent assassinat du champion olympique Jacques Lozier. Mais l'on est en droit de s'interroger. Jamais la capitale n'a connu une telle effusion de sang. Il me reste une dernière chose à ajouter avant de conclure. En fait, il s'agit plutôt d'une question adressée au chef de la Criminelle, le commissaire Dubreuil : êtes-vous convaincu cette fois qu'il s'agit bien de meurtres ? Car au risque de vous ridiculiser, cher monsieur, votre histoire de suicides fait doucement rigoler les intellectuels dans les salons parisiens. Il est grand temps de vous ressaisir et de mener la véritable enquête.*

Alexandre Chapuis

— Le salaud, grogna Sagane. Il n'y va pas de main morte. Comment voulez-vous qu'on soit crédible après *ça* ?

Sans prévenir, Colossus s'empara du torchon et le jeta à la poubelle.

— Ce mec mériterait que je lui rentre dedans, déclara-t-il en serrant le poing. Cent kilos de viande dans la tronche, ça fait mal.

Il frappa la paume de sa main, comme un boxeur à l'entraînement. Tous savaient qu'il avait pratiqué la lutte gréco-romaine pendant des années et qu'il était capable de se rendre dans les locaux du journal pour réduire en miettes le scribouillard.

— Ça suffit ! tonna le commissaire. Je suis sûr que vous étiez un pro du cassage de gueule avant de vous engager dans la police, mais sachez que je ne tolérerai pas ce genre de comportement à la Crim. C'est clair ? Pour tout le monde ?

— Vous croyez que le magistrat était dans le coup ? demanda Fix en écrasant sa sèche dans le cendrier.

Dubreuil haussa les épaules.

— Ces fumiers achètent peut-être des hauts fonctionnaires afin qu'ils ferment les yeux sur leurs activités et qu'ils bloquent les informations politiques et judiciaires compromettantes. Je pense qu'ils ont cru qu'il suffisait d'arroser le juge pour qu'il marche au pas. Au bout d'un moment, Froidur a dû en avoir marre de leurs combines et ils l'ont supprimé.

— Vous avez reçu le rapport de la fouille effectuée chez Iga ? s'enquit brusquement Élie.

— Nous avons comparé les empreintes prélevées un peu partout dans l'appartement à celles du fichier automatisé des empreintes digitales de l'Identité judiciaire, mais ça n'a rien donné. Même chose pour le fichier des traces non résolues. Iga et son mystérieux compagnon sont de parfaits inconnus pour les services de police. J'ai mis leur appartement sous surveillance après la fouille. Comme on pouvait s'y attendre, ils se sont volatilisés.

— Et qu'en pense votre homologue nippon ?

Après avoir obtenu l'accord du préfet, Dubreuil avait envoyé une demande d'entraide judiciaire aux autorités japonaises qui avaient aussitôt chargé un commissaire de faire les recherches nécessaires.

— La police japonaise n'a rien trouvé non plus, ni sur eux, ni sur les autres. Selon le commissaire Ochi, l'assassin du juge et Hyakusen avaient des noms d'emprunt. Quant aux tatouages qu'ils avaient sur le corps, ils ne prouvent pas qu'ils appartenaient à une société secrète. Beaucoup d'artistes et de marginaux japonais en ont de semblables.

— Nous voilà revenus à la case départ, conclut Sagane avec amertume.

Fix leva un doigt pour prendre la parole.

— Il me semble qu'on a parlé de tout, sauf de l'essentiel. Que contient exactement la poche que nous avons dénichée chez Lozier ?

Personne ne sut quoi répondre. Enfin, pas tout à fait.

— Laissez-moi vous éclairer sur ce sujet, lança une voix dans leur dos.

Dans l'embrasure de la porte se tenait l'homme providentiel.

Le légiste Riccobini.

31

— Vous avez du nouveau ? demanda le commissaire en lui faisant signe de fermer la porte.

— Mieux que ça, répondit le médecin. Je sais tout ce qu'il y a à savoir. Enfin, presque tout.

Il s'avança dans la pièce et posa le dossier sur le bureau.

— Voici les réponses à vos questions, messieurs, annonça-t-il fièrement… (Il se tourna vers Dubreuil qui venait d'enfourner deux belles dattes pour encaisser le choc…) Tout d'abord, je tiens à préciser que les stages de formation ont du bon, chef. Celui que j'ai suivi l'année dernière m'a initié aux nouvelles techniques de laboratoire et m'a permis de peaufiner mes connaissances en immunologie et en génétique… (Il s'empara de la poche cartonnée et la montra aux autres…) Tout ça pour vous dire que j'ai pu déchiffrer le contenu de ce dossier, avec l'aide d'un ami qui est médecin immunologiste… (Il promena son regard sur chacun d'entre eux…) Alors messieurs, la prochaine fois que l'on nous propose des stages, par pitié, votez pour.

Colossus souffla dans son coin. Il n'était pas du genre patient. Et ce mec causait beaucoup trop.

— Venez-en au fait Ricco, fit-il en caressant la bande ventilée intégrée au canon du « Taureau furieux » qui pendait sous son bras.

Le 454 Casull avait vraiment une sacrée gueule.

— Je déteste quand vous m'appelez comme ça, râla le légiste dont les tics nerveux arrachèrent un sourire à Besançon. Et toi, arrête de te foutre de moi.

Sagane adressa un regard noir à son équipier qui ravala aussitôt sa béatitude.

— Continuez, siffla le commissaire au découpeur de viande froide. Le prochain qui s'avise de vous interrompre sans une bonne raison, je le vire de mon bureau. Briard, donnez-moi une autre datte, voulez-vous ?

Riccobini adressa une œillade pleine de gratitude à son supérieur et poursuivit.

— Le liquide que nous avons trouvé chez Lozier est un médicament à spectre large, messieurs. Il agit véritablement sur l'organisme en intervenant à tous les niveaux de la réponse immunologique.

Cette nouvelle méritait bien deux autres dattes. Dubreuil les avala sans se rendre compte que ses hommes l'observaient, interpellés par cette soudaine boulimie.

— Ce qui signifie ? lança Fix.

— Que nous avons affaire à un traitement qui peut guérir l'homme de toutes les maladies, répondit le légiste.

— Le remède miracle en somme, fit Élie.

— En effet. Vous comprendrez quelles peuvent être les implications d'une telle découverte. Le laboratoire pharmaceutique japonais Tsukimachi détient le brevet et il peut espérer faire des milliards de bénéfice.

— Tout ça c'est bien beau, vieux, siffla Colossus, mais je ne vois pas le rapport avec Lozier.

— Foutez-lui la paix Morin, lâcha le commissaire.

— J'essaie seulement de comprendre, se défendit hypocritement le policier.

— Les essais effectués sur des sportifs de haut niveau ont permis d'élargir le champ d'action de cette thérapie, reprit Riccobini. Ils ont révélé son incidence sur l'effort et la performance. C'est comme pour le Viagra. À la base, il s'agit d'un médicament destiné aux personnes souffrant de troubles cardio-vasculaires. Voyez à quoi il sert maintenant.

— Le roi du garde-à-vous, laissa tomber Fix.

Le légiste tendit au commissaire le rapport qu'il avait entre les mains.

— Ce produit ne se contente pas de guérir. Il donne la « niaque » comme on dit dans le milieu de la compétition. Les athlètes en ont bénéficié les premiers, à titre expérimental. Jusqu'à présent, aucun contrôle antidopage n'a réussi à le déceler, ni dans le sang, ni dans les urines. Il est clair que Jacques Lozier en prenait régulièrement. Et je suis sûr que le champion Pat Grady, qui a battu plusieurs records cette année, y touche aussi.

Le visage de Dubreuil s'assombrit.

— J'ai peur de ce que vous allez nous apprendre.

— Selon notre informateur, le dossier d'enregistrement remis par Tsukimachi à l'Agence Française de Sécurité Sanitaire des Produits de Santé et à l'Agence Européenne du Médicament est un tissu de mensonges. Sur le long terme, ce produit présente des risques de toxicité.

Le commissaire retira délicatement l'emballage d'un cigare en provenance de la Havane et l'alluma.

— Vous pouvez être plus précis ?

Riccobini acquiesça.

— On peut s'attendre à des effets mutagènes, carcinogènes et même tératogènes.

Briard passa un doigt sur la cicatrice qui lui barrait le menton, résultat d'une bagarre dans un pub londonien.

— Pour les deux premiers, j'ai pigé, dit-il. Mais le petit dernier, je le saisis pas vraiment.

— Un médicament est tératogène lorsqu'il provoque des malformations du bébé chez la femme enceinte, expliqua le légiste.

Nerveux, Sagane eut la tentation de pêcher une clope dans le paquet de Besançon. Il se sermonna intérieurement et chassa de son esprit les pépées enroulées de papier à cigarette.

— Pour mener à bien ce projet, Tsukimachi a engagé une armée d'investigateurs, poursuivit le légiste, de plus en plus excité. Ce sont les médecins qui procèdent aux essais cliniques. Parmi eux, on trouve Asayama Sôichiro. Notre indic précise qu'il a abandonné le projet lorsqu'il s'est aperçu qu'un puissant allergène avait terrassé des sujets déclarés sains avant les essais. C'est à la suite de ça qu'il a décidé de s'installer en France, croyant que la promesse de son silence éloignerait le souffle du Dragon.

— Il savait exactement ce qui se passait, conclut Élie.

— Nous avons le mobile du meurtre, dit le commissaire en jetant un coup d'œil sur le dossier.

— Ce n'est pas tout, continua Riccobini qui se découvrait un talent d'enquêteur. D'après vous, qui était le rédacteur médical du rapport ?

— Je donne ma langue au chat, grogna Colossus au fond de la pièce. En attendant de refaire le portrait de ces ordures avec la semelle de mes chaussures, ajouta-t-il pour lui-même.

— Il s'agit de Noriyori. Le traducteur. Écoutez ce qu'il a griffonné sur un bout de papier pendant une réunion : *« Ils prétendent que leur produit est fortement antigénique et qu'il stimule les défenses naturelles du corps, mais j'ai maintenant la preuve du contraire. De par sa constitution chimique, l'antigène ne peut agir durablement sur les anticorps. Pire. Au bout d'un moment – plus ou moins long selon le sujet –, une mutation s'opère qui le rend dangereux pour l'organisme. »*

Dubreuil se leva et marcha lentement jusqu'à la fenêtre. Il avait du mal à digérer toutes ces révélations.

— Vous avez d'autres noms ? fit-il en observant le spectacle de la rue.

— L'investigateur-coordinateur français est une figure bien connue du milieu sportif. C'est lui qui dirige l'équipe de médecins.

— David Delft ? essaya Élie.

— Gagné, répondit le légiste.

— Le mec du C.I.O. ? siffla Besançon.

— Ancien du C.I.O., rectifia Sagane. Il a démissionné il y a peu.

— Ouais, grommela Dubreuil en revenant sur ses pas. Il a divorcé d'avec Dieu pour épouser le diable.

— De bien sombres épousailles, dit Élie. Quand je pense que ce gars s'est associé à Mark Hodler pour dénoncer les pratiques scandaleuses du comité. Selon lui, les villes versent des pots-de-vin à certains membres du C.I.O. pour pouvoir organiser les J.O. Il a peut-être cru qu'on le prendrait pour un héros.

Fix emprunta son briquet au commissaire et grilla une sèche sous les yeux du lieutenant qui était à deux doigts de rechuter.

— Tu parles, lança-t-il en s'amusant à disperser la fumée. Delft s'est contenté de ramasser les billets de banque qui traînaient dans le sillage du petit chaperon rouge aux yeux bridés.

— Il y a quand même une chose que je ne comprends pas, reprit Sagane en s'éloignant de Besançon pour ne pas craquer. Que font les organismes de contrôle ? Si ce machin est dangereux pour la santé, pourquoi n'interviennent-ils pas ?

Riccobini remua la tête.

— Les gens de Tsukimachi ont acheté tout le monde. Le Comité d'Éthique a donné son accord pour les essais et le traitement des patients sans chercher à comprendre. Dans le rapport du département de pharmacovigilance, il est écrit : *« Pas d'événement indésirable (ou El) ni d'événement indésirable grave (ou EIG) à déclarer. »* L'informateur a compilé les données recueillies par l'une des assistantes administratives qui a bossé sur le projet. Selon son rapport, aucune base de données bibliographiques sur les effets indésirables n'a été relevée.

Fix se perdit dans la contemplation de la fumée de cigarette qui s'élevait lentement au-dessus des têtes. Image hypnotique qui le berça une longue minute.

— Ça pue l'embrouille, fit-il en saluant le nuage qui se dissipait lentement.

— Et la corruption, compléta Élie.

— Ces salauds ont balancé aux ordures les textes relatifs aux « bonnes pratiques médicales », enchaîna le légiste. Les données n'ont pas été vérifiées à toutes les étapes. De même, les procédures n'ont pas toutes été écrites et approuvées, alors que c'est l'usage.

Sagane et Dubreuil échangèrent un regard qui en disait long sur leur inquiétude.

— Et quand comptent-ils mettre en vente ce poison ? lança le lieutenant.

— Bientôt. Ils viennent d'obtenir l'autorisation de mise sur le marché pour une durée de cinq ans. Les essais ont démontré qu'après l'absorption de ce produit, il faut au moins six ans à l'organisme pour développer une pathologie mortelle. Ça leur laisse une marge de manœuvre plus que satisfaisante.

— Cinq ans, c'est assez pour faire fortune et se retirer, conclut froidement Dubreuil.

Riccobini sortit une feuille de son fouillis et la montra au commissaire.

— La Commission des Transparences a donné une bonne note à ce médicament nouvelle génération qui, je cite, « permet d'espérer la guérison des patients atteints de maladies considérées jusqu'ici comme incurables ». Plus la note est élevée, plus le prix de vente est important.

Élie sentait le poids de cette affaire peser sur ses épaules. Ces fumiers détenaient l'arme suprême : la bombe immunologique. Il suffisait de l'absorber pour déclencher le compte à rebours. Pouvait-on seulement la désamorcer ?

— Que savons-nous au juste sur ce laboratoire japonais ? demanda-t-il.

— Notre homme promet de nous en dire plus très bientôt, répondit le légiste. Il y a quand même un détail qui m'a interpellé, ajouta-t-il en fronçant les sourcils. Le mot Tsukimachi signifie « attente de la lune », et ils ont baptisé leur programme « Lune du Chasseur ».

— En effet, c'est surprenant, se moqua Briard qui tournait en rond.

Les bla-bla du légiste commençaient à l'agacer prodigieusement. Il n'en pouvait plus d'attendre l'heure de la castagne. Fix adorait le mettre en boule et il ne rata pas cette occasion de jeter de l'huile sur le feu.

— Faut toujours que t'emmerdes le peuple, fit-il. Laisse donc ce pauvre homme en paix.

L'autre réagit au quart de tour.

— Vas-y mollo quand tu causes de moi, petit.

Dubreuil n'était pas d'humeur à supporter ces enfantillages.

— C'est bon, j'en ai assez entendu, grogna-t-il. Sortez tous.

— Si jamais notre informateur donne signe de vie, prévenez-moi, souffla Riccobini en rassemblant ses notes.

Pas une simple demande. Presque une supplication. En effet, le légiste prenait cette affaire très au sérieux. Parfois, il étouffait dans la peau du « découpeur de viande froide ». Il avait besoin d'autre chose. Voir les enquêteurs de la Crim et les têtes chercheuses de la Police Scientifique à l'œuvre le fascinait tellement qu'il aurait volontiers échangé plusieurs années de morgue contre un seul mois sur le terrain.

Fix et Colossus se chamaillèrent encore sur le pas de la porte. Le regard désapprobateur du commissaire les bouta hors de son bureau. Il n'en pouvait plus. Tout son être aspirait au silence.

Les yeux fermés, il se laissa happer par le rayon de soleil qui inondait la pièce. La douce caresse de la chaleur sur son visage lui rappela combien il était aisé de communier avec la terre et ses éléments. Il suffisait de s'abandonner.

Derrière lui, quelqu'un. Une ombre dans son ombre. Il respira profondément et remercia mentalement l'homme dans son dos d'avoir respecté ce moment de quiétude.

— Que puis-je pour vous, Élie ?

32

Il resta ainsi. Immobile. Face à la lumière aveuglante.

— J'ai quelque chose à vous demander, fit le lieutenant.

— Je vous écoute…

Dubreuil inspirait crainte et respect. Les vraies qualités d'un chef.

— Je pense sincèrement que nous sommes en danger et…

— Vous l'avez déjà dit, le coupa le commissaire. Venez-en au fait, voulez-vous. Je déteste l'idée que vous tourniez autour du pot. Je croyais vous avoir habitué à plus de franchise dans nos relations.

Sagane n'avait jamais su de quel type de relation il s'agissait exactement. Le professeur et l'élève ou bien le père et le fils ? Jusqu'ici, la pudeur l'avait toujours empêché d'aborder le sujet avec son supérieur.

— Je crains que vous ne m'ayez pas bien compris, chef, reprit le flic. Je pense que nous sommes *tous* en danger.

Le boss ne bougeait pas. Il tenait à profiter jusqu'au bout de cette éclaircie. Pendant une longue, une interminable minute, il avait presque oublié que c'était l'hiver.

— Qu'attendez-vous de moi au juste ? demanda-t-il sans se retourner.

— Eh bien, les gars et moi, on connaît les risques du métier. On sait que ça peut arriver n'importe quand. La peur ne nous quitte jamais.

Dubreuil soupira. Sa main chercha le cigare sur le bureau.

— Je sais tout ça. Je suis passé par là. Depuis que j'occupe cette fonction, la peur qui m'habite est différente. Mais elle m'empêche bien souvent de dormir. Tout comme vous. Vous voulez savoir de quoi j'ai peur maintenant ? J'ai peur de vous perdre, vous, mes hommes. Après tout, vous êtes un peu mes enfants.

Élie décida d'entrer dans le vif du sujet avant de s'attendrir et de se retrouver dans une situation gênante.

— Ils ont essayé de la tuer une fois, chef, se lança-t-il, l'estomac noué par l'angoisse. Ils peuvent recommencer.

Le commissaire sourit. Il n'était pas vraiment doué pour exprimer ses sentiments. Un oiseau passa près de la fenêtre et son regard le prit en chasse. Puis il s'envola. Avec lui. Là-haut, libre comme le vent.

— Vous l'avez revue, n'est-ce pas ? siffla-t-il sans céder à la colère. (Un zeste de fermeté dans la voix pour manifester son mécontentement. Pour la forme…) Vous l'avez revue malgré mon interdiction.

— Je vous en prie, chef. Nous devons la protéger.

— Depuis que vous avez officiellement quitté cette enquête, elle ne travaille plus pour nous. Je ne vois pas pourquoi ils tenteraient de la supprimer… (Le soleil attira la fumée qui s'échappait du cigare…) Êtes-vous à ce point lié à elle ? Je ne vous demande pas de vous justifier. Je veux seulement savoir si vous tenez à elle de cette façon-là.

Pris au piège, Sagane n'avait plus qu'une idée en tête : ne pas trahir Sarah. Son secret était désormais le sien.

— Ça n'est pas ce que vous croyez, laissa-t-il tomber. Quant à savoir si je tiens à elle, ma réponse est oui. C'est une amie qui m'est très chère.

— C'est bon, Élie. Inutile d'en dire plus. Qui voulez-vous pour ce job ?

Le lieutenant remercia le ciel. Sa gratitude, inexprimable par les mots, brillait dans ses yeux. Elle débordait. Gouttes de lumière qui ressemblaient à des petits soleils.

— Colossus, répondit-il sans hésiter. Mais qu'il soit discret. Je n'ai pas envie qu'elle soupçonne quoi que ce soit.

— Si j'ai bien compris, vous voulez qu'il lui file le train sans se faire voir. C'est bien ça ?

— Vous êtes un ange, chef, s'emballa le policier.

— Ne soyez pas sentimental, souffla Dubreuil. Autre chose ?

— Non.

Sagane comprit que le moment était venu de se retirer. Il ne fallait pas abuser des bonnes choses. Il effleura du bout des doigts la poignée de la porte. *Dis-lui quelque chose. Remercie-le. Pour de bon, cette fois.* Dans le ciel, l'oiseau chevauchait le trait de lumière qui faiblissait peu à peu. La grisaille reprenait le dessus.

Bientôt, il pleuvrait.

— Merci, dit le flic en ouvrant la porte.

Alors, Dubreuil pivota sur ses talons et lui fit face.

— Trouvez-moi les salauds qui ont commis ces crimes, Élie. Il est temps d'en finir avec tout ça.

— Je les aurai… C'est promis.

33

Depuis plus d'une heure, il fixait le plafond de sa chambre d'hôtel. Pas terrible pour un trois étoiles. L'établissement était en travaux, ce qui n'arrangeait rien. Son pauvre crâne était pris entre le martèlement du marteau-piqueur et les craquements de l'échafaudage qui courait le long de la façade. Sans parler des cris des ouvriers.

Il avait bien essayé de lire un peu, histoire de se détendre. En ouvrant son sac de voyage, il était tombé sur un numéro spécial de la revue *Geisha*. Une B.D. érotique d'Alex Varenne, l'un des rares dessinateurs français spécialisé dans les mangas, n'avait éveillé en lui qu'un vague intérêt. Pas la tête à ça. Il avait alors feuilleté un fanzine nippon retraçant la légende de Hanasaka Jikii – « le vieil homme qui faisait fleurir les arbres » –, mais là encore, il ne parvint pas à se concentrer. Le vieillard qui transformait le riz en or et redonnait vie aux arbres morts ne pouvait-il changer ce cauchemar en rêve ?

Malgré ses efforts, pas moyen de décrocher.

Il soupira et se leva. De toute façon, le décor qu'il avait sous les yeux l'angoissait plus qu'autre chose. Il serait bien mieux dehors à attendre l'heure de son rendez-vous. Il enfila sa parka, s'assurant d'un rapide coup d'œil que la disquette se trouvait dans la poche intérieure.

Le gars à la réception lui sortit son sempiternel « see you later ». Il le salua sans le regarder puis disparut dans la foule. Arrivé au bout de la via Massimo d'Azeglio, il hésita un instant quant à la direction à prendre. Pour la première fois depuis longtemps, il avait un peu de temps devant lui.

Après le calme, la tempête. Le vacarme de la via Nazionale lui vrilla les tympans. Les voitures et les Vespa fonçaient comme des chevaux de course. Soûlé par les décibels, il décida de quitter la grande avenue. Il tourna à droite, constatant sur son plan que ce détour était en fait un raccourci. Le lieu de rendez-vous se situait tout près d'ici. Il monta l'escalier qui menait à la via Ferrara. À nouveau, le silence. En haut de la ruelle, il tomba sur le flanc droit du palazzo del Quirinale.

Il marcha encore quelques mètres avant d'apercevoir le jardin. Une mère jouait avec ses enfants et un chien aboyait après les passants. Il poussa le portillon qui s'ouvrit avec un grincement et s'avança. Il sentit les regards fondre sur lui. Aussitôt, la panique l'envahit. Une coulée de lave dans son dos. Se pouvait-il que cette ménagère cache une arme dans son panier ? Et puis, s'agissait-il vraiment d'une femme ? Il connaissait les méthodes de ses salauds. À bien y réfléchir… non. Ils ne prendraient pas un tel risque. Pas ici. À dix mètres à peine de ce carré de verdure se trouvait la place du palais. Des tas de policiers surveillaient le secteur jour et nuit.

Seul un fou tenterait le coup. Ou un as du crime à bout portant.

Il s'assit sur un bac et chercha du regard son « contact ». Un ami de longue date. Rien à voir avec l'Organisation. Le seul à qui il pouvait tout raconter. Dès son atterrissage à l'aéroport de Fiumicino, il s'était empressé de l'appeler. Il l'avait connu à Osaka, la « Venise de l'Orient », au début des années quatre-vingt. À cette époque, Francesco bossait dans les relations humaines pour le compte d'une société milanaise implantée au Japon et spécialisée dans les équipements sportifs. Puis il était rentré au pays et avait dégoté un job à Rome. À l'Istituto per il credito sportivo. La distance et le temps les avaient séparés. Mais Fûyô avait toujours gardé un numéro de téléphone où le joindre.

Malgré tout, il espérait ne pas regretter son geste. Le Dragon fouinait partout et il connaissait parfaitement la vie de ses employés. Le Japonais prenait le risque de rencontrer un homme qu'*ils* avaient peut-être payé pour le trahir.

Dans son dos, le chant d'une maman pour son bébé. Une sonnerie de portable. Sur le trottoir d'en face, un policier vêtu d'une veste et d'une casquette en cuir noir regarda dans sa direction. Il lui vint alors une folle idée. Et s'il était victime d'un flicage en règle ? Après tout, Amanojaku avait le bras long. De l'endroit où il était, il pouvait très bien commander à d'obscurs fonctionnaires de le suivre à la trace et d'attendre le bon moment pour le… liquider.

Tu débloques, mon vieux. Ils ne savent même pas où tu es.

Un vertige. La peur de mourir reprit le dessus. Il se maudit en silence d'avoir cédé à la tentation puis se dirigea vers la sortie. Dans sa précipitation, il heurta le portillon. Pas le temps d'avoir mal. Une main sur son épaule. La panique lui glaça le sang.

Livide, il se tourna vers…

— Comment vas-tu, mon vieux ?

Il eut un brusque mouvement de recul.

— Ne t'inquiète pas, reprit l'autre, je suis venu seul comme tu me l'as demandé. Et puis c'est mon jour de congé. Normalement, je traîne du côté de l'Île du Tibre, dans une petite salle de jeux située via della Lungaretta. Tu sais que j'adore parier. Si jamais mon patron essaie de me joindre là-bas, un ami se chargera de me couvrir… Tu veux qu'on reste ici ou bien on marche un peu ?

Hésitation. Personne en vue. Aucun flingueur caché dans son ombre. Francesco le rassura encore et l'invita à le suivre. Leurs regards se croisèrent. L'espace d'une seconde, Fûyô aperçut dans les yeux de son ami une lueur qui ne trompait pas.

Un éclair de sincérité.

Convaincu, il lui emboîta le pas.

34

La quarantaine athlétique, les tempes grisonnantes et le sourire charmeur, Francesco Girolami était un séducteur. Mais le réduire à cet état aurait été injuste. Il méritait mieux que cela. Sa ténébreuse beauté n'avait d'égale que sa redoutable intelligence.

Depuis le début de leur promenade dans les rues de Rome, Fûyô ne cessait d'observer son ami. Il cherchait une raison de douter de lui, mais il n'en trouvait aucune. Pas la moindre nervosité dans ses gestes. Pas la moindre trace de félonie dans ses yeux. Après quelques banalités, il décida de tout lui raconter.

L'Italien ne disait rien, se contentant d'écouter. Il choisissait les ruelles les plus désertes pour abriter leur conversation. Après vingt minutes de marche, ils atteignirent la fontaine de Trevi. Des centaines de touristes allaient et venaient. Voyant que son ami était mal à l'aise au milieu de la foule, Girolami l'entraîna dans une impasse.

— Tout cela est vraiment incroyable, murmura-t-il en enroulant une écharpe autour de son cou. (Il faisait froid et l'air sentait le renfermé…) Comment ont-ils pu faire ça ?

— C'est la stricte vérité, insista Fûyô en regardant sans cesse autour de lui. (Toujours cette foutue peur de se faire descendre.) Les cadavres s'empilent depuis que le programme « Lune du Chasseur » a été voté par les ronds-de-cuir du Dragon. Toutes les personnes qui ont signé un contrat d'embauche à cette époque ne savaient pas qu'elles s'engageaient pour la vie.

Girolami secoua la tête.

— Un médicament qui permet de sauver un cancéreux en phase terminale et qui remet sur pied un paraplégique, qui dit mieux ? Ça va être la ruée vers l'or mon vieux.

Fûyô fronça les sourcils.

— C'est bien ce qui me fait peur.

— Et comment comptes-tu les empêcher de le commercialiser ? C'est pas gagné d'avance.

— Gilliatt a bien réussi à vaincre la pieuvre, déclara le Japonais. De toute façon, j'ai été trop loin pour reculer. Ils doivent me chercher partout… Je peux compter sur toi, mon ami ?

Girolami resta silencieux un moment. Il s'arrêta à un kiosque à journaux et fit le plein. *Il Mattino* et *La Repubblica* pour l'actualité, *La Gazetta del sud* pour les derniers résultats sportifs. Une façon de gagner du temps avant de donner sa réponse.

— Si je comprends bien, tu veux que je planque la disquette dans un endroit sûr et que je l'expédie à ce commissaire de police français si jamais il t'arrive un pépin ? finit-il par dire.

— C'est ça, acquiesça Fûyô en passant ses mains sous l'eau claire d'une fontaine. Évite de la laisser traîner chez toi.

— Je saurais pas où la cacher de toute façon, fit l'Italien. Je crèche dans un petit appart, au 35 via de'Delfini. Le coup du matelas ou de la latte amovible du plancher, c'est un peu léger, tu ne crois pas ?

— C'est vu et revu, plaisanta Fûyô.

— À dire vrai, j'ai une bien meilleure idée. Le garage Palatino, via Leonina, appartient à un de mes cousins. Il est également propriétaire du local qui se trouve au sous-sol. Mon grand-père y a caché des papiers et des biens appartenant à la famille pendant la guerre. L'immeuble a été fouillé à plusieurs reprises par les fascistes, mais personne n'a jamais réussi à dénicher les actes de propriété et les tableaux… (Il sourit, emballé par sa trouvaille…) Je crois que je peux lui confier ta disquette. Il est un peu spécial, mais il aime rendre service. Surtout à la famille. La dernière fois que je l'ai vu, il a cassé la gueule à un type qui collectionne les portraits du Duce. Le moins que l'on puisse dire, c'est qu'il a un sacré punch.

— L'homme qu'il nous faut si je comprends bien, fit Fûyô d'un ton enjoué.

Sans plus attendre, il sortit la disquette et la tendit à son ami.

— Es-tu sûr de vouloir me la donner ? lança Girolami. Tu peux encore changer d'avis.

— Ma décision est prise, décréta le Japonais. Prends-la.

Francesco regarda le ciel. Une corneille venait de se poser sur le toit d'un immeuble en rénovation. En l'apercevant à son tour, son compagnon eut une appréhension. Il connaissait Nue, le monstre ailé de la légende qui n'apparaissait aux yeux des hommes que pour annoncer le chaos. Cela ne pouvait être lui. Ou alors, il avait ressuscité d'entre les morts, car les flèches du guerrier Minamoto no Yorimasa l'avaient percé de part en part en l'an de grâce 1153.

— Je crois qu'il vaut mieux nous séparer, siffla Fûyô, à nouveau sous l'emprise de la paranoïa. Je vais quitter Rome dans les jours qui viennent. Je ne pense pas que nous nous reverrons avant quelque temps.

Il serra la main de son ami, mettant toute la force qui lui restait dans ce simple geste. Échange de fluides ou passation de pouvoir ? Un peu des deux. L'homme qui se tenait face à lui avait son destin entre ses mains.

Il ressentit un grand soulagement lorsque l'Italien glissa la disquette dans la poche de son blazer. Pour la première fois depuis des semaines, son rythme cardiaque abandonnait le galop pour le pas. L'idée même de la mort lui sembla moins sinistre. Il respirait profondément. Intensément. En paix avec lui-même.

La satisfaction de la tâche accomplie peinte sur son visage, il s'éloigna.

— Tu ne peux pas partir comme ça ? lança Girolami. Où puis-je te joindre ?

— Je suis descendu à l'hôtel San Remo, répondit Fûyô en se tournant vers lui. Surtout, sois prudent. Et souviens-toi de ce que tu dois faire si jamais ils me retrouvent. Qui sait, tu apprendras peut-être ma disparition dans les journaux. Parfois, il faut lire entre les lignes.

— Très amusant, marmonna l'Italien.

Il suivit du regard son ancien collègue jusqu'à ce qu'il ne soit plus qu'un point parmi tant d'autres.

Puis il se décida à rentrer chez lui.

35

Après le divorce, Catherine Froidur avait gardé le nom de son mari. Peut-être parce qu'elle n'avait jamais cessé de l'aimer. À dire vrai, elle avait toujours cru qu'il lui reviendrait un jour, même lorsqu'elle avait appris par une « amie » que la petite peste avec qui il couchait venait d'emménager dans son appartement, à Versailles. Cette garce n'était pas aussi maligne qu'elle le croyait, sinon elle aurait réussi à se faire épouser.

Catherine avait toujours soutenu le *juge au cœur de pierre*, comme le surnommaient ses collègues. Même après la séparation, elle prenait régulièrement de ses nouvelles. Elle l'avait réconforté quand avait éclaté le scandale du *billet d'humeur*. En échange de sa disponibilité et de sa tendresse, elle n'avait jamais rien demandé, convaincue que son époux finirait par lui revenir. Le coup de fil qu'il lui avait passé quelques jours avant sa mort lui avait laissé penser que la réconciliation était toujours possible.

Et puis le drame.

Maintenant qu'il était mort, elle n'avait plus goût à rien. Elle ne sortait plus de chez elle et passait ses journées au lit, assommée par les calmants. Elle n'était plus la femme du juge depuis quelques mois déjà, et pourtant, elle se considérait comme sa veuve.

Plongé dans le noir, le pavillon de banlieue ressemblait à une maison hantée. Hantée par le fantôme de cet homme qu'elle idolâtrait. Le lit était toujours défait, les vêtements traînaient partout et une odeur de renfermé faisait fuir les rares visiteurs.

Pour ne plus voir le monde, elle avait tiré les rideaux. Elle portait des lunettes noires car la lumière l'effrayait. Emmurée vivante, elle attendait que ses forces l'abandonnent pour le rejoindre.

Aujourd'hui encore, elle avait eu un mal fou à se lever. Ses jambes tremblaient et la tête lui tournait.

Elle prit deux comprimés dans le tas posé sur la table de chevet et se rendit à la cuisine pour les avaler avec un peu d'eau. En traversant l'entrée, elle aperçut des enveloppes qui traînaient sur le carrelage. Le facteur était en avance, pour une fois. Comme elle ne se sentait pas la force de sortir et d'affronter le regard des autres, elle lui avait demandé de ne plus déposer le courrier dans la boîte aux lettres mais de le glisser sous la porte.

Elle se baissa pour ramasser les lettres. De la pub et des factures. Elle s'apprêtait à balancer le tout aux ordures lorsqu'elle reconnut l'écriture du juge sur une enveloppe. Expédiée de Versailles deux jours avant sa mort.

Son cœur s'emballa. Elle l'ouvrit précipitamment et en sortit une clé et une carte de visite. Le juge avait griffonné quelque chose au dos de la carte. Le numéro d'un coffre réservé à la Barclays Bank et le mot suivant : « À remettre au commissaire Dubreuil si jamais il m'arrive malheur. »

Elle ne put s'empêcher de pleurer. Gagnée par une rage soudaine, elle jeta à la poubelle les médicaments qui lui servaient de béquilles. Il était temps de se remettre à marcher toute seule.

À présent, elle avait un but : aider la police à trouver l'assassin du juge. Elle prit une douche et choisit une tenue dans la garde-robe qui commençait à s'empoussiérer. En se regardant dans la glace pour se maquiller, elle eut peur de ce qu'elle vit. Elle ne reconnaissait plus son visage.

Elle rangea la clé et la carte dans son sac puis sortit. La lumière attaqua ses yeux habitués à la pénombre. Un voisin la salua mais elle ne répondit pas. Elle s'engouffra dans la vieille Peugeot garée en contrebas et mit le starter en route, priant pour qu'elle tienne le coup jusqu'à Paris.

Avant de partir, elle salua le fantôme du juge qui se tenait dans l'entrée du pavillon.

36

Le ciel virait au gris mais Fûyô ne se pressait pas pour autant. Un roulement de tonnerre. La douce caresse de la pluie sur son visage. Partout autour de lui, les gens couraient pour s'abriter. Il les observait avec amusement. *Dieu arrose ses plantes*, pensa-t-il. *Un bien grand jardin que celui du Tout-Puissant. Il a les dimensions d'un monde et la grâce de la beauté*.

Pour combien de temps encore ?

Il entra dans une épicerie et attendit d'être servi. Juste devant lui, un touriste japonais feuilletait le *Sankei Shimbun*. Il lut par-dessus son épaule. En gros titre, la libération de la journaliste chinoise GaoYu pour l'Année du Lièvre. Plus bas, les résultats du meeting d'athlétisme de Birmingham. Il remua la tête en voyant les noms des vainqueurs des épreuves maîtresses. Tous prenaient la potion magique du professeur Kobayashi.

Son tour arriva. Il prit deux tranches de jambon de Parme et un bocal d'aubergines à l'ail macérées dans de l'huile d'olive et du vinaigre. Délicieux. Comme il n'aimait pas sortir le soir, il dînerait à l'hôtel en regardant le film diffusé sur la chaîne nippone. *Rashômon*, de Kurosawa. Il l'avait vu et revu, mais mieux valait ça que les programmes insipides des « Trois Rai ».

Il régla sa note et sortit.

Deux jeunes gens lui demandèrent poliment de les prendre en photo. Il accepta avec un sourire. Les amoureux se regardèrent dans les yeux et il déchiffra sans peine les *messagi d'amore* qu'ils s'envoyaient. Il leur rendit l'appareil et s'engouffra dans la ruelle voisine.

Une tape sur son épaule. Il se tourna vers les silhouettes dégoulinantes d'eau de pluie. Toutes vêtues d'imperméables noirs. Il reconnut l'idéogramme tatoué sur le dos de la main du chef de la bande. Pourtant, il ne paniqua pas. À quoi bon ? Ils avaient perdu la partie. Seulement, ils ne le savaient pas encore.

Malgré tout, une chose l'intriguait. Comment avaient-ils fait pour le retrouver ? Cette interrogation bien légitime ressuscitait l'inquiétude qu'il avait tuée lorsque Girolami était parti avec la disquette.

Surtout, garder son calme. Un type enfourcha un vieux vélo et fonça droit devant lui. Personne ne bougea ni ne pipa mot. Pas le moindre mouvement dans cette formation de la mort. Que comptaient-ils faire ? Le trucider sans perdre une minute ou bien lui parler d'abord ? Un regard circulaire. L'endroit idéal pour une exécution sommaire. Aucun commerce. Peu de passage. Le plan était simple. Un gars pour faire le guet et… trois autres pour le découper en morceaux. Dans le meilleur des cas.

Qu'attendaient-ils pour se décider ?

Le boss fit un pas en avant tout à coup. Fûyô ne recula même pas. Il réfléchissait à une façon de s'en sortir. L'homme qui se tenait face à lui était le liquidateur le plus en vue du Dragon. Une pointure. Un chien enragé qui ne lâchait jamais sa proie lorsqu'il la tenait dans sa gueule. Prisonnier d'une nasse invisible, le Japonais renonça à fuir.

Désormais, il était seul. Encerclé par les agents du Mal.

— Tu croyais pouvoir échapper au Dragon ? lança Akamatsu. Depuis le temps, tu devrais savoir que nous sommes tous ses enfants. Il veille sur nous et nous protège de nous-mêmes.

Un sourire tranchant comme le rasoir éclaira son visage. Lame de lumière qui se courba jusqu'à former une demi-lune de mauvais augure. Au centre de cette fenêtre donnant sur l'enfer, ses yeux rougeoyaient comme deux braises ardentes. Ses hommes ne se disputaient jamais pour attirer son attention. Tous pensaient qu'un seul de ses regards pouvait consumer leur âme.

— Je ne suis pas l'*enfant* du Dragon, se défendit Fûyô. Je ne l'ai jamais été. De toute façon, vous arrivez trop tard. Je n'ai plus la disquette.

Akamatsu ne cilla même pas. Il ne semblait guère surpris.

— Je suis au courant, souffla-t-il en s'approchant plus près. Nous nous occuperons de ton ami après.

L'autre tressaillit.

— Comment…

— Tu ne t'attendais pas à celle-là, pas vrai ? ricana le yakuza. Le Dragon sait *tout* de toi. En fouillant dans ton passé, nous avons appris que tu as connu Francesco Girolami à Osaka il y a quelques années. Quelqu'un de fiable, n'est-ce pas ? J'avoue que nous n'étions pas sûrs de notre coup en venant ici. Amanojaku a vu juste en pensant que tu le contacterais… (Il leva la main et Iga le rejoignit. Fûyô ne l'avait pas reconnue avec sa capuche. Elle sortit une enveloppe des plis de son imper et la tendit à son amant...) Regarde ce qui est arrivé par ta faute... (Il jeta plusieurs photos sur le sol. Fûyô manqua défaillir en identifiant les cadavres de ses anciens collègues...) Comme à son habitude, Shôkaku a été incapable de se défendre... (Les gouttes de pluie déformaient le visage boursouflé de Masatarô...) Quant à l'informaticien, il n'a jamais parlé. J'ai chargé Iga de lui administrer la plus subtile des tortures, mais il n'a pas desserré les dents.

— Parce qu'il ne savait rien, rétorqua Fûyô en serrant le poing.

— Moi qui prenais son entêtement pour de la loyauté, reprit le tueur. Je suis déçu car sur le moment j'ai ressenti de l'admiration pour lui. Ses hurlements de douleur étaient comme un hymne à la mort.

Iga lui tourna autour comme une bête affamée. Il sentait son souffle sur sa nuque. Allait-elle lui planter ses dents dans le cou et le vider de son sang ? Avant que la bombe qu'il avait dans la tête n'explose, il se décida à agir.

Il la frappa au visage avec une violence dont il ne se serait jamais cru capable. Une poignée de secondes pour s'enfuir. Il courut sans regarder derrière lui. Encore quelques mètres et... la vie. Toutes ces voitures étaient des taches noires sur les poumons de la ville. Ballotté entre le bruit et la pollution, il cherchait une issue.

Pas le temps de chercher justement. Les flingueurs rappliquaient au pas de course. Il n'attendit pas que le feu passe au vert pour traverser. Les coups de Klaxon lui bousillaient les tympans. Un pare-chocs l'effleura. La gueule du loup l'avait raté de peu. En face, Akamatsu et sa clique piétinaient. Une minute d'avance sur eux. Peut-être deux. Il sauta sur le capot d'un taxi et évita de justesse le scooter qui roulait en sens inverse. Un chauffeur de bus l'insulta. Adrénaline au point de non-retour. Hausse de température. La peur avait fait craquer une allumette qui foutait le feu à son âme.

Aucun flic en vue. Le contraire eût été étonnant. Ses jambes le menaient vers une destination inconnue. Impossible de les stopper. Les passants se retournaient sur cette machine humaine qui fonçait droit devant elle. Lorsque l'aiguille était dans le rouge, elle faisait le plein d'essence en se fichant un petit coup de trouille. La terreur était le meilleur des carburants.

Dans son dos, l'ombre des tueurs. Le but du jeu était de ne pas se laisser avaler par la peur. Sinon… Il arriva à Campo dei Fiori. Tous les matins s'y tenait le marché le plus réputé de Rome. Mais en cette fin de journée, il n'y avait plus guère de monde. Il bouscula un clochard qui avait élu domicile au pied de la statue du martyre Giordano Bruno, brûlé par l'Église pour hérésie.

Un ordre en japonais. *On le tient !* Les longs manteaux se rapprochaient dangereusement. Iga et Akamatsu au centre, et les deux autres sur les côtés. Impossible de rebrousser chemin. Ils l'obligeaient à avancer. Jusqu'au moment où il ne pourrait plus. Le pire, c'est qu'il n'avait pas d'arme pour se supprimer lui-même. Car il savait le sort que lui réservait le couple maudit s'il le capturait.

D'accord pour mourir. Mais pas comme ça.

Il atterrit dans une ruelle humide. La température baissait. Était-il un cadavre qui s'ignorait ? Au fond, un mur. Le piège se refermait. Des bruits de pas. Personne pour le secourir. Juste une saleté de chat qui fouillait une poubelle éventrée. *Ça ne peut pas se terminer comme ça. Pitié.*

Iga venait à lui. Seule. Encore un de leurs coups fourrés. Où se cachaient les autres ? Allaient-ils tomber du ciel ? Dans sa main, une lame. Métal fulgurant. Sans hésiter, elle l'attrapa par les cheveux et le traîna sur le sol couvert de détritus nauséabonds. Il ne résista même pas. La force de dix hommes dans un corps de femme. Cela donnait à réfléchir. Elle fila un coup de pied au chat qui vola dans l'impasse comme un vulgaire sac de poils.

— Je te laisse le choix, fit-elle en lui plongeant la tête dans une flaque d'eau qui sentait l'essence. Mourir sans souffrir ou bien connaître une agonie qu'aucun être vivant sur cette terre n'a jamais connue.

Le message était clair. Sur la joue du succube, la marque de son poing. *Frapper Iga et mourir*, lui avait dit un jour Akamatsu. C'était vrai, plus que jamais. Il baissa la tête et tendit la main.

— Une sage décision, siffla-t-elle en lui remettant une flasque remplie de liquide.

Le poison coula dans ses veines. Dans la position du fœtus, il attendait la mort. Bientôt, la boucle serait bouclée. Il avait respiré pour la première fois dans le ventre de sa mère et il rendait son dernier souffle couché sur un tas d'immondices. Curieux destin. La vie, si présente en lui pendant des années, l'abandonnait. Et il ne pouvait rien faire d'autre que la regarder filer comme une voleuse. La Mort riait de bon cœur. *Un de plus*, se disait-elle. Elle adressait des œillades à Iga, trop heureuse d'avoir une alliée humaine aussi cruelle.

Le cœur cessa de battre. Pas découragé, le chat revint sur ses pas. Il marcha sur le cadavre de Fûyô comme s'il s'agissait d'une poubelle de plus et poursuivit son inspection. Derrière lui, la Mort s'entretenait avec Iga. Elles s'enlacèrent et se promirent de se revoir bientôt.

Pour cela, il fallait que la tigresse tue. Des innocents, de préférence.

En partant, elle montra à son amie de toujours une photo de sa prochaine victime. Un certain…

37

Francesco Girolami arriva enfin à l'Istituto per il credito sportivo. Depuis des années, l'institut avait établi ses quartiers au 1 via Alessandro Farnese, tout près du Vatican. Dans le jardin, la statue du lanceur de disque s'érodait. La pluie et l'humidité abîmaient les monuments de la Ville Éternelle, c'était un fait. Et elles ne facilitaient pas la restauration des édifices millénaires.

Il salua la standardiste à l'accueil et se dirigea vers son bureau. Elle raccrocha précipitamment le combiné du téléphone et le héla avant qu'il ne prenne l'ascenseur qui empestait la cigarette. Il sourit et fit demi-tour. Aujourd'hui, il était de très bonne humeur. Elle pouvait lui annoncer la pire des nouvelles, cela n'y changerait rien.

Du moins le croyait-il.

— Un ami à vous a appelé ce matin, fit la jeune femme en cherchant le Post-it où elle avait griffonné le nom de l'homme en question. Il s'agit de monsieur Fûyô. Il m'a chargée de vous dire qu'il est toujours à l'hôtel San Remo et qu'il attend de vos nouvelles d'urgence.

Pour elle, un appel comme les autres. Pour lui, le début du cauchemar. Quelque chose ne tournait pas rond. Son ami avait son numéro de portable. Pourquoi aurait-il pris le risque de le joindre à l'institut, et qui plus est, de donner son nom ? Un homme en cavale n'avait-il pas comme priorité absolue de ne pas laisser de trace de son passage ?

L'inquiétude mangea son sourire. Il remercia la fille et lui demanda de faire patienter le boss. Une course à faire. Il sortit précipitamment. Les yeux partout. Étaient-ils ici ? Voulaient-ils le tuer ? Il s'assura discrètement que la disquette se trouvait bien dans la poche de son blazer. Tout près de son cœur. Il n'avait pas eu le temps de la donner à son cousin pour qu'il la cache. Il comptait la lui remettre après le boulot. Pas une minute à perdre pour s'en débarrasser. Il devait l'expédier à ce flic français, le commissaire Dubreuil, le seul qui semblait vraiment s'intéresser à cette histoire.

Il s'engagea dans la via Pompeomagno en regardant sans cesse derrière lui. Il suspectait toutes les personnes qu'il croisait sur son chemin, même cette *mama* vêtue de noir qui serrait un crucifix contre sa poitrine comme s'il s'agissait d'un trésor. Ses pas le menèrent dans la via cola di rienzo. Instant de paralysie. Trop de gens. Trop de véhicules. Il se lança au bout d'une minute. Dario, le patron du magasin d'articles de sport *Bartocci*, le salua. Il lui rendit son bonjour sans s'arrêter. Pas le temps. La mort aux trousses. Un chat le fit sursauter. Le félidé l'observa une seconde et replongea son museau dans un bol de lait posé sur une pompe à essence. *La vieille Simona et ses putains de chats*, pesta-t-il intérieurement. Cette septuagénaire liftée de partout nourrissait tous les félins du quartier. Elle croyait que s'occuper d'eux lui porterait bonheur.

Il fonça vers le Vatican. Un endroit touristique pour se mélanger à la foule. Et puis, il y avait une poste là-bas. Une fois qu'il aurait atteint la place Saint-Pierre, il serait en sécurité. Seul un tireur d'élite pouvait shooter une cible entourée de milliers de personnes sans blesser un innocent.

De toute façon, il n'avait guère le choix. *Et si c'était vraiment Fûyô à l'autre bout du fil ?* Il était trop intelligent pour gober ça. Sur la place, les touristes et les fidèles s'agglutinaient devant la basilique dont la façade était en travaux, comme presque toute la ville. Un couple lui demanda où se trouvait la chapelle Sixtine en montrant du doigt une photo du *Jugement Dernier* sur un vulgaire guide de la Ville Éternelle. Il les renseigna sans même les regarder. Il avait besoin de ses yeux pour voir si ces salauds ne le suivaient pas.

La poste était envahie par des Japonais. Ils jactaient en alternant sourires mielleux et courbettes d'usage. Certains rédigeaient des cartes en riant. Une religieuse essaya de passer devant les autres mais le gars au guichet la renvoya à sa place, nullement impressionné par son statut et son grand âge. Ici, tout le monde était logé à la même enseigne. Furieuse de ne pouvoir abuser de ses privilèges, la vieille dame se décida à faire la queue comme tout le monde. Girolami comprit à cet instant qu'invoquer la question de vie ou de mort ne convaincrait pas le barbu qui semblait cultiver sa mauvaise humeur comme d'autres les légumes de leur jardin.

Pour la première fois depuis son départ de l'institut, il se demanda si Fûyô était encore en vie. S'était-il attiré les foudres du Dragon ? Il prit son portable et commença à composer le numéro de l'hôtel San Remo. Non. Ça sentait trop mauvais. Ça sentait la mort. Il rangea l'appareil dans son étui et chassa cette idée de son esprit.

J'aurais jamais dû accepter.

La place se libéra enfin. Il acheta quelques timbres à l'effigie du Pape Jean-Paul II ainsi qu'une enveloppe gaufrée et se retira. Il glissa la disquette dans l'enveloppe qu'il affranchit au tarif en vigueur pour la France.

Il tenait à l'envoyer lui-même.

Cinq ou six mètres le séparaient de la boîte aux lettres bleue située à l'entrée de la poste. Préoccupé, il ne remarqua pas le type qui le surveillait. Il tenait dans la main une photo de Francesco prise via degli Annibaldi, la rue qui mène au Colisée.

Ce gars bossait pour une *investigazioni agenzia* depuis peu. Son patron l'avait chargé de filer Girolami pour le compte de… cet homme qui l'interrogeait du regard. Il montra du doigt l'Italien qui se dirigeait vers la sortie. La femme tatouée lui remit discrètement une liasse de billets. Quelques centaines de milliers de lires.

Puis le privé disparut dans la foule.

Ni vu ni connu.

Pressé de toucher au but, Girolami avait cessé d'être prudent. Il tendit la main vers la fente de la boîte. À cet instant, un vieux grincheux à qui il barrait involontairement la route agita sa canne devant lui. Elle heurta l'enveloppe qui chuta sur le sol. Il la ramassa en râlant. Lorsqu'il se redressa, un gars dont il ne voyait pas le visage lui fonça dessus. Caché par l'*Osservatore Romano*, le journal officiel du Vatican, le bolide humain le percuta.

Impossible de bouger. Pris par surprise. Autour d'eux, les gens allaient et venaient. Il s'apprêtait à crier mais une main posée sur sa bouche l'en empêcha. Le coup partit. La lame lui déchira le bas-ventre. La douleur était telle qu'il lâcha la disquette. Son agresseur s'en empara et le frappa une seconde fois à la hanche.

Il s'écroula. La mort l'arrachait au monde. Une femme hurla en apercevant le sang à ses pieds. Des étoiles dans ses yeux. Des dizaines de visages qui se penchaient sur lui. Parmi eux, ceux de ses parents. Avait-il déjà franchi le tunnel qui menait à l'au-delà ?

Ce kaléidoscope lui donnait le vertige.

Tout ça pour avoir rendu service à un ami. Mais il réglerait bientôt ses comptes avec Fûyô.

Au ciel ou en enfer.

Avec les anges ou les démons comme témoins.

38

— Mais enfin, qu'est-ce qu'on va foutre à Versailles ? laissa tomber Besançon.

Personne ne daigna lui répondre.

— Si je vous dérange, faut me le dire, râla-t-il en doublant une camionnette qui avançait comme une tortue.

Un coup d'œil au rétro. Sur la banquette arrière, le commissaire relisait le compte rendu de la fouille foireuse effectuée chez le juge Froidur. Étant donné l'importance que prenait cette affaire et l'inquiétude grandissante du préfet, il avait obtenu que les gars du laboratoire d'analyses génétiques étudient en priorité les traces et les indices prélevés dans l'appartement par Riccobini. Mais ils n'avaient rien trouvé. Les empreintes, les échantillons de salive et les cheveux mis sous scellés appartenaient tous à Froidur et à sa petite amie, qui était aussi sa secrétaire particulière.

Dubreuil n'avait pas pour autant renoncé. Il subodorait quelque chose. Le juge gagnait bien sa vie, mais pas au point de pouvoir s'acheter un pied-à-terre à Londres et de se faire construire une superbe maison dans le Midi de la France. Sans parler de ses investissements immobiliers dans la capitale.

En farfouillant dans les petits papiers de Froidur, les requins de la Brigade Financière s'étaient aperçus que dix millions de francs dormaient sur un compte ouvert à son nom à Genève. Convaincu qu'il était sur la bonne voie, le commissaire avait alors demandé au fisc d'enquêter. Le logiciel FICOBA avait ainsi relevé des sommes d'argent importantes sur les comptes bancaires du juge et l'Observatoire des Évaluations Immobilières Locales – appelé l'Œil du diable par les agents du service – avait noté des irrégularités concernant l'achat de ses logements situés en région parisienne.

Le magistrat avait touché un paquet de fric pour services rendus. Restait à savoir de quel type de service il s'agissait. Et surtout, qui l'avait récompensé aussi généreusement.

Besançon oublia de mettre son clignotant pour doubler un traîne-savate et faillit entrer en collision avec une voiture qui roulait sur la file de gauche. Dubreuil râla en ramassant ses papiers qui étaient tombés sur le plancher.

— Fais gaffe, vieux, siffla Sagane. T'as pas l'air dans ton assiette. Tu veux que je prenne le volant ?

— Non, ça va, je t'assure.

Besançon avait la tête ailleurs. Depuis leur départ, il revisitait mentalement le niveau de *Tomb Raider* qui lui posait problème. Les *gicleurs* de la somptueuse Lara crachaient le feu sur ses ennemis qui se signaient avant d'aller en enfer. Il était vraiment furieux d'avoir sacrifié sa grande copine du moment à cette enquête qui relevait plus du masochisme que du bon sens. Depuis le début de cette affaire, il se surprenait souvent à regretter l'époque des planques sucrées-salées où les gars passaient plus de temps à se goinfrer qu'à suer sur le terrain.

— Je ne comprends toujours pas ce que nous allons faire à Versailles, fit-il en se tournant vers le commissaire. Je vous rappelle qu'on a trouvé que dalle dans l'appart du juge. Qu'y a-t-il de si urgent ?

— J'avoue que je me pose aussi la question, dit Sagane.

Dubreuil tendit une enveloppe au lieutenant.

— Qu'est-ce que c'est ?

— Ouvrez-la.

Élie en sortit une clé et une carte de visite. Il lut ce qui était écrit derrière et reporta son attention sur le commissaire.

— Comment avez-vous eu ça ?

— La veuve du juge m'a rendu une petite visite tout à l'heure. Froidur lui a envoyé cette lettre car il avait confiance en elle. Il savait qu'elle me la remettrait en main propre s'il venait à disparaître.

— Vous savez ce que contient ce coffre ?

— Non.

— Et si jamais c'était une mauvaise blague ?

— Je ne pense pas.

Pour la première fois de la journée, Besançon sourit.

— Je savais bien qu'il se passait quelque chose. Ce branle-bas de combat, ce matin, ça m'a mis la puce à l'oreille.

— Voilà, nous y sommes, dit Dubreuil en montrant la Barclays Bank du doigt. Le directeur est au courant de ma visite. Attendez-moi ici, j'en ai pas pour longtemps.

Fix se gara rue Carnot et descendit pour ouvrir la portière à son chef. Le système de verrouillage électronique émit une plainte. Le *casse-burnes* remettait ça façon crève-tympans. Il l'avait pourtant fait réparer la semaine dernière.

— Tu trouves pas que t'en fais un peu trop ? lança Sagane tandis qu'il montait dans la caisse.

— De quoi tu parles ?

— Pendant un moment, j'ai bien cru que tu faisais de la lèche au patron, plaisanta Élie. C'est pas comme ça que tu vas remonter dans le classement.

Pour savoir ce que le commissaire pensait de chacun d'entre eux, les gars de la Crim se référaient régulièrement à ce qu'ils appelaient l'*Échelle de Dubreuil*, un système de notations qui permettait de désigner le « policier du mois ». Bien entendu, ces informations devaient rester confidentielles et se transmettaient de flic en flic. Les agents et les officiers donnaient une note à leurs collègues, selon les critères d'efficacité sur le terrain ou de rapidité à résoudre une enquête, et à la date prévue le plus matheux de la bande faisait une moyenne pour savoir qui était le petit veinard du moment. Le poulet à la mode.

Ceux qui recouraient au lèche-bottes étaient disqualifiés d'office.

Le boss sortit de la banque à l'instant où Besançon s'apprêtait à reprendre la parole pour se défendre. Il avait une enveloppe en papier kraft sous le bras.

— Je l'ai, souffla Dubreuil en prenant place sur la banquette.

Les regards se braquèrent sur l'enveloppe posée sur ses genoux.

— C'est tout ce qu'il y avait dans le coffre ? lança Fix.

— Oui, répondit le commissaire.

— Vous ne l'ouvrez pas ? fit Sagane.

— Vous me semblez très excités tous les deux. Pour ne rien vous cacher, moi aussi.

L'enveloppe contenait une lettre et des photos. Dubreuil chaussa ses lunettes et commença à lire :

Cher commissaire,

Si vous êtes arrivé ici, c'est que vous savez beaucoup de choses. Tout d'abord, sachez que si vous décidez d'aller jusqu'au bout, vous devrez tôt ou tard affronter ce qu'ils appellent le « Dragon ». Il s'agit d'une puissante organisation qui contrôle nombre de sociétés et de gens parmi les plus influents de ce monde.

Le grand patron se nomme Ryôko Nakamura. C'est un vieillard de quatre-vingt-deux ans, mais il a encore toute sa tête. Nakamura est un homme important au Japon. Son passé trouble – il aurait appartenu à la tristement célèbre Kempeitaï, l'équivalent de la Gestapo allemande – n'a jamais été révélé par la presse, et pour cause : il contrôle les principaux journaux japonais. Le groupe financier dont il est P.-D.G. s'occupe des quotidiens comme le Yomiuri Shimbun *ou l'*Asahi Shimbun, *ainsi que des mensuels comme le* Daibyaku Renge. *Mais ce n'est pas tout. Il gère également les principales chaînes de télé et stations de radio du pays. Même le* Nikkan Sports *est publié par lui. Une sorte de Bill Gates avec les yeux bridés, me direz-vous. Presque ça, sauf que l'un tue pour parvenir à ses fins, l'autre pas.*

Les mauvaises langues rapportent que ses véritables épousailles avec le Mal remontent au jour où il a rencontré les sept chefs de la société secrète appelée Nanatsu-saya no tachi, *en référence à l'épée à sept branches qui se trouve dans le sanctuaire shintô*

Isonokami-Jingû. *L'emblème de l'organisation est un samouraï qui pleure son honneur perdu.*

Ensemble, ils se lancent dans l'industrie pharmaceutique, secteur d'avenir, et créent le laboratoire Tsukimachi. C'est à cette époque que Nakamura fait la connaissance du professeur Kobayashi. Ancien membre de la Commission de sécurité virale et directeur de l'unité Inserm génétique et pathologie moléculaires à l'hôpital Cochin, le scientifique a démissionné car il était las des magouilles de laboratoires. Il est prêt à travailler pour le Dragon. À condition d'avoir sa propre équipe et de bosser comme bon lui semble. Au cours d'une réunion extraordinaire, les sept chefs donnent leur accord.

Le chercheur ne tarde pas à mettre au point un nouveau type de traitement qu'il appelle avec modestie « l'Immunothérapie de Kobayashi ». Cette méthode révolutionnaire soigne toutes les maladies et permet aux sportifs de haut niveau de dépasser leurs limites.

Ryôko comprend très vite que cette thérapie du futur peut rapporter des marchés milliardaires en dollars à l'industriel qui saura l'exploiter. Et il compte bien être cet homme-là. Il fait la sourde oreille lorsque Kobayashi l'avertit que sa découverte n'est pas au point et que, sur le long terme, elle représente un danger pour la santé humaine. Le Dragon mise tout sur l'Immunothérapie et lance le programme « Lune du Chasseur ».

Si vous voulez en savoir plus sur Tsukimachi, regardez les photos prises par le satellite d'observation. Comme tout homme de loi, j'ai des relations. Un ami qui travaille au « Renseignement d'origine image » m'a remis ces clichés où apparaissent clairement des détails d'à peine cinq ou six centimètres. Ceux qui sont numérotés de un à cinq montrent le site lyonnais qui abrite la filiale française de Tsukimachi. Regardez attentivement la photo portant l'inscription « S/S ». « Surveillance du site » si vous préférez. Comme vous pouvez le constater, elle est assurée par des soldats armés. Ils gardent le bâtiment gris qui ressemble à un mille-pattes. Vous vous demandez ce qui se trouve à l'intérieur, je suppose. Une arme nouvelle destinée à notre gouvernement ? Un secret d'État peut-être ? C'est bien pire. Il s'agit de centaines de containers renfermant des milliers de doses de cette substance miracle issue du cerveau du professeur Kobayashi.

Il vous faut savoir que Tsukimachi a des laboratoires et des bâtiments de ce genre dans tous les pays du monde. Sur les photos suivantes, vous pouvez apercevoir les sites italien et anglais notamment.

Sur les photos onze à quatorze, vous pouvez voir les exécuteurs de l'organisation. Pour coordonner leurs actions, le groupe a créé un cabinet d'étude consacré à l'assassinat. La logique est simple : les gêneurs doivent être éliminés et les meurtres déguisés en accidents… ou suicides. Les ordres sont donnés par Nakamura en personne ou par l'un des sept chefs et ne doivent en aucun cas être écrits ou archivés. Très tôt, on apprend aux liquidateurs les finesses de la « dénégation plausible ». Cette procédure met les dirigeants du Dragon à l'abri en cas d'échec ou de divulgation à l'opinion. Le tueur prend ses responsabilités et sait qu'il ne peut compter que sur lui-même une fois qu'il a accepté de remplir un contrat.

Les assassinats des Sôichiro et de Noriyori font partie d'un programme secret baptisé « Vent d'Hiver ». Mis en place par les membres de « l'Épée à sept branches », il a permis jusqu'à présent de séparer le bon grain de l'ivraie. Le principe est le suivant : pas de négociation avec les traîtres, même s'ils se repentent.

Les « suicidés » japonais ont été supprimés par les équarrisseurs les plus en vue de l'Organisation. Surnommés les « amants maudits » par leurs collaborateurs, Iga et Akamatsu travaillent ensemble depuis des années. Le monde est la salle d'opérations de ces chirurgiens sans âme qui ont remplacé le bistouri par la lame incurvée. Inutile de préciser qu'il s'agit de noms d'emprunt. Personne ne sait exactement d'où ils viennent ni l'âge qu'ils ont. Leur passé est un mystère et ce que j'en sais m'a été rapporté par Nakamura lui-même. À vous de faire le tri entre ce qui est vrai et ce qui est faux.

Commençons par la dame si vous le voulez bien. Iga serait une ancienne danseuse de Butô. Sa grâce et sa beauté peu communes n'ont d'égale que sa cruauté. Son penchant pour le crime de sang est notoirement connu du milieu de la pègre. On raconte qu'elle aurait tué sa meilleure amie à l'âge de vingt ans. Une sombre histoire de jalousie. Jusqu'à aujourd'hui, personne n'a jamais pu prouver quoi que ce soit. Mais elle n'est pas seulement précoce. Elle est aussi intelligente. Supérieurement intelligente. Un déséquilibre en appelant un autre, ses appétits sexuels seraient à la hauteur de ses aptitudes au meurtre. Pervers et insatiables.

Toujours selon la rumeur, elle aurait rencontré Akamatsu à Tokyo, alors qu'il s'occupait d'un dojo. Cet homme défini par ses relations comme « violent et froid comme la glace » a deux passions déclarées : les arts martiaux et l'histoire des samouraïs. Secrètement, il rêve d'un ordre nouveau. Selon lui, la société japonaise est malade de ses excès. Le peuple est perdu. Il a besoin d'un guide. De plus, il pense que l'influence de l'Occident sur les siens est aussi dangereuse que le ver pour le fruit : elle dévore le pays de l'intérieur. Fasciné par le samouraï Tôyama Mitsuru qui fonda, avec notamment Uchida Ryôhai, la « Société du Dragon Noir » au début du siècle, il étudie sa biographie et s'inspire de ses idées. La « Rôninkai » créée en 1908 par le même homme – société nationaliste qui préconisait la suprématie du Japon sur le reste de l'Asie – est pour lui un modèle à suivre.

Et moi dans cette histoire ? À l'époque où j'ai été contacté par Nakamura, j'étais président de l'Association professionnelle des magistrats, et je m'apprêtais à être promu premier juge d'instruction à Paris. Une « huile » comme on dit. Ryôko m'a proposé une somme tout à fait indécente pour défendre les intérêts d'une filiale de Tsukimachi implantée en France. Accusée d'avoir diffusé de fausses informations sur le marché, d'avoir présenté des comptes sociaux inexacts et entravé l'exercice de la mission du commissaire aux comptes, la société risquait ni plus ni moins que la fermeture définitive. Le Dragon n'avait pas encore les appuis dont il bénéficie aujourd'hui et la partie semblait perdue d'avance. Il ne m'a pas fallu plus d'une nuit pour me décider. J'ai instruit l'affaire qui s'est soldée, vous vous en doutez, par un non-lieu.

Pleinement satisfait de ma prestation, mon généreux client ne tarda pas à me rappeler. Je croyais acheter ma liberté avec les millions qu'il me donnait pour le sortir de situations délicates, mais je me trompais. Il me tenait et ne comptait plus me lâcher. Impossible de revenir sur sa décision une fois passé un accord avec le Dragon. Le jour où ils ont liquidé un juré qui menaçait de raconter à la presse qu'ils avaient acheté son vote, j'ai décidé de jeter l'éponge. Le big boss ne me l'a jamais pardonné. La lettre que vous avez entre les mains est la preuve que Nakamura a donné l'ordre de me supprimer.

Peut-être essaierez-vous de rencontrer Nakamura lorsqu'il viendra à Paris pour assister à un tournoi de sumô qui doit avoir lieu à Bercy. Il sera sûrement accompagné de son bras droit, un certain Kimura Sadayo. Hitler avait Himmler. Ryôko a Sadayo. Ses hommes le surnomment « Amanojaku », en référence à un démon du folklore bouddhique japonais, mais également « Arechi », ce qui signifie « terre inculte ». J'ai joint au dossier des photos de ces deux-là.

Je crois que le temps est venu de nous séparer. Je vous recommande la plus extrême prudence. Le Dragon ne recule devant rien pour parvenir à ses fins. Ne faites confiance à personne. Adieu... et bonne chance.

— Et c'est signé André Froidur, fit Dubreuil en repliant la lettre.

Fin de la confession. Le silence envahit à nouveau la voiture. Élie resta un moment sans rien dire. K.O. debout. Trop d'informations d'un coup. Problème de digestion. *Il manquerait plus que tu te plaignes*, le sermonna la petite voix qui se chargeait parfois de lui remettre les idées en place. Entre le dossier fourni par le mystérieux traître et cette déposition post-mortem, ils avaient de quoi faire saigner le Dragon.

— Cette fois, on les tient, siffla-t-il.

— Ne nous emballons pas, rétorqua Dubreuil. Nous ne savons rien sur ces tueurs tatoués. Jusqu'ici, même la police japonaise a été incapable de les identifier.

— Vous oubliez les photos d'Iga et d'Akamatsu. Elles peuvent nous être utiles.

Dubreuil approuva d'un signe de la tête.

— Qu'est-ce qu'on fait maintenant ? lança Fix en jouant nerveusement avec une clope.

— Il faut qu'on se renseigne au sujet de ce tournoi, répondit Dubreuil.

— Pas la peine, souffla François en portant franchement la sèche à ses lèvres. J'ai acheté deux billets à la FNAC le mois dernier. Je comptais y aller avec une copine. Ou avec Élie… (Il sortit les places de sa poche intérieure et les montra au commissaire. Sur le papier glacé, une photo en noir et blanc de Nobuyasu, le grand champion actuel…) C'est pour la fin de la semaine. J'avais l'intention de passer un bon moment, mais je crois que c'est râpé.

Dubreuil lui fit signe de démarrer.

— Je compte sur votre discrétion, Élie, fit-il. Le préfet a son compte de mauvaises nouvelles. Je lui en parlerai dès qu'il sera disponible.

Sagane acquiesça.

— C'est vous qui décidez, chef. Et en ce qui concerne Nakamura ?

Le commissaire prit son air le plus grave.

— Dès qu'il sera à Paris, on lui rendra une petite visite.

39

Colossus observa son reflet dans le rétroviseur embué. *J'ai vraiment une sale gueule aujourd'hui.* La faute à qui ? À bien y réfléchir, sûrement pas au commissaire. Certes, c'était lui le boss. Mais il n'avait fait qu'écouter Sagane sur ce coup.

Depuis dix jours – et dix nuits – il veillait sur cette gonzesse. Il la suivait partout. Et elle n'en savait rien. Difficile pourtant de passer inaperçu lorsqu'on mesure presque deux mètres et que l'on traîne son quintal dans les rues de la ville à la façon d'un éléphant qui s'apprête à charger. Depuis toujours, il intimidait plus qu'il ne rassurait. À l'école, personne n'osait le provoquer ni même le contredire. Les filles quant à elles refusaient la plupart du temps de sortir avec lui.

Jusqu'à ce qu'il la rencontre. Elle. Son ange.

Mais elle avait fini par le plaquer. Une banale histoire de cul. Entre son boulot et lui. Classique. Tous les poulets passent par là. Le pire, c'est que ça ne les rend pas plus intelligents. La preuve. Il vivait dans sa caisse depuis plus d'une semaine. Une couverture pour les nuits fraîches et une Thermos pour les pipis qui pressaient. Ça volait pas haut non plus question bouffe. Au menu : sandwichs végétariens le midi et hamburgers au soja le soir. Il avait renoncé à la viande rouge et aux plats en sauce car il s'était mis dans la tête de maigrir. Mais il avait l'impression de dépérir, comme une plante privée d'eau et de lumière.

Il s'assura que la mignonne était toujours au café d'en face et alluma la radio. Chérie FM. Les grands défenseurs de la musique française. Justement, l'animateur annonçait un tube de Jean-Jacques Goldman. Celui-là, il l'aimait bien. Un bruit bizarre. Son estomac réclamait sa pitance du matin. Il ouvrit la boîte à gants et s'empara du sachet rempli de fruits secs. Un régal. Moment tellement intense qu'il faillit oublier la raison de sa présence ici.

Il remit le paquet à sa place et reporta son attention sur la silhouette de la belle. Elle n'avait pas bougé d'un millimètre. Depuis son arrivée, elle prenait des notes sur un carnet sans lever la tête. Sans doute un de ces foutus boulots d'authentification. Entre deux cours de criminologie, elle gagnait sa vie ainsi. Elle bossait essentiellement sur des objets d'art chinois ou japonais. Un richissime collectionneur l'avait engagée pour identifier deux œuvres de la fameuse « famille verte », intitulées *Le Plat aux Guerriers* et *Le Dragon qui tète*. Briard n'y connaissait rien et à dire vrai ne s'y intéressait guère, mais il admirait les compétences de cette femme.

Elle se levait très tôt le matin et se rendait sur la rive gauche, à Saint-Germain-des-Prés. Après une bonne balade dans le quartier, elle faisait une halte dans un café de la rue du Four. Là, elle commandait un café au lait et étudiait des dossiers ou griffonnait des mots qu'elle classait dans un ordre précis. Ses gestes, il les connaissait par cœur. De même que les expressions de son visage. Rien ne lui avait échappé. Et surtout pas la beauté qu'elle s'évertuait à cacher aux yeux des autres. Une coiffure qui la vieillissait. Des lunettes qui voilaient la profondeur de son regard. Cette fille-là se sous-estimait. Elle valait mieux que ça. Elle était faite pour l'amour, le vrai, pas pour les aventures fadasses du samedi soir consommées sur le canapé ou dans les draps trop froids d'un inconnu.

Il posa une main sur son « bébé ». Le 454 Casull étincelait sous ses doigts. Ailleurs pour une poignée de secondes. Une camionnette venait de se garer devant le café. Sarah avait disparu de son champ de vision. L'angoisse empoisonna son sang à toute vitesse. Son cœur décolla pour de bon. Il sortit précipitamment de la voiture et courut vers le véhicule appartenant à un artisan.

Il balaya le café d'un regard au laser. La criminologue n'était plus là ! Envolée comme l'oiseau. Sur la table traînaient ses dossiers. Jamais elle n'abandonnerait sa paperasse. Ça n'était pas son genre.

— Où est la fille ? lança Colossus en montrant du doigt la chaise vide à l'intérieur du café.

Le temps qu'il se gare et qu'il descende de son véhicule, ce gars avait forcément vu ce qui s'était passé.

— Je comprends pas, fit-il en haussant les épaules.

Il vaqua à ses occupations sans se soucier du policier. Celui-ci l'attrapa par le bras et le plaqua contre la camionnette.

— Écoute-moi bien, vieux. Je ne suis pas d'humeur, alors dis-moi ce que tu as vu. Tout de suite !

Cent kilos de muscles et un regard de tueur, ça donne à réfléchir. Pourtant, le malheureux n'était pas assez futé pour inventer ce qui n'existait que dans la tête du malade qui le molestait. Il se comporta en honnête homme et répondit franchement.

— Je ne suis pas comme certains, se justifia-t-il. Je suis incapable de mentir. S'il y avait eu une femme, je l'aurais vue.

Morin le lâcha et entra dans le café. Il interrogea les serveurs. Sans succès. Le patron contourna alors le comptoir et lui annonça ce qu'il redoutait : deux hommes de type asiatique étaient venus chercher Sarah et l'avaient fait monter dans une voiture. Cela s'était passé le plus simplement du monde. Pas de menace ni de violence. Le contraire eût été étonnant.

Il parcourut la rue du Four à plusieurs reprises, à la recherche de cette caisse noire. L'arme au poing, il fit fuir les clients des cafés et des commerces. Rien. Pas une seule gueule de bridé dans le secteur. Et voilà que ça recommençait. La pluie s'abattait sur la ville. Des gouttes d'eau perlaient sur le canon du Raging Bull.

Il avait échoué lamentablement. Comment allait-il expliquer ça au commissaire ?

Il regagna sa voiture et s'effondra sur le siège du conducteur. Anéanti. Les essuie-glaces grinçaient tellement qu'il les arrêta. Il ne voyait plus rien. Une âme seule et sans défense pouvait-elle survivre au déluge ? Pas d'issue. Ou plutôt si.

Un peu de courage… Assume.

— Central ? Ici Briard…

40

— J’en reviens pas, répéta Élie pour la énième fois. Comment t’as pu faire ça ?

Excédé, Colossus brandit le poing. Son ami lui faisait penser à une machine détraquée qu’il était impossible de réparer. Cette histoire lui avait mis le feu au cerveau. Il n’arrivait plus à se contrôler.

— Je n’y suis pour rien, se défendit Briard. J’ai essayé de faire de mon mieux.

— Parce que tu crois que je vais me contenter de *ça* ? s’emporta le lieutenant. Cette fille ne représente peut-être rien pour toi, mais sache que sans elle nous n’aurions jamais réussi à comprendre ce qui se trame.

— Tu penses que je l’ai laissée tomber, c’est ça ? tempêta à son tour son collègue. Ben vas-y. Vide ton sac une bonne fois pour toutes.

Face à face, les deux hommes échangèrent un regard qui ne leur ressemblait guère. Leur amitié flirtait dangereusement avec la haine.

— Tu me déçois Morin, souffla Sagane.

Pour Briard, cet aveu trempé dans l’acide était pire que tout. Il incendiait son système de valeurs et remettait en question sa conception de la sacro-sainte loyauté. Dans le fond de la pièce, le commissaire et Besançon se planquaient derrière les fantômes de cigarettes. Ils attendaient le dénouement de cette confrontation au sommet. Flic contre flic. À armes égales. Chacun soutenait mentalement son favori et se gardait bien de révéler son nom à l'autre.

Élie ne parvenait pas à se calmer. Il était dépassé par les événements. Pourtant, il fut un temps où la pression lui donnait la pêche et, chose curieuse, lui éclaircissait les idées. Colossus n'était pas un *trouille-au-cul* et encore moins un inconscient. C'était un professionnel. Il connaissait son métier sur le bout des doigts. Et il savait qu'il n'y avait pas de place pour l'erreur. Mais alors, que s'était-il passé dans sa petite tête ?

— Je trouve quand même étrange l'intérêt que tu portes à cette nana, reprit Briard. Tu la baises pas au moins ? Remarque, si c'était le cas, ça me dérangerait pas. C'est juste que les coucheries entre collègues peuvent nuire au bon déroulement d'une enquête. Mais ça je suppose que tu le sais.

Le coup partit et toucha le lieutenant en plein cœur. Il revint sur ses pas et plaqua le géant contre le mur avec une facilité surprenante. Le Tomcat dans la pogne, il le serra de près. De très près.

— Tu connais rien de ma vie, alors viens pas me faire chier, cracha-t-il au visage de son équipier qui n'en revenait pas.

— Ça suffit ! lança Dubreuil en sortant de l'ombre qui lui servait d'abri antibaston.

Élie prit sur lui et sa fureur s'atténua. À peine. En temps normal, jamais il n'aurait osé s'en prendre ainsi au mec le plus craint du service. Il n'était plus lui-même, mais plutôt un volcan en éruption dans un corps d'homme.

— Lâchez-le, insista le boss.

— Je veux être sûr que vous ne tenterez rien contre ces types tant qu'on n'aura pas récupéré Sarah.

— Tu débloques mon ami, essaya Colossus. Range ton arme et discutons calmement, OK ?

En guise de réponse, Sagane appuya davantage le canon sur la joue de son collègue.

— Tu plaisantes, j'espère ? J'attends votre décision commissaire.

Dubreuil choisit de ne pas s'énerver. Il prit un cigare et le mit en bouche sans l'allumer. Sa façon à lui de se détendre lorsqu'une crise éclatait.

— Vous rendez-vous compte de ce que vous risquez si l'I.G.S. venait à apprendre cet incident ? fit-il en plantant ses yeux dans ceux du lieutenant.

— J'en ai rien à foutre, rétorqua l'autre. Pour l'instant, je vous parle d'une femme retenue prisonnière. Nakamura est arrivé à Paris hier soir. Je vous demande de ne pas l'approcher tant qu'elle ne sera pas hors de danger.

Colossus loucha sur le « Taureau Furieux » qui ronflait dans son étui. C'était frustrant d'avoir toute cette puissance à portée de main et de ne pas pouvoir l'utiliser. Son pote méritait une bonne punition. Une rouste maison pour lui arracher des excuses et ça repartirait comme avant. Encore fallait-il reprendre le dessus sans blesser personne. Plus facile à penser qu'à réaliser.

— Vous avez lu la lettre du juge, siffla Élie. Vous savez de quoi ils sont capables. Je refuse de la sacrifier.

— Bien, alors que proposes-tu ? demanda Fix qui commençait à s'inquiéter pour la santé mentale de son partenaire.

— Rien d'impossible en tout cas, dit Sagane. Je veux que vous me laissiez le champ libre pendant les prochaines quarante-huit heures.

Le commissaire secoua la tête négativement.

— Je vous rappelle qu'officiellement, vous êtes hors du coup. Je ne peux pas prendre le risque de vous donner carte blanche sans savoir ce que vous préparez.

Silence. Lourd. Le lieutenant se sentait seul. Pour la première fois, il doutait de ses propres équipiers et de son chef. Dans la rue, la sirène d'une ambulance hurla à la mort. Quelque part dans la ville, quelqu'un avait besoin d'aide. Comme elle.

Comme Sarah.

Je ne t'abandonnerai pas, petite. Tu as ma parole.

— Je vais essayer de régler cette histoire, annonça-t-il. Si dans deux jours vous n'avez pas reçu de mes nouvelles, faites comme vous le sentez. Tout ce que je vous demande, c'est de lui laisser une chance.

Colossus soupira.

— S'il veut passer sur le gril, libre à lui. Qu'en dites-vous ?

— Je n'ai pas pour habitude de céder au chantage, pesta Dubreuil.

— Accordez-lui cette faveur qu'on en finisse, fit Besançon. J'avoue que je ne te suis plus, Élie, mais c'est ton choix et je le respecte.

Deux voix contre une, se réjouit Sagane intérieurement. *On dirait que vous êtes tout seul, chef.*

— C'est bon, râla le commissaire. Vous avez quarante-huit heures. Pas une de plus.

Soulagé, Élie recula lentement. Deux putains de jours pour arracher Sarah aux griffes du Dragon. Il n'aurait jamais tenté le coup s'il n'avait pas eu de quoi négocier : un dossier médical complet, la confession d'un complice et des photos compromettantes. En somme, tous les éléments de l'enquête. Heureusement, le commissaire ne se doutait de rien. Sinon, il n'aurait pas accepté.

Il observa son flingue une minute et le remercia mentalement. Parfois, un *passeur de mort* pouvait se transformer en pacificateur. La main de Briard effleura le 454 Casull. Élie savait qu'il ne s'en servirait pas contre lui. Leur amitié encaisserait le choc de cette altercation. Pareil pour Fix. Il lut dans ses yeux qu'il le soutenait.

Dans sa tête, se profila le visage de Sarah. Pour elle, il s'apprêtait à remettre au Dragon les armes qui pouvaient le détruire. La police n'aurait probablement plus jamais une telle occasion. Tant pis.

Il sortit et ferma la porte derrière lui.

Personne dans le bureau ne songea à le suivre. Du moins pas maintenant.

— Je crois savoir où il va, avança François.

Le commissaire l'interrogea du regard.

— Le tournoi de sumô a lieu cet après-midi à Bercy. Nakamura est descendu au Ritz pour y assister. Je pense que le lieutenant va chercher à lui parler.

Dubreuil approcha une allumette de la pointe de son cigare.

— Eh bien, qu'attendez-vous, messieurs ? Empêchez-le de faire une bêtise qu'il pourrait regretter.

41

La sonnerie de son portable parvint à ses oreilles. Le numéro d'appel s'afficha sur l'écran de l'appareil. Il s'agissait de René Cohen, un vieil ami de feu son père qui ne manquait jamais une occasion de l'inviter. Sans doute l'appelait-il pour lui proposer de passer le sabbat chez lui, avec les siens. Élie ne savait comment s'en dépêtrer, car il avait décliné toutes ses dernières invitations.

Il était à court d'excuses.

Comme il approchait du Ritz, il estima que ce n'était pas le moment de causer. Il éteignit le portable et le glissa dans la poche de son imper. Il se gara puis sortit de sa caisse après s'être assuré que le Beretta était chargé.

Dans l'entrée de l'hôtel, une superbe brune lui sourit. Pas de quoi le détourner de sa mission. Quoique… Il se retourna sur son passage et admira en silence le corps de déesse monté sur talons.

— Je suis lieutenant de police, fit-il à la fille de la réception. On m'a chargé d'assurer la protection de Ryôko Nakamura.

La bigleuse loucha sur sa carte puis demanda à son supérieur de venir. Nouveau baratin. Hésitation du petit chef qui bomba fièrement le torse histoire de se donner de l'importance. Il ne semblait pas vraiment convaincu.

— Monsieur Nakamura ne se déplace jamais sans ses gardes du corps, dit-il. Je doute fort qu'il ait besoin des forces de l'ordre. Ces types sont de véritables armoires à glace, et ils sont armés jusqu'aux dents. Avec eux, même le président de la République n'aurait rien à craindre.

L'imbécile poussa le vice jusqu'à appeler la suite du Japonais pour en avoir le cœur net. Heureusement, c'était occupé.

Élie se montra sûr de lui, prenant la chose à la légère. En réalité, il était au bord de l'explosion. Entre le cassage de gueule en règle et le cirage de pompes, son cœur balançait. Et puis une idée de génie lui fit du rentre-dedans. Il adopta le ton de la confidentialité pour annoncer, avec une mine de circonstance, qu'une ancienne maîtresse de Nakamura comptait débarquer sans prévenir. Possessive et même violente, elle pouvait être dangereuse. Évidemment, personne n'était au courant.

— Je pense qu'il est préférable de régler le problème sans faire de vagues, renchérit-il. La direction de l'hôtel appréciera certainement à sa juste valeur votre discrétion.

L'homme reconsidéra sa position, flatté de partager un secret de cette importance. Sans parler de l'espoir de promotion que lui faisait miroiter ce flic tombé du ciel. Comme par enchantement, il cessa de se renfrogner et sourit hypocritement. De toute évidence, il était prêt à toutes les bassesses pour une caresse ou un compliment de son supérieur.

— C'est bon, souffla-t-il. Vous pouvez monter. Chambre 317.

Le sous-fifre joue au grand seigneur, se moqua Sagane intérieurement. *C'est pitoyable.*

Il monta dans l'ascenseur et appuya sur le bouton du troisième étage. Lorsque la porte s'ouvrit avec un léger chuintement, la crosse du Beretta épousa la paume de sa main.

Au bout du couloir, un type baraqué en costume. Un doigt sur l'oreillette. Quelqu'un lui parlait. Sagane se garda bien d'allumer la lumière. Il longea le mur en silence, prêt à l'assaut. Une minute, il pensa qu'il faisait fausse route. Peut-être devait-il faire simple et demander à parler au big boss. Non. Il ressortirait de la chambre les pieds devant et un pruneau entre les deux yeux, comme au bon vieux temps du banditisme *made in U.S.A.*

À présent, il se tenait suffisamment près pour voir le visage du géant. Un Européen. Le genre de démolisseur qui devait adorer briser les colonnes vertébrales et emboîter les os comme de vulgaires Lego. Pas rassurant. Le canon du Tomcat chercha sa cible et s'immobilisa. Le garde du corps tourna la tête vers lui. Il avait compris que le moindre mouvement pouvait le condamner à mort. Élie formula ses ordres avec les yeux. Ce langage ne souffrait aucune protestation. Le grand blond leva doucement les mains en l'air.

Le lieutenant lui ordonna de frapper et de s'annoncer. L'autre s'exécuta et attendit. Rien. Sagane lui fila alors un magistral coup de pied dans le derrière. Le nez du gars s'écrasa contre la porte. Un craquement. Le poids lourd chuta sur la moquette de la suite. Des paroles en japonais fusèrent.

Dans un coin, les deux tatoués de service, Iga et Akamatsu. Assis sur un somptueux canapé, un vieil homme. Sur sa figure, autant de rides que d'expériences vécues. Ses petits yeux noirs fixèrent le policier avec une indifférence désarmante. Une lueur les traversa qui ne ressemblait en rien à la peur mais plutôt à l'excitation. Élégamment vêtu, un verre de *calpis* à la main, il regardait la télévision avant que le lieutenant ne fasse irruption dans sa chambre. Comme à chaque fois qu'il venait à Paris, il descendait au Ritz et demandait un bouquet de programmes japonais. Sur l'écran défilaient des mannequins portant les plissés du couturier Issey Miyake. Mais plus personne n'y prêtait attention.

Normal, un cinglé braquait un flingue sur eux.

Le *bodyguard* se redressa tant bien que mal et alla rejoindre les autres, dans le fond de la pièce. Nakamura n'avait toujours pas bougé. Il but une gorgée de sa boisson sans quitter le flic du regard. Élie remarqua la cravate Hermès et les chaussures Berluti. Cet homme avait du goût. Dans toute chose, il semblait pousser le raffinement à l'extrême. Il soignait son apparence mais aussi l'horreur de ses crimes.

— Au risque de vous surprendre, je vous attendais.

Étonné, Sagane relâcha sa concentration une seconde. Juste assez pour permettre à l'homme caché dans son dos de le soulever par la ceinture et de le projeter contre un mur. Le *gicleur* vola dans la chambre et le flic s'effondra. Terrassé par la douleur. Malgré tout, il parvint à se relever et fit face au lâche qui avait osé l'attaquer par-derrière. Sa détermination à le punir pour sa couardise s'effrita dans l'instant. Ce n'était pas un être humain mais bien un monstre. Au moins deux cents kilos de graisse casés dans un costume trop étroit dont les coutures écartelées criaient au supplice. Coiffé à l'ancienne, le *sumôtori* se campait sur ses jambes, prêt au combat.

— C'est bien fils, laissa tomber Nakamura en faisant signe aux autres de ne pas intervenir. Tu as retenu la leçon : les coups de poing et les coups de pied sont interdits. Si tu te comportes ainsi tout à l'heure, tu as de fortes chances de remporter la victoire.

Grand amateur de sumô, le Japonais sponsorisait le jeune Mitsumuto sur les conseils de l'ancien champion Ônokuni. Surnommé « Tornade Jaune » par la presse nippone, Mitsumuto était titulaire de deux prix obtenus aux tournois de Nagoya et Fukuoka. Il avait un bel avenir devant lui. S'il gagnait le tournoi de Bercy, il empocherait la coquette somme de cinquante mille dollars. Sans parler du respect de ses pairs. Et puis, c'était un bon entraînement avant la compétition qui devait se tenir la semaine suivante au stade Shin Kokugikan de Tokyo.

Sagane comprit qu'il ne prendrait pas le dessus au corps-à-corps. Il finirait écrasé par cette masse répugnante. Le coup devait être extrêmement précis et expéditif, sinon…

Il s'approcha du colosse l'air de rien et visa entre ses cuisses au dernier moment. Son pied heurta méchamment l'endroit délicat avec un bruit sourd. Pas de réaction. Le pachyderme à visage humain s'offrit même le luxe de sourire. Élie recula en fronçant les sourcils. De quoi cette « chose » était-elle faite ?

— Vous ne respectez pas les règles lieutenant, lança Nakamura, visiblement réjoui par cette confrontation. Pour vaincre, il faut faire tomber votre adversaire sur le sol ou le pousser hors de l'arène. Pour simplifier la chose, imaginez un ring qui va des fauteuils près de la porte à la table basse qui se trouve à mes pieds… (Il porta le verre à ses lèvres…) À vous de jouer.

Ce salopard se régalait de le voir se faire démolir le portrait. Le gros lard se précipita sur lui et son ventre le percuta avec une violence inouïe. Il avait suffi d'une seule offensive pour le mettre hors d'état de nuire. À terre, sonné comme un boxeur ayant encaissé un uppercut foudroyant, il ne savait plus où il était ni qui il était.

— J'ai le regret de vous annoncer que vous avez perdu, siffla la voix perfide de Nakamura. Allons, dit-il à ses hommes, aidez-le à se relever. Mettez-le à ma hauteur. Je n'ai plus l'âge de faire des acrobaties.

Akamatsu le souleva par le col de son imper et le soutint jusqu'au canapé. Élie ne pensa même pas à résister. À quoi bon ?

— Je vous sers un verre de Karupisu peut-être ? proposa le vieillard sans attendre de réponse. C'est une boisson fermentée très prisée au Japon. Elle vous remettra… (Il attendit une minute que le flic se remette de ses émotions…) Je suis sûr que vous vous demandez comment Mitsumuto a pu rester debout après une attaque aussi déloyale, n'est-ce pas ?… (Élie hésita avant de prendre le verre que lui tendait son « hôte »…) Je vous en prie. Il n'est pas empoisonné, vous avez ma parole. Si j'avais voulu vous tuer, il y a longtemps que ça serait fait, vous ne croyez pas ? Pour en revenir à ce qui vous préoccupe, les *sumôtori* savent que cette région particulièrement sensible du corps peut faire l'objet d'attaques. Dès la puberté, ils apprennent à masser avec application leurs testicules afin qu'ils puissent emprunter le canal inguinal autant de fois que nécessaire et reprendre leur place originelle. Avant un combat, un bandage entre les cuisses leur permet d'être sûr que les organes génitaux ne quitteront pas leur abri… (Il désigna le lutteur qui se tenait immobile devant la porte…) Le petit a pris ses précautions car il ne va pas tarder à disputer une série de combats. Si vous étiez venu deux heures plus tôt, vous auriez pu le priver de la victoire. Entre nous, je vous en aurais voulu.

— Vous disiez que vous m'attendiez ? souffla Élie.

Iga passa la langue sur ses lèvres. Désir sexuel ou soudaine envie de meurtre ?

— En effet. J'ai d'ailleurs donné quartier libre à la moitié de mon personnel. Ceux qui sont restés font partie de ma garde rapprochée. Mes plus fins limiers. S'ils n'étaient pas là, près de moi, je n'oserais peut-être pas vous parler aussi crânement.

Sur l'écran du téléviseur, un animateur commentait la dixième édition du concours de calligraphie à la brosse de Tokyo. L'un des candidats, un certain Oshu Tanetani, écrivait un message de félicitations adressé à tous les participants sur une grande feuille de papier à l'aide d'une brosse montée sur un balai. Nakamura zappa à plusieurs reprises avant de s'arrêter sur une chaîne qui retransmettait en direct un concours de danse d'un genre un peu spécial. Au total, quatre-vingt-six créateurs de robots présentaient leurs œuvres dans un tournoi organisé à Yokohama. Ryôko et ses hommes éclatèrent de rire lorsqu'un ingénieur se déhancha avec sa création, une machine appelée *Rarma*.

Chacun ses jeux, se moqua le lieutenant.

Le téléphone sonna. Akamatsu répondit.

— *Moshi-moshi*, fit-il.

Il échangea quelques paroles avec son interlocuteur avant de raccrocher.

— *Nan des'ka ?* lui demanda le boss.

— Des clients du deuxième étage se sont plaints du bruit, annonça-t-il dans un français impeccable. Je me suis excusé auprès du gars de la réception et je l'ai assuré que ça ne se reproduirait plus.

— Tu as bien fait. Ce n'est pas le moment de nous faire remarquer.

— Vous plaisantez, j'espère, ricana Sagane. Depuis le début de cette affaire, vos chiens de garde font tout pour qu'on remonte jusqu'à vous. Y a qu'à voir les cadavres qu'ils sèment sur leur parcours.

Le blond leva la main sur le policier, prêt à le frapper. Nakamura l'en dissuada.

— Pour ne rien vous cacher, je m'inquiète de la tournure que prennent les événements. Faisons en sorte que cela change, voulez-vous ? Voici ma proposition : vous me remettez les documents qui m'appartiennent et je libère la fille. C'est on ne peut plus simple.

Le lieutenant avait une chose à vérifier avant d'aller plus loin.

— De quels documents parlez-vous exactement ?

— Vous aimez jouer, on dirait, constata le Japonais… (Il posa le verre sur la table…) Je vous parle du dossier médical que vous a remis un traître nommé Fûyô. Ça y est, la mémoire vous revient ?

Iga sourit au flic. Mais pas comme à un ami. Plutôt comme à une future victime.

— Ah, celui-là ! laissa tomber Sagane d'un ton désabusé.

Apparemment, le vieux renard ne savait pas que le juge Froidur s'était constitué un dossier avant de passer de vie à trépas. Le lieutenant n'avait donc rien à perdre. La perte des rapports cliniques envoyés par le mystérieux informateur n'empêcherait pas la police de poursuivre son enquête puisqu'elle disposerait malgré tout d'éléments pouvant entraîner la chute du Dragon.

— Et si j'accepte ?

— Vous la récupérez saine et sauve.

Élie planta ses yeux dans les siens.

— Cessez de me fixer ainsi, lieutenant. Cela ne se fait pas.

— Un simple regard suffit à vous déstabiliser ? plaisanta Sagane.

— Vous n'y êtes pas du tout, se défendit l'autre. Le Japonais n'aime pas que l'on force son regard. C'est une violation de son espace personnel.

Le policier finit son verre à son tour. Il décida de voir jusqu'où il pouvait aller. Après tout, quelle estime cet homme aurait-il de lui s'il cédait tout de suite ?

— Je ne sais pas encore, souffla-t-il. Il faut que je réfléchisse.

— Vous avez raison, dit Nakamura en sortant un cigare de la boîte que lui tendait Akamatsu. Aimez-vous cette femme ? lança-t-il tout à coup.

— Quoi ?

— Je vous demande si vous l'aimez, insista l'octogénaire nippon. Parfois, le sacrifice d'une personne que l'on aime est nécessaire.

— Nécessaire à quoi ? s'offusqua le flic en se levant.

— À la cause que vous défendez, répondit Ryôko sans faillir.

— Vous êtes timbré, siffla Élie. Les temps ont changé au cas où vous ne l'auriez pas remarqué. Les fanatiques prêts à mourir pour leur dieu sont foutus. Et vous savez pourquoi ? Parce que l'homme ne croit plus en rien.

— Il sera plus facile dans ce cas de le manipuler. Notre organisation se bat pour restaurer les principes qui ont fait la gloire de l'Asie.

— *Dai-Nihon*, dit fièrement Iga.

— Oui, approuva son chef. Nous serons les artisans de la renaissance du « Grand Japon ».

Sagane soupira, agacé par la tournure que prenait la conversation. Il était temps de revenir à l'essentiel.

— Où est-elle ?

— Elle est votre faiblesse, le piqua Ryôko. Je suis fasciné par l'amour excessif que certaines personnes éprouvent pour d'autres. Le jour où vous comprendrez que chacun d'entre nous est remplaçable, quels que soient son rang et sa fonction au sein de la société, vous ne souffrirez plus. Nous ne sommes que des grains de sable dans ce monde de splendeur et de misère. Ce que nous accomplissons ne nous survivra pas, ou si peu. Un poème du *Tao-te King* résume assez bien la condition humaine : « Mais qui donc fait averse et vent ? C'est Ciel-et-Terre. Si l'ouvrage de Ciel-et-Terre est sans durée, que dira-t-on des hommes ? »

En fin connaisseur, Akamatsu étudiait le Beretta nouvelle génération. Le pistolet de poche à canon basculant semblait réellement le fasciner. Il s'amusa à le braquer sur le flic. Le lieutenant lui adressa un mauvais regard et reprit place sur le canapé.

— Vous n'avez pas répondu à ma question, insista-t-il.

Nakamura baissa le son du téléviseur.

— Rassurez-vous, dit-il en jouant avec la fumée de son cigare. Là où elle se trouve, il y a tout ce qu'il faut pour son genre de beauté. Iga ici présente veille à ce qu'elle ne manque de rien. N'est-ce pas ma chère ?

La créature à visage humain acquiesça et décocha un sourire qui glaça le sang du flic.

— Soyons sérieux, continua le Japonais. Nous ne la laisserons pas partir tant que ces documents ne seront pas entre nos mains.

— Je n'ai pas le choix si je comprends bien, souffla le policier.

— Voilà une conclusion comme je les aime, ricana le vieil homme.

Élie décida de poursuivre sur le terrain de la provocation. Un jeu dangereux, mais…

— Je me mets à votre place. Vous voulez récupérer le dossier et c'est bien normal… (Il aiguisa sa lame avant de frapper son adversaire…) Après tout, que penseraient les chefs de « l'Épée à sept branches » si vous leur rapportiez de mauvaises nouvelles ?… (Ryôko encaissa la mise en garde avec un froncement de sourcils…) Ils n'apprécieraient certainement pas de voir leur grand projet tomber à l'eau par votre faute.

Iga et Akamatsu fusillèrent du regard le flic.

— Vous savez plus de choses sur l'Organisation que je le pensais, constata avec amertume Nakamura. Je dois reconnaître que vous marquez un point. Mais ne criez pas victoire pour autant. La partie ne fait que commencer. Et jusqu'à preuve du contraire, c'est moi qui mène la danse… (Il tira nerveusement une bouffée de son *encrasse-poumons…*) Respectez les termes de notre marché et tout ira bien. Sinon, je vous promets que cette fille mourra après avoir connu les pires souffrances.

Akamatsu se réjouit du silence de l'Occidental. Il avait enfin compris à qui il avait affaire.

— Puisque vous semblez vous intéresser au sujet, reprit le vieillard qui avait décidément toute sa tête, sachez que les sociétés secrètes contrôlent les économies chinoise et japonaise depuis toujours. Le Dragon a porté tant de noms qu'il est impossible de tous les citer. Sans nous, le système part à la dérive. Nous appelons nos ennemis les « diables aux yeux bleus ». Les

Occidentaux si vous préférez… (Élie s'apprêtait à reprendre la parole mais l'autre le stoppa dans son élan d'un geste sans appel…) Avant que vous ne me les posiez, je vais répondre aux questions qui vous brûlent les lèvres mon petit policier. *Oui*, nous avons des contacts dans le monde entier. *Oui*, nous sommes déterminés à aller jusqu'au bout… (Il marqua volontairement une pause…) *Oui*, je n'hésiterai pas à donner l'ordre de supprimer cette femme si je n'obtiens pas satisfaction.

Sagane lut dans ses yeux qu'il ne plaisantait pas. S'il avait besoin de se convaincre de la cruauté de cet homme une bonne fois pour toutes, son passé parlait pour lui.

— Je n'ai été bouleversé que deux fois dans ma vie, fit Ryôko d'un ton plus léger. La première, lorsque j'ai pu admirer de près le *Radeau de la Méduse* de Géricault. La seconde, lorsque je me suis associé à « l'Épée à sept branches ». C'était la promesse d'un ordre nouveau.

— La plupart des promesses meurent dans l'œuf, rétorqua le lieutenant. Le monde en a connu des cinglés qui voulaient le changer. Napoléon, Hitler, pour ne citer qu'eux. Tous ont échoué car l'exercice de la dictature est un terrain très casse-gueule. Si vous voulez mon avis, vous n'êtes pas au bout de vos déceptions.

— Contrairement à ce que vous pensez, nous n'avons pas l'intention de déclarer la guerre au monde. Nous n'agissons pas ouvertement. Partout, notre influence grandit sans que personne le sache. *Ça*, c'est le vrai pouvoir. Comment piéger une organisation qui n'existe pas officiellement et qui n'a aucune revendication ?

— Je vous le demande, fit Sagane.

— Un jour vous vous réveillerez mais il sera trop tard. Nous serons partout. Dans vos téléviseurs, dans vos assiettes, même dans votre salle de bains. Sous la forme d'une brosse à dents ou d'un savon. Nous serons le remède qui guérit vos maux, le désir qui coule dans vos veines. Vous ne pourrez pas nous échapper. Et le pire, c'est que ça ne vous viendra même pas à l'idée car nous occuperons également vos pensées, jusqu'aux plus intimes.

Le lieutenant secoua la tête négativement.

— Vous comptez vous y prendre comment ? En éliminant tous ceux qui ne sont pas d'accord avec vous ? Ça risque d'être long et difficile. Et puis ça finira par se savoir. L'Histoire est là pour nous rappeler que l'on retrouve toujours les charniers.

Nakamura écrasa le cigare dans le cendrier posé sur la table basse en verre. Aucune trace de nervosité dans ses gestes. Une parfaite maîtrise de soi en toute circonstance. Voilà pourquoi il était le boss.

— Votre démocratie est comme le soleil, lieutenant. Le jour, elle éclaire vos visages béats et vous donne l'illusion de la transparence. La nuit, elle profite que vous et vos semblables dormiez profondément pour échafauder plans et complots. Tout est joué d'avance, mais vous n'en savez rien… (Il se leva et fit quelques pas dans la pièce…) Votre conception de la morale m'amuse, mon cher. Il fut un temps où les empereurs romains tuaient père et mère sans pour autant s'aliéner le peuple. Le devoir d'un chef est de tout expérimenter, même les plus troublantes émotions du crime. Il doit tout savoir pour comprendre et agir en conséquence.

— Aux yeux de la société, vous êtes et vous serez toujours un monstre, cracha Sagane.

— Quelle société ? s'indigna le Japonais. La vôtre ? Sachez qu'il n'y a que deux races en ce bas monde. Ceux qui sont faits pour diriger, et ceux qui sont faits pour obéir.

— Vous êtes complètement à côté de la plaque, mon vieux, s'égara Élie.

— Cessez de me parler comme si j'étais débile ! s'emporta Nakamura. J'ai eu ma part de malheurs moi aussi. J'ai perdu mes deux frères pendant la Seconde Guerre mondiale. Le même jour.

— Vous venger sur les autres ne les ressuscitera pas, siffla Sagane.

Cette fois, c'en était trop. Akamatsu s'approcha et le gifla.

— Un peu de respect, petit flic de merde, laissa-t-il tomber.

Ryôko n'avait pas bronché. Il se réjouissait en silence de l'intervention de son *trancheur de têtes* numéro un.

— Mon frère aîné a fait ses classes à la Kaigun Heigakkô, expliqua-t-il comme si rien ne s'était passé. Cette école navale se trouvait à Edajima, près d'Hiroshima. Puis il a été recruté par l'organisation *Tokumu Han*, la *Section des affaires spéciales*. Le commandement des transmissions de la Marine impériale japonaise l'avait chargé de lire les chiffres ennemis, d'intercepter et de décoder les messages... (Le souvenir ravivait la douleur sur ses traits...) Mais l'action lui manquait et il demanda à embarquer à bord du *Yamato*, le plus grand navire de guerre construit à cette époque. Il est mort pendant la bataille d'Okinawa en avril 1945. Le jour où le bateau a coulé.

La sonnerie d'un téléphone portable résonna dans la chambre.

— C'est Amanojaku, lança Iga. Il dit qu'il aura un peu de retard et…

— Pas maintenant, la coupa sèchement Nakamura.

Elle s'excusa en japonais auprès de son chef et partit poursuivre la conversation dans la pièce voisine.

— Le cadet a appris très jeune à piloter des avions de chasse, enchaîna Ryôko. Il connaissait par cœur le *Kawanishi N.1 K1.J*, baptisé « George » par les Américains. Vers la fin de la guerre, il a rejoint les fameux *jibaku*, les « suicidés volontaires » qui ont coulé de nombreux navires US. À bord d'un chasseur « Zéro », avec juste assez de carburant pour faire un voyage et une bombe de deux cent cinquante kilos comme chargement, il a foncé sur un bateau ennemi et l'a détruit. Le trente-quatrième envoyé par le fond par les *kamikaze*. Le dernier aussi. Le *Kamikaze Tokubetsu Kogekitai* créé par l'amiral Onishi Takijirô lui a rendu un ultime hommage le jour de sa disparition. J'y ai assisté… (Ses yeux venimeux ne lâchaient pas ceux du flic…) Je n'ai plus jamais pleuré depuis.

Il fit signe à Akamatsu de rendre son arme au lieutenant. Le tortionnaire tiqua mais finit par s'exécuter. Ryôko savait que Sagane ne tenterait rien tant que la vie de cette femme serait entre ses mains. Ce dernier rangea le flingue dans son étui et se leva.

L'entretien était terminé. Enfin, presque.

— Ce soir, à vingt heures précises, Iga vous attendra en bas de votre immeuble. Vous n'aurez qu'à prendre votre voiture et la suivre. N'oubliez pas les documents si vous voulez revoir votre amie en un seul morceau. Je compte sur votre discrétion. À la moindre fausse note, j'ordonne sa mise à mort. Vous m'avez bien compris ?

Le *sumôtori* s'écarta pour laisser passer le policier. Une fois dans le couloir, celui-ci adressa un clin d'œil moqueur au grand blond qui prit sur lui pour ne pas l'étrangler. Il ne renouvela pas l'expérience. Ce gars avait peut-être le crâne vide, mais il avait également de gros biscotos.

Il marcha lentement jusqu'à l'ascenseur, sans se retourner. À présent, il avait besoin de prendre un bon bol d'air. Ses membres tremblaient encore et sa chemise collait à sa peau. Lorsqu'il poussa la porte en verre de la sortie, il crut qu'il allait défaillir. Sa respiration était si forte qu'elle étouffait les bruits de la ville. Les lumières de la place Vendôme tournoyaient autour de lui comme des lucioles en folie.

La rue s'était transformée en boîte de nuit.

Sans la musique.

Il monta dans sa voiture et attendit une minute avant de démarrer.

Le temps de se calmer. Et de reprendre contact avec lui-même.

Je n'ai jamais été autant dans la merde.

42

— Tu crois qu'il nous a vus ? demanda Besançon.

Colossus cracha son chewing-gum dans le cendrier.

— Je connais Élie, répondit-il. Si ça avait été le cas, il nous l'aurait fait savoir.

L'autre fit la grimace, guère convaincu.

— On a quand même pris un gros risque en le laissant y aller seul. Ces gars auraient pu le trucider.

Agacé par les jérémiades de son collègue, Briard soupira.

— Tout de suite les grands mots, siffla-t-il en choisissant une figue dans le sachet glissé dans sa poche. Si tu veux mon avis, je crois qu'on a bien fait. Élie a peut-être une chance de sauver cette fille.

— Tu ne lui en veux pas alors ?

Une rafale de vent secoua la caisse avec une telle violence qu'ils restèrent bouche bée une minute. Cette interruption de dialogue indépendante de leur volonté leur permit d'admirer la superbe Jaguar noire qui arrivait. Une ligne à faire pâlir de jalousie ses rivales.

— Quand j'étais gamin, se souvint Colossus, j'avais une bande de copains. On faisait les quatre cents coups ensemble… (Son visage se fendit d'un large sourire…) Il y en avait un qu'on surnommait « Pygmée » en raison de sa petite taille. Il adorait nous provoquer. Résultat, on lui flanquait des trempes carabinées. Un jour, pour se marrer, on a démonté son vélo pièce par pièce. Le lendemain, sa mère a sonné à ma porte pour nous faire la morale et nous interdire de le revoir… (Il remua la tête négativement…) Il n'a pas tardé à m'appeler pour me dire qu'il ne nous en voulait pas et qu'il regrettait sincèrement l'emportement de sa mère. Il passait peut-être pour une poire aux yeux de ses parents, mais pas aux nôtres. Il venait de nous prouver l'indéfectibilité de son amitié… (Il fixa son équipier…) Alors pour répondre à ta question, *non*, je n'en veux pas à Élie. Un ami peut pardonner beaucoup de choses.

L'espace d'un instant, Fix crut apercevoir l'enfant que son partenaire avait été. Mais il se garda bien d'approfondir le sujet. Son collègue était du genre sauvage. Il détestait qu'on lui pose des questions sur sa vie privée.

Le crachotement de l'émetteur-récepteur arracha Colossus à sa rêverie.

— Briard j'écoute, souffla-t-il dans l'appareil.

C'était le commissaire. *Plus collant que ma mère*, râla intérieurement François.

— Où en êtes-vous ? s'impatienta Dubreuil.

Les deux flics échangèrent un regard qui scella définitivement leur complicité.

— Le lieutenant s'est effectivement rendu au Ritz, annonça Briard. Mais il en est ressorti aussitôt. Apparemment, la direction de l'hôtel n'a pas cru à son histoire.

Flagrant délit de mensonge. Besançon approuva d'un signe de la tête. Il se doutait que Sagane avait besoin de temps pour régler cette affaire. Et il ferait tout son possible pour lui faciliter la tâche.

— Vous m'en voyez ravi, déclara le boss. Je ne tiens pas à ajouter son nom sur la liste des victimes de ces *yakuzas*... (Il hésita une seconde...) Et pour ce qui est de ce détecteur bidouillé par Besançon ?

Colossus tendit l'émetteur à son équipier.

— Il est parfaitement au point, lança Fix. Nous l'avons placé sous la bagnole du lieutenant. Dès qu'il met le moteur en route, le boîtier à mon poignet s'allume et m'indique l'itinéraire qu'il emprunte en temps réel. La N.A.S.A. commercialise un truc de ce genre depuis quelques années. Mais afin d'éviter que des terroristes s'en servent pour faire sauter des bombes dans les endroits stratégiques des villes, ils ont prévu une marge d'erreur de vingt à cinquante mètres... (Il sourit fièrement à Colossus...) J'ai fait en sorte que mon système soit d'une précision chirurgicale.

— Ne le lâchez pas, insista Dubreuil. Il est sous pression et je crains qu'il ne prenne des risques inconsidérés.

— Ne vous inquiétez pas.

Le commissaire coupa le contact. Juste au moment où Sagane démarrait.

— Assez frimé, fit Colossus. Il est temps de s'assurer que ton bidule fonctionne.

Élie mit son clignotant et s'engagea dans la file.

— Alors ?

— Laisse-lui le temps de se déclencher, s'énerva François.

La minute qui suivit pesa sur lui de tout son poids. Soûlé par les tic-tac des secondes qui s'égrenaient dans sa tête, il était au bord de l'explosion.

Tu vas t'allumer bordel de merde !

Tout à coup, le voyant cracha sa clarté aveuglante comme le serpent son venin. Avec violence et sans aucune pitié pour ses pauvres yeux.

— Ça marche ! jubila-t-il en suivant du regard le parcours de Sagane sur l'écran du boîtier.

— J'ai jamais douté de toi, mon vieux.

43

Après avoir fait un tour dans la maison de Nakamura, Iga retourna dans sa chambre, au deuxième étage.

Elle se mit à l'aise et s'assit sur le canapé. Elle feuilleta une revue sur les arts martiaux, revenant sans cesse à la même page, celle qui montrait un karatéka torse nu en position de combat, les poings fermés et le visage dur. Elle aimait les hommes qui prenaient soin de leur corps. Pour elle, il y avait deux catégories de sportifs : les orfèvres et les bûcherons.

Cette photo l'excitait.

À cet instant, Akamatsu entra dans la chambre. Il paraissait nerveux. Quand il la vit, seulement vêtue d'un tee-shirt court qui dévoilait son nombril et d'une culotte noire échancrée, son regard changea. Encouragée par le discours de ses yeux, elle se leva et s'approcha de lui. Sans crier gare, elle lui sauta dessus, enroulant ses jambes autour de sa taille. Il la plaqua contre le mur et l'embrassa à pleine bouche.

Elle lui murmura quelques mots à l'oreille. Excité par leur crudité, il réagit. Satisfaite, elle sourit et l'aida à enlever son pantalon. Elle donna des coups de langue sur la poitrine de son amant, mordillant le bout de ses seins. En collant son oreille à son torse, elle entendit son cœur battre plus vite.

Il voulut la prendre tout de suite mais elle se déroba.

Elle retira son tee-shirt et fit glisser la culotte le long de ses jambes, sans le quitter du regard. Akamatsu admira son corps ferme, ses petits seins qui pointaient dans sa direction, son ventre plat, sa croupe musclée à laquelle il n'avait jamais su résister. Même ses tatouages avaient un pouvoir érotique.

Il la rejoignit et ils s'embrassèrent longuement.

Elle le poussa sans ménagement sur le lit et l'empêcha de se relever. Lorsqu'elle le griffa au visage, Akamatsu ne protesta pas. Il avait l'habitude de ce petit jeu. Il n'envisageait plus leur union autrement que par la domination.

Il s'assit au bord du lit et déposa quelques baisers sur le ventre de sa maîtresse. Ses doigts glissèrent jusqu'aux poils du pubis, puis plus bas. Les longs cheveux raides d'Iga tombèrent sur son visage quand elle baissa la tête pour le regarder. Elle ferma les yeux, tout entière à ses sensations. Lorsqu'il lui taquina le clitoris, elle se mit à gémir. En observant les traits de sa partenaire qui se déformaient, enfilant le masque de l'indéfinissable plaisir au féminin, le Japonais sourit.

Elle s'ouvrait à lui.

Puis la bouche remplaça la main. Communion des chairs, lèvres contre lèvres. Il avait toujours aimé le goût de sa maîtresse. Il remonta jusqu'à la poitrine, approchant son visage des collines nourricières. La course de cette langue sur sa peau la rendait folle. Elle soupira, passant une main sur le crâne rasé de l'homme qu'elle aimait.

Lorsqu'elle l'arracha à elle, il planta ses yeux pleins de désir dans les siens.

— Attends, souffla-t-elle, c'est mon tour.

Elle l'obligea à s'allonger et se pencha sur son pénis.

— Tu es bien dur, dit-elle en le caressant doucement. Tu as très envie de moi, n'est-ce pas ?

Elle n'attendit pas la réponse, prenant le membre dressé dans sa bouche. Akamatsu laissa s'échapper un râle. Au bout d'une minute, elle se redressa et ils échangèrent un baiser.

Le Japonais la pénétra. Leurs peaux s'épousèrent. Iga s'agitait sous lui, l'aidant du mieux qu'elle pouvait, comme si elle avait voulu qu'il entre davantage. Elle eut un orgasme et planta ses ongles dans les bras de son amant. Akamatsu eut la sensation que ce n'était pas lui qui la prenait, mais plutôt le contraire. Dans sa façon de *le* faire, elle avait toujours ressemblé à un homme.

Il eut envie de changer de position, histoire de reprendre l'avantage, mais elle ne lui en laissa pas l'occasion. Elle bougea sous lui, se dégageant. Il se retrouva allongé sur le dos. Elle s'assit à califourchon sur son ventre, maintenant ses bras au-dessus de sa tête. Le Japonais savait ce qu'elle allait faire. Elle sortit une cordelette d'un tiroir de la table de chevet et attacha les poignets de son amant aux barreaux du lit, serrant le plus fort possible, jusqu'à lui arracher une grimace de douleur.

— Tu me veux ? lança-t-elle en le défiant du regard.

— Oui.

— Alors baise-moi.

Elle se souleva légèrement et s'empala sur son sexe.

— Ne jouis pas avant que je te le dise, siffla-t-elle d'une voix autoritaire.

Après quelques mouvements du bassin, la tigresse se laissa à nouveau emporter par la jouissance. Elle le tortura encore quelques minutes avant de lui donner le feu vert. Quand Akamatsu éjacula, elle lui mordit le lobe de l'oreille jusqu'au sang. Sous l'emprise de la souffrance et du plaisir, le Japonais hurla.

Puis ses muscles se relâchèrent. Son rythme cardiaque ralentit. Iga le détacha et il se rendit à la salle de bains pour désinfecter la plaie. Elle admira son corps nu, prête à recommencer. Mais il y avait un temps pour tout.

— L'heure approche, fit-il. Prépare-toi et va chercher le flic.

— Tu comptes vraiment libérer la fille et les laisser partir une fois qu'on aura récupéré le dossier ?

Il se tourna vers elle, offusqué qu'elle lui pose cette question.

— D'après toi ?

Iga sourit.

— J'aime mieux ça.

44

Sagane dut par deux fois faire le tour du parking de la morgue avant de trouver une place. Il s'engouffra dans le bâtiment, évitant de justesse un capitaine de la Crim avec qui il avait déjà bossé et qui se serait empressé de rapporter sa présence ici s'il l'avait vu.

Élie eut un haut-le-cœur en empruntant l'escalier qui menait au sous-sol. Il détestait cet endroit. Il ne comprenait pas comment les découpeurs de viande froide faisaient pour supporter l'odeur de la mort mélangée à celle des produits chimiques. Le pire fut quand il poussa la lourde porte qui donnait sur la salle de travail. Les deux types en blouse blanche qui exploraient la cage thoracique d'un cadavre ne prêtèrent aucune attention à lui. Un peu plus loin, il aperçut Riccobini qui relevait les traces de coups sur un macchabée en fredonnant *Imagine* de John Lennon.

Il attendit que le légiste termine de prendre ses notes avant de se manifester.

— De quoi est-elle morte ? demanda le flic en fixant les yeux vides de la fille.

Riccobini sursauta puis se tourna vers lui.

— Son petit ami l'a battue avant de l'étrangler avec une ceinture, répondit-il. Il était convaincu qu'elle le trompait.

— Et c'était le cas ? fit Sagane.

— Même pas, soupira l'autre. On vit dans un monde de dingues.

Riccobini retira ses gants et se lava les mains. Il semblait fatigué.

— Que se passe-t-il, lieutenant ? siffla-t-il en s'aspergeant le visage d'eau. Vous ne nous rendez jamais visite, à moi et mes « locataires ». D'où vous vient cette soudaine envie de vous encanailler ?

— J'ai besoin de votre aide, toubib, laissa tomber Sagane en l'entraînant dans un coin.

— Je crains le pire.

— Il me faut le rapport médical que l'informateur a envoyé à Dubreuil. Je sais que c'est vous qui l'avez.

Riccobini secoua la tête.

— Ne comptez pas sur moi, dit-il froidement. Le commissaire m'a chargé de le garder. J'ai ordre de ne le remettre à personne. C'est pas parce que vous êtes de la « maison » que je serai plus coopératif… Pourquoi le voulez-vous d'abord ?

— Désolé, mais je ne peux rien vous dire. Pour votre propre sécurité.

— Si c'est avec « ça » que vous espériez me convaincre, c'est raté. Si vous voulez bien m'excuser, il se fait tard et j'ai eu une journée épouvantable.

Il rangea son matériel et se changea. Sagane s'apprêtait à renoncer, mais le visage de Sarah lui insuffla de nouvelles forces.

— Ils ont enlevé la criminologue, dit-il. Si je ne leur remets pas ce foutu dossier ce soir, ils vont la tuer.

Le ton était presque suppliant. Riccobini revint sur ses pas.

— C'est la vérité ?

— Je vous le jure, acquiesça Élie. Faites-moi confiance.

— Admettons que je vous croie et que je vous donne le rapport. Qu'est-ce que j'y gagne ?

— L'assurance que je plaiderai votre cause la prochaine fois que vous demanderez à aller sur le terrain.

Le lieutenant savait que le toubib rêvait de passer du statut de découpeur de viande froide à celui d'enquêteur qui bravait quotidiennement le danger et que l'on récompensait par des médailles.

En voyant Riccobini sourire, il comprit que c'était gagné.

— Où comptez-vous faire l'échange ? lança le légiste en sortant une clé de sa poche.

Sagane l'observa ouvrir un tiroir et en sortir le rapport.

— Je ne sais pas encore, répondit-il.

— J'espère que je ne regretterai pas ma décision, souffla Ricco en lui tendant le dossier.

— J'ai une dernière chose à vous demander, fit Élie. Je veux que vous appÉliez chez moi toutes les heures. Si à minuit je ne suis toujours pas rentré, prévenez les autres.

— Pourquoi moi ? s'énerva le légiste. Pourquoi ne pas mettre Besançon et Briard dans le coup ? Ce sont vos amis après tout…

— Colossus est trop impulsif. J'ai peur qu'il fasse tout foirer. Quant à Fix, il n'a pas assez d'expérience pour gérer ce genre de situation.

Le flic glissa le rapport dans la poche intérieure de sa veste.

— Vous avez pensé au commissaire ? essaya Riccobini. Il peut vous aider.

— Surtout pas. Si ces gars voient rappliquer une armée de poulets, ils n'hésiteront pas à découper Sarah en morceaux.

— Et qu'est-ce que je dois leur dire si jamais je n'ai pas de vos nouvelles avant minuit ? s'affola le légiste.

— La vérité.

— Mais ils ne pourront pas vous trouver s'ils ne savent pas où vous êtes !

— Nakamura le saura, lui. Si vous n'arrivez pas à me joindre, dites au commissaire de l'interroger.

— Moi qui pensais que vous étiez le plus sensé de l'équipe…

Sagane fit quelques pas puis s'arrêta. *Et la reconnaissance, t'en fais quoi ?*

— Je crois que j'ai oublié de vous dire merci, fit-il. Ça reste entre nous, OK ?

Le temps que l'autre se retourne, il avait déjà disparu.

45

Besançon se rendit à la cuisine pour sortir le plat surgelé du micro-ondes. Il avait le regard rivé sur le boîtier fixé à son poignet.

Après son départ du Ritz, Sagane avait passé une partie de la journée dans les locaux de la Crim. Vers dix-sept heures, il avait pris sa voiture pour se rendre à la morgue. Sans doute un rapport d'autopsie à récupérer. Ensuite, il était rentré chez lui et n'avait plus bougé. Cette routine était plutôt rassurante car elle prouvait que le lieutenant ne faisait pas de conneries. N'empêche, Fix n'en pouvait plus d'attendre que rien ne se passe. Ça lui bousillait les nerfs. Alors, il allait et venait, essayant tant bien que mal de s'occuper.

Dès son arrivée, il avait lu les cinquante premières pages d'un polar de James Ellroy intitulé *L.A. Confidential* et en était arrivé à la conclusion que le type qui l'avait adapté au cinéma était un génie. Un vrai bordel, ce bouquin. Plus tard, il avait défié le méchant d'un nouveau jeu vidéo mais s'était fait rétamer une bonne dizaine de fois. Il avait connu les morts virtuelles les plus atroces : décapitation, défenestration, empalement, empoisonnement et même écartèlement. De quoi dégoûter à vie les âmes sensibles.

Mais comme par miracle, il avait ressuscité. Sans doute pour remplir sa mission : garder en permanence un œil ouvert sur ce foutu voyant. Le commissaire avait estimé que Sagane aurait repéré n'importe quel gars en planque devant chez lui. Mieux valait ne pas éveiller ses soupçons. *J'aurais dû fermer ma gueule et garder mon invention pour moi.*

Colossus l'avait appelé à plusieurs reprises pour savoir si le détecteur s'était décidé à cracher le morceau. *Non, non et non*, lui avait-il répondu à chaque fois, excédé. Tous deux savaient pertinemment que si Élie tentait quelque chose, il le ferait très bientôt.

Bientôt.

Une indication bien vague. Mais il fallait se contenter de ça.

Il finit sans conviction ses lasagnes et retourna au salon. *Et si je me regardais un petit film ?* Dans sa tête, il s'agissait d'une projection bien précise. Le genre qui chauffait le sang et faisait tourner la tête des types en manque. Il poussa les cassettes qui occupaient le devant de l'étagère et plongea une main dans les ténèbres du meuble. Là où se cachait le démon.

Sur les jaquettes, les filles prenaient une pose lascive et exhibaient leurs braises. Des seins pas vraiment naturels mais qu'importe !

Il prit une bobine au hasard, la glissa dans le magnétoscope et s'installa confortablement sur son canapé. L'excitation avait remplacé l'angoisse. Comme autrefois, lorsqu'il était adolescent et qu'il se planquait dans les chiottes pour faire ce que les hommes font d'une seule main.

Les images défilèrent. Deux femmes entre elles. Pas son truc. Il accéléra jusqu'à arriver à une scène montrant un couple en pleine action. L'abandon total.

Enfin, presque. Le boîtier du détecteur le gênait dans l'accomplissement de sa besogne. Il appuya sur « pause » et se débarrassa de cet emmerdeur. Il le posa sur la table basse puis se remit en condition.

Pas facile.

Et si Élie prend sa caisse pendant que je... Il se rassura en se disant qu'il ne bougerait probablement pas ce soir. Sur l'écran, une superbe brune jouait de la croupe devant un gras du bide qui bandait mou. *Quel gâchis !* Au bout de quelques minutes, il décrocha, préférant s'en remettre à son imagination. Il ferma les yeux et pensa à la voisine de pallier de Sagane. Il avait eu l'occasion de la croiser à plusieurs reprises dans l'escalier. Elle lui avait mis une bombe à retardement dans le pantalon.

Il la déshabilla mentalement et lui fit l'amour. Pas comme à la femme d'une nuit.

Comme à la femme d'une vie.

Les picotements annonciateurs du plaisir. Puis l'explosion.

Il dodelina de la tête, puis s'endormit pour de bon.

46

Élie regarda encore sa montre.

Vingt heures précises, avait dit Nakamura.

Il n'avait que dix secondes d'avance. *Peut mieux faire*. Surpris par le froid, il ferma sa parka. La nuit était tombée et le vent entonnait un air sinistre. Celui de l'hiver. Avec un temps pareil, les gens ne sortaient pas de chez eux. Ils se terraient dans leurs appartements endeuillés par la sinistrose. Dans son immeuble, les lumières des cuisines étaient presque toutes allumées. C'était l'heure du dîner. Au menu, tronches de cake et bouches cousues.

Le pied quoi.

Il commençait à se poser sérieusement des questions lorsqu'il aperçut une Twingo rouge sang garée en face. Un point incandescent à l'avant du véhicule. La silhouette porta la cigarette à ses lèvres, tira une bouffée puis ouvrit la portière. Iga. Vêtue d'un imperméable aux reflets argentés. Sans doute la création d'un couturier nippon.

Dans ses yeux, on lisait les sombres intentions de la prédatrice.

La Japonaise sortit de la voiture et marcha lentement vers lui. Il la laissa faire lorsqu'elle s'assura qu'il ne portait pas d'équipement de filature. Elle fit courir ses mains le long de son corps, s'arrêtant sur le portable du flic. Elle s'en empara et le jeta dans le caniveau. Quand elle voulut lui prendre son arme, il l'en empêcha avec fermeté.

Leurs regards se croisèrent. Iga n'insista pas.

Elle montra du doigt la voiture du lieutenant puis s'engouffra dans la sienne. *Reçu cinq sur cinq*. Il mit le starter pour chauffer le moteur et attendit qu'elle démarre pour la suivre. Le tuyau d'échappement de la Twingo cracha un serpentin noirâtre qui se déroula dans l'air. *Assassins et pollueurs*, pesta-t-il intérieurement.

Il posa le dossier sur le siège du mort.

Sagane se rassurait en se disant qu'il n'emportait pas toutes les preuves avec lui. Le commissaire détenait toujours la lettre et les photos trouvées dans le coffre. Avec ou sans lui, les gars de la Crim finiraient par avoir la peau du Dragon.

Avec un peu de chance, j'aurai réglé cette affaire avant minuit.

Il se tint à distance raisonnable, accélérant juste une fois pour brûler un feu et ne pas la perdre. Où l'emmenait-elle ? Sûrement pas au paradis. Tout à coup, elle appuya sur le champignon et tourna sur la gauche. Sans prévenir. Son cœur lui monta à la gorge et il manqua s'étouffer. *À quoi tu joues ma belle ?* De toute évidence, elle s'amusait à le déstabiliser. Il la vit pencher la tête en arrière. Elle riait de sa mauvaise blague. *C'est ça, fous-toi de moi.*

Ils roulèrent longtemps. Lorsqu'ils atteignirent la Nationale 12, Élie comprit qu'ils se rendaient en Normandie. Mais où exactement ? Il se souvint d'une descente effectuée quelques années auparavant dans une imprimerie désaffectée d'Aubevoye, un petit village peinard de l'Eure. C'étaient ses débuts dans la police. Les gars des « stups » voulaient coffrer des narcotrafiquants qui stockaient leur came dans les locaux de l'imprimerie, mais ils manquaient cruellement d'effectifs. Après maintes tergiversations, la Crim avait consenti à leur « prêter » une dizaine d'hommes pour la soirée. Naïvement, il avait demandé à faire partie du groupe désigné pour aider les durs à cuire de la B.S.

Le chef des opérations, un certain Roger Angelico, était un vrai cinglé. Il ne s'était même pas donné la peine de formuler les sommations d'usage. Ses hommes avaient fait un massacre. C'était comme au cinéma. Sauf que c'était pour de vrai. Sur l'écran écarlate s'étalaient les cadavres déchiquetés par les charges de plomb.

Élie avait été obligé de tuer un jeune gars qui le menaçait avec son arme.

C'était sa première fois. Mais il n'était pas fier d'avoir perdu ce pucelage-là.

De retour dans le présent, Sagane s'assura que la Twingo était toujours devant lui. La lumière des phares emprisonna quelques arbres qui faisaient de la résistance au bord de la route. Souvenir d'un voyage en Espagne et de feu son père qui criait « los tres hermanos » à chaque fois qu'il apercevait trois arbres regroupés au milieu d'un champ.

Un panneau indiquait la prochaine sortie. Verneuil-sur-Avre. La Renault mit son clignotant et se rangea sur la file de droite. Il l'imita et attendit la suite des événements. Retenaient-ils Sarah dans ce bled paumé ? Ils passèrent devant l'Hostellerie du Clos et continuèrent jusqu'à la départementale 51.

Ses soupçons se confirmaient.

Son guide s'engagea alors sur un chemin boueux qui menait au Bois Bissieu. De plus en plus étrange. Et inquiétant aussi. Comptaient-ils tronçonner la malheureuse criminologue et son sauveur de flic et ensuite disperser les morceaux dans la nature ? Les deux véhicules s'enfoncèrent dans les ténèbres. Avalés par la nuit d'encre. Les feuillages des arbres géants formaient une voûte qui se mouvait au rythme du vent.

Série d'ombres pour série noire.

Son cœur frappait sa poitrine. Sa tire peinait à avancer, pataugeant dans une eau bourbeuse. Il joua de l'accélérateur et finit par rejoindre la Twingo qui remuait sa croupe fardée de superbes feux arrière. Ils atteignirent une pelouse circulaire parfaitement entretenue et empruntèrent le chemin tracé en son centre. Au bout de l'allée, Iga stoppa devant une grille surveillée par deux types armés de pistolets-mitrailleurs. Sagane aperçut les gardes en haut des miradors. Il en eut des frissons dans le dos. À une cinquantaine de mètres de leur position se trouvait une demeure immense et éclairée de mille lumières. Presque un château. Les gars ouvrirent la grille et Iga fit signe au lieutenant de la suivre. Le rayon laiteux d'un projecteur fixé sur le toit captura la voiture de Sagane et ne la lâcha plus jusqu'à ce qu'elle s'arrête.

Une putain de forteresse.

Iga sortit de la caisse et conformément à son mystère lui parla par signes. Elle lui montra les marches qui conduisaient à l'entrée majestueuse surveillée par des *manekineko*, ces figurines représentant des chats assis et levant la patte droite. Ils étaient censés préserver la quiétude du domaine. Il descendit de voiture à son tour et balaya la propriété du regard. Fusillé par les faisceaux aveuglants des spots qui l'encerclaient, un petit jardin décoré de pierres et de pièces d'eau attira son attention. En son sein trônait ce qui ressemblait à une cabane de thé. Un peu plus loin, une bâche recouvrait une piscine aux dimensions olympiques. Décidément, Nakamura était un milliardaire comme les autres : il nageait dans le luxe et ne s'en cachait pas.

Élie plia l'enveloppe contenant le dossier et la glissa dans la poche intérieure de sa parka. Lentement, il gravit les marches de pierre. La lourde porte en chêne massif s'ouvrit et une silhouette apparut à la lumière artificielle. Mitsumuto, le *sumôtori* capable de faire disparaître ses bijoux de famille en un clin d'œil, se tenait devant lui. Un sourire de satisfaction incurvait méchamment ses lèvres. Il s'effaça pour laisser passer Iga puis délesta le policier de son arme.

Sagane sursauta lorsqu'il aperçut les sculptures qui occupaient l'entrée. Deux énormes *mukade*, sortes de mille-pattes venimeux considérés au pays du soleil levant comme les symboles du mal, le fixaient avec une intensité à faire froid dans le dos. Sans doute étaient-ils là pour veiller sur le maître des lieux et frapper mortellement quiconque aurait de mauvaises intentions à son égard.

Mitsumuto ferma la porte derrière eux.

Pour la première fois depuis son départ, Élie douta de sa bonne étoile.

Trop tard pour reculer, mon vieux.

47

Le lutteur l'invita à le suivre et le guida dans le rez-de-chaussée dédaléen. Ils arrivèrent au salon. Une véritable salle de réception éclairée par des dizaines de lampes en céramique et en porcelaine. Dans un coin, des gorilles jouaient au *Hana-Garuta*, un jeu de cartes extrêmement populaire au Japon. Ils buvaient des canettes de Tsingtao, une bière chinoise bon marché, et éructaient de bon cœur.

Le *sumôtori* fit signe au lieutenant d'attendre et s'éclipsa un moment.

Élie fit quelques pas. Quatre bibliothèques habillaient chaque angle de la pièce. Des livres par milliers. Sur les murs, des calligraphies et des lithographies d'animaux réels ou imaginaires côtoyaient de somptueuses tapisseries enchâssées dans les boiseries. Il poursuivit son tour d'horizon, s'attardant sur les vitrines remplies d'objets d'art. Des casques, des sabres, et même une tenue de cérémonie qui consistait en plusieurs kimonos de soie superposés. Tout près, posées à même le sol sur un tapis de Chine en bambou, de majestueuses porcelaines et une magnifique boîte en ivoire. Sur une console de marbre soutenue par quatre colonnes tressées, il put admirer une potiche apparemment très ancienne.

De quoi rendre fous les amateurs.

Les hommes tatoués ricanèrent en observant le *gaijin* se pâmer devant ces choses qui avec le temps avaient fini par faire partie du décor. L'un d'entre eux lança une boulette en papier sur une sculpture d'Amida à l'instant même où le flic s'en approchait. Plus sage que jamais, le Bouddha du paradis de l'ouest choisit d'ignorer cette attaque délibérée et resta de marbre. Peut-être parce qu'il savait que cette agression visait plus à provoquer une réaction chez le Blanc qu'à lui faire du mal.

Il n'avait pas tort.

Contre toute attente, le policier adopta la même attitude que lui. Il méprisa ces sous-fifres imbibés d'alcool et de sombres intentions et continua sa visite. Le plus costaud s'apprêtait à se lever pour corriger Sagane mais l'arrivée impromptue d'Iga le stoppa dans son élan. Les gars abandonnèrent pour de bon leur partie de cartes et promenèrent leurs yeux vitreux sur la silhouette qui se tenait dans l'entrée du salon. Nullement flattée de focaliser sur elle l'attention de cette engeance, elle alluma une cigarette et orienta la fumée dans sa direction d'un geste empesé. Le ton monta. Un des types se dirigea vers elle en titubant et lui mit la main aux fesses. Aucune femme respectable n'autorisait ce genre de palpation sur sa personne avant le moment fatidique de l'appel de la chair. Comme Élie s'y attendait, elle n'apprécia pas vraiment et le fit savoir.

D'une façon plutôt surprenante.

Son poing fermé frappa le visage du pauvre mec qui recula d'un bon mètre en se tenant le nez. Ses compagnons de beuverie l'exhortèrent à revenir à la charge. Ce qu'il fit. L'imperméable tomba aux pieds de la Japonaise. Puis elle prit la pose de combat. Jamais il ne réussit à la toucher ni même à l'effleurer. Douée d'une agilité et d'une force incroyables, elle l'humilia à plusieurs reprises sans qu'il parvienne à tirer son épingle du jeu. Les côtes en feu et l'épaule droite probablement déboîtée, il refusa de capituler et cracha sur les gestes d'apaisement de son adversaire.

Plus personne ne riait à présent.

Déterminé à aller jusqu'au bout, il ouvrit une vitrine et s'empara d'une lame confectionnée par le célèbre Okisato. Il hurla en l'agitant devant lui. Iga ne semblait guère impressionnée. Comme un tigre affamé qui tournait autour de sa proie, elle attendait le moment propice pour attaquer. Épuisé mais têtu, le *yakuza* saisit trop tard où elle voulait en venir. Ce mouvement circulaire la conduisit au second sabre qui se trouvait dans la pièce. Une lame légèrement courbe et à un seul tranchant. Satisfaite, elle se mit en position et porta le premier coup. D'estoc et de taille. L'imbécile manqua de chuter sur le tapis en bambou. Il riposta mais trop tard. Le métal tueur lui déchira le ventre sur plus de cinq centimètres. La vue de son propre sang le mit hors de lui. Il fonça sur elle avec la rage au cœur. Les lames s'entrechoquèrent et des étincelles volèrent en tous sens. Plus puissante, elle prit le dessus et le renversa sur le sol. À nouveau sous l'emprise de bonnes intentions, elle lui tendit la main pour l'aider à se relever.

Heurté par tant de condescendance, il rejeta sa proposition et se redressa péniblement. Maintenu debout par l'énergie du désespoir, il attaqua en haut et en bas. Mais elle esquiva à chaque fois. Comme les samouraïs, elle maîtrisait parfaitement le *Kenjutsu* et le *Iai-dô*. Vingt mouvements de base pour tirer le sabre. Cinquante pour trancher. Parmi ces derniers, elle en choisit un pour mettre un terme à ce combat inégal et franchement ennuyeux.

La lame coupa le bras armé au niveau du coude. Sagane ne put retenir un cri d'effroi. Le sang gicla et inonda le visage de la femme aux yeux de reptile. Mutilé et agonisant, le gars se traîna sur le sol en suppliant. Mais personne ne bougea. L'exécutrice lui cracha dessus et tourna les talons.

— Termine ce que tu as commencé, lança une voix familière qui provenait du couloir. Tue-le.

Sans hésiter, elle revint sur ses pas et planta le sabre dans le cœur du *yakuza*.

— Il n'y a pas de place pour la vanité dans mon équipe, reprit l'homme en s'approchant du cadavre barbouillé de sang. Celui-là ne méritait pas de vivre. Tôt ou tard, sa fierté nous aurait porté préjudice.

Horrifié, Élie ne parvenait pas à détacher son regard de la lame enfoncée dans la cage thoracique. Les plus fines traînées de sang séchaient déjà sur l'acier millénaire où se reflétait son visage découpé en lamelles écarlates. Les meurtres sur lesquels il avait enquêté depuis le début de sa carrière, tous plus atroces les uns que les autres, ne ressemblaient en rien aux déballages intestinaux auxquels il avait assisté ces dernières semaines.

De quoi le dégoûter à vie de la Crim.

Mais avant de quitter ce sale boulot, il devait sauver une innocente.

Akamatsu retira le sabre de la poitrine ensanglantée. Il s'attarda une minute sur le tranchant et demanda à un homme qui se tenait dans son ombre de lui donner de quoi l'essuyer. Le gars se précipita dans la pièce voisine. Il revint avec un chiffon blanc qu'il tendit à son chef. Celui-ci le remercia par un grognement et entreprit de rendre à la lame sa virginité. Il se baissa ensuite pour ramasser le *shin-tô* d'Okisato, probablement le plus précieux de la collection de Nakamura, s'indignant ouvertement de l'étendue des dégâts. Un simple froncement de sourcils suffit à effrayer ses hommes qui devinrent livides.

Il se tourna vers sa maîtresse et déposa un baiser sur ses lèvres. Très jeune, il l'avait initiée au *Kendô* ainsi qu'aux plus anciennes techniques de maniement du sabre. Jusqu'à en faire une virtuose. Tous les matins, elle s'entraînait à la décapitation en enroulant de la paille autour d'une dizaine de morceaux de bambou qu'elle tranchait. Idéal pour simuler la résistance de la chair et des os humains.

— Iga est une remarquable guerrière, laissa-t-il tomber. Voyez avec quelle facilité elle a terrassé cet ivrogne qui gît à mes pieds. Les peintres qui figent la mort sur leurs toiles ne sont que de pâles imitateurs. Leurs œuvres ne sont jamais aussi criantes de vérité que *ça*... (Il se pencha sur le cadavre et gratta du doigt le sang qui cristallisait autour de ses yeux vides d'expression...) Iga me fait penser à cette héroïne de l'ancien Japon connue sous le nom de Tôgô Mei. Cette femme montait à cheval et se battait comme un samouraï. Parfois, elle se montrait bien plus féroce qu'eux. On raconte qu'un jour un chef ennemi a déchiré sa manche en essayant de la tuer. Cela la rendit tellement furieuse qu'elle dégaina son sabre et trancha la tête du malappris. Pour prouver à son mari qu'elle l'avait bien occis, elle lui apporta le sanglant trophée. Je devrais peut-être me méfier d'elle, ajouta-t-il en posant une main sur l'épaule de son amante. Autrefois, le samouraï apprenait très tôt à ne pas faire confiance à sa femme. Il ne quittait jamais son sabre, même pendant son sommeil.

Sagane observa la réaction de l'exécutrice. Loin de l'agresser, cette dernière remarque semblait la flatter. Akamatsu ordonna à Mitsumuto de remettre les lames à leur place. Élie observa le poids lourd se déplacer dans la pièce. Il savait que le public japonais vénérait les *sumôtori* et que les femmes rêvaient toutes d'une nuit de plaisir en leur compagnie.

Chacun son truc, pensa-t-il.

— Vous ne pouvez pas imaginer le travail titanesque que représentait la confection des lames anciennes et par conséquent le respect qu'elles méritent, siffla Akamatsu en reportant son attention sur le policier. Un samouraï digne de ce nom devait posséder une lame unique en son genre forgée par un maître-artisan. La méthode de fabrication est restée inchangée durant des siècles. L'acier était chauffé à la couleur du soleil levant, battu et rebattu. Les meilleures lames étaient ainsi constituées de millions de feuilles de métal. Cette technique donnait au sabre une résistance, une flexibilité et un tranchant à toute épreuve. Vous permettez que je vous appelle Élie-san ?

— Si ça vous chante, répondit le lieutenant.

— Le samouraï travaille son geste pendant des années sans jamais renoncer, poursuivit l'autre. Tout ça dans l'espoir de porter un jour un coup mortel d'une pureté absolue. Vous savez ce que prétendait un mystique ? Il disait que lorsqu'un sabre commence à tuer, il ne peut plus s'arrêter. L'homme ne tue pas, c'est le sabre qui tue. L'homme n'est que celui qui tient le sabre. Il fait fi de l'éthique et régresse mentalement au stade de simple instrument. Voilà ce qui fait sa force.

Sagane lut dans ses yeux qu'il pensait vraiment ce qu'il racontait. C'en était trop.

— Ôter la vie à des innocents est le pire des crimes, laissa-t-il tomber. Lorsque Bouddha lira votre pedigree, il ne vous autorisera jamais l'accès à une vie future noble. Pour une réincarnation *clean*, je crains que ce ne soit foutu.

Akamatsu rit de bon cœur, suivi de près par ses hommes qui ne comprenaient pas tout ce qui se disait mais qui voulaient faire bonne figure. Le macchabée qui s'encroûtait dans son sang était là pour leur rappeler qu'ils étaient tout sauf irremplaçables.

— Pour votre gouverne Élie-san, sachez que la seule punition que redoute un samouraï est de se réincarner dans l'enveloppe charnelle d'un autre guerrier.

— Vous n'êtes pas des samouraïs, rétorqua méchamment Sagane, mais bien des assassins.

— Non ! s'emporta à son tour Akamatsu. Nous combattons pour notre pays et notre honneur. Aucune valeur n'est plus noble et respectable que celles-ci.

Le lieutenant décida qu'il était temps de déclencher les hostilités.

— Où est-elle ?

— Je ne répondrai à cette question que lorsque j'aurai obtenu satisfaction. Le moment venu, je saurai vous exprimer ma gratitude en vous la rendant saine et sauve.

Élie s'apitoya encore sur le cadavre étendu sur le tapis en bambou.

— Vu la façon dont vous remerciez vos hommes, j'avoue avoir en vous une confiance limitée… (Il planta ses yeux dans ceux du flingueur…) Je veux la voir. Tout de suite.

Akamatsu s'assit sur un canapé. Il invita Iga à se joindre à eux. Elle promena un regard venimeux sur le flic mais, pour la première fois depuis leur rencontre, elle fut incapable de déceler la moindre trace de peur dans ses yeux. Elle n'aurait su dire pourquoi et s'en inquiéta presque. Comme elle avait appris à ne jamais sympathiser avec ce sentiment-là, de crainte qu'il ne finisse par s'installer définitivement dans sa tête, elle n'en montra rien et conserva son air de dominatrice.

— Vous avez tout sur vous, j'espère ? lança son amant au policier étrangement calme.

Peut-être parce qu'il savait que ses collègues disposaient malgré tout de preuves suffisantes pour tous les boucler.

— Tout, fit-il.

Un peu en retrait, Mitsumuto surveillait la bonne tenue de l'entretien.

— Le dossier médical et…

— Et ? s'enquit Élie qui savait parfaitement où il voulait en venir.

— Ne faites pas l'idiot, s'agaça Akamatsu. Je vous parle de la cassette de votre répondeur, celle où Bastien Corona vous raconte *sa* version des faits. Si seulement mes hommes ne s'étaient pas trompés d'appartement… (Il soupira en allumant une cigarette…) Vous n'avez fait aucune copie, n'est-ce pas ? Si vous essayez de nous doubler, nous vous traquerons sans relâche, vous et la fille. Au bout du monde s'il le faut.

Heureusement pour lui, Sagane avait pensé à prendre l'enregistrement de Corona.

Au dernier moment.

— Maintenant que vous êtes rassuré, j'exige de la voir immédiatement.

Le Japonais prit sur lui pour ne pas perdre son contrôle.

— Vous n'êtes pas en position d'exiger quoi que ce soit Élie-san, fit-il avec fermeté. Je peux vous contraindre à me remettre ces documents par la force… et vous tuer ensuite. Je n'ai qu'à lever le petit doigt pour lâcher la meute sur vous.

— Peut-être, acquiesça Sagane. Mais vous n'en ferez rien.

— Comment pouvez-vous en être sûr, surtout après avoir vu ce dont je suis capable ? s'offusqua Akamatsu en tirant nerveusement sur sa clope.

— On a un accord tous les deux. Et comme vous êtes un homme de parole, j'en conclus que je n'ai rien à craindre de vous ni de vos chiens de garde.

Le lieutenant prenait un gros risque, mais il savait que le *yakuza* n'était pas seulement un monstre. C'était avant tout un guerrier qui respectait des règles à la con. Un militaire qui ne portait pas d'uniforme et n'épinglait pas de médailles à la noix sur sa poitrine, mais un putain de soldat quand même. Le genre de gars qu'on mettait dans sa poche en lui rappelant qu'il appartenait à l'élite. Son discours sur l'honneur et les samouraïs prouvait à quel point il revendiquait un système de valeurs machistes qui excluait la défection et la lâcheté. En extrapolant, Sagane comprit qu'il pouvait rattacher à ces deux entités le manquement à la discipline et le mensonge. À court d'idées et de logique, Akamatsu s'était un jour entiché d'une gloriole plus littéraire que réelle. Il se croyait en temps de guerre, brandissant la sacro-sainte loyauté comme une excuse à ses débordements sanguinaires.

C'était son talon d'Achille.

— Vous lisez en moi comme dans un livre ouvert, souffla le Japonais.

— N'exagérons rien, avança prudemment Élie. Disons que je me plais à penser que vous êtes un combattant au sens le plus noble du terme.

— Au siècle dernier, les nôtres ont été injustement brimés et destitués de leurs privilèges. Interdits de sabre et de *chon-mage*, ils ont dû intégrer les rangs de cette nouvelle société et occuper des postes mineurs dans l'administration. Le pouvoir en place a fait d'eux des militaires ou des policiers. Parfois même, de vulgaires paperassiers. Dans un cas comme dans l'autre, des assistés incapables de réagir aux coups de semonce et aux tempêtes électorales… (Il écrasa sa sèche dans le cendrier en verre posé sur l'accotoir…) Tous les hommes qui servent l'Épée à sept branches sont des *bushi*, Élie-san, pas des observateurs passifs. Ils savent que, pour participer à la prochaine révolution, il leur faudra prendre les armes et se soulever contre l'ordre établi. Ils iront jusqu'au bout pour changer les choses.

Ça avait marché. Le lieutenant avait su toucher la corde sensible du découpeur de caboches. Il pouvait s'estimer heureux car il venait de gagner quelques heures de vie supplémentaires.

— Suivez-moi, siffla Akamatsu en se levant. Je vais vous conduire auprès d'elle.

Sagane s'exécuta et ils empruntèrent le grand escalier qui menait au premier étage. De superbes fauteuils garnis de damas vert étaient disposés dans le long couloir à égale distance les uns des autres. Là encore, des tas de pièces en enfilade. Toutes somptueusement décorées.

— Selon les directives de Nakamura, le mobilier de la maison est essentiellement français et date du XVIIIe siècle, commenta le yakuza. Il a réussi l'exploit d'en meubler les quatre-vingts pièces.

— Le big boss est ici ? demanda Élie. Si c'est le cas, je me ferai un plaisir de lui faire la conversation.

Derrière lui, Iga et Mitsumuto échangeaient des plaisanteries et riaient de bon cœur.

— Il a une affaire urgente à régler dans la capitale, répondit l'autre en faisant signe à son escorte personnelle de baisser d'un ton. Je ne crois pas que vous le verrez ce soir.

— Avec un pied-à-terre comme celui-là, je ne comprends pas qu'il réserve une chambre au Ritz.

— Monsieur Nakamura est un homme riche, Élie-san. Il a des goûts de luxe. Comme il a des tas de gens à voir à Paris, il a pensé qu'il valait mieux rester sur place quelques jours plutôt que de rentrer chez lui tous les soirs.

Ils gravirent les marches d'un autre escalier pour accéder au deuxième étage. Dans une salle immense vouée au culte bouddhique trônait une statue en bronze d'Amida.

— Nous avons un proverbe qui dit que « le Japonais naît shintô tandis qu'il meurt bouddhiste », fit Akamatsu, interpellé par l'intérêt que le flic portait à la divinité. Certains samouraïs étaient bouddhistes, et en tant que tels, ne supportaient pas de donner la mort. La vie future dépendant de la valeur des actes de la vie passée, ils craignaient de souffrir mille maux dans leur prochaine réincarnation… (Il s'arrêta un instant et fixa Élie…) Je sais ce que vous vous demandez. Vous ne comprenez pas pourquoi nous continuons à vénérer Bouddha alors que nous savons que nos actions nous interdisent, a priori, l'accès à une réincarnation positive. Nous avons résolu le problème le jour où nous avons compris que nous supprimions des vies par obligation, pour permettre au « Grand Japon » de renaître de ses cendres. Une juste cause qui j'en suis sûr sensibilisera

Bouddha et le persuadera d'accueillir nos âmes sur la « terre pure ».

Il était plus cinglé que jamais. Comme il approchait du but, Élie décida de ne pas le contredire. Ils s'enfoncèrent plus encore dans le couloir qui prenait des allures de tunnel. Seulement le bruit de leurs pas sur la moquette. Jusqu'ici, le flic avait joué les durs mais en réalité il flippait comme un malade.

Et si ça tournait mal ?

T'aurais dû te poser la question avant de venir.

— Nous y sommes, fit Akamatsu en désignant une porte au fond du couloir.

Le garde posté devant la chambre glissa une clé dans la serrure. Son chef invita le flic à passer le premier. Élie hésita puis finit par entrer. Après tout, même s'il s'agissait d'un piège, les ténèbres pouvaient très bien le trouver indigeste et le recracher.

Faut pas rêver.

Sur le grand lit à baldaquin, des tas de coussins dans les tons pastel. Partout, de la dentelle et des fleurs. Un décor résolument féminin. Le plafond en verre Securit permettait une vue imprenable sur les étoiles. Superbe spectacle qui lui fit oublier l'espace d'une seconde que la mort rôdait dans le coin.

Le croissant de lune éclairait sinistrement le visage de Sarah. Un peu comme si elle avait été vidée de son sang par un vampire. Sa chair avait la pâleur mortelle des macchabées que Riccobini étudiait le soir à la morgue en écoutant les Beatles. Elle était solidement attachée au plumard et semblait dormir. D'un éternel sommeil ? L'idée lui effleura l'esprit et il s'approcha d'elle pour s'en assurer. Iga l'en empêcha. Il se débattit un instant mais renonça lorsqu'il la vit bouger.

Elle était vivante !

Sa jupe était légèrement remontée sur ses cuisses et les premiers boutons de son chemisier étaient défaits. Ses salopards avaient-ils abusé d'elle ?

— Voyez, souffla le Japonais. Je ne vous ai pas menti.

— Pourquoi ne pas faire l'échange maintenant ? lança Sagane en se tournant vers lui.

— Vous ne connaissez rien aux subtilités asiatiques, siffla Akamatsu. C'est regrettable. Sachez que nous aimons faire durer le plaisir… (Ils sortirent et il ordonna au garde de fermer la porte…) Je ne traite jamais une affaire l'estomac vide. Venez.

Élie invoqua son dieu et les autres aussi, les suppliant d'attirer la jeune femme vers le haut et de la garder auprès d'eux le temps qu'il règle cette affaire. Mais rien ne se produisit. À quoi s'attendait-il ? À une apparition du Tout-Puissant en personne ?

Il se résigna et suivit les bridés jusqu'au rez-de-chaussée. À présent, il avait la rage au cœur. Le cadavre du sabreur avait disparu et les tatoués lessivaient le sol sans lever la tête. Il n'avait jamais vu autant de sang d'un coup.

Le bourreau et sa maîtresse s'assirent en face de lui. Il se souvint de la première fois qu'il avait tué un homme, dans l'imprimerie d'Aubevoye. De Roger Angelico, ce flic mauvais qui prenait son canon scié pour un jouet et les êtres humains pour des cibles en carton.

De son angoisse après le carnage.

À cet instant, il comprit qu'il n'hésiterait pas à tuer ces deux-là si l'occasion se présentait.

48

Lorsque Fix ouvrit les yeux, le film n'était pas encore terminé.

Il éteignit le poste et se dirigea vers la salle de bains.

Il regarda sa montre. Il avait passé plus d'une heure dans les vapes à rêver de jeux vidéo et de pépées virtuelles. *Putain de merde !* Il se passa la tête sous l'eau puis se changea. En se rendant à la cuisine pour boire un verre de jus de fruits, il aperçut le clignotant du détecteur qui battait au rythme d'un cœur emballé. *Nom de...* Il se précipita sur le boîtier sans réfléchir davantage. Pas de doute possible. Élie roulait actuellement sur la nationale 12 en direction du département de l'Eure.

Qu'allait-il foutre là-bas ?

Conscient qu'il n'avait guère le temps de se poser des questions, il décrocha son téléphone et composa le numéro de Briard. *Tu vas répondre bordel !* Une voix morte d'ennui résonna à ses oreilles au bout d'une bonne minute.

— Sagane s'est fait la malle, il y a plus d'une heure, annonça-t-il.

— Et c'est maintenant que tu me préviens ? grogna Colossus. T'as une bonne excuse au moins ?

Fix resta silencieux un instant, incapable de lui dire la vérité. Il ne pouvait tout de même pas lui raconter dans le détail le déroulement de sa soirée.

— Je me suis assoupi, se justifia Besançon.

— Ouais, ben j'espère pour toi que ta mère est une excellente couturière, petit.

— Je ne te suis plus là.

— Elle va certainement devoir te raccommoder la tronche d'ici peu.

Il raccrocha brutalement. François se sentait responsable. La culpabilité l'écrasait de tout son poids. Comme il se doutait que le « casseur de gueules » le plus expérimenté de la Criminelle n'allait pas tarder à rappliquer, il commença à se préparer. Lorsqu'il croisa son visage dans la glace de la salle de bains, un frisson lui parcourut l'échine.

Il avait pris dix ans d'un coup.

Il glissa le Glock 34 dans son étui, enfila son imper et sortit. Le froid lui fila quelques gnons qui le réveillèrent complètement. Plus aucune trace de torpeur dans son regard brillant et déterminé. Machinalement, il porta une *pneumophage* à ses lèvres et l'alluma. Il détestait ces nouvelles clopes dont la cendre ne tenait pas en place. Malgré tout, il décida qu'il pouvait s'accommoder de cette situation.

Exceptionnellement.

Un crissement de pneus le fit sursauter. La voiture banalisée de Morin Briard fonçait dans sa direction. Il jeta la cigarette et s'engouffra dans le véhicule lorsqu'il s'arrêta à sa hauteur. Pas un mot ne sortit de la bouche de Colossus mais Fix vit dans ses yeux qu'il fulminait.

Longtemps, ils restèrent sans se parler. Le regard du conducteur allait sans arrêt de la bande noire de la route à la lumière rouge du boîtier. Même en roulant à toute berzingue, il savait qu'il ne pourrait jamais rattraper la caisse asthmatique du lieutenant.

Il avait envie d'étriper Besançon mais une chose le retenait.

La certitude que le gosse ne verrait plus jamais le monde de la même façon au lever du jour.

49

Akamatsu monta le bol jusqu'à sa poitrine et plongea ses baguettes dans le riz. Il ne cessait de retarder le moment fatidique de l'échange. Si échange il était effectivement prévu. Le *yakuza* pouvait très bien changer d'avis et ordonner la mise à mort des deux Blancs.

Depuis le début de cet entretien, il rappelait régulièrement au flic qu'il était le maître du jeu. Sagane n'avait jamais vu un sadique pareil.

— Vous ne voulez vraiment pas manger quelque chose ? insista-t-il.

Sagane remua la tête négativement. L'idée de sa propre mort suffisait à lui couper l'appétit.

— Vous avez tort Élie-san, reprit le Japonais en posant ouvertement une main sur la cuisse de son amante. (La fermeté de son corps la rapprochait davantage de la sculpture que de l'être humain…) Le cuisinier personnel de Nakamura est un artiste. Il mérite très largement les deux cent soixante mille yens qu'il gagne chaque semaine.

Iga coupa un morceau de tai, l'emblème du dieu du bonheur Ebisu, et le proposa au flic qui réitéra son refus. Les yeux de l'exécutrice favorite du Dragon lui tenaient un discours sans équivoque. Elle le désirait. Mortellement. Loin de s'en offusquer, Akamatsu semblait s'amuser de cette situation pour le moins délicate.

Curieuse façon de s'aimer, pensa le lieutenant.

— Les enzymes de poisson sont, paraît-il, excellents pour la peau, fit le flingueur *made in Japan*. Regardez le résultat sur elle, souffla-t-il en s'attardant sur les jambes de sa compagne. Quand je l'ai connue, elle avait la peau sèche et des rougeurs sur les bras. Aujourd'hui, elle ressemble à une œuvre d'art. Et je ne vous parle même pas de ce qu'elle est capable de faire dans un lit… (Ses doigts glissèrent sous la jupe de sa maîtresse et cherchèrent son intimité…) Avouez qu'elle vous plaît, Élie-san. Un homme normalement constitué ne saurait résister à ses charmes.

Sagane se rencogna dans son siège, feignant la décontraction.

— C'est une très belle femme, reconnut-il. Mais je préfère m'abstenir. Tout le plaisir du monde ne vaut pas de finir découpé en morceaux.

Iga se leva et s'approcha du policier. Lorsqu'elle se pencha sur lui, il eut un mouvement de recul. Il craignait le pire. Contre toute attente, elle fit courir ses ongles sur son visage puis lui lécha la joue. Elle rit comme une hystérique en apercevant le rictus de dégoût qui déformait les traits du flic.

— Dans la société japonaise, certains hommes choisissent leur future épouse en fonction de son groupe sanguin, continua Akamatsu. Les filles du groupe A sont censées être calmes et réservées, celles du groupe B sont considérées comme ambitieuses et les AB comme des intellectuelles… (Il se tourna vers sa bien-aimée…) J'ai choisi Iga car elle est du groupe O. C'est une vraie dominatrice. Elle prend ce qu'elle désire sans jamais demander la permission et ne laisse aucun homme décider à sa place. Si le moraliste misogyne Kaibara vivait encore, je suis convaincu qu'elle n'hésiterait pas à le pendre par les parties jusqu'à ce que mort s'ensuive.

— Si vous espériez raviver ma libido avec ça, c'est raté, dit Élie.

Mitsumuto s'approcha d'eux. Il glissa quelques mots à l'oreille du *yakuza*, l'informant qu'il allait s'occuper de la relève des gardes, puis il se retira.

— Vous pensez vraiment que l'Immunothérapie de Kobayashi va vous permettre de rétablir l'équilibre économique du Japon ? lança Sagane tout à coup.

— Il est vrai que nous traversons une crise, lieutenant. Mais nous avons des idées à revendre et une détermination à toute épreuve. Le vent qui souffle sur vos régions vient et viendra toujours de l'Asie. Regardez ce jeune Taïwanais qui a récemment mis en branle le monde de l'informatique avec le virus *Tchernobyl*. Que vous le vouliez ou non, vous devez compter avec nous et même prendre exemple sur nous. Ne sommes-nous pas les créateurs du « travail garanti à vie » ? Le temps partiel et le mi-temps sont des arrangements occidentaux qui ne font qu'aggraver la fracture sociale dénoncée par votre président... Tsukimachi est une porte ouverte sur l'avenir.

— Vous allez vendre la mort à des innocents qui ne savent pas à quoi elle ressemble, s'indigna Sagane.

— Comme vous allez vite en besogne, souffla le bourreau en choisissant dans l'assiette des desserts une poire ronde, typique du pays du Soleil-Levant. Le monde est malade de ses médicaments. Un de plus ou un de moins, qu'est-ce que ça changera ?

— Des millions de morts au compteur, siffla le lieutenant.

Akamatsu termina le fruit avant de reprendre la parole.

— Vous vous méprenez sur moi, Élie-san. Ça vous rassure peut-être de penser que je suis un monstre, mais c'est faux. Contrairement à beaucoup de criminels, j'ai eu une enfance heureuse. Grâce à l'insistance de mes parents, j'ai suivi les cours du soir des meilleures *juku* de Tokyo. Pendant que mes petits copains partaient en vacances, je faisais le tour des *yobikô* pour préparer mes examens. Malgré la pression, j'ai tenu bon.

— Je suis sûr que vous étiez l'apprenti-tueur le mieux noté du Japon.

— Votre entêtement à me provoquer de la sorte compromet la poursuite de cet entretien, lâcha la voix prisonnière des glaces.

— Dangereusement j'imagine, osa Sagane dans un élan suicidaire.

Dans son dos, Iga grogna, agacée par son insolence. Elle posa les mains sur ses épaules. Méfiant, il voulut se lever mais elle le maintint assis avec une poigne d'acier. Tandis qu'il essayait de se dégager, elle lui mordit l'oreille et planta ses ongles dans sa chair. Il poussa un hurlement de douleur qui fit sursauter les gardes postés à chaque entrée du salon. La Japonaise se redressa et lui cracha au visage le sang qu'elle avait dans la bouche.

— Iga adore mordre les oreilles, ricana Akamatsu. Je n'ai jamais su pourquoi. Je me demande même si l'un de vos psychiatres arriverait à l'expliquer… (Il observa le lieutenant sortir un mouchoir de sa poche et l'appuyer sur la blessure…) N'est-ce pas délicieux, Élie-san ?

— Dites-moi ce que je dois répondre, laissa tomber le policier. Je ne voudrais surtout pas la contrarier davantage.

Le Japonais rit franchement, faisant signe à sa maîtresse de s'asseoir à côté de Sagane.

— Si vous le voulez bien, nous allons jouer à un petit jeu que nous autres fils du Dragon affectionnons particulièrement et qui s'appelle la « torture à l'orientale ».

— En quoi consiste ce « petit jeu » ? demanda Élie en évitant de croiser le regard d'Iga.

— C'est on ne peut plus simple. À chaque fois que vous vous montrerez insultant, Iga vous punira de la façon qu'elle voudra. Cela vous convient-il ?

Tôzaburô, le *yakuza* chargé de surveiller Sarah, s'assura que personne ne traînait dans le couloir avant d'entrer dans la chambre. Il referma la porte derrière lui et se dirigea vers le lit. La fille dormait toujours.

Il n'avait jamais fait l'amour avec une Occidentale et celle-ci l'attirait particulièrement. Jusqu'à présent, il s'était contenté de lui caresser les cheveux, mais maintenant il voulait plus. Il défit les boutons de la jupe de la Française et promena son regard sur ses cuisses. Avec la piqûre qu'Iga lui avait faite, elle ne risquait pas de se réveiller.

Après tout, il n'en avait que pour quelques minutes. Elle n'en parlerait à personne puisqu'elle ne se souviendrait de rien.

Il posa son pistolet-mitrailleur sur une chaise et baissa son pantalon. L'idée de la prendre sans qu'elle s'en aperçoive l'excitait terriblement. Alors qu'il se penchait sur son corps, il entendit des bruits de pas dans le couloir. Sans perdre une seconde, il remonta son froc et s'empara de son arme.

Il sortit à l'instant où Mitsumuto arrivait à sa hauteur, accompagné de Kawanari, un type avec qui il jouait aux cartes de temps en temps. Il avait oublié que c'était l'heure de la relève ! Pris sur le fait, il se justifia en disant qu'il avait entendu un bruit dans la chambre et qu'il était entré pour voir si tout allait bien.

Il dut parlementer pendant dix minutes avec le *sumôtori* avant d'arriver à le convaincre qu'il n'était pas fatigué et que ça ne le dérangeait pas de remplacer Kawanari. Trop content de pouvoir disposer de sa soirée, celui-ci assura Mitsumuto qu'ils s'arrangeraient entre eux.

Le *sumôtori* s'éloigna et Kawanari remercia Tôzaburô.

Puis il disparut à son tour.

Le Japonais soupira. Il l'avait échappé belle.

Il pouvait y retourner sans craindre de se faire surprendre.

La discussion entre Sagane et Akamatsu prenait une tournure morbide. Le Japonais lui expliquait toutes les étapes du suicide rituel, s'appesantissant sur certains détails. Le dégoût peint sur le visage du policier semblait le réjouir.

Après ce discours en forme de supplice, le lieutenant se doutait que le *yakuza* passerait à l'acte. Il savait qu'il prendrait du plaisir à le voir mourir.

Réserverait-il le même sort à Sarah ?

— Le guerrier vaincu ou disgracié doit se retirer du monde des vivants, poursuivit le Japonais. Il reproduit à l'identique le geste voulu par les anciens, et cela dans le but d'atteindre la pureté absolue. Il plonge son sabre court dans son abdomen car cette partie du corps est censée contenir l'âme, le ramène vers le milieu et termine en remontant vers le plexus.

Akamatsu n'avait eu besoin de personne pour mettre en scène les faux suicides des Sôichiro et de Noriyori. Comme il se prenait véritablement pour un artiste, il s'en était chargé lui-même. Un peintre un peu givré dont la mort était le sujet de prédilection et le rouge sang la couleur préférée.

— Les patrons du *Dai-Nippon* et le traducteur ne méritaient pas de mourir de cette façon-là, s'emporta Sagane.

— Ils ont trahi Tsukimachi, rétorqua Akamatsu. L'honneur aurait dû leur dicter de se suicider eux-mêmes. J'ai pourtant été correct avec eux. Je leur ai donné l'occasion d'en finir mais ils n'ont jamais eu le courage de le faire.

Un peu plus loin, un tatoué plus costaud que les autres s'amusait à faire peur à ses acolytes avec un masque de Nô représentant une créature surgie des enfers. Le petit théâtre de la Mort se mettait progressivement en place.

Le piège se refermait sur le flic.

— La mort est toujours violente pour le samouraï, reprit le Japonais. Elle atteint son paroxysme avec la décapitation. De même que les Indiens ne scalpaient pas par barbarie mais bien pour empêcher l'esprit de leur ennemi de venir les tourmenter après la mise à mort, les samouraïs décapitaient leur adversaire car sa tête coupée constituait la preuve indiscutable de sa mort. Ne vous en déplaise, c'était une coutume très répandue, perpétuée non pas par des fous sanguinaires mais par des esthètes. Lorsqu'il sentait sa fin proche, le vaincu lançait : « Tu as gagné, prends ma tête ! » Il s'agit simplement d'une tradition, Élie-san. Bien sûr, vous pouvez arguer du fait que les dirigeants du monde libre sont plus humains car ils tuent à coups de bombes.

Il est vrai que c'est plus... hygiénique. L'œil n'a pas à souffrir de l'horreur du combat rapproché. Mais qu'en pense la conscience ?

— Vous n'étiez pas prof dans une autre vie ? le provoqua le flic. Vous faites ça vraiment très bien. Il ne vous manque plus que le tableau noir et le bâton de craie.

La réaction d'Iga ne se fit pas attendre. Elle frappa Sagane entre les cuisses avec une violence inouïe. Et comme si ce n'était pas assez, elle serra ses testicules dans sa main, l'observant se tordre sur le canapé avec un plaisir évident.

— J'imagine que le jeu a commencé, gémit Élie.

Akamatsu sourit puis poursuivit son récit. Il éprouvait l'étrange besoin de justifier les crimes de ses ancêtres, et par la même occasion, de *se* justifier. Il se dirigea vers le centre du salon et montra un tableau du doigt.

— Regardez cette peinture, fit-il. Elle est d'une grande noblesse. Avant de se lancer dans la bataille, le samouraï faisait brûler de l'encens dans son casque, pour le cas où il serait vaincu et sa tête prise en trophée. Et vous savez pourquoi ? Pour l'odeur, lieutenant. Vous qui êtes dans la police, vous devez souvent approcher des cadavres, frais ou en décomposition. Convenez que le funèbre parfum qui s'en dégage n'est pas des plus raffinés... (Il caressa la toile avec une douceur inattendue...) Ce guerrier est un homme digne car il ne tient pas à indisposer son vainqueur. En répandant une odeur agréable, il s'arrache à la familiarité intestinale du corps et conserve sa pureté intacte.

— Arrêtez, vous allez me faire pleurer, se moqua Élie.

Iga brandit un couteau et appliqua le tranchant sur la joue du lieutenant.

— Vous voulez vraiment qu'elle vous arrache les yeux ? lança le Japonais. Vous ne devriez pas m'interrompre sans arrêt. Je veux seulement vous informer de notre culture.

— Ouais, je vois le topo. Vous allez me bourrer la tête pour ensuite me la vider d'un coup de sabre.

Iga lui fila un gnon et menaça de lui taillader le visage.

— Non, fit Akamatsu. Pas encore.

Le *yakuza* savait qu'une fois qu'il l'aurait livré à Iga, le lieutenant le supplierait d'abréger ses souffrances et de lui porter le coup fatal. Il décida de lui faire comprendre ce qui l'attendait.

— Voyez le visage de cet homme, continua-t-il en montrant un autre tableau. Il n'exprime plus que la souffrance. L'agonie du candidat au suicide pouvait durer des heures, voire des jours entiers... (Il se tourna vers le flic...) Aucun d'entre vous ne supporterait pareille douleur... (À nouveau sous l'emprise de la sinistre toile, il se perdit dans la contemplation de ses propres démons...) L'assistant se tenait tout près du candidat, un sabre à la main. À la moindre hésitation, au moindre signe de détresse, il décapitait son ami. Aider l'un des siens à mourir était considéré comme l'acte suprême d'amitié.

Un bombyx passa devant eux et le temps sembla se suspendre à ses ailes. Leurs regards suivirent le vol du papillon pendant quelques instants avant de se croiser à nouveau. Sagane lut dans les yeux du *yakuza* que les ténèbres lui avaient arraché le cœur et pris possession de son âme.

À jamais.

Des taches lumineuses qui ressemblaient étrangement à des têtes de mort jaillirent de ses pupilles. Elles se dispersèrent dans la pièce et le flic crut reconnaître le visage de Sarah et le sien.

Cauchemar ou réalité ?

La voix de l'intendant, un certain Makoto Taiichi, l'arracha à sa morbide fascination.

— Comme je le craignais, monsieur Nakamura ne pourra pas se libérer, fit Akamatsu. Il doit voir des investisseurs. J'aurais volontiers passé plus de temps en votre compagnie, mais il m'a chargé de régler cette affaire au plus vite... (Il tendit la main vers le lieutenant...) Remettez-moi les documents.

Sagane se raidit.

— Amenez d'abord la fille.

— Vous ne m'avez pas bien compris il me semble, laissa tomber l'autre en s'approchant d'un pas menaçant. Je les veux *maintenant*. Pas de discussion, sinon je peux vous garantir que vous ne la reverrez jamais.

Élie sortit l'enveloppe de sa poche. Iga la lui arracha des mains et le bouscula.

— Appelle Tôzaburô et demande-lui d'amener mademoiselle Duparc, fit le Japonais en prenant sa maîtresse par la taille.

La tigresse prit son portable et composa le numéro du garde. Au bout d'une minute, elle éteignit l'appareil.

— Il ne répond pas, grogna-t-elle.

Son amant accueillit cette nouvelle avec un froncement de sourcils.

— Va voir ce qui se passe.

Tôzaburô renonça à ôter les vêtements de Sarah. Si jamais quelqu'un rappliquait, il n'aurait jamais le temps de la rhabiller.

Il écarta juste sa culotte pour pouvoir la pénétrer et l'embrassa dans le cou, se délectant du parfum de sa peau. Elle remua les lèvres. Prudent, le Japonais lui mit la main sur la bouche. Il s'apprêtait à passer à l'acte lorsqu'il entendit une voix crier son nom. Effrayé, il se redressa d'un coup, manquant de se prendre les jambes dans son pantalon.

Cette voix, il la connaissait. C'était celle d'Iga.

Tôzaburô se rajusta précipitamment puis quitta la chambre, le pistolet-mitrailleur en bandoulière. Il se maudit en silence d'avoir cédé à la tentation. Il ferma la porte sans faire de bruit. Iga apparut en haut des escaliers. Le garde poussa un soupir de soulagement : elle ne l'avait pas vu sortir.

Sa joie fut de courte durée. La tigresse était d'une humeur exécrable.

— Pourquoi ne réponds-tu pas quand on t'appelle ? demanda-t-elle.

— Mon téléphone n'a pas sonné, répondit l'autre d'une voix craintive.

— Fais voir, grogna la Japonaise.

Tôzaburô lui tendit son portable. Elle consulta l'écran de l'appareil. Cet imbécile avait oublié de recharger la batterie. Une faute impardonnable. La maison de Nakamura était tellement grande qu'il avait ordonné à tous ses hommes d'en avoir un, histoire d'éviter les déplacements inutiles.

— *Konchikisho !* fit-elle en lui jetant le portable au visage.

Elle remarqua qu'il avait la fermeture Éclair baissée. Intriguée, elle le poussa et entra dans la chambre. Sur le lit, Sarah délirait. La Japonaise s'attarda sur les jambes nues de la jeune femme et sur le triangle tentateur entre ses cuisses. Dans sa hâte, Tôzaburô avait oublié de reboutonner sa jupe. Iga héla le garde et exigea des explications. Il s'anima, essayant de se justifier.

Il avait vu Iga à l'œuvre à plusieurs reprises et il ne tenait pas à provoquer sa colère.

Malgré les protestations de Tôzaburô, la tigresse appela son amant.

— À toi de décider, souffla-t-elle après l'avoir informé de la situation.

Il lui dit ce qu'elle voulait entendre et un mauvais sourire se dessina sur ses lèvres. Elle rangea l'appareil puis se tourna vers Tôzaburô qui l'interrogea du regard.

— Akamatsu te pardonne, pour cette fois, laissa-t-elle tomber. Va chercher la fille.

Soulagé, le garde acquiesça.

Alors qu'il lui tournait le dos, elle mit un bras autour de son cou et posa une main sur son crâne. Elle ne lui laissa pas le temps de se débattre, lui brisant la nuque d'un coup sec. Un craquement résonna dans la pièce.

Akamatsu détestait qu'on lui désobéisse. Cet homme n'aurait jamais dû quitter son poste et encore moins tenter d'abuser de la prisonnière. Le *yakuza* avait dit à Iga de le tuer *proprement*. Elle l'avait pris au mot.

En aidant Sarah à se lever, elle se promit de remonter faire le ménage avant l'arrivée de Nakamura.

50

Comme Briard ne se décidait toujours pas à tailler une bavette avec lui, Fix sortit de la poche de sa veste sa Game Boy tout-terrain. Il l'avait en permanence sur lui. Depuis quelques jours, il trimait sur un nouveau jeu inspiré d'une bande dessinée de S.F. Le joueur devait choisir entre les deux héros, le sergent Harryn Ix et l'androïde Twiggy, puis suivre un parcours truffé de pièges et résoudre un tas d'énigmes qui lui permettraient plus tard de libérer les otages détenus par un groupe de robots appelés les *tricoteurs*. Ces machines démoniaques dépeçaient leurs victimes et se faisaient des costumes en peau humaine pour ressembler à leurs créateurs.

Le meilleur jeu de l'année.

Le regard du conducteur abandonna un instant la route pour mater la partie en cours. Il ne comprenait pas pourquoi la plupart des gens aimaient ces débilités. Il trouvait plutôt flippante cette plongée sans bouée de sauvetage dans le monde virtuel. Beaucoup de gosses fuyaient la réalité et se réfugiaient dans ces niaiseries kaléidoscopiques sans prendre conscience qu'autant de lumières et d'invraisemblances pouvaient à la longue leur ratatiner le cerveau.

Même s'il approchait de la trentaine, Besançon leur ressemblait terriblement. Colossus ne tenait pas particulièrement à le juger. Il n'était pas comme ces psychologues à la noix ou ces casse-burnes du dimanche qui avaient toujours une idée sur tout et un mot désagréable sur tous. Peut-être que son job l'accaparait trop. Peut-être qu'il passait à côté des meilleures choses. Les gens n'étaient quand même pas complètement stupides. Ils avaient sûrement leurs raisons pour préférer pulvériser des Alien en solo sur leur console plutôt que se balader avec des amis ou aller au cinéma.

Enfin, ce n'était pas le problème du jour.

Il reporta son attention sur la route. Les signes avant-coureurs de la mise à mort lui donnaient des frissons. C'était le moment de prendre un petit remontant. Sa main droite quitta le volant et fouilla dans la poche intérieure de son imper. Lorsqu'il tomba sur ce qu'il cherchait, il s'assura que le petit ne reluquait pas dans sa direction. Il prit la bouteille d'eau minérale qui faisait des claquettes sur le tableau de bord et avala les deux cachets d'amphétamines qui jouaient à saute-mouton dans le creux de sa main tremblante.

Ni vu ni connu.

Il prenait ces saloperies seulement en cas d'extrême urgence, lorsque l'enquête en cours lui suçait le sang comme un vampire et que le sommeil devenait l'ennemi à abattre. La dernière fois qu'il avait cédé à la tentation, il n'avait pas dormi ni mangé pendant une semaine. Un vrai régime d'écrivain qui souhaitait mourir la plume à la main. Sept jours en enfer qui lui avaient fait comprendre que vingt-quatre heures, c'est vraiment long et qu'avoir la pêche en permanence, c'est pas le pied. Malgré tout, il avait trouvé une solution. Le jour, il bossait sans rien montrer de son état. Et la nuit, il baisait à couilles rabattues. Essentiellement des gonzesses rencontrées dans les bars et sur lesquelles le mot « police » avait l'effet d'un élixir d'amour. Certaines s'étaient tapé l'insigne, pas le mec. Comme quoi les nanas étaient vachement plus cérébrales que les hommes. Elles ne fantasmaient pas sur l'image phallique traditionnelle mais sur l'idée de l'amour avec un grand A ou sur des constructions de leur imaginaire qui le plus souvent mettaient en scène les instruments du pouvoir.

— Je peux savoir ce que c'était ? lança François sans quitter l'écran des yeux.

— Quoi donc ? grogna Colossus.

— Ce que t'as avalé. Ne me dis pas qu'il s'agissait de comprimés de Doliprane, je te croirai pas.

Briard poussa un soupir d'agacement.

— Fais pas chier, petit. Ce que mon estomac digère ne regarde que moi.

Fix renonça à poursuivre la partie. De toute façon, il n'avait plus assez de munitions et de trousses de survie pour passer au niveau suivant. Il rangea la Game Boy dans sa poche et se tourna vers son équipier.

— Il peut digérer ce qu'il veut à condition que ce ne soit pas des substances illégales, laissa-t-il tomber en dégainant une clope.

Le géant rit nerveusement et lui arracha la sèche du bec.

— Sinon quoi, petit ? Tu me dénonces aux gougnafiers de l'Inspection Générale des Services, c'est ça ?

— Je n'ai rien dit de tel, se défendit Besançon en ramassant la cigarette sur le plancher de la voiture. Je veux juste t'aider.

— Un bon conseil, petit merdeux : ne me menace plus jamais. C'est clair ?

— Parfaitement, acquiesça Fix, conscient qu'à la prochaine remarque déplacée son partenaire n'hésiterait pas à le réduire en bouillie.

Il huma l'odeur du tabac pour se calmer et se promit de ne plus dire un seul mot qui pourrait contrarier la montagne de muscles assise à côté de lui. L'air frais qui passait par la vitre légèrement baissée lui caressa le visage et lui rappela combien il était bon de vivre.

Après tout, si Briard voulait se détruire, libre à lui.

— Tiens, fit le colosse en lançant un sac dans sa direction.

— Qu'est-ce que c'est ?

— Ben regarde. Ça va pas te manger.

François sortit du plastique plusieurs boîtes remplies de cartouches de 7,65 mm.

— Tu les fileras à Sagane quand on le verra, souffla Colossus. Je crois qu'il en aura besoin pour zigouiller les bridés.

— Tu penses vraiment qu'on va en arriver là ? demanda Fix en déglutissant.

— Évidemment, répondit le flic bourru. Je voulais pas te cracher le morceau pour pas te foutre les boules, mais y a fort à parier qu'on va avoir un œuf à peler avec le samouraï et sa clique de dégénérés… (Il posa une main sur l'épaule de son collègue…) Tu peux toujours abandonner, petit. Je t'en voudrais pas, tu sais. J'suis convaincu qu'Élie non plus.

François respira profondément. Au fond, il s'y attendait.

— Non, ça va aller. Je veux venir avec toi.

— C'est toi qui vois.

— On aurait quand même dû prévenir le commissaire.

Briard secoua la tête énergiquement.

— S'il apprend qu'on a perdu Sagane, il nous fera la peau. Et puis j'ai peur qu'en voyant la cavalerie débarquer, les Jaunes fassent un massacre. C'est beaucoup trop risqué. Mieux vaut les prendre par surprise.

Tout en conduisant, il fit l'inventaire de ses armes et de ses munitions. Il avait pris le 454 Casull et dix boîtes pleines de cartouches à ogives de 260 grains qui ne se pulvérisaient pas à l'impact et dont la puissance de pénétration était quasiment inégalable. Mais ce n'était pas tout. Il avait mis dans le coffre un pistolet-mitrailleur Beretta modèle 12 S ainsi qu'une quinzaine de chargeurs trente-deux coups. Tous les patrouilleurs de la Police nationale française utilisaient ce cracheur de feu exceptionnel qui avait remplacé le P.M. MAT 49.

Avec cet arsenal, il pouvait déclencher une véritable petite guerre.

À côté de ces *arracheurs de têtes* et de ces *décapsuleuses* nouvelle génération, le Glock 34 de Besançon faisait pâle figure.

Le jeune homme observa Colossus charger le Raging Bull. Avec ses cinq cartouches dans le barillet, le monstre d'acier devait peser près de deux kilos. Le flic effleura du bout des doigts le cran de mire et sourit à son équipier. Un sourire qu'il ne lui connaissait pas. À la fois bienveillant et inquiétant.

Les amphétamines commençaient à prendre le contrôle de son être.

— T'es sûr que t'en veux pas ? fit Briard en lui proposant un cachet. Ça peut t'aider à tenir le coup.

— Non. Je préfère pas.

L'autre ricana et ingurgita le comprimé.

51

Partout autour de lui, les ténèbres.

Puis il la vit.

Sarah.

À cet instant, il comprit qu'il était venu non pas pour la sauver mais pour être sauvé par elle. Car elle seule pouvait, par l'amour qu'elle lui inspirait, donner un sens à sa vie semée d'échecs.

J'ai besoin de toi, mon ange.

Iga la soutenait car elle était encore ensommeillée. La Japonaise l'aida à s'asseoir sur le canapé du salon puis se plaça devant elle. Une façon de faire comprendre à Sagane qu'il ne pouvait pas s'approcher d'elle. Sarah écarta d'un geste lent les cheveux qui lui tombaient sur le visage et il put apercevoir ses yeux. Ils brillaient.

Ces salauds l'avaient droguée.

— Je vous ai donné ce que vous vouliez, fit le flic en se tournant vers Akamatsu. À votre tour de respecter votre part du marché. Relâchez-la.

Le *yakuza* marcha lentement vers le lieutenant et s'arrêta à moins d'un mètre de lui. Son regard ne quittait pas celui d'Élie. Sans crier gare, il le frappa au ventre. Plié en deux, le flic recula.

— J'ai oublié de vous préciser que je suis un incorrigible menteur, laissa tomber le Japonais en tournant autour de lui comme un charognard attiré par un cadavre. Je n'ai aucune parole. D'ailleurs, quel assassin digne de ce nom en a une ?

Sagane se redressa péniblement.

— Je peux savoir ce qui nous attend ?

Akamatsu sourit à Iga.

— Notre invité aimerait savoir quel sort nous lui réservons, ma chérie. Tu crois que je peux lui répondre ?

La tigresse acquiesça.

— Je vous aurais volontiers liquidé ici, mais ça ne serait pas raisonnable, reprit le *yakuza*. Après ce qui s'est passé tout à l'heure, mes hommes ont eu un mal de chien à lessiver le sol. Je ne veux pas prendre le risque de tacher les tapisseries de monsieur Nakamura avec votre sang ou celui de la jeune femme. Il ne me le pardonnerait sûrement pas.

— Vous êtes à la botte de Nakamura, le nargua Sagane.

Cette fois, ce fut Iga qui menaça de le corriger. Son amant la stoppa net dans son élan.

— Si Nakamura n'était pas pressé d'en finir avec cette histoire, je vous aurais torturé, vous et la fille, jusqu'au petit matin, souffla-t-il en fixant Élie. Emmenez-les dans le bois et liquidez-les, dit-il aux deux gorilles qui se tenaient dans son dos. Demain, nous mettrons leurs corps dans le broyeur. Faites-les sortir par-derrière.

Élie déglutit. Ce fumier voulait véritablement les faire disparaître. À bien y réfléchir, il aurait préféré que ces gars abandonnent son cadavre dans la forêt après lui avoir tiré une balle dans la tête. Mieux valait finir comme substrat écologique sur lequel se développaient les insectes plutôt que réduit en bouillie par une machine infernale.

Anéanti, il n'opposa aucune résistance lorsque les sbires le traînèrent dans le couloir. À côté de lui, Sarah avait du mal à tenir debout.

— Je suis désolé, siffla Akamatsu en s'arrêtant devant une porte-fenêtre qui donnait sur l'extérieur, mais je n'ai plus le temps de jouer avec vous. Peut-être nous reverrons-nous dans une autre vie ?

— Tu peux y compter ! cracha Sagane.

Mitsumuto ouvrit la fenêtre et agita la main en signe d'au revoir. Les allumettes japonaises les forcèrent à avancer avec des coups de crosse dans les reins. La douleur réveilla complètement Sarah qui écarquilla les yeux.

— Mais enfin, qu'est-ce que…

Son regard rencontra celui de Sagane.

— Élie ? C'est bien vous ?

Il voulut s'approcher d'elle mais le plus hargneux des deux lui aboya dessus jusqu'à ce qu'il regagne sa place.

— Ils m'ont fait une piqûre. Je ne sais pas ce que… c'est.

— Ça va aller maintenant. Je suis avec vous.

Il aurait tellement voulu le croire.

Ils gagnaient le cœur du bois. Partout autour d'eux, des ombres, des bruits inquiétants. À chaque fois que les branches mortes craquaient sous leurs pieds, Sarah sursautait. Elle délirait plus ou moins, encore sous l'effet de cette saloperie qu'ils lui avaient injectée.

Élie observa les étoiles qui faisaient la bringue dans le ciel d'encre.

Allaient-ils les rejoindre cette nuit ?

52

Briard s'arrêta sur un chemin boueux et descendit ouvrir le coffre transformé pour la circonstance en « garde-pétoires ». Il sortit le matos de sa caverne d'Ali Baba. Exclusivement réservé aux flingueurs cinq étoiles. Il glissa le Beretta modèle 12 S ainsi que deux chargeurs de trente-deux coups dans le holster d'épaule. Il rangea les autres dans le porte-chargeurs de jambe en nylon et fit tourner le barillet du 454 Casull de la droite vers la gauche pour s'assurer qu'il était bien chargé. Deux prototypes de gilets pare-balles à base de soie d'araignée traînaient dans le fond du coffre. Il adorait bidouiller des tas de trucs. Pour le plaisir. Jamais il n'avait pensé faire de l'argent avec ses inventions.

Fin prêt pour la castagne.

Il attendit que son collègue monte la torche électrique sur le Glock 34 et enfile son gilet puis ils se dirigèrent vers la maison sans faire de bruit. Sur le terrain, Briard portait toujours ses rangers. De véritables écrase-merdes qui lui permettaient d'avancer sur le chemin plein de gadoue sans glisser. François ne pouvait pas en dire autant. Chaque pas était une entreprise périlleuse et il manqua de s'étaler par deux fois. Il maudit en silence ses chaussures de ville couvertes de boue, conservant malgré tout un air digne quand son équipier se tournait vers lui pour s'assurer que tout allait bien. Pas question de se montrer tel qu'il était vraiment : flippé et convaincu que cette nuit serait la dernière de leur existence.

Il ne reconnaissait plus l'homme qui marchait devant lui en marmonnant. Le flic bourru et passablement cogneur l'avait toujours amusé. Le déjanté bourré de cachets lui fichait la trouille. De toute évidence, il ne lui venait pas à l'esprit qu'ils pouvaient finir comme « morts d'honneur » à la grande bamboula organisée par le Dragon. Les amphétamines transformaient son sang en bolide de Formule 1 et faisaient battre son cœur plus vite. À cette vitesse, il fonçait droit sur l'infarctus. Pour la énième fois, ses yeux rougeoyants comme des lasers passèrent au crible l'arsenal qu'il transportait sans le moindre effort.

De quoi déclencher une petite guerre et embraser ce coin de la planète.

Briard le fit s'allonger sur le sol lorsqu'il aperçut la grille gardée par deux types armés de *crache-pruneaux*. Cachés par les herbes rebelles, ils échappaient à la traque incessante des projecteurs fixés en haut des miradors. Le géant étudia les possibilités d'accès avec une grimace. Besançon se dit qu'ils étaient bons pour repartir, mais son collègue semblait décidé à camper sur ses positions.

— On va attendre, laissa tomber Briard.

— Attendre quoi ? demanda Fix en arrachant nerveusement une ortie qui lui piquait la main.

— Le moment propice pour attaquer, répondit Colossus en câlinant son flingue.

— T'as regardé autour de toi ce qui se passe ? On n'aura pas le temps de faire trois pas que ces mecs nous auront déjà refroidis.

Briard lui lança un mauvais regard.

— Un pote à moi est retenu prisonnier dans cette forteresse de mes deux, alors compte pas sur moi pour l'abandonner. J'irai jusqu'au bout, avec ou sans toi.

Comprenant qu'il n'y avait rien à faire pour convaincre son équipier, Fix décida de tenter autre chose. Il se leva doucement et s'enfonça dans le bois.

— Où tu vas petit ? s'énerva Briard.

— Je vais pisser un coup. J'ai le droit ?

— Dis plutôt que t'as la frousse, ricana Colossus. Faire dans son froc, ça arrive à tout le monde.

Besançon n'écoutait plus. Il s'assura que son collègue ne prêtait pas attention à lui puis dégaina son portable. Dans sa hâte, il fit tomber le boîtier du détecteur. Il le ramassa en pestant. *Bousillé*. Une catastrophe de plus à additionner aux déboires de cette soirée à embrouilles.

Il alluma le téléphone, entra son code et composa le numéro du commissaire.

En attendant que son chef réponde, il observa Briard qui ruminait de noires pensées.

Désolé, mais je suis trop jeune pour y passer maintenant.

53

Tout de suite après le coup de fil de Besançon, le commissaire avait mis en branle la Brigade criminelle. Il avait encore les paroles du jeune homme dans la tête. Selon lui, Nakamura détenait Sarah et Sagane dans sa superbe propriété transformée en forteresse ; Briard voulait les libérer. Seul.

Comme si c'était pas assez, le commissaire avait reçu un appel de Riccobini quelques minutes plus tard. Incapable de tenir sa langue jusqu'à minuit, le légiste lui avait tout raconté.

Inquiet, Dubreuil avait convoqué tous les gars dans son bureau et leur avait rapidement exposé la situation. Certains avaient râlé, notamment Laprade et Simony qui se tapaient un gueuleton chez Pastavino, le resto italien attitré des gourmets de la Crim, au moment où le chef les avait appelés. Laprade détestait passer à l'action l'estomac vide. Lorsqu'il avait affirmé faire de l'hypoglycémie s'il sautait un repas, le commissaire lui avait proposé de terminer le sandwich aux rillettes qui traînait sur le bureau de Briard depuis deux jours.

Du coup, le Lévrier n'avait plus faim.

Dubreuil avait averti les gars que ça pouvait barder une fois sur place. Prudents, ils avaient tous été faire un tour à l'armurerie pour s'équiper de gilets pare-balles. La plupart d'entre eux avaient déjà passé avec succès l'épreuve du feu, mais cette histoire de tueurs tatoués et de têtes coupées leur fichait des angoisses. Le commissaire lui-même avait pris un flingue – un revolver MR 73 qu'il ne sortait que les jours de « grande lessive », comme disait Briard – et une boîte de munitions.

Il ne tenait pas à courir le moindre risque.

Cela faisait presque une heure qu'ils étaient partis. Seize hommes répartis dans quatre voitures pie. Pour se détendre avant le feu d'artifice, ils jouaient aux cartes sur la banquette arrière ou écoutaient à la radio le match de foot qui opposait l'O.M. au P.S.G. !

Dans la voiture de tête, Dubreuil s'efforçait de rester calme. Il rangea la commission rogatoire dans sa poche puis se livra au rituel du parfait fumeur de cigare. Derrière, Laprade et Simony comparaient leurs pétoires avec des gloussements. En les observant dans le rétroviseur, le commissaire se dit que leur bêtise était incurable.

Les phares emprisonnèrent un panneau sur le bord de la route. Ils approchaient de Verneuil-sur-Avre. Dubreuil prit la radio et dit aux hommes de se tenir prêts.

— Vous croyez qu'ils sont encore en vie ? lança Laprade en vérifiant son flingue pour la dixième fois.

— Je l'espère, répondit le commissaire.

Leurs regards se croisèrent. Dubreuil n'aurait su dire si le flic s'inquiétait vraiment ou s'il faisait semblant. Il baissa la vitre de son côté et posa le gyrophare sur le toit de la voiture. Aussitôt, la lumière se mit à tourner comme une toupie. Les autres imitèrent son geste.

Le convoi arriva au village. Pas un péquin dans les rues. Les policiers eurent l'impression d'atteindre le cœur des ténèbres. Ils roulèrent encore dix minutes avant d'apercevoir l'entrée du Bois Bissieu. Une vieille pancarte indiquait le chemin à suivre.

— Et si jamais on se plantait ? demanda Cathy Simony en fermant sa parka.

Le commissaire ignora cette question et s'empara de la radio.

— Nous y sommes. Personne n'ouvre le feu avant d'en avoir reçu l'ordre, c'est clair ?

Il se tourna vers le chauffeur qui grillait nerveusement une sèche.

— Eh bien, qu'attendez-vous, mon vieux ? Mettez la sirène.

Le gars balança la clope par la vitre et s'exécuta.

54

Il faisait de plus en plus froid et Sarah tremblait comme une feuille. Après avoir demandé l'autorisation aux dogues qui les escortaient jusqu'aux portes de l'enfer, Sagane retira sa veste et la posa sur les épaules de la jeune femme.

Son geste était ridicule car tous deux n'en avaient plus pour longtemps, mais il ne pouvait s'empêcher de s'occuper d'elle. À présent, il n'avait plus qu'une seule préoccupation : rendre ses derniers instants aussi supportables que possible.

Après cinq minutes de marche, le plus autoritaire des gorilles leur fit signe de s'arrêter. Sarah semblait avoir retrouvé ses esprits. La terreur brillait dans ses yeux. Élie avait lui-même très peur et il ne savait pas quoi dire pour la rassurer.

Les *yakuzas* les obligèrent à s'agenouiller et braquèrent leurs flingues sur eux. Sarah se mit à pleurer, cherchant Élie du regard.

Le roquet s'approcha du flic et colla le canon du gicleur à sa tempe. Sagane n'entendait plus que les battements de son cœur. Il remua les lèvres et la jeune femme comprit qu'il lui disait « je vous aime ». Il se ferma au monde à l'instant où le Japonais posait un doigt sur la détente.

Sarah éclata en sanglots.

Cette fois, c'est la bonne, pensa Sagane.

À cet instant, une sirène de police résonna. Le lieutenant voulut se lever mais un coup de crosse l'en empêcha. Les flingueurs commencèrent à s'affoler. La sonnerie d'un portable. Le meneur du tandem répondit. Sagane comprit qu'il recevait des ordres de son chef quand il l'entendit s'exprimer par monosyllabes.

Le Japonais baissa son arme.

Élie prit Sarah dans ses bras et déposa un baiser sur son front.

C'est pas encore l'heure de mourir, ma belle.

Akamatsu éteignit le portable d'un geste rageur. Il venait d'ordonner à ses hommes d'attendre son signal avant d'abattre le flic français et sa compagne. Il arracha les jumelles des mains de Mitsumuto et les braqua sur l'allée encombrée de véhicules de police.

Qui les avait prévenus ?

Dans son dos, Iga faisait les cent pas. Elle était d'une humeur massacrante et les gardes évitaient de se trouver sur son chemin.

— Que fait-on ? lança-t-elle après avoir réfléchi une minute.

— Je ne sais pas, répondit son amant. Pas encore.

L'intendant épongea son front couvert de sueur. Il n'était pas habitué à une telle agitation. Servir Nakamura devenait de plus en plus difficile. Entre tous ces hommes armés qui surveillaient la propriété jour et nuit et les amants maudits qui trucidaient tous ceux qui osaient les contredire, il ne savait plus très bien où était sa place.

— Tu as fait ce que je t'ai dit avec la voiture du lieutenant ? demanda Akamatsu à la femme tatouée.

— Hiboko s'est chargé de la ramener à Paris et de la garer en bas de son immeuble.

— Bien. Ils ne pourront pas savoir qu'il est venu ici… (Il se tourna vers elle…) Nous allons devoir nous cacher, ma chérie.

Elle l'interrogea du regard.

— Ils t'ont vue, ne l'oublie pas. Tu peux être sûre qu'ils te reconnaîtront. Et comme j'ignore ce qu'ils savent sur moi, je préfère ne pas tenter le diable.

Elle acquiesça, convaincue. Akamatsu tendit les jumelles au *sumôtori* et s'approcha de Makoto Taiichi. Celui-ci eut un mouvement de recul.

— Je vais avoir besoin de vous, mon ami, dit-il en posant une main sur son épaule. Je veux que vous vous occupiez d'eux.

— Mais qu'est-ce que je dois leur dire ? articula péniblement le vieil homme.

— Je vous fais confiance. Avant toute chose, prévenez Nakamura.

Le *yakuza* prit sa maîtresse par la taille et ils se dirigèrent vers le fond de la pièce. Le mur contre lequel ils s'appuyèrent s'escamota et ils disparurent. La maison comptait plusieurs passages secrets que la police aurait bien des difficultés à trouver.

Malgré tout, Taiichi n'était pas rassuré. Il se retrouvait seul face à la meute.

En regagnant le rez-de-chaussée, il se jura de remettre sa démission à Nakamura dans les plus brefs délais.

Pour de bon cette fois.

Briard n'en revenait pas. Il comprenait maintenant pourquoi Fix lui avait raconté sa vie pendant une heure. C'était pour le dissuader d'attaquer la forteresse le temps que les renforts arrivent.

Un sacré filou, le jeunot.

Ils sortirent de leur cachette et rejoignirent le commissaire qui s'entretenait avec les Japonais postés devant la grille. Les flics de la Crim gardaient un œil sur les types armés jusqu'aux dents qui se pavanaient en haut des miradors. L'un des gardes parla dans un talkie-walkie une minute et dit quelques mots en anglais à Dubreuil.

— J'ai demandé à voir Nakamura, fit-il en revenant sur ses pas.

— Y a pas à discuter, faut leur rentrer dedans, grogna Colossus.

— À votre place, je me ferais tout petit, rétorqua le commissaire. C'est un peu à cause de vous que nous sommes ici ce soir. Pas la peine de sourire bêtement François, vous êtes à mettre dans le même sac.

— Sagane est ici, se défendit Besançon. Ben dis-lui toi, fit-il en plantant son regard dans celui de Colossus.

— Que je lui dise quoi ?

— Que t'as vu ce putain de signal sur le boîtier.

Dubreuil s'avança vers eux.

— Je peux voir ce… détecteur ?

Fix soupira.

— Je l'ai fait tomber tout à l'heure. Il s'est cassé.

— De mieux en mieux, s'énerva leur chef. Si jamais j'apprends que Sagane n'a pas mis les pieds ici ce soir, gare à vos fesses.

— Commissaire ?

Dubreuil pivota sur ses talons.

— Je crois que nous avons de la visite, reprit Cathy Simony en montrant les silhouettes qui venaient vers eux. Deux types armés et une vieille branche.

Makoto Taiichi s'arrêta à un mètre de la grille. Aucune expression sur son visage.

— Que puis-je pour vous, messieurs ? souffla-t-il en s'inclinant légèrement.

— Nous sommes de la police, répondit Dubreuil en sortant sa carte. Vous êtes monsieur Nakamura ?

— Je suis désolé, mais monsieur Nakamura est absent. Je suis son intendant.

Les flics se rapprochèrent de leur chef, comme s'ils craignaient une attaque surprise.

— Je ne me permettrais pas de vous déranger à une heure pareille si je n'avais pas une bonne raison. L'un de mes hommes avait l'intention de rendre visite à monsieur Nakamura ce soir et j'aimerais savoir s'il est là. Il s'agit du lieutenant Sagane.

Un léger frémissement des lèvres faillit trahir Taiichi.

— Ce monsieur n'est jamais venu ici, je peux vous l'assurer.

— Pas plus que cette femme j'imagine, continua Dubreuil en lui tendant une photo de Sarah.

Le Japonais remua la tête.

— Je ne l'ai jamais vue.

— Le contraire eût été étonnant, grommela Fix.

Le commissaire n'était pas du genre à se décourager aussi facilement. Il ne repartirait pas sans avoir la certitude que Sarah et Élie n'étaient pas retenus prisonniers.

— J'aimerais quand même jeter un coup d'œil à l'intérieur, dit-il.

Taiichi se racla la gorge, contenant sa peur du mieux qu'il pouvait.

— Je crains que ce ne soit pas possible, fit-il avec un sourire crispé. Je ne laisse jamais entrer personne sans l'autorisation de monsieur Nakamura.

— Eh bien, vous allez faire une exception pour moi, siffla Dubreuil en lui mettant la commission rogatoire sous le nez. Ouvrez-moi.

L'intendant aboya un ordre en japonais et la grille s'effaça devant le chef de la Crim.

— Voilà qui est mieux, laissa tomber le commissaire en faisant signe à Briard et Besançon de le suivre.

— Vous ne voulez pas qu'on vienne avec vous ? lança Laprade, vexé de ne pas avoir été choisi par le boss. On ne sait jamais.

Dubreuil soupira.

— C'est bon, amenez-vous.

Le Basset et le Lévrier ne se le firent pas dire deux fois. Tandis qu'ils traversaient la pelouse qui menait à la maison, le commissaire se pencha à l'oreille de Briard pour lui dire d'ouvrir l'œil. Ils ne pouvaient pas faire dix pas sans tomber sur un type armé.

— Ces hommes ont-ils obtenu l'autorisation de porter des armes sur le sol français ? fit Dubreuil.

— Votre administration leur a effectivement délivré des certificats. Je peux vous les montrer si vous le souhaitez.

— J'aimerais les voir, en effet, souffla le commissaire en reportant son attention sur les gardes. Ça ne doit pas être évident à gérer une armée pareille.

— Monsieur Nakamura est un homme important au Japon, commissaire, fit Taiichi. Depuis qu'un illuminé a essayé de le tuer, le dispositif de sécurité a été renforcé.

Mitsumuto leur ouvrit la porte et proposa de les débarrasser de leurs impers. Laprade s'apprêtait à accepter mais un regard de Dubreuil l'en dissuada. Le commissaire constitua deux binômes – Briard et Besançon d'un côté, Laprade et Simony de l'autre – et ordonna la fouille de la demeure.

Il commença à inspecter le rez-de-chaussée, suivi pas à pas par Taiichi et le *sumôtori*. Au bout d'un moment, il décida de se lancer.

— Savez-vous si monsieur Nakamura connaît ces personnes ? fit-il en montrant les photos des amants maudits.

L'intendant pâlit en regardant les clichés qu'il avait pris l'année dernière à Kamakura, une ville proche de Yokohama. Nakamura s'y était rendu avec Iga et Akamatsu pour admirer le Grand Bouddha, où plutôt ce qu'il en restait, et il avait demandé à Taiichi de les photographier.

— Non, je ne crois pas, répondit-il. J'ai une excellente mémoire et je ne me rappelle pas les avoir déjà vus.

À son tour, Mitsumuto secoua la tête négativement.

— Vous êtes sûr ? insista Dubreuil.

Taiichi était conscient que le policier lui tendait la perche, mais il refusa de la saisir. Le flic voulait peut-être le sauver de la noyade mais il savait qu'une fois qu'il aurait le dos tourné, les fils du Dragon se chargeraient de lui enfoncer la tête sous l'eau.

— Absolument.

Dépité, le commissaire rangea les photos et poursuivit sa visite.

Élie cherchait un moyen de neutraliser les deux gorilles.

Un bruit l'arracha à sa concentration. Sarah claquait des dents. Il se déplaça sur les genoux et lui frotta le dos pour la réchauffer. Les Japonais ricanèrent en les observant. Le plus petit guettait l'appel du boss. Il allait et venait, fumant clope sur clope.

Une bombe à retardement, pensa Élie.

Il attendit que les flingueurs détournent le regard et reprennent leur discussion pour s'approcher d'eux. Aurait-il une autre occasion ? Sarah comprit quelles étaient ses intentions quand elle croisa ses yeux. Elle le rejoignit et appuya sa tête contre son épaule pour lui glisser quelques mots à l'oreille.

— Ne faites pas ça, murmura-t-elle. C'est trop risqué.

— J'ai bien peur que nous n'ayons plus le choix, souffla-t-il. Que croyez-vous qu'il se passera quand ils recevront l'appel de leur chef ? C'est notre seule chance de nous en sortir.

Il continua à avancer. Absorbé par la contemplation de la lune, le nabot aux yeux bridés ne remarqua pas son manège. Son acolyte jouait avec la fermeture Éclair de sa parka. Ce mouvement de va-et-vient semblait le fasciner.

C'est maintenant ou jamais.

Derrière, Sarah essaya de le ramener à la raison.

En vain.

Déjà, il fonçait sur eux. Il heurta de plein fouet le plus petit qui à son tour percuta la montagne de muscles. Ils chutèrent tous les trois sur le sol. Élie se releva le premier. La clarté lunaire faisait ressortir les flingues sur le lit de feuilles mortes. Il en ramassa un et poussa l'autre du pied.

Sarah resta sans bouger, paralysée par la peur.

Le nabot plongea une main dans les plis de sa veste. Il brandit un objet en acier, circulaire et dentelé. Son complice rampa vers le second revolver.

Élie braqua son *passeur de mort* sur eux.

Sayonara, les enfoirés.

— On n'a rien trouvé, chef, fit Besançon en descendant l'escalier.

Dubreuil se tourna vers le Basset et le Lévrier.

— Nous non plus, siffla Cathy Simony. Je suis sûre qu'ils ne sont pas ici.

Le commissaire râla dans son coin. Comment avait-il pu se laisser entraîner dans cette histoire ?

— Dans ce cas, on y va. On a assez perdu de temps comme ça.

Briard courut derrière lui.

— Fix n'a pas pu se tromper, dit-il en arrivant à sa hauteur. Son bidule fonctionnait. J'ai vu le signal s'allumer quand Élie a quitté le Ritz.

— Vous me fatiguez, les gars. J'en ai ras-le-bol de vos conneries.

Laprade eut envie de charrier Fix et Colossus, mais le rictus de colère qui déformait le visage de Briard le persuada que cela pouvait attendre. Sur le pas de la porte, Dubreuil s'adressa à l'intendant qui commençait à peine à se sentir mieux.

— Monsieur Nakamura sera-t-il là demain matin ?

— Oui.

— Dans ce cas, dites-lui que je passerai le voir. J'aimerais lui poser quelques questions.

— Je croyais que cette affaire était réglée, commissaire, bredouilla Taiichi, à nouveau sous l'emprise de la peur.

— Il s'agit d'une *autre* affaire, s'agaça Dubreuil. Qu'il ne me pose pas de lapin. Je ne voudrais pas être obligé de le chercher dans tout Paris. Allez les gars, on rentre au bercail.

Penauds, les flics se dirigèrent vers la grille. Le commissaire prit un cigare et demanda à Laprade de l'allumer.

À cet instant, un coup de feu retentit. Puis un deuxième.

— Qu'est-ce que c'est ? demanda Dubreuil à l'intendant qui fermait la marche avec Mitsumuto.

Le Japonais haussa les épaules.

— Je ne sais pas. Un chasseur peut-être.

— Mon cul oui ! s'emporta Briard en posant une main sur le « Taureau Furieux ».

— Ça m'étonnerait qu'il y ait des chasseurs dans le coin, fit Besançon en s'avançant vers le vieillard d'un air menaçant.

— Je confirme, dit Laprade.

Le Lévrier savait de quoi il parlait. Il passait tous ses week-ends avec les gars de l'Office National de la Chasse. *Pour une fois qu'on est d'accord tous les deux*, se dit Fix. Ils atteignirent l'entrée et le commissaire demanda à deux hommes d'aller faire un tour dans le bois.

Malgré le froid qui l'encerclait, Makoto Taiichi suait à grosses gouttes. Il avait envie de tout raconter à la police, mais quelque chose, une force invisible, l'obligeait à garder le silence. À côté de lui, le *sumôtori* demeurait impassible, comme s'il était convaincu que rien ne pouvait atteindre le Dragon.

Tout cela va mal se terminer, se lamenta l'intendant.

Les hommes de la Crim commençaient à s'impatienter quand plusieurs silhouettes apparurent à la sortie du bois. Crachées par les ténèbres. Briard alla à leur rencontre, le flingue à la main. Lorsqu'il fut suffisamment près pour voir de qui il s'agissait, il rangea son arme et leva un bras pour faire comprendre aux gars qu'il n'y avait rien à craindre.

Le commissaire crut les reconnaître, tout comme Besançon qui lui rendit son sourire, mais il attendit d'être sûr avant de se manifester.

— Pour une surprise, fit Simony, stupéfaite. C'est Sagane et la criminologue de service. Moi qui croyais…

— Eh bien vous croyiez mal, la coupa Dubreuil qui prit sur lui pour ne pas exploser de joie. Allez les aider, dit-il à ses hommes.

Derrière la grille, Taiichi avait perdu tout espoir de voir la situation s'améliorer. S'il avait pu se transformer en ver de terre et disparaître dans la nuit, il l'aurait fait. Il eut un mouvement de recul quand le commissaire revint à la charge.

— Je ne savais pas, se justifia-t-il. Je vous le jure.

— Iga et Akamatsu sont dans cette baraque chef, lança Élie.

Il avait une mine de déterré et les vêtements couverts de boue, mais dans son regard mordoré trempait toujours la même détermination.

— Nous venons d'en sortir, souffla Dubreuil. Il n'y avait personne.

— Ils y sont pourtant, insista Sagane.

— Le lieutenant a raison, dit Sarah en s'écroulant sur le siège d'une voiture. Ils m'ont enlevée et droguée. Sans lui, je serais probablement morte.

— Que s'est-il passé au juste dans le bois ? demanda Besançon.

— J'ai abattu les deux fumiers qui devaient nous liquider, répondit froidement Sagane. Il faut qu'on y retourne, ajouta-t-il en s'approchant de la grille.

Aussitôt, les gardes braquèrent leurs pétoires sur lui.

— Vous commettez une grave erreur en entravant l'action de la police, siffla Élie. Ouvrez immédiatement.

Pas de réaction. Seulement le cliquetis des pistolets-mitrailleurs qu'on armait.

— Je crois que le moment est mal choisi, Élie, dit le commissaire. J'avais l'intention d'interroger Nakamura demain.

— Demain, il sera trop tard. Iga et Akamatsu auront disparu et toutes les preuves qu'ils doivent cacher dans ce château se seront envolées avec eux. Nous devons agir maintenant.

— C'est quand tu veux, vieux frère, s'emballa Briard.

— C'est à vous de décider, chef, fit Sagane.

Le commissaire hésita une minute. Et puis le déclic. Il ordonna aux types qui surveillaient l'entrée de les laisser passer. Une détonation. Un gars de la Crim s'effondra, touché à la tête. Furieux, Colossus sortit le 454 Casull des plis de son imper et ouvrit le feu sur celui qui avait tiré, en haut d'un mirador. Le cadavre chuta à la verticale et s'écrasa sur l'allée boueuse.

Une fusillade s'engagea. Taiichi et Mitsumuto coururent vers la maison.

Élie demanda à Francis Godon, un agent avec qui il avait planqué une fois, de conduire Sarah en lieu sûr. Il attendit de les voir monter dans une voiture et démarrer avant de rejoindre les autres.

55

De leur cachette, les amants maudits entendirent le bruit des détonations.

Akamatsu activa l'ouverture du passage secret et invita sa compagne à le suivre. Prudemment, il s'approcha d'une fenêtre du premier étage et observa la scène. Les hommes de Nakamura étaient bien entraînés, mais les flics semblaient décidés à aller jusqu'au bout. La rage peu commune qui les habitait les rendait dangereux.

Pouvaient-ils remporter cette bataille ?

Le *yakuza* se dit qu'il valait mieux prendre toutes les précautions, au cas où le lieutenant Sagane et sa clique arriveraient jusqu'ici. Il fonça vers le bureau de Nakamura. Dans un coffre, le big boss gardait des papiers sur l'organisation. Première chose à faire, les brûler.

Ensuite, ils pourraient fuir.

Aidé par deux types qu'il connaissait à peine, Briard avait « nettoyé » les miradors. Du coup, les autres avaient pu avancer jusqu'à l'entrée de la maison. Comme il avait réduit en miettes les projecteurs, il devenait difficile de voir au-delà d'un mètre. Sa progression devint périlleuse. Il tirait après avoir crié son nom, histoire de ne pas se faire descendre par l'un des siens.

Lorsqu'il aperçut Élie près de la porte, il le rejoignit. Il fila le pistolet-mitrailleur Beretta à un gars qui avait perdu son flingue en courant. Le commissaire était sur la terrasse, à l'abri derrière une table renversée. Il pianotait sur le clavier de son portable, essayant d'appeler les renforts.

Comme si on n'était pas assez, grogna intérieurement Colossus.

Habitués à bosser ensemble, Sagane et Briard communiquèrent avec les yeux. Élie voulait s'introduire dans le château et capturer Iga et Akamatsu. Son collègue acquiesça puis se redressa brusquement. Il braqua le « Taureau Furieux » sur la porte et pulvérisa la serrure. Sans perdre une minute, Élie plongea dans l'entrée. Les balles sifflaient autour de lui comme des insectes fous.

Il aperçut l'intendant caché derrière un canapé. *Lui, je m'en fous*. Pas de trace de Mitsumuto. Alors qu'il s'apprêtait à gravir les marches qui conduisaient au premier étage, plusieurs silhouettes jaillirent des ténèbres du salon. Les trois types avaient une gueule de dragon tatouée sur le front et des P.M. dans les mains.

— *Yoku irasshaimashita*, laissa tomber l'un d'entre eux.

Les flics échangèrent un regard qui en disait long. Colossus brandit son flingue et appuya sur la détente. Le projectile arracha la main du gars le plus proche. Transformé en tuyau d'arrosage, son bras mutilé repeignit en rouge le mur face à lui. Il se roula par terre mais personne ne se baissa pour l'aider. Les autres armèrent leurs pistolets-mitrailleurs et une pluie de *décapsuleuses* s'abattit sur le tandem. Sagane profita d'une accalmie pour s'abriter derrière un mur. Briard visa un bridé au crâne rasé. La balle sectionna la jambe au niveau du genou. Le pauvre gars se traîna sur le sol avant de rendre l'âme.

Sous l'emprise d'une crise de démence, le dernier *yakuza* courut vers les policiers en braquant sur Briard deux flingues qui toussaient comme des tubards. La plupart des balles ricochèrent sur le gilet de Colossus. Le flic savait qu'il lui restait encore deux coups à tirer. La détonation faillit le rendre sourd. La *fleur de cimetière* fonça comme une fusée vers la cible et délogea l'œil qui s'enfonça dans la cavité orbitaire avant de ressortir par l'os occipital.

Le *fog* diffusé par le « Taureau Furieux » se dissipa à l'instant où Besançon faisait irruption dans l'entrée. Quelques secondes après lui, ce fut au tour de Laprade et Simony.

— Vous deux, restez ici, fit Sagane au Basset et au Lévrier. Liquidez tous les tatoués qui passent par là.

— T'as pas d'ordre à me donner, protesta Laprade.

— On forme une équipe oui ou merde ? tempêta le lieutenant.

— OK pour moi, souffla Simony qui n'en pouvait plus de courir dans tous les sens. On va surveiller le secteur.

Élie se tourna vers Briard et Besançon.

— On va monter. Vous vous tapez l'aile droite, et moi l'aile gauche.

— Tu veux faire ça seul ? s'indigna Colossus en rechargeant son arme. Tu préfères pas que je vienne avec toi ?

— Veille sur le petit. Je m'en voudrais s'il lui arrivait un pépin.

— Je suis plus un gamin, se défendit Fix en regardant le lieutenant filer comme une flèche. Faudrait que vous vous mettiez ça dans le crâne, tous autant que vous êtes.

Dehors, les flics gagnaient du terrain.

Le commissaire avait vu trois de ses gars mourir. Le premier près de la grille de l'entrée, le second dans le jardin et le troisième sur la terrasse, à quelques mètres de lui. Il avait envie de sortir de sa planque pour aider les autres, mais un tireur posté sur le toit de la maison l'empêchait de bouger. À deux reprises, il avait tenté le coup. En vain. Une balle l'avait même éraflé.

Il avait évalué mentalement ses chances d'en réchapper. Minces. Et puis il avait aperçu l'un de ses hommes caché derrière un arbre, à cinq ou six mètres de sa position. Nouveau venu à la Brigade Criminelle, Chris Bonzor s'était fait remarquer par son outrecuidance et ses talents de… tireur.

Il avait participé au dernier Concours International de Tir en Situation – le fameux CITES – qui s'était déroulé à Saint-Astier, près de Périgueux. La compétition était ouverte aux flics et aux agents de sécurité du monde entier. Le bleu avait réalisé une excellente performance en individuel. Il avait su éviter les cibles « non-shoot » et marquer un maximum de points. Résultat : deuxième à l'arrivée.

En le voyant viser le Japonais sur le toit, Dubreuil ne put s'empêcher de sourire.

Dégomme-moi ce merdeux qu'on en finisse.

Colossus longea le mur du couloir en tenant le « Taureau Furieux » droit devant lui. Partout, des porcelaines et des sièges à pattes d'éléphant. Apparemment, ces cabochards fantasmaient sur les animaux de la jungle. Des statues aux couleurs chamarrées étaient disposées entre chaque fauteuil et représentaient chacune un samouraï en position de combat. Le plus impressionnant ne mesurait pas moins de deux mètres et brandissait un *katana* orné d'inscriptions gravées appelées *horimono*. Un peu plus loin, une large baie vitrée donnait sur une piscine bleu turquoise.

Sur la droite, une porte ouverte. Le regard de Briard télescopa celui de Besançon. Le jeune homme acquiesça et braqua le Glock sur les ténèbres. Briard se plaqua contre le mur et avança lentement vers le trou noir. Une fois à l'intérieur, il chercha l'interrupteur, le trouva après quelques tâtonnements et alluma. L'éclair aveuglant le frappa de plein fouet et manqua de le faire chuter sur les tatamis. Dans son dos, le flingue de son équipier allait et venait, aimanté par l'hypothétique cible. Les murs étaient recouverts de bois verni et une cloison coulissante entrouverte les séparait d'un jardinet à la japonaise où s'épanouissait un magnifique cerisier. Ils s'approchèrent prudemment et aperçurent la cascade qui se déversait dans un bassin rempli de carpes. La douce mélodie jouée par l'eau enchanteresse se propageait jusqu'à la cabane de thé située à une vingtaine de mètres.

Le paradis et l'enfer pouvaient-ils être à ce point proches l'un de l'autre ?

Un sifflement dans l'air.

L'étoile meurtrière frôla Besançon et se ficha dans le mur, à quelques millimètres de son bras. La distance entre sa vie et la mort n'avait jamais été aussi courte. Colossus adopta la position du tir à deux mains à l'instant précis où le ninja tatoué s'apprêtait à lancer un autre *shuriken* dans la direction de son collègue. Il pressa la détente et laissa le cracheur de feu partir à la verticale après le coup. La détonation fut comme le grondement du tonnerre. Les imbrûlés sortirent par les évents et répandirent dans la pièce une fumée qui obscurcit son champ visuel pendant cinq ou six secondes. Lorsque le nuage se dissipa, il ne put retenir un cri de stupéfaction. Le fils du Soleil-Levant avait traversé une cloison et atterri dans un jacuzzi d'ardoises noires. À la place de son abdomen, un trou gros comme une pastèque.

Fix observa le cadavre se vider de sa substance comme s'il s'agissait d'un trucage de cinéma. Ce détachement soudain l'empêcha de gerber. De toute façon, il n'avait plus le temps de se lamenter. Un bruit dans le couloir les fit sursauter.

Sûrement les renforts.

Colossus pesta en introduisant une cartouche dans la chambre vide du barillet. Son collègue lui en voulait tellement de les mettre dans une situation aussi délicate qu'il ne ressentait plus la peur. Au contraire, il était furieux. La crosse du Glock épousa la paume de sa main et il fonça le premier sur l'ennemi.

— Fais pas le con, petit ! cria Briard en l'attrapant par le bras.

— Ne me dis pas que tu as les foies tout à coup, siffla Fix en se dégageant.

Il plongea sur la moquette du couloir sombre. Une rafale de pistolet-mitrailleur passa au-dessus de lui et fit voler en éclats une vitrine remplie de porcelaines. Il visa les jambes du tireur solitaire et vida son chargeur en hurlant. Fauché par les *fleurs de cimetière*, le gars s'effondra et appuya involontairement sur la détente de son arme qui dessina un « 7 » presque parfait sur le plafond.

— Bien joué gamin ! lança son équipier en lui faisant signe de rester couché.

Un autre *yakuza* ramenait sa fraise et pointait un calibre mammouth sur eux. Colossus se plaça devant le môme pour le protéger. Le Jaune cracha le feu sans hésiter une seule seconde. Normalement, les flics qui portaient des gilets pare-balles valdinguaient lorsqu'un mec les arrosait de pruneaux. Mais pas Briard. Il tenait encore debout. Son gilet protecteur avait absorbé la volée de plombs comme une éponge. Preuve était désormais établie que le coefficient d'extension des fils de soie était bien plus élevé que celui du Kevlar.

Le bouclier humain s'avança lentement vers sa cible en levant le 454 Casull à hauteur de tête. Le tatoué flippait en le voyant se rapprocher de lui. On aurait dit un robot que rien ni personne ne pouvait arrêter. Il rechargea son flingue en tremblant mais il était déjà trop tard. La machine était tout près. Le canon du Taureau éternua et la balle défonça la partie gauche du crâne.

— Voilà ce qui s'appelle faire le ménage, siffla Colossus.

— T'es dingue. Complètement dingue.

— Au lieu de dire des conneries, regarde autour de toi. Ça peut nous tomber dessus à tout moment.

Les coups de feu résonnaient à l'extérieur. Fix s'approcha d'une fenêtre à l'instant où une balle perdue la transperçait. Du coup, il perdit l'équilibre et se retrouva le cul par terre.

— Je t'avais dit de faire attention, se moqua Briard. Élie a raison, t'es qu'un gosse.

Le jeune Bonzor visa le tireur solitaire et pressa la détente.

Un clic.

Il n'avait plus de munitions. Il lança un regard au commissaire qui comprit aussitôt de quoi il retournait. *Je ne suis pas le chef pour rien.* Dubreuil extirpa le Manurhin du holster et le balança dans la direction du flic après s'être assuré qu'il était chargé. Le flingue atterrit à un mètre de Bonzor.

Ça m'aurait étonné.

Dubreuil lui fit signe de renoncer mais l'autre tenta quand même le coup. Il sortit de sa cachette et attrapa l'arme. Une détonation. Une motte de terre vola à quelques centimètres de sa main. Sans réfléchir, il se laissa tomber et fit une roulade jusqu'à l'arbre.

Sauvé !

Bonzor se redressa et ajusta son tir. Comme à l'entraînement. Le coup partit. Un léger mouvement de recul. Un cri étouffé. Le cadavre glissa sur les tuiles et termina sa course dans la gouttière, un bras et une jambe pendant dans le vide.

Tout excité, Dubreuil quitta son abri. Il héla le policier et dressa le pouce en signe de victoire. Le jeunot bomba le torse et prit l'air sérieux de celui qui venait d'accomplir quelque chose d'important.

N'en fais pas trop quand même.

Autour d'eux, la pétarade commençait à faiblir. Les poulets s'en sortaient plutôt bien.

Lorsqu'il entendit le cri des sirènes et les crissements des pneus dans l'allée, Dubreuil poussa un soupir de soulagement.

Élie n'avait plus qu'un couloir à explorer.

Iga et Akamatsu s'étaient-ils échappés ? Cette pensée le mettait hors de lui.

L'espoir reprit le dessus quand il reconnut la silhouette massive qui montait la garde devant une porte. *Si le* sumôtori *est là, ils ne doivent pas être bien loin.* Le policier s'avança lentement. Sans chercher à se cacher. En l'apercevant, le Japonais eut un doute.

Le lieutenant était trop décontracté.

Normal, il avait vu la main de bûcheron et le canon du flingue qui jouaient à Guignol et Gnafron dans le dos de Mitsumuto. La lueur de joie qui traversa le regard du flic fut son Judas. Le *sumôtori* fronça les sourcils en pivotant sur ses talons. Un poing énorme s'abattit sur son visage. Une douleur atroce partit de son nez et lui monta au cerveau. Il avait le goût du sang dans la bouche et un voile écarlate devant les yeux.

Sagane décida de prendre la suite. Pour la deuxième fois, il eut un contact intime déplacé avec le champion. Comme il s'en doutait, les *précieuses* étaient bien à leur place. Mitsumuto ne faisait son tour de magie qu'au moment des tournois. En valsant plus vite que des danseurs professionnels, les bijoux de famille arrachèrent un hurlement au Japonais qui se plia en deux.

Briard en profita pour lui botter le cul et il s'écroula sur la moquette.

— Ça fait vraiment du bien, jubila Colossus.

Élie se débarrassa de la pétoire qu'il avait chipée au bridé dans le bois et récupéra le Tomcat dans la veste du gros lard.

— Je crois qu'ils sont dans la pièce du fond.

Un grognement derrière eux. Sagane appuya la gueule noire du « Chat Sauvage » sur le front du *sumôtori* qui se redressait tant bien que mal.

— Dis bonne nuit à Beretta, siffla-t-il en lui filant un coup de crosse sur le crâne.

Le lutteur sombra dans l'inconscience.

— Qu'as-tu fait de Fix ? lança Élie.

— Ce petit con a failli se faire descendre tout à l'heure. Je lui ai dit de rejoindre les autres.

— T'as eu raison. Et comment ça se passe en bas ?

— Le commissaire a pris le contrôle de la situation.

— Si j'ai bien compris, on est les derniers ?

— Exact.

— Alors on va tâcher de faire ça bien.

Ils s'arrêtèrent devant la porte.

— Comme au bon vieux temps ? fit Colossus.

Le lieutenant acquiesça et son collègue enfonça la porte d'un coup de pied.

Les amants maudits sortaient des tas de papiers d'un coffre mural et les jetaient dans la cheminée. Sans doute le bureau de Nakamura. Frappé par un rai lunaire, le visage d'Akamatsu évoquait celui d'un vampire. À ses côtés, Iga, l'humaine la plus vénéneuse de la planète.

— Plus un geste, vous êtes en état d'arrestation, fit Sagane en levant son flingue. S'il y en a un qui bouge, je lui fais un petit trou dans la tête. Tu veux bien leur passer les *canettes* ?

Briard sortit les menottes et s'approcha du *yakuza* qui ricanait comme un dément. *Si l'ennemi laisse une porte ouverte, il faut s'y précipiter*, avait déclaré un jour un stratège chinois. Fort de cet enseignement, Akamatsu s'empara du couteau sans garde qu'il avait toujours sous son manteau, tout près de son cœur, et le planta dans la cuisse du flic.

Colossus faillit tourner de l'œil en retirant la lame d'un coup sec. La douleur lui fit plier genoux et lâcher le 454 qui glissa sur le sol. Iga se précipita vers Élie en hurlant. Le Beretta cracha sa semence mortelle. Une blessure au bas-ventre. Suffisant pour la mettre hors jeu.

Elle tituba jusqu'à la fenêtre. Un bruit de verre brisé.

Défenestration ou chute involontaire ?

Le cri déchirant de l'amant maudit glaça Sagane. La *tête tueuse* du « Chat Sauvage » visa la gueule du Japonais.

— Le crime appelle la vengeance, siffla Akamatsu en flinguant le policier du regard. Le meurtre de ma bien-aimée ne restera pas impuni. Ne dit-on pas chez vous « œil pour œil, dent pour dent » ?

Il évalua mentalement la distance qui le séparait du flic puis bondit dans sa direction en se rappelant ce que son maître lui avait enseigné : « Si ton arc est brisé et si tu n'as plus de flèches, alors tire, tire avec tout ton être. »

S'il ne réagissait pas rapidement, Élie allait prendre la mort en pleine poire. En Technicolor et en stéréo. *L'homme ne tue pas, c'est le sabre qui tue*, avait déclaré Akamatsu. Il était temps de vérifier cela.

Le Chat Sauvage cracha le projectile.

Sa cible : le crâne.

Le Japonais adressa un regard incrédule au lieutenant et tomba à genoux. Un trou entre les deux yeux. Déjà, les ténèbres l'encerclaient. Il tira la dernière flèche, la *kaburaya*, celle qui chassait les mauvais esprits. Mais elle se perdit dans la nuit qui s'abattait sur lui. Il renonça à lutter contre les mains invisibles qui tentaient de l'étrangler lorsque les battements de son cœur s'espacèrent.

Moins de soixante par minute.

Moins de cinquante.

Et la dégringolade continuait.

La mort mettait le paquet pour le séduire.

Il céda, priant pour qu'elle le ressuscite en quelque chose de fort et vigoureux. Surtout pas en ersatz de guerrier comme cet Occidental qui ne savait pas affronter le mal autrement qu'avec un cracheur de feu.

Il s'éteignit doucement, transfiguré par la certitude qu'il allait revoir Iga très bientôt.

Sagane s'assura que son équipier ne perdait pas trop de sang. Une méchante blessure, mais il survivrait.

— Je suis sur le cul, souffla Briard avec une grimace.

— C'est le cas de le dire, se moqua gentiment Élie en l'appuyant contre un mur.

Le colosse le prit par le bras et planta son regard dans le sien.

— Faudra que tu précises sur ton prochain C.V. que t'es un putain de héros.

Dans sa voix, des tonnes de respect. Tandis que Sagane nouait un bout de tissu autour de sa jambe, des bruits de pas résonnèrent dans le couloir. Colossus prit son gicleur.

— T'affole pas, c'est le commissaire.

— Comment tu le sais ?

— L'odeur de son cigare.

Dubreuil entra dans la pièce, suivi par Besançon et les indécollables Laprade et Simony.

— Tout va bien ? s'enquit le commissaire.

— Briard est blessé, mais il va s'en sortir, répondit Élie.

— L'ambulance ne devrait plus tarder.

— Beaucoup de pertes ? fit le lieutenant en aidant son collègue à se lever.

— Trois hommes, souffla Dubreuil en baissant la tête. Il faut que je prévienne leurs familles.

Le sale boulot, se dit Sagane. Le commissaire jeta un coup d'œil sur le cadavre du *yakuza*.

— Je ne vois pas la fille, dit-il en fronçant les sourcils.

— Elle est passée par la fenêtre, siffla Colossus. Elle doit brouter de l'herbe.

— Si vous le dites.

— Et Sarah ? lança Élie.

— L'agent Godon l'a emmenée à l'hôpital américain après leur départ. Le médecin qui l'a auscultée a dit qu'elle était saine et sauve.

Le lieutenant récupéra le dossier médical et l'enregistrement dans les poches d'Akamatsu. Les autres ramassèrent les documents qui avaient été épargnés par les flammes. Tous rédigés en japonais. Ils trouvèrent quelques disquettes dans le coffre. Les experts en tireraient sûrement quelque chose.

Alors qu'ils quittaient la pièce, Fix héla Sagane.

— Vise un peu ça, fit-il en montrant une sculpture sur le bureau de Nakamura. Le samouraï qui pleure. Tu veux pas le garder en souvenir ?

— Très peu pour moi.

Le lieutenant sortit. Plus envie de causer. Complètement à plat. Besoin de se shooter à l'air pur et d'oublier ce carnage. *T'es suffisamment intelligent pour piger ça, pas vrai ?* À croire que le gamin l'avait entendu. Il resta derrière et garda le silence.

L'équipe regagna le rez-de-chaussée. Dans l'entrée, les types de l'identité judiciaire déballaient leur matériel. *Ça va être la nuit la plus longue de votre existence, les mecs.*

— J'oubliais, souffla le commissaire. Dans cette histoire, nous avons gagné un témoin à charge.

— Qui ça ? demanda Élie.

— Lui, répondit Dubreuil en désignant Makoto Taiichi qui répondait aux questions d'un officier. Il est prêt à tout nous raconter. Nakamura est fichu.

— Vous l'avez arrêté ?

— Pas encore.

— Alors ne dites pas qu'il est fichu. Il peut très bien se faire la malle.

— J'ai envoyé une équipe au Ritz.

— J'espère qu'ils n'arriveront pas trop tard.

Une fois dehors, Sagane fit le tour de la propriété pour voir où pourrissait le corps de la femme tatouée. *Je ne crois que ce que je vois*, lui répétait souvent son Marseillais de père. À l'endroit où il aurait dû la trouver, il n'y avait que des morceaux de verre et des traces de sang séché.

Vivante !

Il balaya les alentours du regard. Rien que les mouvements des feuillages qui projetaient des ombres gigantesques sur la façade de la demeure ensanglantée. Il savait qu'une traque nocturne menée en forêt avait très peu de chance d'aboutir.

Les bêtes blessées sont toujours les plus dangereuses.

Le commissaire décida de tenter le coup et demanda à la gendarmerie du bled de lui envoyer les chiens.

— Ils ne rattraperont pas la fille, laissa tomber le lieutenant en revenant sur ses pas.

Colossus fronça les sourcils.

— Elle ira pas loin avec une *fleur de cimetière* dans le bide. J'suis sûr qu'on va la retrouver crevée dans le bois. Enfin, ce qu'il en restera.

Sagane secoua la tête.

— Elle est extrêmement résistante. Elle peut très bien s'en sortir.

L'allée s'était transformée en parking. Partout, des véhicules de police et des ambulances. Dubreuil tapa sur l'épaule de Briard.

— Vous devriez aller vous faire soigner.

Colossus avait une peur bleue des médecins et de leurs instruments de torture, mais il aurait préféré crever plutôt que de l'avouer.

— J'y vais, fit-il d'un ton faussement désinvolte.

— Briard qui traîne la patte, plaisanta Fix en l'observant s'éloigner. Du jamais vu.

— Ouais, siffla Sagane en s'asseyant sur le capot d'une bagnole. Dommage qu'on n'ait pas un appareil photo. On aurait pu l'emmerder pendant des semaines avec ça.

— Faut que j'y retourne, laissa tomber le commissaire… (Il marcha quelques mètres puis pivota sur ses talons…) Vous avez fait du bon boulot, les gars. Tâchez de vous reposer un peu.

Ils montèrent dans une caisse et Besançon prit le volant. Lorsqu'ils passèrent devant les cadavres des flics étendus sur des brancards, le lieutenant fit signe à son collègue de s'arrêter un instant. Jamais il n'oublierait les visages de ces hommes.

Ensuite, ils avalèrent des kilomètres de route. Jusqu'à l'indigestion.

En arrivant à Paris, Sagane demanda à Fix de le déposer à l'hôpital américain. Le médecin de nuit l'autorisa à voir Sarah quelques instants, à condition de ne pas la réveiller. Lorsqu'il rentra chez lui, il laissa un message sur le répondeur de la jeune femme. Il n'évoqua pas l'aveu qu'il lui avait fait dans le bois.

Il se doucha en se frottant énergiquement tout le corps et dormit une petite heure.

À peine le temps d'un rêve.

Et d'un cauchemar.

Car ces deux-là étaient comme cul et chemise depuis qu'il avait flingué ce jeune gars, à Aubevoye. Le cancer qui le rongeait avait l'apparence d'une tache noire qui partait du centre de son âme et s'étendait à chaque fois qu'il donnait la mort.

Il n'existait pas de chimiothérapie assez puissante pour la faire disparaître.

Au petit matin, il appela l'hôpital et une infirmière lui confirma que Sarah rentrerait chez elle dans la journée. Il lui fit livrer des fleurs, joignant au bouquet un mot qui disait ceci : « Mademoiselle, quand on vous voit, on vous aime ; et quand on vous aime, où vous voit-on ? »

56

Meurtres en série dans la capitale :
la fin du mystère.

Du nouveau dans ce qu'il est convenu d'appeler « l'affaire des têtes coupées ». En effet, après la fusillade spectaculaire de Verneuil-sur-Avre – où rappelons-le trois policiers ont trouvé la mort –, le commissaire Dubreuil a organisé une conférence de presse au cours de laquelle il a dévoilé des documents qui mettent définitivement hors jeu l'hypothèse des suicides et celle du tueur en série.

Le récit d'un témoin à charge dont l'identité doit rester secrète corrobore ces informations.

Avant d'immigrer en France, Sôichiro et Noriyori travaillaient sur un projet top secret du grand groupe pharmaceutique Tsukimachi. Ils ont aidé le professeur Kobayashi – sans aucun doute le chercheur le plus audacieux de cette fin de siècle – à accoucher de « l'Immunothérapie de K ». Cette thérapeutique du futur prévoyait de guérir l'homme de toutes les maladies. Mais comme elle ne répondait pas aux exigences de l'Agence Française de Sécurité Sanitaire des Produits de Santé ni à celles de l'European Medicines

Evaluation Agency basée à Londres, les financiers de Tsukimachi ont « acheté » tous ceux qui avaient le pouvoir de s'opposer à sa commercialisation. Un véritable raz de marée de dessous-de-table. Asayama et Inada ont démissionné lorsqu'ils ont relevé certaines irrégularités. Ils ne voulaient pas être mêlés à ça. Ils ont cru qu'on les laisserait vivre une nouvelle vie, dans un autre pays, et même qu'on les oublierait.

Ils se trompaient.

Tsukimachi a passé des accords secrets avec les principales compagnies pharmaceutiques. Les responsables comptaient vendre ce poison en pharmacie et dans les grandes surfaces d'ici l'été prochain. Comme il est indécelable pour qui ne connaît pas ses racines moléculaires, seul un spécialiste averti a été capable, après s'être livré à une série d'analyses en laboratoire, de l'identifier. Les tests toxicologiques pratiqués à la demande du CNRS ont révélé que la dose létale était largement dépassée.

Le commissaire Dubreuil a faxé le dossier à l'homme fort de la justice française : le juge Gaudard. Après avoir convoqué une équipe du SRPJ de Versailles, le magistrat a rendu visite à Kimura Sadayo, le responsable du site lyonnais de Tsukimachi. Surnommé « Amanojaku » par ses collaborateurs, en référence à un démon du folklore japonais, cet homme entretiendrait des relations avec le milieu, et plus particulièrement avec la société secrète « l'Épée à sept Branches ». En perquisitionnant les locaux, les « chemises blanches » du juge ont trouvé des documents accablants, et notamment un dossier portant la mention « à détruire après lecture ». En le parcourant, ils sont tombés sur des protocoles établis entre Tsukimachi et une quinzaine de ses concurrents. Ces ententes illégales visaient le partage de plusieurs marchés.

Le juge a dû batailler pour obtenir les codes d'accès aux disques durs du groupe nippon. Il n'aura pas fallu aux experts moins de vingt-quatre heures de traque virtuelle pour dénicher, au fin fond d'une mémoire, le logiciel secret prouvant la responsabilité de Tsukimachi dans la mise au point d'un produit dangereux pour la santé humaine.

Sadayo et son personnel sont actuellement interrogés par la police et il y a fort à parier qu'ils ne quitteront pas la France de sitôt. Mais ils ne sont pas les seuls impliqués dans cette sinistre affaire. En effet, nous venons d'apprendre que l'ancien membre du C.I.O., David Delft, a lui aussi goûté au gâteau empoisonné. Avec l'efficacité qu'on lui connaît, le juge Gaudard a résolu l'énigme en un rien de temps : via une filiale africaine, le groupe Tsukimachi a versé la coquette somme de quinze millions de francs sur un compte ouvert à Genève au nom de Delft. Au royaume du Dragon, les services rendus ne se paient pas en monnaie de singe.

Comme on pouvait s'y attendre, Delft n'est pas le seul à avoir cédé à la tentation. D'autres fonctionnaires haut placés ont également vendu leur âme au « Diable du Soleil-Levant ». À commencer par le juge Froidur qui faisait passer les intérêts de Tsukimachi avant la loi.

Il faut dire que la « potion magique » concoctée par le professeur Kobayashi a fait tourner bien des têtes. La Brigade des Stupéfiants enquête actuellement sur les sportifs et les personnalités du monde du spectacle qui se dopent à l'Immunothérapie de K. Tous ont reconnu les faits, excepté le célèbre chorégraphe Hiboko. Depuis son arrestation la semaine dernière pour usage et trafic de substances illicites, « le roi du Butô » ne cesse de réfuter les accusations portées contre lui.

Aujourd'hui, tous les acteurs du drame sont sous les verrous. Tous, sauf un. En effet, le grand manitou Ryôko Nakamura s'est envolé pour le Japon à bord de son avion privé avant que la police ait pu l'appréhender. Jusqu'ici, les autorités nippones refusent obstinément de l'extrader. Cette décision sans appel aurait-elle un rapport avec le fait que l'homme d'affaires alimente les caisses noires des partis politiques depuis de nombreuses années ? C'est fort probable. N'en étant pas à une hérésie près, le gouvernement l'a élevé au rang de « Trésor National Vivant » dès son arrivée à l'aéroport de Narita, à Tokyo. Comme quoi, de nos jours, ce ne sont plus les actes qui font les héros mais bien l'argent. Nakamura fait partie de ces individus aux mains pleines de sang qui ne comparaîtront jamais devant une cour d'assises car ils sont protégés par le pouvoir en place.

Allez donc expliquer ça aux familles des victimes, messieurs les ministres.

Alexandre Chapuis

Sagane plia le journal et le glissa dans la poche de sa parka. Il était soulagé d'en avoir fini avec cette histoire. À vrai dire, il en avait soupé des dragons tatoués. Il préférait, et de loin, les assassins inexpérimentés qui avaient la bonté de laisser un tas d'indices sur les lieux du crime pour qu'il puisse résoudre l'enquête en deux temps trois mouvements et rentrer à l'heure pour voir *Friends*. *J'en demande peut-être trop.* Il tendit un billet de vingt au gars du kiosque et courut sous la pluie pour regagner sa voiture où l'attendait Colossus, ensommeillé et de méchante humeur.

Égal à lui-même.

— Alors ? lança le flic bougon sans se donner la peine d'ouvrir les yeux.

— Tout est OK, répondit Élie en démarrant.

— Et Nakamura ?

— Il est libre, mais on finira bien par le coincer.

— Si on s'arrêtait quelque part pour déjeuner. J'ai la dalle.

— Désolé, fit le lieutenant. J'ai déjà un rancard.

Un rayon de soleil traversa les nuages et inonda la caisse de lumière. Il se souviendrait longtemps de l'aube chaotique qui avait suivi sa victoire.

— Ça va, j'ai compris, râla son collègue. On a tous besoin de tirer un coup de temps en temps.

Élie ne releva pas. De toute façon, il n'avait plus envie de causer. Assourdi par les détonations des armes à feu et aveuglé par la vue du sang, il se sentait privé de l'essentiel. Incapable de ressentir une émotion clairement identifiable. Son cœur était-il resté là-bas, dans ce palais des mille et une morts ?

En déposant son équipier chez lui, il eut comme une impression de fin du monde. Le ciel fissuré par les éclairs évoquait une toile apocalyptique. Entre deux coups de pinceau, l'artiste choisi par Satan jetait des couleurs sombres sur la ville, histoire de donner à cette misérable créature qu'est l'homme un avant-goût des ténèbres.

— On s'appelle plus tard.

Briard s'éloigna en boitant. Cette putain de blessure le mettait hors de lui. *Ça va te faire du bien de prendre un peu de recul. Pour l'instant, tu ne vois que le mauvais côté de la chose, mais tu finiras par apprécier. Crois-moi.*

Il arriva pile à l'heure. À l'abri sous son parapluie, elle attendait comme une petite fille sage. Ça le changeait des grognasses qui pensaient exacerber son désir en se pointant avec vingt minutes de retard. Comme elle ne l'avait pas encore vu, il en profita pour l'observer de la tête aux pieds. Sans aucun doute la plus belle vision de la journée. Plus naturelle que jamais avec ses cheveux lâchés et son visage démaquillé. Il ne voyait pas ses cernes ni son teint blafard. Juste son charme indéfinissable qui la rapprochait de l'apparition. Il aurait tant aimé la serrer dans ses bras, lui faire l'amour, jouir en elle. Pour la deuxième fois de sa vie, l'amour frappait à sa porte, mais il ne pouvait rien faire pour le retenir. Absolument rien.

Oublie tout ça. Contente-toi de ce qu'elle veut bien te donner.

Les vieux essuie-glaces grinçaient tellement qu'elle finit par le repérer. Lorsqu'elle leva la main pour lui signaler sa présence, il sentit brûler en lui le feu de la passion. Tous les pompiers du monde n'auraient pas été assez nombreux pour éteindre cet incendie qui le consumait tout entier.

— Quel sale temps, souffla-t-elle en montant dans la voiture. Alors, où allons-nous déjeuner ?

Il lui sourit.

— Je connais un petit resto italien sympa. Ça vous tente ?

Elle acquiesça et il la pénétra du regard. Au bord du plaisir, il baissa les yeux. *Arrête tes conneries. Tu te fais du mal*. Il garda le silence pendant un long moment après ça. Le temps de se remettre.

— Vous savez, Élie, fit-elle tout à coup, je ne vous ai toujours pas remercié pour…

— Laissez tomber, la coupa-t-il.

— Je vous dois la vie. Si un jour vous avez besoin de moi, je ferai tout pour vous aider.

— Vraiment tout ? siffla-t-il avec une lueur coquine dans les yeux.

— Oui, enfin… tout sauf *ça*.

Il ne put s'empêcher de rire.

— Je sais. Je plaisantais.

Sarah savait que les sentiments du flic étaient sincères. Comment se sortir de cette situation délicate sans le blesser ?

— Vous souffrez ?

— Pas autant que ça.

Bobard. À qui tu veux faire croire ça ?

— Je n'ai jamais voulu vous faire souffrir, dit-elle. Jamais.

— Vous inquiétez pas pour moi. J'suis plus solide que j'en ai l'air.

Gros bobard. Fais gaffe, tu t'enfonces.

La pluie cessa. Les nuages battirent en retraite, laissant la place au soleil. Sarah orienta son visage vers la lumière et sourit au destin, à la vie qui l'attendait. Attendrie par la mine défaite de Sagane, elle prit sa main dans la sienne et la serra fort.

Ce simple geste suffit à remonter le moral du policier.

Après tout, partager cet instant avec elle n'était déjà pas si mal.

57

Du haut de sa tour située en plein cœur de Tokyo, Nakamura observait le spectacle de la rue. La ville intubée menait un combat quotidien contre la pollution et les milliers de piétons qui l'ensemençaient comme des microbes.

Combien de temps pourrait-elle encore tenir dans ces conditions ?

Comme chaque matin, il s'attarda sur le quartier de son enfance. Il était bon, de temps en temps, de se rappeler d'où il venait. Pour garder les pieds sur terre et apprécier à leur juste valeur le luxe et le confort que lui autorisait son immense fortune.

Vu d'ici, Shimbashi ressemblait à une maquette d'architecte. Les souvenirs jaillirent comme la lave du volcan et il revit ses parents trimer sur les marchés, le minable appartement qu'ils avaient acheté avec leurs économies au bout de quinze ans de dur labeur, l'insoutenable promiscuité et les privations. Curieusement, le premier visage qui lui vint à l'esprit fut celui du vieillard qui vivait au troisième étage de leur immeuble. Les gens l'appelaient « Sensei » car il y avait toujours un enseignement à tirer de ses divagations. Hanaoka lui avait appris tant de choses sur la vie. Il lui avait également communiqué sa passion pour l'Origami. Depuis bientôt trente ans, il réalisait des animaux en papier, réels ou imaginaires, dans les locaux de l'association d'amateurs qu'il avait fondée à la mémoire de son maître spirituel.

Et aujourd'hui…

Aujourd'hui, il avait tout… et même plus. Actionnaire majoritaire d'une dizaine de sociétés prospérant dans la zone industrielle Keihin, mais aussi de nombreuses affaires situées dans le quartier Marunouchi, près de la gare centrale, il n'avait plus rien à prouver à personne. Plus riche que le businessman Osano Kenji en son temps, respecté par le peuple et les ministres, il vivait pourtant dans le regret. L'insouciance de la jeunesse lui manquait. Il aurait donné n'importe quoi pour ressusciter le passé et croire encore que tout était possible. Y compris le bonheur. Il aurait payé le prix fort pour revivre les soirs où ses frères et lui contemplaient la pleine lune en mangeant ces fameuses boulettes de pâte de riz appelées *o-dango*. Souvent, il entendait leurs rires et les chants qu'ils dédiaient aux étoiles. Lorsqu'il relisait mentalement les haïku qu'ils composaient en hommage à la « Dame Blanche », les larmes lui montaient aux yeux.

Lorsqu'il avait atteint le sommet, il s'était retrouvé seul. Désespérément seul. Il avait compris trop tard qu'il n'y a rien là-haut qui mérite qu'on foute sa vie en l'air pour y parvenir. Quel individu serait assez stupide pour se satisfaire de sa propre compagnie ? À plusieurs reprises, il avait failli renoncer. Mais pour son plus grand malheur, il était d'une nature combative.

Cependant, une question le tourmentait : qu'allait-il faire de tout cet argent ? Il n'avait plus de famille et l'idée de laisser un empire sans héritier lui était insupportable. Il savait l'échéance proche car sa santé se dégradait d'année en année. Une simple infection qu'il aurait jadis chassée de son organisme en deux ou trois jours l'obligeait à garder le lit pendant des semaines.

Il s'assit à son bureau et médita sur son avenir pendant une longue minute. Il ne leva la tête que pour écouter le bulletin météorologique qui annonçait les dates prévues de floraison des pruniers et des cerisiers dans tout le pays. Respectueux de la tradition, les Japonais s'apprêtaient à fêter l'arrivée du printemps. Depuis deux ou trois jours, Tokyo était en effervescence. Chacun s'activait pour trouver un endroit où piqueniquer. Les plus rapides prendraient d'assaut le parc Ueno et les jardins du Palais Impérial où s'épanouissent plus de mille cerisiers. Les moins chanceux se rabattraient sur le sanctuaire shintô Yasukuni-Jinja, dédié aux victimes de la guerre, ou sur les berges de la rivière Sumida-Gawa, jadis occupées par des maisons de prostitution.

Lui-même avait demandé à trois de ses plus jeunes employés de dénicher la « perle rare », leur suggérant de commencer par le cimetière d'Aoyama Bochi, où reposent les plus illustres personnages du Japon. Lorsqu'ils auraient repéré une place et déplié leurs nattes en plastique, ils lui passeraient un coup de fil pour le prévenir. Ensuite, ils défendraient leurs positions jusqu'au lendemain soir. La nuit serait courte car des petits malins essaieraient sûrement d'empiéter sur « leur » territoire. Dans ce genre de situation, certains se contentaient d'insulter dans la langue du Dragon. D'autres, plus nerveux, en venaient aux mains. Mais c'était somme toute assez rare. L'ambiance était plutôt bon enfant, surtout à Kyoto où les amoureux célébraient l'*Hanami* sous les arbres du parc Maruyama et les petites filles vêtues de kimonos et coiffées de chapeaux fleuris défilaient aux abords du temple Daigo-Ji.

Comme il lui était devenu impossible de sortir sans protection, Nakamura se rendrait au cimetière avec sa garde personnelle. Même s'il avait plus d'admirateurs que de détracteurs, il ne tenait pas à risquer sa vie pour assister au bourgeonnement annuel. Autrefois, lorsqu'il n'était qu'un employé comme les autres, la question ne se posait même pas. Il raffolait des promenades en bateau sur la rivière qui entoure le Palais Impérial. Il gardait un souvenir particulièrement tendre de ces balades avec sa bien-aimée. Émerveillés par le lit de pétales roses qui flottait sur l'eau et les branches des arbres habillées de mauve, ils pouvaient passer des heures à canoter. Avant de rentrer chez eux, ils n'oubliaient jamais de ramasser des fleurs de cerisier pour les mettre à fermenter dans du sel, persuadés qu'elles serviraient à préparer le thé de leurs fiançailles.

Depuis l'interruption du programme « Lune du Chasseur », les relations avec les sept chefs de l'Épée s'étaient dégradées. Ils lui avaient fait savoir qu'ils ne lui renouvelleraient pas leur confiance par un télégramme qui disait simplement ceci : « La fleur de cerisier s'est fanée. » Cette formule, couramment utilisée par les étudiants qui avaient échoué à l'examen d'entrée de l'Université de Tokyo, exprimait leur volonté de rompre les accords passés avec l'homme d'affaires.

Mais il n'avait pas que ce souci en tête. Toute l'année, les syndicats avaient attendu le 1er avril pour déclencher « l'offensive du printemps ». À la table des négociations, un plat de choix : l'incontournable demande d'augmentation des salaires. Le cauchemar des chefs d'entreprise qui avaient fait de la devise « Gagner plus en dépensant moins » leur raison d'être. Nakamura détestait s'entretenir avec ces adeptes du grignotage qui péchaient surtout par manque d'éducation. Certains haussaient le ton en s'adressant à lui, d'autres dessinaient des caricatures qu'ils distribuaient à leurs collègues. Dans ces moments-là, il regrettait le temps où l'on tranchait la tête des insolents et des provocateurs.

L'ordre et la discipline, il n'y a que ça de vrai.

Il fronça les sourcils en apercevant une écorchure sur la toile de Tanzan accrochée au mur. La « dépoussiéreuse » de Toyohashi qu'il avait embauchée récemment y était sans doute pour quelque chose. Elle faisait le ménage comme d'autres font la guerre : avec rage et détermination. Le peintre avait dû se retourner dans sa tombe le jour où cet acte criminel avait été commis. Il s'approcha plus près du tableau et l'effleura du bout des doigts. *Il est invendable maintenant.* Furieux, il prit son téléphone et composa le numéro du service du personnel.

Au bout d'une sonnerie, quelqu'un frappa à la porte.

— *Hai !* lança-t-il en raccrochant brutalement. *Nan des'ka ?*

— C'est moi, patron, répondit une voix qu'il reconnut aussitôt.

— Que veux-tu, Tametomo ?

— J'ai un message à vous remettre en main propre.

— C'est bon, tu peux entrer.

Tametomo Toyotaka était le nouveau chef de la sécurité. Il veillait sur Nakamura jour et nuit. Cela faisait trois mois qu'il occupait ce poste et il ne comptait déjà plus les portes devant lesquelles il avait monté la garde ni les voyages qu'il avait faits en compagnie de l'homme le plus puissant du Japon.

— Alors, de quoi s'agit-il ? demanda le big boss sans lever les yeux sur la silhouette qui s'avançait lentement.

— Les sept chefs m'envoient vous informer que la partie est terminée.

Moulée dans une combinaison noire qui ne laissait rien deviner de ses tatouages corporels, la visiteuse fit le tour du bureau d'une démarche lascive. Pas de quoi affoler un octogénaire qui ne fautait plus que dans ses rêves. Il se rassura en se disant que même les plus faciles à convaincre auraient réfléchi à deux fois avant de succomber au charme vénéneux de ce succube.

Car pour cette femme pas comme les autres, mort et plaisir étaient intimement liés.

— Que faites-vous ici ? aboya le vieil homme en cherchant du regard son protecteur.

— Inutile d'appeler au secours, siffla Iga. Ça a pris du temps, mais les vôtres ont enfin compris que leurs intérêts étaient ailleurs.

Étrangement, Nakamura n'avait pas peur. Depuis l'échec du projet, il s'attendait à une visite de la Faucheuse. Le fait qu'elle ait le visage grimé et un corps de déesse la rendait moins effrayante.

— J'ai bien peur que vous n'alliez jamais à *Tokoyo*, reprit-elle en l'obligeant à s'asseoir.

Comme le légendaire Urashima Tarô, Nakamura ouvrit la boîte contenant les années de sa vie et les supplia de s'enfuir. Il voulait mourir de sa belle mort et non pas occis par ce démon. Mais elles refusèrent de lui obéir. Une fois de plus, la réalité l'emportait sur le rêve.

Iga posa une main sur son épaule et la massa doucement. Le parfum de la liquidatrice se mélangea à l'effluve métallique de la lame qui dansait dans son dos. Il essaya de se lever mais elle l'en empêcha. À présent, son cœur galopait comme un cheval de course.

Elle opta pour un mouvement circulaire qu'elle avait exécuté des centaines de fois.

Le cœur du vieillard lutta pour continuer à battre.

Puis se tut.

Elle attendit que l'âme sombre de cet être malfaisant se vide de sa substance rouge grenat avant d'appeler Tametomo. Elle prit alors une feuille de papier dans un tiroir et chercha un stylo. Toyotaka lui tendit le sien mais elle refusa. Elle avait une bien meilleure idée tout à coup. Elle plongea son ongle effilé dans la mare de sang et écrivit ceci :

Le cerisier a fleuri.

De la poésie pour informer ses employeurs de la mort du tyran. Akamatsu aurait adoré. Amusée par sa trouvaille, elle trempa à nouveau sa plume de fortune dans l'encre épaisse et rédigea une note plus personnelle qu'elle enverrait à un service de réexpédition. Elle était adressée au flic français qui avait flingué son amant.

Avant de la glisser dans une enveloppe, elle la relut mentalement :

Cher justicier,

C'était vraiment bien joué de ta part. Cependant, ébranler les fondations de l'Organisation n'est pas suffisant pour la détruire. Depuis le temps que tu traques les criminels, tu dois savoir qu'éradiquer totalement le Mal est impossible. Comme toute chose vivante, la société développe peu à peu son cancer, sans que personne s'en aperçoive. Nous sommes *les cellules de ce cancer, dangereuses car invisibles. Nous choisissons toujours de miner l'intérieur plutôt que l'extérieur.*

Tu es l'Œil du Monde *Élie-san, celui qui voit ce que les autres ne voient pas, trop englués qu'ils sont dans leur quotidien.*

Pourtant, tu as perdu. Sache que si tu as fait couler le sang du Dragon, tu ne l'as pas tué pour autant.

Une amie qui te veut du mal

P.S. Pense au baiser que je te donnerai quand nous nous reverrons.

En sortant de l'ascenseur, ils croisèrent des *maiko* venues spécialement de Kyoto pour poser pour le prochain calendrier de la compagnie. Habillées et maquillées à l'ancienne, coiffées de fleurs de papier qui tombaient sur leurs visages comme les branches des cerisiers, elles échangeaient des propos dithyrambiques, véritablement impressionnées par le luxe de la Tour Nakamura.

À cet instant, Iga envia leur enthousiasme.

Dans la voiture aux vitres teintées, elle pensa à tout ce qu'elle avait perdu, à cet homme qu'elle avait aimé plus que sa vie et qui n'était plus là pour la serrer dans ses bras. Des larmes coulèrent le long de ses joues. Leur goût de sel lui rappela qu'elle était bien vivante.

Suffisamment pour tout recommencer ?

Composé par Nord Compo
à Villeneuve-d'Ascq (Nord)

Imprimé en Espagne par
Litografia Rosés
à Gava
en juin 2010

POCKET – 12, avenue d'Italie – 75627 Paris cedex 13

Dépôt légal : juillet 2010
S16633/01